RED
DRESS
INK™

Blind Date: Zur Hochzeit im Plaza!

5 Dates – 5 Nieten

Unmöglich? Oder doch nicht?

Single in New York – nicht gerade das, was Jane, 28, rechte Hand des atemberaubend gut aussehenden Jeremy Black, in den sie heimlich verliebt ist, sich erträumt hat. Zumal wenn die glanzvolle Hochzeit ihrer Cousine Dana im glamurösen Plaza Hotel von Tag zu Tag drohend näher rückt. Denn Jane ist mit Begleiter eingeladen, und der ist weit und breit nicht in Sicht. Da hilft nur eins: Aufstylen und zum Blind Date gehen. Doch all die vermeintlichen männlichen Musterexemplare erweisen sich als Nieten. Und mit dem „reizenden" jungen Mann, den ihre Grandma für sie ausgesucht hat, kann Jane doch unmöglich im Plaza aufkreuzen – oder doch?

Melissa Senate

Blind Date: Zur Hochzeit im Plaza!

Roman

Aus dem Amerikanischen
von Claudia Wuttke

RED DRESS INK™

RED DRESS INK™ TASCHENBUCH
Band 25013
1. Auflage: September 2002

RED DRESS INK™ TASCHENBÜCHER
erscheinen in der Cora Verlag GmbH & Co. KG,
Axel-Springer-Platz 1, 20350 Hamburg
Deutsche Erstveröffentlichung

Titel der nordamerikanischen Originalausgabe:
See Jane Date

erschienen bei: Red Dress Ink, Toronto
Published by arrangement with
Harlequin Enterprises II B.V., Amsterdam

Konzeption/Reihengestaltung: fredeboldpartner.network, Köln
Umschlaggestaltung: pecher und soiron, Köln
Titelabbildung und Autorenfoto: © by Harlequin Enterprise S.A., Schweiz
Satz: Berger Grafikpartner GmbH, Köln
Druck und Bindearbeiten: Elsnerdruck, Berlin
Printed in Germany
ISBN 3-89941-013-0

www.reddressink.com

1. KAPITEL

Je nachdem, woher man die Informationen bekommt – z. B. vom Cosmopolitan Magazin oder meiner Tante Ina –, soll es tatsächlich verschiedene Möglichkeiten geben, das Singledasein zu Gunsten einer Heirat aufzugeben, ohne 1) fünfzig Frösche zu küssen, 2) nichts ahnend mit einem Serienmörder zu schlafen, 3) sich aufzugeben.

Von mir mal abgesehen. Denn mit viel Glück würde es mir vielleicht gelingen, fünf Frösche zu küssen, bevor ich am Wieder-Mal-Allein-Am-Samstag-Abend-Syndrom zu Grunde ginge. Warum war ich mit achtundzwanzig Jahren immer noch ein Single?

Dazu meine Freundin Amanda: „Du brauchst keinen Freund, um glücklich zu sein, Jane." Na, ehrlich gesagt, brauch ich den schon. Habe ich erwähnt, dass Amanda mit jemandem zusammenlebt?

Meine Chefin Gwen (allein stehend): „Du wirst der Liebe erst begegnen, wenn du aufhörst, nach ihr Ausschau zu halten." Ach, wirklich? Das habe ich ja noch nie gehört!

Meine Freundin Eloise: „Du hast sehr hohe Ansprüche. Aber dagegen spricht ja nichts." Ohne Kommentar.

Meine Cousine Dana, die verlobt ist: „Du bist zu egoistisch, damit du es weißt!" Wer das glaubt, hat Dana noch nicht kennen gelernt.

Cosmo: „Zeig den Jungs, was du hast, Mädchen!" Toller Ratschlag – warum sonst besitze ich Wonderbras in allen Farben?

Ich: „Selbst wenn ich alle Ratschläge befolge, dann heißt das noch lange nicht, dass der Mann, mit dem ich mir eine Familiengründung auch nur vorstellen kann, mich liebt.

Oder sich auch nur ein zweites Mal mit mir verabreden möchte."

Wie war das noch mal, was Tante Ina zum Thema große Liebe empfahl? Es hatte irgendetwas mit einem „netten jungen Mann" zu tun, den sie im Hausflur meiner Großmutter, die in so einem großen Apartmentkomplex wohnt, kennen gelernt hatte. Er wollte seinen Abfall zum Müllschlucker bringen und ... ach, vergiss es. Sie kann es dir genauso gut selbst erzählen. Ich jedenfalls versuchte seit zehn Minuten, so wenig wie möglich auf ihre schrille Stimme zu achten.

„Es ist doch nur eine lausige kleine Verabredung!" schrie Ina Dreer ins Telefon. Ich hielt mein Schnurloses einen halben Meter von meinem Ohr entfernt. „Zwei Tänze auf der Hochzeit, ein bisschen Small Talk, und du bekommst 300.000 Dollar dafür! Kannst du dich nicht deiner Großmutter zuliebe mit diesem Mann treffen? Mir zuliebe? So viel Geld zuliebe? Warum tue ich das eigentlich alles? Kannst du mir das erklären?"

Im Stillen beendete ich ihren Monolog für sie: Mach nur weiter so, Jane, bleib Single. Heirate eben nicht. Du wirst schon sehen, was du davon hast. Mir kann es egal sein. Dann bleibst du eben immer allein, genau wie deine Großtante Gertie, möge sie in Frieden ruhen. Schön. Es ist schließlich dein Leben. Auch wenn ich deiner lieben Mutter, Gott hab sie selig, versprochen habe, mich um dich zu kümmern. Und wie hat sie geschuftet, um euch nach dem frühen Tod deines lieben Vaters durchzubringen. Und überhaupt – was solltest du schon mit 300.000 Dollar anfangen?

Allerdings hatte meine reizende Tante, der es wie keiner anderen gelang, dass ich mich schuldig fühlte, da einen interessanten Punkt angesprochen. Natürlich konnte ich 300.000 Dollar sehr gut gebrauchen. Mein Apartment kostete 762 Mäuse im Monat, was für New Yorker Verhältnisse zwar superbillig war, aber auch bedeutete, dass ein Viertel meines Brutto-Einkommens damit bereits futsch war.

Dazu kam, dass ich seit sechs Jahren auf einem Futon schlief, der praktisch nur noch aus Baumwollklumpen bestand. Seit ich bei Tante Ina nach meinem Collegeabschluss ausgezogen war, besaß ich das gute Stück. Mit 300 Riesen auf der Bank könnte ich mir endlich ein bequemes Schlafsofa kaufen. (Ina hatte mir den Futon spendiert, als ich bei ihr auszog. Sie hatte außerdem mit sehr kritischem Blick das 25 qm große Studio gemustert, auf das ich sehr stolz war, so, als ob Einbrecher und Ratten im Mietpreis enthalten wären, und kurzerhand ein Eisengitter für das Fenster zur Feuerleiter sowie einen Kammerjäger bestellt.)

Was würde ich mit so viel Geld sonst noch anstellen? Mich sofort mit DKNY-Klamotten eindecken, auf die ich absolut stand, die aber momentan finanziell noch mindestens drei Beförderungen außerhalb meiner Reichweite lagen.

„Jane Gregg, hörst du mir eigentlich zu?“ Dieser Bemerkung folgte Tante Inas klassisches Markenzeichen – ein langer gefrusteter Seufzer.

Die Packung Zigaretten, die auf dem Tisch vor dem Futon lag, sah von Minute zu Minute verlockender aus. Ich hätte mir liebend gern eine angesteckt, aber Tante Ina würde garantiert tot umfallen, wenn sie mich inhalieren hörte. Sie ahnte nicht, dass ich wieder angefangen hatte zu rauchen. Ich hatte vor sechs Monaten einen Tag lang das Rauchen aufgegeben und den Fehler begangen, Ina davon zu erzählen. Noch nie hatte ich sie so glücklich gesehen, außer als sich ihre Tochter Dana vor zwei Jahren verlobte. Wie sollte ich ihr beibringen, dass meine Nichtraucherphase nach wenigen Stunden beendet war?

„Ich hör dir zu“, antwortete ich in einem Ton, der deutlich machte, dass ich von ihrem Gemeckere allmählich genug hatte. „Weißt du, Tante Ina, im Moment habe ich so eine Art Freund.“ Lüge. Dicke, fette Lüge. „Es wäre einfach nicht richtig, wenn ich mich jetzt mit einem anderen verabrede. Nein, mehr erzähle ich dir nicht von ihm, das bringt Unglück. Ja, er ist sehr nett. Und hör auf, dir über Grammys Finanzen den Kopf zu zerbrechen. Sie wird mich schon nicht enterben, nur weil ich mich weigere, mit irgendeinem Fuzzi, der zufällig neben ihr wohnt, zu Danas Hochzeit zu gehen. Er ist bestimmt sowieso nicht mein Typ.“

„Eine Art Freund, sagt sie“, konstatierte Tante Ina. Ich sah direkt vor mir, wie sie ihre rotblonde Mähne schüttelte. Sie liebte es, Leute zu zitieren und sie dabei in die dritte Person zu setzen. „Nicht dein Typ. Woher willst du das wissen? Du hast Ethan ja noch nicht mal kennen gelernt. Er ist kein Fuzzi, sondern ein sehr netter junger Mann. Er ist solide und arbeitet im Bankgeschäft, mit Geld. Nicht wie diese Pseudo-Künstler, mit denen du und deine mageren Freundinnen immer rumhängen. Er ist aus Texas, was bedeutet, dass er weiß, wie man eine junge Lady respektvoll behandelt. Ah, was rede ich eigentlich? Kannst du mir das mal sagen? Mach nur weiter so, bleib Single ...“

Ich versuchte mir Ethan Miles vorzustellen, den 300.000-Dollar-Müllschlucker-Mann, aber keine Vision wollte sich einstellen. Und was war schon Besonderes daran, dass er meiner Großmutter die Einkaufstüten abnahm, wenn er sie im Fahrstuhl traf? Sehr netter junger Mann – oh bitte! Wenn diese Beschreibung wirklich auf ihn zutraf, konnte man sich schon vorstellen, wie er aussah. Außerdem wohnte er in Queens, dem spießigsten Stadtteil von ganz New York City. Direkt neben meiner Großmutter, von ihr und ihrer Arthrose durch eine weiße Wand getrennt. Welcher coole Typ aus Texas lebt schon in Queens, in einem Apartmenthaus voll alter Leute?

Es stimmte, dass Grammy von ihrer unverheirateten Schwester, der alten Jungfer Gerti, einen dicken Batzen geerbt hatte. Ina hatte Angst, dass Grammy Dana und mich enterben könnte, weil wir sie beide zu selten besuchten. Grammy war immer der Meinung, dass zu einem Sonntagnachmittag im Familienkreis dick belegte Brote, Kartoffelsalat mit Majonäse, Butterkekse und Klavierdarbietungen gehörten. Und das alles konnten meine liebe Cousine Dana und ich nicht ausstehen – da waren wir ausnahmsweise mal einer Meinung. Ansonsten war es bei Familientreffen Danas liebste Beschäftigung, die Augen gen Himmel zu richten und zu verkünden, dass ich mit meinem losen Mundwerk wohl ewig allein stehend und in Grammys Testament unbedacht bleiben würde. Woraufhin Tante Ina dann für gewöhnlich laut und sorgenvoll darüber nachdachte, wie ich mit meinen mickrigen 26.000 Dollar Jahreseinkommen mein Dasein fristen würde.

Tante Ina wusste nicht, dass ich einen Plan hatte. Und selbst wenn der Plan misslang, würde ich in drei Monaten eine vierprozentige Gehaltserhöhung bekommen. Addierte man noch meinen Weihnachtsbonus von fünf Prozent, dann hätte ich im neuen Jahr immerhin 28.000 Dollar. Das war nicht schlecht, oder? Meine Freundin Amanda sagt immer, man ist gut, solange das Gehalt dem Alter gleicht – plus drei Nullen dahinter. Allerdings würde ich im Februar 29 werden.

„Jane, hörst du mir überhaupt zu?“ wollte Tante Ina wissen. „Es ist doch nur ein einziges Date! Ihr geht zusammen zu der Hochzeit und sitzt mit drei anderen Pärchen an einem Tisch. Wo ist denn da das Problem?“

Ich schlich, das Telefon in der Hand, zur Tür und klopfte heftig dagegen. „Tante Ina, ich habe dir doch gesagt, dass ich einen Freund habe. Hör mal, da ist wer an der Tür. Ich muss Schluss machen, okay?“

„Mach nicht auf! Sie haben den Vergewaltiger, der an der Upper East Side sein Unwesen treibt, noch immer nicht gefasst! Warum kannst du nicht nach Midtown Manhattan ziehen ...“

Ich klopfte noch mal, diesmal lauter. „Mach dir bitte keine Sorgen. Es ist nur der Hauswart. Ich kann ihn durch den Spion sehen. Ich rufe dich in ein paar Tagen wieder an ...“

„Hast du dir die Schuhe schon gekauft, die du als Brautjungfer bei Danas Hochzeit anziehen wirst? Wenn du Geld brauchst, sag es mir. Sie kosten ein Vermögen, obwohl sie nicht mal aus Leder sind!“

Das konnte man wohl sagen – 135 Mäuse! „Apricotfarben, sieben Zentimeter hoch, ich weiß. Ich kauf sie noch, mach dir keine Sorgen.“

„Mach dir keine Sorgen, sagt sie“, antwortete Tante Ina schnippisch. „Die endgültige Kleideranprobe ist nächsten Samstag, Fräulein. Worauf wartest du noch? Dass die

Schuhe wie von Zauberhand in deinem Schrank erscheinen?“

Ja genau. Darauf wartete ich. „Ich besorge sie dieses Wochenende, versprochen. Meine Freundin Eloise geht mit mir einkaufen. Sie hat einen super Geschmack.“

„Ist das die, die mit dem Ausländer befreundet ist?“

Ich klopfte wieder, diesmal noch lauter. „Tante Ina, ich muss jetzt wirklich Schluss machen. Der Hauswart wird ungeduldig.“

„Jane, hör mir doch zu“, flüsterte Tante Ina, als ob noch irgendwer außer Onkel David mit ihr in der Wohnung sei. „Du und Ethan seid beide ohne Begleitung zu Danas Hochzeit eingeladen worden. Was ist denn so schrecklich daran, wenn ihr beide zusammen zum Plaza Hotel geht und am selben Tisch sitzt? Es würde deine Großmutter glücklich machen, und was ist schon dabei, wenn die anderen euch für ein Pärchen halten? Du wirst dich besser fühlen, glaub mir.“

Nur Ehepartner und Partner aus eheähnlicher Gemeinschaft durften von den Geladenen zu Königin Danas Hochzeit mitgebracht werden. Wahrhaft Ungebundene wie ich – und offensichtlich auch Ethan Miles – mussten allein erscheinen. Diese Regel entsprang der Überlegung, dass ein Dinnerpreis von 225 Dollar pro Kopf für gelegentliche Bettpartner zu teuer war.

„Soll ich ihm deine Telefonnummer geben?“ fragte Tante Ina. „In deinem Alter sollte man eine Hochzeit nicht mehr allein besuchen. Ich habe vollstes Verständnis, dass du die Situation etwas erniedrigend findest.“

Nein, Bemerkungen wie diese waren erniedrigend! Und außerdem war ich doch erst 28 und nicht etwa 32!

„Tante Ina, ich habe dir doch gesagt, dass ich eine Art Freund habe. Es wäre nicht okay, wenn ich mit diesem Ethan auf die Hochzeit gehen würde. Ich muss jetzt wirklich Schluss machen. Bye!"

Selbst wenn ich in meinem ganzen Leben kein weiteres Date mehr hätte, würde ich nicht mit Mr. Müllschlucker ausgehen. Und ganz sicher würde ich nicht mit ihm zusammen auf Danas Hochzeit erscheinen, was garantiert eine todlangweilige Angelegenheit in zwei Monaten, am 2. August, werden würde. So verzweifelt war ich schließlich nicht, dass ich Grammys langweiligen Nachbarn als Begleitschutz brauchte. Im Übrigen war es schon Strafe genug, überhaupt zu einer Hochzeit zu gehen. Und in meinem Fall war die Lage noch dadurch verschärft, dass ich eine der Brautjungfern war. Zumindest war das Kleid nicht so grässlich, wie es hätte sein können. Ich persönlich stand zwar nicht auf dieses blasse Apricot, aber auf der anderen Seite war es auch nicht meine Hochzeit, woran Tante Ina mich immer wieder gern erinnerte, um mich nach einer meiner ironischen Bemerkungen in die Schranken zu weisen. Ich sollte dankbar sein, dass das Kleid wenigstens nicht eine große Schleife auf dem Po hatte.

Im Plaza Hotel. Wer heiratet schon im Plaza Hotel? Niemand. Es war verrückt. Eine Hochzeit im Plaza kostete mindestens 500.000 Dollar. Niemand heiratete dort. Na ja, vielleicht das Millionärstöchterlein Ivanka Trump. Aber doch nicht eine 24-jährige Dana Dreer aus Queens!

Hatte ich bereits erwähnt, dass Danas 30-jähriger Verlobter Larry Fishkill mit einer Internet-Firma zum Multimillionär avanciert war, als das beim Internetboom noch möglich war?

Gott sei Dank durfte ich keinen Freund zur Hochzeit mitbringen! Denn wen sollte ich schon einladen? Ich hatte ja nicht mal einen schwulen Freund, den ich für solche Gelegenheiten vorschieben konnte. Niemanden zu haben, den man mitbringen kann, wenn man jemanden mitbringen soll – das ist wirklich erniedrigend!

Endlich verabschiedete Ina sich mit einem letzten langen Seufzer und legte auf. Ich packte das Schnurlose zurück auf die Station und machte mit dem weiter, was ich angefangen hatte, bis mich ihr Anruf unterbrochen hatte. Was bedeutete: Ich versuchte, das perfekte Outfit für den morgigen Supertag zusammenzustellen. Es war jetzt 22:30, was bedeutete, dass mir dafür noch über zehn Stunden Zeit blieben. Und es war wichtig, denn es galt:

1. Befördert zu werden: Um genau 9:00 hatte ich ein Treffen mit Roland Remke, dem Präsidenten und Verleger von Posh Publishing. Seit sechs Jahren schuftete ich mehr oder weniger unbeachtet zuerst als Redaktionsassistentin und dann als Assistentin des Lektors. Wenn ich morgen nicht zur Lektorin befördert werden würde, würde ich – nun, wer weiß, was ich tun würde. Unerlaubt eine halbe Stunde länger Mittagspause machen oder das teure Briefpapier des Verlags als Schmierzettel benutzen. Irgendetwas würde mir schon einfallen.

2. „Den" Mann zu bekommen: Seit Jahren schwärmte ich für Jeremy Black, meinen Zwischenboss – mein richtiger Boss war im Mutterschutz. Jeremy war Poshs Vizepräsident und Cheflektor, Single (und nicht schwul), 37 und hatte große Ähnlichkeit mit Pierce Brosnan. Er sah auf filmstarmäßige Weise so gut aus, dass ich Probleme hatte, ihm in die Augen zu sehen und gleichzeitig ein paar ge-

scheite Worte über die Lippen zu bekommen. Weshalb er mich auch völlig ignorierte – außer, er lud gerade einen Berg mittelmäßiger Manuskripte in meiner Ablage ab.

3. Die Feindin beeindrucken: Und zwar richtig! Sie war mit der Hauptgrund, warum mir meine Position in der Firma zum Halse heraushing. Natasha Nutley war eine Pseudo-Berühmtheit, deren offenherzige Memoiren ich lektorieren sollte. Habe ich bereits erwähnt, dass Gnatasha – pardon, ich meinte natürlich Natasha – und ich auf dieselbe High School gegangen sind? Dass ich sie mit ihrer großen, dünnen, wunderschönen Figur hasste, seit ich zwölf war? Es kam überhaupt nicht in die Tüte, dass Gnatasha, kurz: Gnat, mich für etwas anderes als die Cheflektorin mit 100 Riesen im Jahr hielt, die ein Sommerhaus in den Hamptons und einen aufregenden, hinreißend gut aussehenden Freund hatte, der ...

„Jane!"

Erwischt! Ich lief den winzigkleinen Flur entlang zu meiner winzigkleinen Küche, kniete mich auf den schwarzweißen Linoleumboden und öffnete die Schranktür unter der Spüle. „Hey!" rief ich über den kleinen Mülleimer hinweg. „Komm hoch! Ich brauche deine Hilfe! Und bring das Superglatt-Haarbalm mit, okay?"

„Ich bin in zehn Minuten oben!" erklang Eloise Manfreds Stimme aus den Tiefen des Schrankes.

Eloise wohnte in dem Apartment unter mir. Die Wände, Böden und Zimmerdecken waren in unserem sechsstöckigen Haus so dünn, dass wir eines Tages entdeckten, dass wir uns ganze Nächte lang unterhalten konnten, wenn sie zur Küchendecke hochrief, während ich die Tür unter meiner Spüle geöffnet hatte. Wenn eine von uns in der Küche ermordet werden würde, könnte die andere die Polizei rufen. Das erzählte ich mal Tante Ina in der Hoffnung, dass sie sich wegen des fehlenden Portiers in unserem Gebäude keine Sorgen mehr machen würde. Umsonst.

Eloise arbeitete auch bei Posh Publishing. In meiner ersten Arbeitswoche hatte ich ihr gegenüber erwähnt, dass ich auf Wohnungssuche war, und sie hatte mir erzählt, dass das Apartment über ihrem leer stand. Sie hatte mir Fotos von ihrer Wohnung gezeigt und gesagt, dass die andere genau denselben Grundriss habe. Außerdem erwähnte sie, dass die Wohnung mietpreisgebunden war – das Zauberwort für mich! Ich hatte mein gesamtes Gespartes genommen, was knapp für die Kaution und die erste Miete ausreichte, und war ins Büro des Vermieters gerast (200 Dollar hatte ich mir von Ina leihen müssen). Mit Übergabe des Geldes und dem Unterzeichnen des Mietvertrages für zwei Jahre gehörte die Hütte mir. Mein Apartment ähnelte, bis auf den Grundriss, Eloises überhaupt nicht. Eloise war schließlich nicht umsonst bei Posh die Assistentin des Art Directors. Sie hatte bei sich zu Hause Erstaunliches mit einem Paravent vom Flohmarkt, seidigen, durchsichtigen Gardinen und Vergrößerungen von Schwarz-Weiß-Fotos bewirkt. Ich dagegen hatte zuvor sechs Jahre in der 81. Straße gewohnt und besaß aus dieser Zeit noch immer einen quietschrosa Plastikklapptisch.

Wenn man sich nun fragt, wie ich mir bei meinem mickrigen Gehalt, was vor sechs Jahren noch dürftiger war, überhaupt ein Apartment leisten konnte, dann lautet die Antwort: Haushalten und Kreditkarten. Tante Ina lehrte mich einiges über die Kunst des Wirtschaftens, und ich hatte, o Wunder, sogar zugehört. Es funktionierte. Ich bekam zwei Mal im Monat Gehalt und bezahlte mit der Hälfte des Geldes Miete, Strom etc. Dann packte ich 50 Dollar auf ein Sparkonto. Der Rest war für Essen, U-Bahn-Münzen und Taschengeld. Alles andere, Klamotten, Schuhe und Extras für die Wohnung bezahlte ich mit meinen Kreditkarten. Wenn es dann Zeit war, die Miete zu bezahlen, hatte ich dank Tante Inas Belehrungen immer genug auf dem Konto.

Ich hörte, wie Eloise ihr Apartment abschloss und die steilen Treppen zu mir hochjoggte. Dann hielt sie plötzlich an, rannte wieder nach unten und schloss ihre Tür auf. Wahrscheinlich hatte sie das Haarbalm vergessen.

Was ich an Eloise unter anderem so gern hatte, war, dass sie zwei Jahre älter war als ich (Lichtschranke 30!) und dass es sie überhaupt nicht störte, dass sie allein stehend war. Sie hatte permanent Freunde. Jüngere Männer, ältere Männer, niedliche Männer, hässliche Männer, Muskelprotze, kleine Männer, Männer mit Glatzen und richtig scharfe Männer. Männer aller Nationalitäten, Hautfarben und Berufsgruppen. Tante Ina hatte Eloise kennen gelernt, als wir drei uns in meiner Wohnung getroffen hatten, um von dort aus zu einem Designer-Outlet nach Secaucus, New Jersey, zu fahren. Das war während Eloises „Schwarze-Männer-Phase“. Sie hatte Abdul mitgebracht, um ihn uns vorzustellen, und in diesem Moment kam auch gerade Tante Ina. Sie hatte einen Blick auf Abdul geworfen und ihn angewiesen, die 2nd Avenue bis zur 42. Straße zu nehmen und dann quer durch die Stadt zum Lincoln Tunnel zu fahren, der nach New Jersey führte. Abdul, dessen Englisch nicht sehr gut war, hatte höflich genickt und freundlich gelächelt, obwohl er nicht den leisesten Schimmer hatte, wovon sie eigentlich sprach. Eloise und ich allerdings auch nicht. Dann hatte Tante mich im Flüsterton gefragt: „Ist er nicht der Fahrer von unserem Mietwagen?“ Ich hatte den Atem angehalten, aber Eloise hatte nur gelacht und Tante Ina auf die Wange geküsst. Eloise fand Tante Ina einfach unbezahlbar – ein weiterer Grund, weshalb ich sie so mochte.

Im Moment war Eloise mit einem russischen Friseur namens Serge befreundet. Er sah wie ein russischer John Travolta aus, wenn man sich das vorstellen kann. Sie waren seit drei Monaten ein Paar, und er betete sie an. Serge war ein echter Gentleman, der sogar aufstand, wenn eine Frau den Raum betrat. Er brachte Eloise stets Blumen mit und machte ihr trotz ihrer kläglichen Kochkünste sogar noch Komplimente, wenn sie mal das Essen zubereitete. Vor einem Monat hatte er begeistert über einen Haarstil erzählt, der in Moskau der letzte Schrei war, und Eloise, immer für etwas Neues bereit, hatte sich zum Modellsitzen bereit erklärt. Als Serge dann fertig war, stellte sich heraus, dass er Eloise einen Schnitt verpasst hatte, den vor sechs Jahren praktisch alle Frauen in den USA getragen hatten. Sie hatte aber nicht das Herz gehabt, es ihm zu sagen.

Eloise klopfte drei Mal, und ich schloss erst das große und dann die drei kleinen Sicherheitsschlösser auf. Sie strahlte, und ihre hellbraunen Augen blitzten, was bedeutete, dass sie irgendetwas für mich hatte. Es machte sie immer glücklich, anderen eine Freude zu bereiten.

„Sag jetzt nicht Nein“, befahl sie, streckte mir ihre Hände entgegen und öffnete die Fäuste. In ihnen lag jeweils ein Diamant-Ohrstecker von mindestens einem Karat. Ihre Mutter hatte ihr diese Erbstücke gegeben, kurz bevor sie an Unterleibskrebs starb. Diese Ohrringe waren das Wertvollste, das Eloise besaß. Ich wusste genau, wie viel einem das bedeutete, was man von seiner Mutter bekommen hatte, und schloss für einen Moment die Augen. Eloise lachte ihr typisches, unvergleichliches Bring-mich-jetzt-bloß-nicht-zum-Weinen-Lachen.

Ich hatte sie mal gefragt, ob sie glaubte, dass wir auch dann beste Freunde wären, wenn wir nicht zufällig beide sehr früh unsere Mütter verloren hätten, die an Krebs gestorben waren. Sie sagte Ja. Und ich konnte ihr nur zustimmen. Meine Mutter starb, als ich 19 und gerade im ersten Jahr auf dem College war. Mein Vater war bereits gestorben, als ich neun war. Eloise verlor ihre Mutter, als sie 13 war. Sie, ihr jüngerer Bruder und ihre jüngere Schwester wuchsen bei ihrem Vater auf, der später eine Frau heiratete, die Eloise sehr mochte.

„Die wirst du morgen tragen und fertig“, verkündete Eloise und schloss die Tür hinter sich. Dann zog sie die Tube mit dem Superglatt-Haarbalm aus ihrem Hosenbund und legte sie auf meinen rosa Tisch. „Jede Wette, dass sie Natasha auffallen werden. Sie ‚sagen‘ geradezu ‚Cheflektorin‘.“

Ich nahm die Diamantstecker und befestigte sie an meinen Ohrläppchen, strich das Haar zurück und führte sie Eloise vor. Tonlos sagte ich danke. Dann ging ich zu dem großen Spiegel an meiner Badezimmertür und bewunderte mich von allen Seiten. „Aber El, sagen sie auch, dass mein wunderbarer, sehr erfolgreicher Freund sie mir gegeben hat?“

Eloise lachte. „Sagen“ war das Wunderwort bei Posh Publishing. Das war das Kriterium, nach dem die Willi Wichtigs der Firma (damit meine ich Roland Remke und

Jeremy Black) entschieden, ob ein Buch veröffentlicht wurde. Es musste etwas „sagen“, das so bedeutend war, dass jeder es kaufen wollte.

Letztes Jahr hatte mir mein damaliger Boss, die Cheflektorin Gwendolyn Welle, die Autobiografie eines ehemaligen Kinderstars zum Lektorieren gegeben, die „sagte“: Wenn du mich gelesen hast, wirst du mindestens eine Woche lang deprimiert sein.

„Comedy-Kid: Wenn das Lachen vergeht“ war schließlich auf Platz 23 der Bestsellerliste der New York Times gelandet, was für ein kleines Verlagshaus wie Posh Publishing genauso gut war, wie die Nr. 1 zu sein. Remke war begeistert. Er hatte für die ganze Belegschaft in unserer Fabriketage eine große Party geschmissen. Als Projektmanagerin dieser Memoiren durfte ich eine zweistündige Mittagspause nehmen (hurra, hurra). Gwen, die das Manuskript gekauft, aber nur ein Viertel der Arbeit getan hatte, bekam eine fette Gehaltserhöhung. Von Jeremy, der nichts getan hatte, als zu dem Deal sein Okay zu geben, erschien ein Foto und ein Interview im „Publisher's Weekly“, *der* Verlagszeitung überhaupt, in dem er als das „kreative Genie hinter dem Erfolg von Poshs RealLife Books Imprint“ gehuldigt wurde. Und Roland Remke bekam von der großen Mutterfirma Vorzugsaktien in Millionenhöhe.

Ein großer Fernsehsender machte auch noch einen Film aus „Comedy-Kid: Wenn das Lachen vergeht“. Eloise und ich unkten, dass wahrscheinlich auch der Kinderstar dieses Films als obdachloser Drogensüchtiger enden würde. Das war zwar nicht sehr komisch, aber wir grinsten doch heimlich. Moment mal, noch etwas anderes bekam ich für das

Überarbeiten dieses Buches. Ich war mindestens eine Woche lang deprimiert.

Eloise ging in die Küche. Ich hörte sie im Kühlschrank rumoren, und schließlich kam sie mit einem Diät-Eistee zurück. Sie setzte sich auf den Futon, der den größten Teil des Raumes einnahm, lehnte sich an die pastellfarbenen Kissen und schnappte sich eins, um es zu umarmen.

„Okay, wir müssen Prioritäten setzen. Was ist wichtiger?“ fragte sie. „Gnat zu beeindrucken, von Jeremy auf einen Drink eingeladen oder von Remke befördert zu werden?“

Das war leicht. Ich nahm einen Schluck Eistee und gab die Dose Eloise zurück. Die Beförderung würde die Lügen, die ich meiner halb berühmten ehemaligen Klassenkameradin wegen meiner bedeutungslosen Stellung in der Firma mit 28 Jahren auftischen müsste, unnötig machen. Und sie würde Jeremy beeindrucken, der dann einen guten Grund hätte, mich einzuladen, um meine Beförderung zu feiern.

„Die Beförderung ist Priorität Nummer eins“, erklärte ich und schnappte mir die Zigarettenpackung. Dabei warf ich um ein Haar meinen Plastiktisch um. Gerade noch rechtzeitig griff Eloise nach dem Eistee. Ich konnte keinen richtigen Tisch kaufen, bis ich nicht ein richtiges Apartment mit einem richtigen Schlafzimmer hatte. Denn jeden Abend musste ich den Futon ausklappen, und dazu musste erst mal der Tisch verschwinden. So funktionierte es nun mal in einem kleinen Apartment.

„O Mann, nur noch eine übrig!“ beschwerte ich mich und zündete die letzte Zigarette an. Ich nahm einen langen, sehr befriedigenden Zug und blies den Rauch Richtung Zimmerdecke.

Eloise griff sich die Zigarette und nahm ebenfalls einen Zug, bevor sie sie mir zurückreichte. „Wir müssen mit dem Rauchen aufhören." Das sagte sie einmal in der Woche.

„Ja, weil sechs Treppen runter und wieder sechs Treppen hoch viel zu nervig für eine neue Packung sind." Ich inhalierte tief. „Vielleicht kann uns der kleine Laden an der Ecke Zigaretten liefern."

„Meinst du wirklich, die liefern eine Schachtel Zigaretten?" fragte Eloise und untersuchte währenddessen ihre Haare auf gespaltene Spitzen.

„Der Nachtverkäufer findet dich toll", sagte ich. „Er starrt dir immer auf den Busen, wenn wir dort etwas holen." Und das, obwohl Eloises Busen mindestens eine Größe kleiner war als meiner. Trotzdem standen die Männer mehr auf sie als auf mich. Vielleicht weil sie enge gerippte Rollis trug. Mein Kleidungsstil war eher konservativ, Jacketts und so. Aber als Künstlernatur unterlag Eloise nicht dem Kleiderzwang von Posh.

Sie rollte mit den Augen und bedeutete mir, ihr wieder die Zigarette zu reichen, von der sie dann einen Zug nahm. „Du triffst dich morgen früh als Erstes mit Remke, stimmt's? Und, bist du nervös?"

Ich nickte, während ich beobachtete, wie die zarte Rauchsäule nach oben stieg und sich schließlich auflöste. Vielleicht war es ja keine besonders schlaue Idee gewesen, das Gespräch mit Remke auf einen Freitag zu legen. Wenn er mich auslachen würde (oder das professionelle Equivalent dazu), dann wäre mein Wochenende gelaufen. Ich biss mir auf die Unterlippe und begutachtete mich im Spiegel.

„Das mit der Beförderung wird schon klar gehen", beruhigte Eloise mich. „Du verdienst es. Das musst du ihm nur klarmachen. Lass dich bloß nicht von ihm einschüchtern, Jane."

Ha. Das war ein Witz. Denn keiner wirkte auf mich so einschüchternd wie Remke. Er triefte nur so vor Geld, Bildung und Prestige. Dazu kam noch eine große Ähnlichkeit mit Blake Carrington aus der alten Sendung „Denver Clan". Remke war makellos – sein Haar, seine Anzüge, selbst sein Körbchen, in dem seine tägliche Post gestapelt wurde. Es war ihm wichtig, dass die Mitarbeiter seines Teams ebenfalls eine bestimmte Ausstrahlung hatten, damit er sie gleich als die Seinen erkannte. Deshalb sahen alle bei Posh klassisch-elegant aus und trugen stets gedeckte Farben.

Ich stylte mich so wie Gwen, denn schließlich war ich ja auch auf ihren Job scharf. Sie kam niemals in Jeans zur Arbeit, also tat ich das auch nicht. Sie blieb bis 19:00 im Büro, also verließ ich meinen Schreibtisch nie vor 19:01. Sie trank grünen Tee und bestellte exotische Salate zum Mittagessen; deshalb gab ich Cola und meine Schinken-und-Käse-Sandwiches auf, die ich immer von zu Hause mitgebracht hatte. Sie kaufte ihre Kleider bei DKNY – ich versuchte alles, um ihren Look zu kopieren. Stilbewusstes Auftreten war nicht so ganz meine Sache, aber dafür hatte ich ja zum Glück Eloise. Sie wusste immer, was gerade in war und was einen kleidete, aber das kam daher, dass sie aus Manhattan stammte, auf eine Privatschule an der Upper East Side gegangen war und das alles. Schon als Kinder hatten wir völlig verschiedene Vorbilder – meines war Natasha Nutley gewesen, die alles hatte und alles war, was ich für mich erträumte.

Aber natürlich hatte ich mich seit meiner Zeit an der Forrest Hill High School geändert. Die alte Redewendung, dass man zwar ein Mädchen aus seiner schlechten Nachbarschaft herausbringen kann, aber niemals die schlechte Nachbarschaft aus dem Mädchen, traf auf mich jedenfalls nicht zu. Man hatte in der Verlagswelt von New York City keine Chance, wenn man mit dem Akzent und dem Auftreten vom spießigen Bezirk Queens landen wollte. Also hatte ich hart an mir gearbeitet. Manchmal fragte ich mich, ob meine eigene Mutter mich wieder erkennen würde, wenn sie noch leben würde. Ich glaube, sie wäre stolz auf mich. Virginia Gregg hatte immer gesagt, dass ich eines Tages mal etwas ganz Besonderes werden würde. Tante Ina sagte immer, ich würde mich zu sehr bemühen. Aber sie hatte auch keine Ahnung, wie schwer das alles war.

„Ich halte das nicht aus", verkündete Eloise, blies einen letzten perfekten Rauchring und drückte die Kippe im Aschenbecher aus. „Ich gehe nach unten und hol uns eine neue Packung. Bin gleich wieder da."

Dankbar entriegelte ich für sie die vielen Sicherheitsschlösser. Ich brauchte unbedingt Zigaretten, um diese Nacht zu überstehen. Morgen war ein großer Tag. Erst das Treffen mit Remke, dann mein erstes Mittagessen mit Natasha, und weil Freitag war, gab es nur noch morgen die Chance, dass Jeremy Black plötzlich erkannte, dass ich tatsächlich ein Mädchen war und er sich mit mir am Samstag verabreden wollte.

Als ob das wahrscheinlich wäre.

Ich starrte in den Spiegel und überlegte, was ich noch anstellen könnte, um für Jeremy Black attraktiver zu sein. Ich musste daran denken, dass meine Mutter mal gesagt hatte, ich habe Ähnlichkeit mit dem Star aus der Comedy-Serie The Girl, die sie früher immer mit Tante Ina gesehen hatte. Diese Ähnlichkeit sah ich nicht, außer dass ich wie dieser Filmstar dunkelbraune Augen, dunkelbraunes schulterlanges Haar und einen hellen Teint hatte. Ansonsten nicht wie The Girl, eher wie The Invisible Girl – das unsichtbare Mädchen –, jedenfalls was Jeremy Black betraf.

Vielleicht hatte Tante Ina ja wirklich Recht, und ich bemühte mich zu sehr. Ein paar Mal in der Woche trug ich bei der Arbeit eine edle Brille, die nicht verschreibungspflichtig war, nur um damit belesener und respektabler auszusehen. Gwen hatte ebenfalls eine Brille, aber ich konnte nicht feststellen, ob sie wirklich eine brauchte, oder ob sie nur ein Teil ihres Images war. Meine Fingernägel waren stets kurz und hellrosa lackiert, gemäß einem Artikel, den meine Mutter mal gelesen hatte, in dem Jackie Kennedy Onassis zitiert wurde, die gesagt hatte, dass Fingernägel die Farbe von blassrosa Ballettschuhen haben sollten, die Fußnägel dagegen in einem klassischen Rot lackiert werden mussten. Meine Mutter war immer ein großer Fan von Jackie O.

Noch immer blickte ich in den Spiegel, drehte mich erst nach links und dann nach rechts. Missbilligend betrachtete ich meine Hüften und meine regelmäßigen, aber unauffälligen Gesichtszüge. Vor ein paar Monaten hatte ich zufällig beobachtet, wie Jeremy zusammen mit einer Frau, um die er den Arm gelegt hatte, ein Restaurant verließ. Sie sah aus wie das Topmodel Heidi Klum, und an ihr gab es praktisch nichts Rundes, außer ihrem absolut perfekten Po. Wann würde ich endlich aufhören, mir etwas vorzumachen? Jeremy Black würdigte mich niemals eines zweiten Blickes, außer wenn er mich bat, ein Manuskript zu kopieren oder dem Bruder einer Cousine der Freundin seiner Schwester ein besonders nettes Ablehnungsschreiben zusammen mit dem ungefragt eingesendeten Manuskript zuzuschicken.

Passend zu meinem bescheuerten Gehabe, das an eine Zwölfjährige erinnerte, streckte ich mir die Zunge heraus und ließ mich seufzend auf meinen Futon fallen. Plötzlich wünschte ich, ich hätte wie so viele allein stehende Frauen eine Katze, mit der ich kuscheln könnte, um mich zu trösten. In meinem Apartment gab es nichts, was mir Trost spendete. Außer einem Foto von meinen Eltern und mir, auf dem ich acht war. Aber ich konnte ja schlecht mit einem Foto kuscheln.

„Ich bin wieder da!" rief Eloise durch die geschlossene Tür. Rasch schloss ich auf, und völlig außer Atem kam sie hereingestolpert. „Diese Treppen werden uns umbringen, bevor es die Zigaretten tun." Sie schmiss die volle Packung auf den Tisch. „Okay – Beförderungszeit! Erst schminken wir dich, dann machen wir dein Haar, und dann ziehst du dich an. Ich denke da an deinen schwarzen Anzug mit dem kurzen Jackett und ..."

Aus heiterem Himmel umarmte ich Eloise heftig und drückte sie an mich. Sie schenkte mir allen Trost, den ich manchmal brauchte. Wir steckten uns beide eine an. „Moment!" rief ich. „Wir brauchen die ultimative Inspiration."

Sekunden später dröhnte der Sound der Millennium CD der Backstreet Boys durch mein kleines Apartment. Eloise lachte. Remke versuchte schon die ganze Zeit, den am wenigsten bekannten Backstreet Boy dazu zu bewegen, seine alles enthüllenden Lebensmemoiren zu schreiben. Allerdings war Remke sich noch immer nicht sicher, ob ein 19-jähriger Sänger überhaupt schreiben konnte oder nicht.

Eloise und ich sangen laut mit, während sie sich an ihre

Make-up-Zauberei machte, wobei sie mir die einzelnen Schritte vor dem Spiegel genau erklärte. Das erklärte Ziel war ein eleganter, aber unauffälliger Look. Der leicht bronzefarbene Puder, den sie auf meinen Wangen verteilte, erweckte den Eindruck, als hätte ich in letzter Zeit Sonne getankt – wie eine Cheflektorin, die mit ihrem erfolgreichen Freund ein lustvolles Wochenende in den Hamptons verbracht hatte und dennoch klug genug gewesen war, sich keinen Sonnenbrand zu holen.

Mein Nachbar klopfte an die Wand. Eloise und ich verdrehten die Augen, und ich drehte die Lautstärke an meinem CD-Player herunter.

Eine Stunde später stand ich vor dem Spiegel und grinste Eloise begeistert an. Durch eine Wolke von Zigarettenrauch strahlte sie zurück, zupfte an meinem Jackett und dem blauen Halstuch. „Du ‚sagst' definitiv ‚Befördere mich'."

Jetzt musste ich nichts anderes mehr tun, als diesen Look am nächsten Morgen um 7:30 wieder hinzubekommen.

Quietsch, quietsch, quietsch.

„Oh. Oh, oh. Ohhhhhhhhhhhhhh!"

Erschöpft öffnete ich die Augen und blickte auf meinen Wecker. Die rot leuchtenden Zahlen waren entschieden zu hell. Es war 6:38 morgens.

Das Sexleben vom Opernmann war drauf und dran, meine Beförderung zu ruinieren. Ich brauchte dringend die eine Stunde Schlaf, die mir noch blieb. Stundenlang hatte ich mich in der vergangenen Nacht im Bett herumgewälzt und war meine Eröffnungsrede an Roland Remke Wort für

Wort durchgegangen. Kurz vor 2:00 hatte ich zum letzten Mal auf die Uhr geschaut. Ich war zu den Klängen von Opernmanns quietschendem Bett und „Aida“ weggedämmert. Glücklicherweise hatte ich den Orgasmus seiner Freundin verschlafen, aber an diesem Morgen war sie so laut, dass ich sogar ihr atemloses Stöhnen zwischen den „Ohs“ hören konnte.

Der Opernmann lebte auf der anderen Seite des Flurs, und sein Apartment grenzte an die Wand, an der mein Futon stand. Ich wusste nicht mal, wie der Opernmann hieß. Das heißt, ich kannte seinen Nachnamen – Marinelli. Aber darüber hinaus war mir nur der Anfangsbuchstabe seines Vornamens bekannt, denn an seinem Briefkasten klebte ein Schild, auf dem A. Marinelli stand. Ich konnte praktisch alles hören, was in seinem Apartment vor sich ging. Inklusive seiner manchmal nervenden, aber oft auch tröstlichen Besessenheit für Opern. Ich hörte die berühmtesten Arien. Ansonsten hatte er eine echte Macke: Er bummerte gegen meine Wand, wenn ich Popmusik etwas über Zimmerlautstärke hörte, während er „Carmen“ voll aufdrehte und schreiend lauten Sex hatte. Eloise und ich glaubten, er sähe wie Ricky Martin aus. Wer sonst könnte es schaffen, dass eine Frau beim Sex dermaßen abging? Obwohl er bereits seit zwei Jahren gegenüber wohnte, hatte ich ihn noch nie gesehen. Außer Eloise und zwei anderen allein stehenden Frauen, eine in der zweiten Etage und eine in der vierten, kannte ich niemanden in unserem Haus und begegnete nur selten jemandem im Treppenhaus.

„Oh, oh, ohhhhhhhhhh!“ Zu blöd, dass sie nicht wenigstens seinen Vornamen schrie. Dann wüsste ich endlich, wofür A. stand.

Vielleicht hatte der Opernmann mir sogar einen Gefallen getan, indem er mich so früh weckte. Dadurch hatte ich eine Stunde extra Zeit, um mich fertig zu machen, außerdem konnte ich so zur Abwechslung mal etwas anderes als meinen üblichen Bagel mit Frischkäse essen.

„Oh, oh, oh. Oh yeah! Ohhhh!"

Manchmal glaubte ich wirklich, dass jeder in New York City ein besseres Sexleben hatte als ich. Mein letztes Mal war mit dem Söldner. Eloise hatte ihm diesen Spitznamen verpasst. Er war ein Freund und Arbeitskollege von Jeff, dem Freund unserer Freundin Amanda. Der Söldner und ich waren zwei Mal zusammen weggewesen, und bei dem zweiten Date hatte ich meinen festen Vorsatz vergessen, niemals Sex vor dem vierten Date zu haben, und war mit ihm ins Bett gestiegen. Am nächsten Morgen hatte er mir Instant-Kaffee und einen Muffin auf einem provisorischen Nachttischchen serviert, das sich als ein Stapel alter Söldner-Magazine herausstellte. Ich hatte den gravierenden Fehler gemacht, mein geschocktes Missfallen zum Ausdruck zu bringen. Daraufhin hatten wir einen Mega-Streit, und ich war Türen knallend aus seinem Apartment gerauscht. Er war der vierte Typ, mit dem Jeff mich verkuppeln wollte. Das war jetzt fast zwei Jahre her, und seitdem hatte Jeff mir keinen anderen seiner Freunde angeboten. Seit fast zwei Jahren hatte ich keinen Sex mehr gehabt. Und das letzte Mal war auch nicht gerade berauschend gewesen.

„Oh. Oh. Oh!"

Der Opernmann selbst machte niemals Geräusche. Immer nur seine Partnerinnen.

Mein Wecker klingelte, und ich beschloss, ihn klingeln

zu lassen, um die Ohs auszublenden. Natürlich bummerte der Opermann prompt an die Mauer. Ich stellte den Wecker aus.

Vielleicht stand das A ja für Arschloch.

Ich legte mich wieder hin und schloss die Augen. Im Moment hatte ich wirklich Wichtigeres zu tun, als zu wünschen, ich hätte ein Sexleben.

2. KAPITEL

„Jaaane."

Ich drehte mich um und stand direkt vor Morgan Morgan, Remkes und Jeremys Assistentin. Morgan Morgan, so hieß sie wirklich. Angeblich war Morgan sowohl der Mädchenname ihrer Mutter als auch der Nachname ihres Vaters, und so fanden die Eltern, die Namensgebung sei eine Sache des Schicksals. Das fand ich auch.

„Roland hat jetzt Zeit, Jaaane." Morgan zog meinen Namen immer lang wie Kaugummi. Sie war 22, gerade mit dem College fertig, ganz hübsch, und sie war scharf auf meinen Job. Kurz: Man konnte ihr nicht trauen.

Ich schaute auf meine Uhr. Es war genau 8:59. Meine Besprechung mit Remke war für neun angesetzt. Der Mann war nie und nirgends spät dran. Ich sah mich in der loftartigen Halle von Posh Publishing nach einer mir vielleicht den Daumen hochhaltenden Eloise um. Sie und ihre Chefin Daisy, die Art Directorin, saßen zusammen in einem durch Schiebetüren abgetrennten hellen Kasten vor der Fensterwand zum Marketing.

Ich lächelte Morgan eisig zu und ließ ihr den Vortritt.

Vor Remkes Bürotür blieb ich kurz stehen und sagte mir: Du betrittst jetzt das Chefzimmer. Um zu fordern, was dir zusteht. Tief durchatmen. Du schaffst es. Lass dich nicht unterkriegen!

Die Tür ging plötzlich auf.

„Da sind Sie ja, Gregg", sagte Roland Remke, als ich ihm fast in die Arme stolperte. „Morgan!" brüllte er über den Flur. „Kaffee!" Und zu mir: „Na los. Was gibt's? In einer Viertelstunde habe ich ein Meeting."

Eine Viertelstunde. Ich hatte eine Viertelstunde, um mein ganzes Leben entscheidend zu verändern. Ich schloss die Tür und machte ein paar Schritte in den riesigen Raum, der, kein Witz, größer war als mein gesamtes Apartment. Sonnenlicht strömte durch die deckenhohen Fenster hinter Remkes Schreibtisch und glitzerte in Remkes dichtem grauen Haar und auf seinem silberfarbenen Brillengestell. Er griff nach dem Stapel Memos aus seinem Eingangskorb und ließ seine 1,90 m auf dem karamellfarbenen Sofa neben seinem Schreibtisch nieder.

Sollte ich mich dazusetzen? Oder mich doch eher für einen Besucherstuhl entscheiden, von dem aus ich ihm nicht direkt ins Gesicht gucken musste? Ich biss mir so lange auf die Unterlippe, bis von meinem mühsam aufgetragenen Lippenstift garantiert nichts mehr übrig war. Remke blätterte Papiere durch. Ich bekam feuchte Hände. Eine Schweißperle kullerte mir den Ausschnitt runter. Tief durchatmen nicht vergessen. Ich sah nach draußen auf die Spitzen des Chrysler Buildings, des Empire State Buildings, des ...

„Also, was ist? Los jetzt!" murmelte Remke mit Blick auf seine Memos. Er sagte das oft. Los jetzt. Er sagte das mindestens hundert Mal am Tag. Das schüchterte die Leute so sehr ein, dass, wenn sie den Mund endlich aufbekamen, Remke schon fast zu Hause war.

Ich räusperte mich. „Äh, die Sache ist ... ich möchte mit Ihnen über meine Zukunft bei Posh sprechen." Weil mir nichts Besseres einfiel, verschränkte ich meine Hände hinter dem Rücken. Ich wünschte, ich könnte so überzeugend losschmettern wie Morgan Morgan. Ich war sechs Jahre älter als sie und hatte sechs Jahre mehr Berufserfahrung, und trotzdem sagte ich noch „Äh" und bekam feuchte Hände. Morgan war wirklich redegewandt. Und wahrscheinlich hatte sie gar keine Schweißdrüsen.

„Ihre Zukunft?" Remke pfefferte die Memos zur Seite. „Warum kommen Sie damit zu mir? Reden Sie mit Black. Er ist Ihr direkter Vorgesetzter, solange Gwen noch im Mutterschutz ist. Überhaupt sollten Sie warten, bis Gwen wieder da ist."

Wenn Remke über Dritte redete, nannte er sie immer nur bei ihrem Nachnamen, außer Gwendolyn Welle, was mich ohne Ende nervte. Ich vermutete, das war so ein ritterliches Respekt-Ding. Remke mochte Gwen, achtete sie. Ich hingegen ertrug Madame Oberwichtig kaum. Sehr zu meiner Freude hatte sich Gwen einen verlängerten Mutterschutz gegönnt. Sechs Monate statt drei, was für mich drei weitere Monate ohne ihre herrische Art waren. Ganz sicher aber waren es keine drei weiteren Monate ohne Beförderung.

Bis auf zwei ziemlich wichtige Autorinnen, die Gwen hofiert hatte (Jeremy gelang es schließlich, wen wundert's?, sie unter Vertrag zu nehmen, nachdem er ausgeschwärmt war, um sie persönlich kennen zu lernen, was Gwen wiederum ungemein geärgert hatte), landete ihr Stapel Arbeit bei mir. Ich hatte die letzten sechs Jahre ohnehin schon für zwei geschuftet und für drei von der Sekunde an, in der Gwen mit ihren Baby-Abschiedsgeschenken aus der Tür gewatschelt war. Ich hatte die Beförderung verdient. Kurz bevor sie ging, hatte ich das Thema einmal angeschnitten. Sie reagierte mit einer ihrer Mach-einfach-so-weiter-Reden und bügelte mich mit der großzügigen Erlaubnis ab, während ihrer Abwesenheit mit Jeremy und Remke zu sprechen. Das war eine der Sachen, die ich so an ihr hasste: Gwen nahm mich nicht ernst. Was sicher nur daran lag, dass ich keine Bedrohung für sie darstellte. Warum eigentlich nicht? Ich war jung, schön und hungrig. Oder?

Roland Remke blickte stirnrunzelnd auf seine Notizen.

Ich setzte mich auf den Besucherstuhl und verrenkte mir fast den Hals, um Remke anzusehen. „Ja, äh, ich habe mit Gwen gesprochen, und sie schlug mir vor, mit Jeremy oder mit Ihnen zu reden, also ging ich zu Jeremy, doch der meinte, ich solle lieber direkt mit Ihnen sprechen." Hörte ich mich völlig dämlich an? Ich war mir nie ganz sicher, ob meine Worte irgendeinen Sinn ergaben, wenn ich mit bestimmten Leuten sprach, Leuten wie Jeremy oder Remke, oder mit sonst jemandem, der mich einschüchterte.

Eingedenk meiner Unfähigkeit, Jeremy ins Gesicht zu sehen und gleichzeitig mit ihm zu sprechen, kann man sich leicht vorstellen, wie die Unterhaltung gelaufen war. Er ließ mich kaum meinen Satz zu Ende bringen. Vielleicht hätte ich nicht auf seine Schuhe starren sollen.

„Morgan!" brüllte Remke in Richtung Tür. „Wo ist die Presseerklärung zum Natasha Nutley Deal? Morgan!"

Ich hätte zu gern gewusst, ob Remke Morgan bei ihrem

Vor- oder Nachnamen rief. Mir gefiel die Nachnamen-Vorstellung besser.

Nach einem kurzen Klopfen ging die Tür auf. Morgan Morgan kam mit einem Becher Kaffee herein, den sie Remke reichte. „Liegt mitten auf Ihrem Schreibtisch, Rolaaand“, wieherte unser effizientes Pony und trabte los, um sie für ihn zu suchen.

Remke überflog den Text mit sich stetig verfinsternder Miene. „Wer hat das geschrieben?“

Meine Wangen glühten. Ich fühlte Morgans Blick auf mir und sah sie an. Ich schwöre, sie hat gegrinst. Sie hat versucht, es zu verstecken, aber ich habe es gesehen. Sie hat gegrinst, die alte Hexe.

„Äh, ich?“

„Ist das eine Frage oder eine Antwort?“ Mit seinen eisblauen Augen musterte er mich scharf über den Rand seiner Brille hinweg.

Ich habe vier Tage (und selbstverständlich vier schlaflose Nächte) damit verbracht, diese 350 Wörter auf das verdammte Blatt Papier zu bringen. Normalerweise schrieb Gwen die Pressemitteilungen, erst recht wenn es um ein richtig dickes Geschäft ging. Ihrer Babypause hatte ich es zu verdanken, dass ich den Text zu der bevorstehenden Publikation von Gnats Autobiografie, die noch nicht mal einen Titel hatte, schreiben durfte.

Was hatte ich vergeigt? Jeremy hatte den Text abgenommen, bevor er nochmals gegengelesen und ins Korrektorat gegeben worden war. Alle Informationen waren drin, und ich, nicht auf den Kopf gefallen, wenn ich das mal sagen darf, *habe die Geschichte erzählt*. Das war auch so ein Posh-Gesetz: die Schlüsselbegriffe nachdrücklich betonen!

Hatte ich mich bei der Auflage vertan? Oder aus der Taschenbuch-Ausgabe ein Trade Paperback gemacht? Gar den Skandal um Natashas verhängnisvolle Affäre mit einem berühmten Schauspieler vergessen? Der war schließlich das A und O.

Oder, o Gott, hatte ich etwa Gnat geschrieben?

„Ich wollte sagen, ich war's", korrigierte ich und verabschiedete mich von meiner Beförderung. Tante Ina hatte Recht gehabt. Von nun an würde ich die Sonntage bei belegten Broten und Butterkeksen mit Grammy verbringen und mein zügelloses Mundwerk im Zaum halten müssen, damit sie mich nicht enterbte. Ich würde mit Ethan Miles zu Danas Hochzeit gehen. Ich wäre gezwungen, Morgans direkten, meteoritengleichen Aufstieg von der Assistentin zur programmverantwortlichen Lektorin zu verfolgen ...

„Das ist verdammt gut", sagte Remke und tippte mit seinem Posh Publishing Kuli auf das Blatt.

Morgan runzelte die Stirn. Ich lächelte.

„Sie helfen Nutley bei der Bearbeitung ihrer Biografie im Stil der Presseerklärung, und dann sehen wir mal, was aus der Beförderung zur Lektoratsassistentin wird, Gregg."

Morgan lächelte.

Mir drehte sich der Magen um. „Äh, Roland? Ich ... ich bin schon Assistentin. Ich dachte eher an die Beförderung zur Junior-Lektorin."

„Morgan, hol Black", unterbrach Remke. „Sag ihm, wir müssen über den Vertrag mit diesem Backstreet Jungen reden. Und bring gleich die Pressemappe mit. Und Kaffee." Er machte es sich auf dem Sofa bequem und ging wieder seine Unterlagen durch. „Wie ich schon sagte, Gregg ...", Remke sah kurz auf, „warten wir mal ab, wie Sie mit Nutleys Manuskript zurechtkommen. Mit ihr holen wir uns eine Berühmtheit ins Haus. Und Berühmtheiten bringen andere Berühmtheiten hervor. Wir haben einen gigantischen Marketingetat, um wirklich alles aus dem Buch rauszuholen, und es besteht kein Grund, warum wir damit nicht auf die New York Times Bestsellerliste kommen und in die ganz große Liga aufsteigen sollten. Und die ganz große Liga bedeutet ganz große Etats, und das bedeutet Geld für andere Dinge, Beförderungen zum Beispiel. Machen Sie sich mal keine Gedanken, Gregg. Machen Sie einfach so weiter."

Morgan grinste.

Warum gefiel den Oberindianern dieser Satz so gut? Ich habe den Mach-einfach-so-weiter-Quatsch nach jeder Arbeitsbesprechung gehört. Danach fühlte man sich nur noch mieser und ohnmächtiger als vorher. Und was kommt am Ende beim Weitermachen raus? Sie bügeln einen ab. Vielleicht würden Gwen und Jeremy und Remke gern mal mit 26.000 im Jahr in New York leben und auf dem Weg von und zur Arbeit in der Subway Manuskripte lesen. Vielleicht würde es Remke Spaß machen, sich am Monatsende zu überlegen, ob er Zigaretten oder was zu essen kauft, weil er total pleite ist.

Ja. Ich hör schon auf zu jammern. Und wenn ich endlich das Rauchen aufgeben würde, könnte ich mir auch den extra großen Hühnchenteller *fajita burrito* bei dem billigen Mexikaner leisten, bei dem Eloise und ich so gern aßen, stimmt's? Aber wie sollte ich mit dem Rauchen aufhören können, wenn ich noch nicht mal eine Besprechung mit Roland Remke ohne „Äh" überstand?

Remke tippte mit dem Kuli auf seinen in Armani gehüllten Oberschenkel. „Was wollt ihr noch? Ab mit euch! Wir sind fertig. Wo ist Black!“

Mit hoch erhobener Nase stolzierte Morgan vor mir aus Remkes Büro.

„Danke, Roland“, sagte ich. „Wegen der Nutley-Sache. Ich war, äh, auch ein bisschen stolz auf mich und ...“

„Schon gut, Gregg. Danke. Macht bitte die Tür hinter euch zu, ja?“

Er hat mich gelobt, immerhin. Und vielleicht gesagt. Sogar mehr als vielleicht. Meine Laune hob sich. Er hat mehr gesagt als Machen-Sie-einfach-so-weiter. Remke hat mir hübsch klargemacht, was ich zu tun hatte: Natashas Buch ganz oben auf die New York Times Bestsellerliste zu bringen. Das war meine einzige Chance auf die Beförderung. Es sei denn, Jeremy könnte den Backstreet Jungen wirklich becircen und sämtliche Etats für das Projekt abziehen. Ich bezweifelte allerdings, ob ihm das, wenn überhaupt, auf die Schnelle gelingen würde, selbst wenn der Knabe schwul war.

„Gregg, wo gehen Sie heute mit Natasha Nutley essen?“

Mit der Hand auf dem Türknauf drehte ich mich um. „Äh, ins Blue Water Restaurant?“

„Ist das eine Frage oder eine Antwort?“

Was war bloß los mit mir? Warum erzählte ich bei diesem Mann immer einen solchen Stuss? Warum war ich so unsicher? Gottlob war wenigstens Morgan Morgan nicht in der Nähe, um mich fies anzugrinsen.

„Ins Blue Water“, bekräftigte ich mit einem entschiedenen Nicken.

„Gut. Bleiben Sie unter hundert. Und halten Sie das Gespräch am Laufen. Das ist eine wichtige Zeit für Posh,

Gregg. Und Natasha ist ein dicker Fisch für uns. Ich habe sie Ihnen und nicht Black wegen eurer High School-Vergangenheit überlassen. Weibergeschichten, erst recht, wenn sie so weit zurückreichen. Sie müssen ihr Vertrauen gewinnen. Sie müssen sie so weit bringen, dass sie jedes dreckige Detail ihrer Affäre preisgibt und den Vertrag für die Fortsetzung unterschreibt, über die Zeit im Entzug. Entzug ist angesagt im Moment. Geben Sie Ihr Bestes, Gregg."

Womöglich hatte Remke vergessen, dass ich diese Predigt seit der Projektübernahme vergangene Woche schon fünf Mal gehört hatte. „Mach ich", sagte ich und verließ sein Büro.

Entzug ist angesagt im Moment. Remke war ein solcher Scheißkerl. Manchmal würde ich ihm zu gern meine Faust in sein geliftetes Gesicht donnern.

Allein, dass ich gerade schwer wiegendere Probleme zu lösen hatte. Und zwar mit Natasha Nutley im Blue Water Mittag essen zu gehen und unter hundert Mäusen zu bleiben. Ich würde Nein zu einer Vorspeise oder einem Salat sagen, das armselige Fischfilet und ein Glas Leitungswasser bestellen und Natasha dabei zusehen, wie sie den weltbesten Lachs in ihren wohlgeformten Mund gabelt. Ich korrigiere: Ich würde ihr dabei zusehen, wie sie ihn bestellt und nach drei Happen das Besteck zur Seite legt, um ihre Supermodel-Figur zu behalten.

Mir blieb noch das legendäre Blue Water Brot. Das Brot war umsonst.

„Morgan!" Das war Remkes krächzende Stimme. „Kaffee! Wo ist Black?"

Noch ganz durcheinander von Remkes Monolog machte

ich mich auf den Weg in mein kleines Büro. Eine Fortsetzung. Berühmtheit. Bitte. Natasha war eine zweitklassige Schauspielerin mit einer zweitklassigen Biografie über eine zweitklassige Affäre mit einem Schauspieler, dessen Identität sie noch nicht einmal preisgeben durfte. Okay, er sollte wohl eine echte Nummer sein. Na und? Sie hatte alles aus der Geschichte um den geheimnisumwitterten Mister X und ihren angeblichen Herzschmerz rausgeholt, was man rausholen konnte. Sie hat ihre miese Beichte an die Frauenmagazine verhökert und durfte in einigen mittelmäßigen Talk-Shows auftreten.

Im Grunde war die ganze Sache unglaublich. Nur weil Gnat dummerweise einen Vertrag unterzeichnet hatte, den *Der Schauspieler* aufgesetzt hatte, blieb sie gegen Androhung der Todesstrafe davon verschont, den Namen ihres Lovers vor jedem Medium dieser Welt jemals preisgeben zu müssen. Geschickt kam sie mit ihm nur noch als *Dem Schauspieler* um die Ecke und machte so eine Menge Wirbel um seine Identität. Das war die Geschichte, der Skandal hinter dem Skandal.

Wen interessierte das wirklich?

Nach Remke potenziell 500.000 Leute. Was der Grund dafür war, dass ich die nächsten zwei Monate Natashas Konzept mit Fleisch füllen und die ersten drei Kapitel schreiben sollte.

Morgan kam mit einem neuen Becher Kaffee für Remke aus der Küche. Direkt hinter ihr lief Jeremy Black. Er nickte mir zu und ging weiter in Richtung Remkes Büro.

Von einer Sekunde auf die andere bewegte sich alles nur noch in Zeitlupe, und die Geräusche verstummten.

Die Sonne, die durch die Fenster auf der linken Seite des

Lofts schien, strich über sein dichtes dunkelbraunes Haar und ließ seine karibischen Augen noch ... karibischer wirken. Nie zuvor in der Geschichte hatte es einen schöneren Mann gegeben. Er war so original-schön, Filmstar-schön, James Bond-schön.

37 Jahre, 1,85 m, Harvard, Studium und MBA. Er war eher clever und sarkastisch als nett, aber als stellvertretender Geschäftsführer und Programmleiter eines Nischenverlages musste man schon etwas skrupellos sein. Er wohnte in einem Loft in Lower Manhattan (ein paar Blocks weiter hatten früher John F. Kennedy jr. und Carolyn Bessette gelebt). Sein Reebok Sportclub lag in der Nähe von Leuten wie Jerry Seinfeld, und die Frauen, die er traf, sahen aus wie Models, waren aber selber stellvertretende Geschäftsführerinnen. Das Einzige, was mich mit Jeremy Black verband, war Posh Publishing. Und das war nicht viel.

Ich verkroch mich in mein kleines, fensterloses Büro und stöhnte angesichts des frischen Manuskriptestapels, den Jeremy auf dem Weg zu Remke in meinem Eingangskorb abgeladen haben musste. Spitze! Pünktlich zum Wochenende. Normalerweise ließ er die unverlangt eingesandten Manuskripte auf Gwens Schreibtisch fallen, die sie kurz durchsah, um die totalen Nieten dann bei mir fallen zu lassen. Immerhin, die Möglichkeit bestand, dass sich ein wahres Juwel zwischen den Papierbergen versteckt hielt. Hätte ich den potenziellen Bestseller erst rausgefischt, wäre ich im Handumdrehen Junior-Lektorin. Und dann würde mein Leben nicht mehr von Natasha Nutleys Erfolg abhängen.

Keine besonders realistische Perspektive. RealLife Bücher waren nicht nur Bekenntnisbücher von Promis (und ich war nicht pingelig bei der Definition Promi). Ich musste mich durch erbärmlich geschriebene, hirnlose Biografien von absoluten Nobodys quälen, die über Darmchirurgie (nicht sexy genug, fand Remke) und Kokainsucht schrieben (vorbei, fand Jeremy), auf der Ich-hasse-meine-Mutter-Welle ritten (jammer, jammer, fand ich) oder das Märchen von Wie-ich-hässlich-und-arm-zur-Welt-kam-und-dann-ein-Supermodel-wurde erzählten (Bitte nicht! fanden Eloise und ihr Boss). Verschont mich. Verschont uns alle.

In diesem Stapel wartete der nächste Bestseller für die New York Times garantiert nicht auf mich. Ich würde mich darauf konzentrieren müssen, das Beste aus Gnat herauszuholen und mir so einen Namen bei Posh zu machen, obwohl mich die Vorstellung ihres Erfolgs nicht gerade umhaute. Sollte sie für einen Tag mal im Rampenlicht stehen, so hatte sie das dem Rampenlicht von jemand anderem zu verdanken. Ihre Berühmtheit war ein Schwindel. Warum also sollte meine Beförderung zur Lektorin nicht auch auf einem Schwindel beruhen?

Was war daran falsch? Genau genommen haben mich Geschäftsführer und Verleger meiner eigenen Firma soeben dazu aufgefordert. Und hatte ich nicht gelernt, dass man es als Miss Nett genau zu dem bringt, was ich heute war? Ein dickes, fettes Nichts?

Die interne Leitung meines Telefons summte. „Jaaane", ertönte Morgans unausstehliche Stimme. „Deine Cousine Dana hat angerufen, als du bei Remke warst. Sie sagt, du hättest ihre Nummer."

„Danke." Ich verdrehte die Augen und drückte die Taste zum Beenden des Gesprächs. Prima! Jetzt musste ich vor dem Essen mit Natasha auch noch Dana zurückrufen. Nach Gesprächen mit meiner Cousine fühlte ich mich generell hundeelend. Andererseits war es dann vielleicht keine schlechte Idee, sie sofort anzurufen. Ich konnte mir ja sowieso kein Essen leisten. Die interne Leitung klingelte erneut. „Jaaane, ich habe noch was vergessen. Sie hat gesagt, du sollst sie auf dem Handy anrufen. Sie ist bis Mittag im Plaza. Erwähnte etwas von einem Probelauf für den Einzug."

Unerwartet schossen mir Tränen in die Augen. Nein, nein, nein, befahl ich mir. Jetzt nicht losheulen. Dir steht eine mordsmäßig wichtige Verabredung bevor. Soll Dana doch im Plaza an ihrer Teetasse nippen und mit ihrem blöden Handy durch die Gegend rennen, als würde sie gerade in diesen Möchtegern-Ballsaal einschweben. Ich ging gleich mit einer Beinahe-Berühmtheit Mittag essen. Einer Berühmtheit, die ich sogar schon kannte. Ich hatte es mindestens genauso gut. Besser eigentlich. Sah man von den gelegentlichen Farbberatungen bei ihren Nachbarn ab, arbeitete Dana noch nicht mal. Was so schlecht dann auch wieder nicht klang.

Ich ließ mich über meinen Schreibtisch fallen. Besiegt.

Mein Blick landete direkt auf einem Foto von meinen Eltern und mir, das in dem herzförmigen Rahmen von Tante Ina steckte. Mein durchaus ansehnlicher Vater hatte mich lächelnd auf dem Arm, und meine Mutter zwickte ihn in den Bizeps. Laut Tante Ina, die das Foto geschossen hatte, war ich drei Jahre alt gewesen.

Ich fragte mich, was mein Vater wohl denken würde, wenn er erführe, dass es Dana war, die in zwei Monaten den Gang des Plaza hinabschreiten würde. Wäre er enttäuscht? Würde er den Kopf schütteln und meiner Mutter sagen, dass ich ihn im Stich gelassen hätte?

Vielleicht sollte ich das erklären. Es war Marvin Gregg gewesen, der mir das Plaza zum ersten Mal gezeigt hatte. „Siehst du das schicke Hotel, Prinzessin?“ hatte er mich gefragt, als wir die Fifth Avenue hochschlenderten. Wir waren während einer unserer Nur-Jane-und-Dad-Tage auf dem Weg zum Central Park Zoo. „Das ist das Plaza. Allein das Reingehen kostet schon eine Million Dollar. Aber genau dort wirst du heiraten. Eines Tages werde ich dich den Gang entlang des Ballsaals vom Plaza Hotel geleiten. Wie findest du das, Prinzessin?“

„Ich bin erst neun, Paps!“ hatte ich protestiert, die Hände in die Hüften gestemmt. Ich erinnerte mich, wie ich auf das Hotel gestarrt und gedacht hatte, dass es wie ein Gefängnis aussah. In keiner Weise hatte es meinen kindlichen Luftschlössern entsprochen. Es hatte wirklich wie ein Gefängnis auf mich gewirkt.

„Stimmt, aber irgendwann bist du erwachsen, Prinzessin“, hatte er gesagt und meine Hand gedrückt. „Und du verdienst eine millionenschwere Hochzeit. Ich sag dir was: Du findest den Richtigen, und ich sehe, was ich tun kann. Wie klingt das, Prinzessin?“

„Paps, ich will die Affen sehen. Lass uns endlich gehen!“ hatte ich gequengelt. Ich erinnerte mich, dass er daraufhin gelacht hatte. Die ganze Fifth Avenue bis zur Ecke der 59. Straße hatte er mich herumgewirbelt, als würden wir in einem Ballsaal tanzen.

Mein Vater war einen Tag später einer Laune des Schicksals erlegen. Schlaganfall. Er war 41 Jahre alt.

Von dieser Unterhaltung hatte ich niemals jemandem erzählt. Weder meiner Mutter noch Tante Ina, und auch keinem meiner Freunde. So etwas erzählte man nicht. So etwas bewahrte man ganz tief im Herzen. Manchmal tröstete es, und manchmal brachte es einen zum Weinen.

„Jaaane!“

Was denn noch? Ich drückte den Intern-Knopf. „Ja?“

„Remke will, dass du ein paar Titelvorschläge für die Nutley-Biografie und einen Rückseitentext für die Vorschau ablieferst, bevor du zum Essen gehst. Er braucht beides vor zwölf auf seinem Schreibtisch.“ Ich hörte das triumphale Das-schaffst-du-nie in Morgans Stimme genau.

„Kein Problem“, sagte ich fröhlich, drückte die Gesprächsende-Taste und streckte die Zunge raus. Titel und Rückseitentext bis um zwölf. Toll! Ich hatte ja nur hundert andere Sachen zu erledigen, die Vorbereitung auf mein Treffen mit Gnat gar nicht mitgezählt.

Ich rief meine E-Mails ab. 16 neue Nachrichten. Neun waren von Morgan: Remkes Rundmitteilungen an die Mitarbeiter. Der Gebrauch von blauer Tinte war nunmehr gegen die Geschäftspolitik, weil sich schwarze besser kopieren ließ. Cheflektoren durften keine roten Minen mehr verwenden, weil die vornehmlich von Lektoren benutzt wurden. Die Mittagspause war auf eine Stunde begrenzt, es sei denn, man traf Autoren oder Literarische Agenten, was im Vorfeld genehmigt werden musste. Geschäftspapier durfte keinesfalls als Schmierzettel missbraucht werden. Und so weiter und so fort. Mein Favorit war: Die leichtfertige Nutzung der E-Mails war streng verboten.

Ich klickte eine Mail von Eloise an: „Wie lief es mit Remke? Erzähl mir in unserer nächsten Zigarettenpause davon! E.“

Was würde ich ohne Eloise machen? Ich ignorierte alle mit dem Job in Verbindung stehenden Nachrichten und öffnete eine von Amanda Frank, die sie auch an Eloise geschickt hatte. Wir drei trafen uns regelmäßig jeden Freitag zum Flirtabend-Stammtisch, bei dem alles inklusive war: tratschen, über die Arbeit ablästern, Drinks zu neun Dollar, Typen nachstellen und, logisch, flirten. Amanda und ihr Freund waren vor einem Jahr zusammengezogen, somit war sie beim Flirten außen vor. Trotzdem verpasste sie keinen Freitag. Jede Woche wählte eine andere den Treffpunkt und trommelte die Bande zusammen.

„Hey Mädels! Wie wär's mit dem TapasTapas, dem neuen Laden auf der 16. Straße, Ecke Union Square für unseren FaS? In der Time Out steht, das ist der ultimative Treffpunkt der Schönen und Reichen, und die Tapas sollen Spitze sein! Sauteuer, aber na und? Gleiche Zeit wie immer. Bis dann! Amanda."

Ursprünglich war Amanda ein Cowgirl aus Montana. Ehrlich – sie kam von einer Ranch mit allem Drum und Dran. Ihre Haare waren lang und blond, was in New York City ziemlich ungewöhnlich war. Entsprechend reagierten auch die Jungs auf sie, wenn wir ausgingen, was Eloise und ich ihr aufrichtig gönnten. Ich antwortete ihr kurz, dass ich es kaum abwarten konnte, und öffnete dann ein Word Dokument, um über Titel und Rückseitentext für Gnats Biografie nachzudenken.

Titelvorschläge: Der Blutsauger. Rückseitenüberschrift: Die wahre Geschichte der Gnatasha Nutley, zerquetscht in der Blüte ihres Lebens. Lesen Sie und freuen Sie sich, dass Ihr Leben ein anderes ist!

Ich grinste. Wenn's doch nur so wäre.

Natasha Nutley küsste die Luft neben meiner Wange. Ich

konnte das noch nicht mal als einen Hollywoodkuss abtun. Jeder, den ich kannte, küsste so. Mit Ausnahme meiner Freunde. Bekannte und Geschäftsleute verteilten immer diese Art von Luftküssen, was manchmal, meistens bei Europäern, sogar so weit ging, dass sie sie neben beiden Wangen platzierten. Wenn eine Frau freiwillig ihre angemalten Lippen aufs Spiel setzte, indem sie dir einen richtigen Kuss gab, dann war sie eine echte Freundin.

Natashas superschlankes Selbst machte es sich auf einem Stuhl mir gegenüber im hinteren Teil des Blue Water bequem. Seit unserem Abschluss an der Forest Hills High School vor zehn Jahren hatte ich sie nicht mehr gesehen. Sie hatte sich überhaupt nicht verändert, jedenfalls nicht wesentlich. Ich hätte sie nicht auf 28 geschätzt. Vielleicht hatte sie schon was an ihren Augen machen lassen?

„O mein Gott!" trillerte sie eine Sekunde später. „Da ist mein Agent. Ich muss kurz Hallo sagen! Du entschuldigst mich, Janey?"

Ich nickte und zwang mich zu einem Lächeln. Janey. Wohl kaum der richtige Name für einen Alter-Hase-mit-wichtigen-Aufgaben-Lektor wie mich. Ich beobachtete Natasha, wie sie zu einem Tisch voll braun gebrannter Männer glitt. Noch mehr Luftküsse.

Ich war froh über die Galgenfrist. Als die Kellnerin Natasha an meinen Tisch geführt hatte, begann mein Herz wie wild zu rasen. Plötzlich war ich noch nicht mal mehr Jane Gregg, die Lektoratsassistentin eines angesehenen Verlagshauses in New York City. Ich war Jane Gregg, die intellektuelle Verliererin von Forest Hills High.

Robert Evans' 16-jähriges Gesicht und sein schlaksiger Körper tauchten blitzartig vor meinem inneren Auge auf.

Aus lauter Sympathie für den liebestollen Teenager, der ich gewesen bin, liebeskrank, dank Gnat, zog sich mein Herz zusammen. Wie sehr hatte ich sie gehasst!

Sie stand immer noch lachend mit dem Braungebrannten zusammen. Wie kam es nur, dass sie so großartig aussah? Sie war zehn Jahre älter als damals in Forest Hills, wo jeder an ihrem Rockzipfel gehangen hatte. Zugestanden, heute hatte sie die Schönheit, den Körper und das Geheimnisvolle einer Frau. Einer in der Tat ausnehmend schönen Frau.

Leider ähnelte Gnat nämlich ziemlich Nicole Kidman. Bis hin zu den roten Locken, der leicht nach oben geschwungenen Nase, ihrer Figur und Größe. Alles, was ihr fehlte, war Tom Cruise als ihr Ex. Wenn aber die Gerüchte stimmten, dann spielte *Der Schauspieler* in exakt derselben Liga.

Natasha Nutley hatte diese Je-ne-sais-quois-Ausstrahlung. Wann immer ich in New York eine Berühmtheit sah, war es, als würde sie mit ihrem eigenen Weichzeichner durchs Leben ziehen. Sie sahen einfach nicht aus wie gewöhnliche Menschen. Genauso wenig wie Gnat. Gewöhnliche Menschen hatten kein Verhältnis mit Fernsehschauspielern, die in den Zeitschriften auf der Liste der sexysten Männer ganz oben standen. Gewöhnliche Menschen wurden nicht berühmt, indem sie nicht nur einfach mit den Männern ins Bett gingen, die auf der Liste ganz oben standen, sondern auch noch eine Beziehung mit ihnen hatten. Nach Natashas Konzept zu ihrem Bekenntnisbuch war sie für sieben Wochen seine Einzige gewesen.

Bei ihrem ersten Date, das in seinem Bett stattgefunden hatte (Schlampe!), hatte er sie (und offensichtlich jede

Frau, mit der er sich einließ) *das* Dokument unterschreiben lassen. In dem hauptsächlich stand, dass, sollte Natasha zu irgendjemandem, und sei es zu einem Freund, auch nur ein Sterbenswort über ihr Verhältnis verlieren, *Der Schauspieler* sie auf Schadenersatz in Höhe ihres derzeitigen und zukünftigen Vermögens verklagen könnte. Einschließlich der Einkünfte aus ihrem Ich-bekenne. Warum also hatte sie ein so blödes, beleidigendes Papier unterschrieben? Warum hatte sie überhaupt mit einem Mann geschlafen, der ihr einen Vertrag unter die Nase hielt, während er den BH öffnete? Die öffentlichkeitswirksamen Antworten standen alle in Natashas Konzept.

Puh! Die Sache hier war so persönlich. Normalerweise war ich nicht besonders empfindlich, was die intimen Details anderer Menschen anging. Im Gegenteil, für den Freitagsstammtisch konnte eigentlich nichts intim genug sein, und inzwischen hatte ich schon eine Menge Bekenntnisbücher gemacht. Aber Natasha Nutley? Sie gehörte nicht in meine Welt. Und ich wollte nicht mehr über sie wissen als das, was ich für richtig hielt. Dass sie in ihrem Leben mehr Enttäuschungen erlebt hatte, als ein Mensch aushalten konnte, hätte mich im Grunde triumphieren lassen sollen. Tat es aber nicht. Ich fühlte mich eigenartig und wusste nicht genau, warum.

„Tut mir Leid!“ säuselte Natasha und glitt, ihre roten Locken in den Nacken werfend, auf den Stuhl zurück. Das Dutzend silberner Armreifen an ihrem Handgelenk klimperte. „Mein Agent ist wirklich ein Schatz. Er findet es großartig, dass wir zusammen essen, und hat versprochen, Hallo zu sagen, bevor er geht.“

Ich lächelte und nahm einen Schluck von meinem Leitungswasser. „Spitze!“ sagte ich und versuchte, sie nicht unverwandt anzustarren. Wie hatten so gewöhnliche Menschen wie Mr. und Mrs. Nutley, die gleich bei mir um die Ecke gelebt hatten, es bloß hingekriegt, ein so atemberaubendes Geschöpf in die Welt zu setzen? Judith Nutley war 1,58 m, maximal, hatte allerdings dasselbe lockige hellrote Haar. Mr. Nutley, dessen Vornamen ich vergessen hatte, war groß und dünn und hatte Gnats grüne Augen. Aber keiner von beiden war eine Augenweide. Ganz im Gegensatz zu Marvin und Virginia Gregg. Die es dafür geschafft haben, das allergewöhnlichste Geschöpf von New York zu zeugen.

„Wie wär's, Natasha, wenn wir jetzt ein bisschen über das erste Kapitel sprechen? Du weißt ja, Posh ist glücklich, dass es als Vorabdruck in *Marie Claire* erscheinen soll, und wir brauchen ...“

„Immer nur das Geschäft!“ beschwerte Natasha sich gespielt beleidigt, wobei mir ihre perlweißen Zähne entgegenstrahlten. „Wie lange haben wir uns jetzt nicht gesehen, zehn Jahre? Janey Gregg, ich muss sagen, du siehst beneidenswert aus!“

Das war unverzeihlich. Es gab nichts Herablassenderes, als das Aussehen einer Frau beneidenswert zu nennen. „Danke, Gnat“, sagte ich und erinnerte mich, wie sehr sie die Abkürzung ihres Namens immer gehasst hatte. Und wenn sie doch bloß das stumme „G“ hören könnte. „Du siehst auch umwerfend aus.“

„Findest du?“ Sie lachte, und ihre grüne Augen funkelten wie geschliffene Smaragde. Es war so ungerecht. „Ich habe den weltbesten Hautarzt. Wenn du willst, gebe ich dir seine Nummer. Dann bist du diese kleinen Fältchen unter deinen Augen im Handumdrehen los."

Welche kleinen Fältchen?

„Ich kann es immer noch nicht fassen!" rief Natasha und drückte sich eine Zitrone in ihr 6-Dollar-Mineralwasser. „Ich meine, Posh nimmt mich unter Vertrag, und keine Geringere als Janey Gregg aus Forest Hills wird meine Lektorin!"

„Ich wohne inzwischen in New York", sagte ich. Zu kleinlaut, Jane. Beruhige dich. „Auf der Upper East Side. Mein Freund hat sich was auf der Upper West gekauft, aber ich habe die Upper East immer vorgezogen."

Warum sagte ich das? Das mit dem Freund war eine Sache, aber musste ich den ganzen Rest unbedingt dazu erfinden? Schien so.

„Ooooh, ein Freund, noch dazu mit einem Häuschen! Gut gemacht, Jane."

Ja, gut gemacht, dachte ich zerknirscht. Frag mich jetzt bitte nicht nach seinem Namen, versuchte ich ihr telepathisch klarzumachen. Ich fühlte mich nicht in der geistigen Verfassung, mir einen wirklich guten auszudenken. „Nun, ihm gehört natürlich nicht das ganze Haus", ergänzte ich, während ich mir ein Stück Brot aus dem Korb zwischen uns nahm. „Nur ein Apartment in einem dieser braunen Klinker, drei Zimmer, eins davon ist sein Büro. Ich habe eine super Studiowohnung, die ich so liebe, dass ich sie einfach nicht aufgeben kann, aber im Grunde ist es eine Verschwendung, echt, weil ich doch die meiste Zeit bei ihm bin."

Hatte man erst mal angefangen, konnte man nicht wieder aufhören. Kein Witz!

Natashas Locken hüpften auf und nieder, wenn sie nickte. „Ich weiß genau, was du meinst. Mein Freund und ich leben auf seinem Hausboot in Santa Barbara. Wer könnte danach jemals wieder an Land wohnen?"

Ja, wer? Versteht man jetzt, warum ich redete wie ein Wasserfall?

„Was ist eigentlich aus den schweigsamen Zwillingen geworden, mit denen du immer unterwegs warst?" fragte Natasha. „Bist du noch mit ihnen befreundet?"

Die Miner-Zwillinge. Lisa und Lora. Groß, dünn und genauso still, wie Gnat sie erstaunlicherweise noch in Erinnerung hatte. Jahrelang hatten Lisa und Lora sich mein Gejammer und Geklage über Gnat angehört, nonstop, seit sie mir Robby Evers weggeschnappt hatte. Heue maile ich einer von beiden so etwa alle sechs Monate, und eine von beiden mailt zurück. Sie waren in San Francisco aufs College gegangen und später dort geblieben. Sie waren beide verheiratet und hatten zwei Kinder, ein drittes war unterwegs. Wir standen noch ein paar Jahre in engem Kontakt miteinander, aber die Entfernung und die unterschiedlichen Lebensstile hatten dann ihren üblichen, für jede Freundschaft tödlichen Effekt gezeigt.

„Nicht mehr wirklich", antwortete ich. „Die Menschen leben sich auseinander – du weißt, wie das ist."

Natasha sah mir einen Moment in die Augen. Was sie jetzt wohl dachte? Was für eine mausgraue, verhuschte Streberleiche musste ich als Teenager eigentlich abgegeben haben? Dass ich nie einen Freund gehabt hatte? Dass ich es gerade mal auf zwei Freundinnen gebracht hatte, die es heute auch nicht mehr gab? Bei Natasha hatte die ganze

Schule Schlange gestanden, um sich mit ihr anzufreunden. Mit wem sie sich abgab, der war angesagt.

„Ich habe heute einen riesigen Freundeskreis", fügte ich hinzu und griff nach meinem Glas Wasser. „Freunde sind einfach alles. Ich wüsste nicht, was ich ohne Eloise und Amanda machen sollte." Wow – eine wahre Behauptung. Hatte ich dafür keinen Orden verdient?

Sie nickte. „Schöne Namen. Ach, habe ich eigentlich schon erwähnt, dass ich auch ein Apartment auf der Upper East Side habe? Nur zwei Zimmer, die ich kaum nutze, weil ich zu selten in der Stadt bin, aber ich kann mich, genau wie du, nicht davon trennen. Wäre ja lustig, wenn wir Nachbarn wären. Meins ist auf der 64. Straße zwischen der Park und der Madison Avenue." Sie trank einen Schluck Wasser. „Aber das kennst du ja alles schon. Du kennst meine ganze Lebensgeschichte! Vielleicht nicht jedes Detail. Aber immerhin die Eckdaten aus meinem Konzept und das, was du in der Presse über mich gelesen hast."

Die Eckdaten, ganz genau, aber was brauchte ich sonst noch, um zu merken, dass sie ein opportunistisches, mediengeiles Miststück war? Es hatte mir schon gereicht, zähneknirschend anerkennen zu müssen, dass Gnat ein ganz passables Konzept zu ihrer lächerlichen Lebensgeschichte geschrieben hatte. Alle wichtigen Elemente für ein Ich-bekenne, das man nicht aus der Hand legte, waren drin. Von arm zu reich und wieder retour, dabei aber nie die Selbstachtung verlieren. Für meinen Geschmack hatte Natasha Nutley ein bisschen viel Selbstachtung. O nein, ich war nicht neidisch!

64. Straße. Kein Mensch wohnte in der 64. Straße, und schon gar nicht zwischen Park und Madison Avenue. Das

war das Gleiche wie im Plaza zu heiraten. Das tat man einfach nicht, es sei denn, man war Milliardär.

Wie also haben Dana Dreer und Natasha Nutley, zwei Mädchen aus Queens, das Unmögliche geschafft? Vielleicht mussten dafür Vor- und Nachname mit demselben Buchstaben anfangen.

„O mein Gott! Natasha? Natasha Nutley?"

O mein Gott hatte richtig gehört. Die Stimme gehörte zu meiner Cousine Dana.

Ich drehte mich um und fand, dass Dana Dreer mit ihrem offenen Mund und den weit aufgerissenen Augen ziemlich dämlich aussah. Es gab wirklich eine Menge Restaurants in der Gegend. Musste sie sich ausgerechnet das Blue Water aussuchen?

Natasha sah Dana an, registrierte ihre großen blauen Augen, ihren weißblonden Haarschnitt, ihre schmale, von Kopf bis Fuß in Prada gehüllte Figur (Kompliment an den Internet-Millionär und Bräutigam in spe). Plötzlich zeichnete sich auf Natashas Gesicht ein breites Lächeln ab. „Dana? Die kleine Dana Dreer?"

Zwei gellende Schreie. Dann lief Dana los, Gnat stand auf, und beide lagen sich in den Armen.

Natasha war Danas Babysitter gewesen, als Dana etwa acht, neun, zehn war. Man kann sich vorstellen, wie Dana mit dieser mustergültigen Belanglosigkeit hausieren ging, wann immer sie in Forest Hills war, um ihre Eltern oder ihre Grammy zu besuchen.

„Jane hat mir erzählt, dass sie dein Buch betreut!" sagte Dana. „Das ist so aufregend! Jetzt steht in deinem ohnehin schon beeindruckenden Lebenslauf auch noch ‚Autorin'."

Natasha bebte. „Na ja, das Schreiben war schon immer meine größte Leidenschaft."

Ach ja? Ich dachte, ihre größte Leidenschaft war es, anderen Frauen den Beinahe-Freund direkt vor dem jährlichen Abschlussball an der High School auszuspannen. Ohne mit der Wimper zu zucken!

„Jane!" betonte Dana vorwurfsvoll und sah mich aus ihren immer noch weit aufgerissenen Augen an. „Ich habe dich heute Morgen angerufen, und du hast dich nicht zurückgemeldet. Ich habe die perfekten apricotfarbenen Schuhe für dich entdeckt. Auf der Lexington Avenue, Höhe 77. Straße ist so ein Laden, gleich bei der Subway." Sie widmete sich wieder Natasha. „Was für ein Zufall, euch hier zu treffen! Ich bin mit meinem Caterer zum Essen verabredet."

Ein Kellner – ein Model? – fragte nach unserer Bestellung. Ich sagte ihm, dass wir noch einen Moment bräuchten. Mir entging nicht, dass er Natasha wohlwollend musterte.

„Wow! Die kleine Dana Dreer!" wiederholte Natasha kopfschüttelnd. „Ich kann es nicht fassen!"

„So klein auch wieder nicht", sagte Dana überschwänglich. „Ich heirate in zwei Monaten im Plaza!" Wie auf Stichwort färbten sich ihre Wangen hellrosa.

Natasha holte angemessen tief Luft. „Im Plaza! Nicht schlecht. Habt ihr zwei im Lotto gewonnen, oder was?"

„Eher, dass ich reich heirate, wenn ich das selber so sagen darf!" hauchte sie mit verschämtem Lächeln, als sie uns ihre zweieinhalb Karat schwere linke Hand hinhielt und mit den Fingern wackelte. Ich hätte kotzen können.

„O mein Gott, Natasha, du musst unbedingt kommen! Die Hochzeit ist am 22. August, ein Sonntag."

„Warte. Lass mich kurz meinen Terminkalender ..." Natasha schnippte sich eine Locke aus dem Gesicht. Dann ließ sie ihre Louis Vuitton Tasche auf den Tisch plumpsen und zog einen ebenfalls in Louis Vuitton Leder eingebundenen und mit Hunderten von kleinen LVs übersäten Timer heraus. „Mal sehen ... 2. August, 2. August ... Da bin ich frei!" verkündete sie und klappte ihren Kalender schwungvoll zu. „Ich bleibe die nächsten zwei Monate in der Stadt, um mit Janeys unschätzbarer Hilfe an den ersten Kapiteln meines Buches zu arbeiten, bevor ich nach Santa Barbara zurückfliege, um zu schreiben, zu schreiben, zu schreiben. Du kannst also mit mir rechnen."

Ich war schockiert. Warum sollte Natasha Nutley – berühmt, aber zu Unrecht – sechs Stunden ihres sagenhaften Lebens auf der Hochzeit von Dana Dreer und Larry Fishkill vergeuden? Selbst wenn es im Plaza war?

„Es ist okay, wenn ich meinen Freund mitbringe, oder?" fragte Natasha ganz nebenbei. „Sam wird den ganzen August hier sein und ..."

Dana strahlte. „Aber natürlich!"

Fassungslos sah ich Dana an. Ihr Ex-Babysitter, den sie seit zehn Jahren nicht mehr gesehen hatte, durfte seinen Lover mitbringen, aber ihre eigene Cousine nicht? Dana ging wahrscheinlich davon aus, dass jeder x-beliebige Freund von Natasha entweder berühmt, prominent oder wenigstens so bekannt war, dass er ihre Gästeliste schmücken würde.

„Dann werde ich also Janes Freund und deinen Zukünftigen bald kennen lernen!“ sagte Natasha. „Ach, ein Toast auf die Liebe!“

Nun war es an Dana, mich fassungslos anzustarren. „Janes Freund?“

„Kommt er nicht auf die Hochzeit?“ fragte mich Natasha.

„Nun ja, ich ...“

„Jane!“ Dana hatte ihre Hände in die Hüften gestemmt. „Warum hast du mir nicht gesagt, dass es was Ernstes ist. Mom hat gesagt, du triffst jemanden, aber ich wusste nicht ... Selbstverständlich bringst du ihn mit.“

Ich schluckte.

„Na, dann ist ja alles klar“, beschloss Dana und klatschte in die Hände. „Ihr bringt beide eure Männer mit. Ich werde euch vier an einen Tisch setzen. Gut, dass ich mit meinem Caterer verabredet war. Ich setze sie gleich auf die Liste. Mann, ich kann kaum abwarten, zu erzählen, dass Natasha Nutley zu meiner Hochzeit kommt. Mom und Grammy flippen aus.“

Noch mehr Luftküsse. Dann zog Dana endlich ab.

Natasha stützte ihre Ellbogen auf den Tisch und legte den Kopf zwischen ihre Hände. „Ich sterbe vor Neugier, mehr von deinem Kerl zu hören. Wo hast du ihn getroffen? Was macht er?“

Meine Hände wurden feucht. Ich rieb sie gegen die Serviette auf meinem Schoß. „Natasha, dein Leben ist so spannend, dass man ein Buch darüber schreiben kann! Nicht meins. Huch“, sagte ich, als ich auf die Uhr sah. „Schon so spät. Ich denke, wir sollten bestellen und mit dem ersten Kapitel anfangen. Im Konzept steht, du wolltest mit dem Schauspielunterricht einsteigen, den du als Kind genommen hast, aber ich glaube, es ist besser, direkt mit *Dem Schauspieler* zu eröffnen und dann in die Rückblende zu gehen. So nach dem Motto, dein Leben preisgeben, so weit es nötig ist."

„Du bist der Lektor!" zwitscherte Natasha lächelnd und öffnete die Speisekarte. „Aber zum Nachtisch will ich was von deinem Freund erfahren. Der hört sich lecker an."

Schön, dass sie so dachte, denn mein Mittagessen würde aus den selbst aufgetischten Lügen bestehen.

3. KAPITEL

Flirtabend-Stammtisch-Diskussion Nr. 8.566.932: die Sache mit dem angeblichen Freund. Amanda, Eloise und ich steckten über dem runden Tisch gegenüber dem Tresen des TapasTapas die Köpfe zusammen, als ein Julia Roberts-Verschnitt unsere Getränke brachte.

Amanda wedelte mit der einen Hand den Rauch von Eloises Zigarette weg und rührte mit der anderen in ihrem Gin Tonic.

„Hey, vielleicht könntest du Jeremy Black für die Rolle deines wunderbaren Lovers gewinnen. Jetzt, wo Natasha Nutley dabei ist, wird die Hochzeit quasi zu einer Pflichtveranstaltung für den Verlag. Ich wette, er kommt mit. Frag ihn, Jane!"

Ich brachte es ja noch nicht einmal fertig, Jeremy auf unseren Montagskonferenzen nach seinem Wochenende zu fragen. Und dann sollte ich ihn auf eine private Hochzeit einladen?

Tiefer Seufzer. „Kann ich nicht."

„Bullshit!" beharrte Amanda. „Du bist seit Jahren hinter ihm her. Das ist die Gelegenheit. Ich würde ihn fragen."

Hatte ich schon erwähnt, dass Amanda Frank, die gerne und oft so was wie „Bullshit" sagte, wie die kleine (aber blondere) Schwester von Claudia Schiffer aussah? Natürlich könnte sie jeden Mann, den andere mit Pierce Brosnan verwechselten, um ein Date bitten. Ich hingegen sah, um einen Lieblingssatz meiner Tante Ina zu zitieren, vollkommen „in Ordnung" aus. Was im Klartext hieß, dass ich Lichtjahre von Jeremy Blacks Welt entfernt lebte.

Eloise nahm einen Schluck von ihrem Merlot und zog an ihrer Marlboro. „Selbst wenn sie den Mut hätte, ihn zu fragen – Jeremy ist ausgeschlossen. Gnat kennt ihn." Sie drehte sich von Amanda weg und blies den Rauch aus.

„Aber unsere hellsichtige Jane hat den Namen ihres Mr. X nicht verraten", gab Amanda zu bedenken. „Taucht sie mit Jeremy Black auf der Veranstaltung auf, fällt Gnat vom Stuhl, genau wie Dana. Sie werden glauben, dass du zu bescheiden warst, um den mächtigen Jeremy als deinen Freund vorzustellen. Plus, du musst ihn noch nicht einmal in das einweihen, was du da treibst. Er muss überhaupt nicht erfahren, dass er dein vorgeschobener Freund ist."

„Aber ich habe gesagt, mein Freund wohnt auf der Upper West Side", erinnerte ich Amanda. „Und Natasha weiß, dass Jeremy in Lower Manhattan lebt. Ich habe einen Teil des Telefonats mitbekommen, das sie letzte Woche wegen der Vertragsunterzeichnung hatten. Das Übliche Wo-kommst-du-her?, Wo-lebst-du-jetzt? Blabla. So kamen sie überhaupt auf die Forest Hills-Verbindung."

Amanda rührte wieder in ihrem Gin Tonic. Eloise kaute

auf ihrer Unterlippe. Ich knabberte an der Spitze meines Cocktailstäbchens.

„Theoretisch könntest du bis zur Hochzeit noch jemanden kennen lernen – das sind ganze zwei Monate“, sagte Amanda und straffte eine Strähne ihres Ponys, um sie hinter ihr Ohr zu schieben. „Vielleicht schon heute. Wir setzen uns ein bisschen an die Bar und flirten. Oder ich mache dich mit ein paar von Jeffs Freunden bekannt.“

Eloise und ich hoben gleichzeitig die Brauen. Tu dies, mach das. Und dann sollte ich mich wegen eines völlig verpatzten Blind Dates noch elender fühlen? Sogar Eloise ist einmal mit einem von Jeff Jorgensens Freunden ausgegangen. Jeff selbst war wirklich ganz süß und verhältnismäßig normal, allenfalls, dass er es mit seinem Kumpel-Getue etwas übertrieb. Gleiches galt aber längst nicht für die zahllosen Kollegen aus seiner Firma. Die waren selten weder süß noch normal, dafür ungeheuer wichtig.

„Er arbeitet jetzt bei Ernest & Young“, fügte Amanda hinzu. „Das ist das angesagteste Wirtschaftsberaterbüro der Welt. Damit stehen dir Hunderte erfolgreicher Kandidaten zur Verfügung. Man kann ja nie wissen.“ Neidisch beäugte sie meinen Longdrink. „Den hätte ich auch bestellen sollen. Nach so einem ätzenden Tag braucht man was Rotes, Starkes.“

Ich trank einen Schluck ab und schob Amanda das Glas zu. Sie war eine Anwaltsanwärterin bei Lugworth & Strummold, eine der größten Anwaltskanzleien von New York. Obwohl sie keine großen Ambitionen hatte, liebte sie ihren Job. Gelegentlich sprach sie davon, mal einen Stift in die Hand nehmen zu wollen und Romane à la John Grisham zu schreiben, um dann von ihren Kontakten in der Verlagsbranche zu profitieren.

Eloise und ich hatten Amanda an meinem zweiten oder dritten Arbeitstag bei Posh kennen gelernt, als wir vor der Tür mal wieder eine Zigarette rauchten. (Amanda hatte inzwischen mit dem Rauchen aufgehört und arbeitete auch nicht mehr in dem Gebäude. L & S war vor vier Jahren in die Nähe der Wall Street gezogen.) Egal, damals standen wir zwei oder drei oder zehn Mal am Tag vor der Tür. Auf die ersten paar Wochen Small Talk folgten die ersten Einladungen zum Essen, auf die Einladungen auf einen Drink folgten, die wiederum zu Einladungen zum Samstags-Brunch führten, die dazu führten, dass wir uns nun jeden Freitag zum Flirtabend-Stammtisch trafen.

„Du könntest Max anrufen", schlug Eloise vor und wartete vorsichtig auf meine Reaktion. „Du hast dich sowieso gefragt, was aus ihm geworden ist. Das wäre also eine gute Gelegenheit, es rauszufinden."

Ausgeschlossen. Ich schüttelte den Kopf. Warum bloß tat es immer noch so weh, nur seinen Namen zu hören? Niemals würde ich Max anrufen. Konnte ich nicht. Am Ende war er immer noch mit dieser Wie-hieß-sie-dochgleich zusammen. Oder mit einer anderen. Und warum sollte er mitbekommen, dass ich verzweifelt nach einem Date suchte und mir außer meinem einzigen Ex-Freund niemand einfiel, den ich auf eine Feier mitnehmen konnte, noch dazu eine Familienfeier?

Max und ich hatten uns in der Herrenabteilung eines Kaufhauses kennen gelernt. Er hatte sich ein Hemd gekauft; ich suchte nach einem Geburtstagsgeschenk für meinen Onkel David. Und als ich Max dann entdeckt hatte, wie er orientierungslos und konfus die Hosen auf dem Ständer hin und her schob, war es vorbei mit mir. So vorbei, dass ich es wagte, ihn zu fragen, ob er glaubte, der Pulli, den ich in der Hand hielt, könnte meinem Onkel David gefallen. (Sieh an, es gab doch einen todsicheren Weg, um in New York heiratsfähige Typen kennen zu lernen. Nur ein Single-Mann kaufte sich seine Klamotten allein.)

Stopp. Sekunde. Klammerbemerkung weg. Ich hatte vergessen, dass Max Reardon kein heiratsfähiger Mann gewesen war. Schon nach dem ersten Jahr unserer Beziehung hatte er sich in jemanden aus seiner Firma verknallt, und tschüss! Mit 23 Jahren und einem gebrochenen Herzen hatte er mich sitzen lassen. Im Nu hatte ich zwölf Pfund verloren, weil ich keinen Appetit mehr hatte. Dann nahm ich wieder zwölf Pfund zu, weil ich mich nur noch mit Häagen Dazs-Eis trösten konnte, das Eloise und Amanda mir jeden Tag vorbeigebracht hatten. Ich endete genau da, wo ich angefangen hatte: mit sieben Pfund Übergewicht und einem gebrochenen Herzen.

Zwei Wochen hatten Eloise und Amanda mein Heulen und Naseputzen mit angesehen, dann hatten sie beschlossen, dass wir jedes Wochenende so tun würden, als wären wir als Touristen in New York unterwegs. Jeden Monat hatten wir uns ein anderes Viertel vorgenommen. Während ich weinend die Stufen zur Freiheitsstatue erklomm, mit geschwollenen Augen durch das Fernrohr auf dem Empire State Building blinzelte und schluchzend an der Reling der Staten Island-Fähre stand, reichten sie mir ein Taschentuch nach dem anderen. Ich heulte, wenn ich den Central Park betrat. Heulte bei einem Basketballspiel. Heulte auf jedem Konzert. Ab Monat fünf versiegte die Quelle meiner

Tränen. Ich hatte Max so weit überwunden, dass ich die Schönheit der Blumen im Botanischen Garten und auch die einiger Amerikaner wieder erkennen konnte. Ich wollte Gwen die Idee zu einem Stadtführer für Frauen mit gebrochenem Herzen verkaufen, aber sie fand das Thema albern.

Max war mein erster echter Freund gewesen, und bis heute auch mein letzter. Mal ein paar Dates oder das wochenweise Herzklopfen um den Mr. Vielleicht, aber mein Puls hatte sich immer sehr schnell beruhigt. Nie was Ernstes.

Wieso? Amanda hatte Jeff, Eloise ihren Russen. Und ich saß mitten in einer knackvollen Tapasbar, umzingelt von Frauen und ihren männlichen Begleitern. Wo war das Problem? LKW-Fahrer und Bauarbeiter fanden mich niedlich genug, um mir hinterherzupfeifen. Warum konnte ich dann nicht einen Mann genauso um den kleinen Finger wickeln, wie meine Freundinnen es konnten? Wie Natasha Nutley?

Amanda schob mir meinen Drink zurück. Ich nahm einen Schluck.

„Also gut. Kein Max“, sagte Eloise. „Ich habe total vergessen, dass deine Familie ihn kennt. Somit kannst du ihn ja wohl schlecht als die neue Liebe deines Lebens ausgeben. Und dass ihr wieder zusammen seid, glaubt kein Mensch. Schlechte Idee. Tut mir Leid, dass ich überhaupt daran gedacht habe.“

Ich warf Eloise einen meiner Ist-schon-okay-Blicke zu. Wir rührten, kauten und knabberten wieder.

Unvermittelt zeigte Amanda mit ihrem Cocktailstäbchen auf mich. „Du machst das mit dem Blind Date, Jane. Du brauchst lediglich einen Kerl, der dich auf eine Hochzeit begleitet. Was hast du zu verlieren?“

Eloise und ich starrten sie an. Diese Frage verdiente keine Antwort mehr.

Amanda hingegen genügte mein Schweigen aus anderen Gründen. Sie griff nach ihrem Handy. „Jeff, rate mal, wer es wieder mit einem Blind Date versuchen will? Jane! Blödsinn, nein, das war, das war vor zwei Jahren! Hast du jemanden?“ Wir warteten. „Nein! Der ist zu dreist. Ne, zu klein. Jane ist einssechsundsiebzig. Hm. Ach, den meinst du? Niemals. Er ist süß, ja, aber ein Idiot. Jane ist Lektorin, die braucht einen mit Grips. Oh! Ja? Aha ... aha ... aha ... der klingt richtig gut! Mach's fest!“

Klingt gut? Und Amanda hatte noch nie ein Auge auf Mr. Aha geworfen?

Strahlend klappte Amanda ihr Handy zu. Sie beugte sich weit über den Tisch und steckte die widerspenstige Ponysträhne nach hinten. „Kevin Adams. 33 Jahre alt. Wirtschaftsberater in gehobener Position. Wohnt in einem braunen Klinker westlich vom Central Park. Jeff sagt, jede Frau im Büro verrenkt sich den Hals nach ihm.“

Beinahe hätte ich mich an meinem Drink verschluckt. Das war Schicksal! Kevin Adams war genau der Mann, den ich Natasha beschrieben hatte. Bis hin zu dem braunen Klinker auf der Upper West Side.

„Hört sich gut an, Jane“, stimmte Eloise nickend zu. „Verdammt gut!“

„Das musst du machen, Jane“, pflichtete Amanda bei. „Oder wir verraten Gnat und Dana, dass du gelogen hast. Und dass es mit Mr. Müllschlucker prima läuft!“

Die beiden hatten meinen fassungslosen Blick für Abwehr gehalten. Bis über beide Backen grinsend strahlte ich

Amanda an. „Sag Jeff, er soll ihm meine Nummer geben. Privat und geschäftlich.“

Eloise und ich küssten Amanda – richtig – rechts und links auf die Wange und verschwanden im Eingang zur Subway Union Square. Obwohl ich sowohl Tante Ina als auch Grammy versprochen hatte, niemals mit der Subway zu fahren. Hartnäckig ignorierten sie, dass in den U-Bahn-Schächten von New York City nicht mehr der gesamte kriminelle Untergrund hauste, wie das vielleicht während der 70er Jahre gewesen war, als die beiden „Karrierefrauen“ noch nach Midtown, Manhattan, zur Arbeit fuhren. Eloise und ich schoben unsere Fahrkarten in die Sperrsäule und gingen zu unserem Gleis.

Auf dem Bahnsteig stand eine als Freiheitsstatue verkleidete (und silber angemalte) Frau mit hoch erhobener Fackel. Vor ihr lag ein umgedrehter Hut mit einigen Banknoten. Ein paar Schritte weiter spielten drei Jugendliche auf ihren Trommeln, vor ihnen die geöffnete Trommelbox ohne einen Pfennig drin. Eloise und ich entschieden uns für den übergewichtigen Gospelsänger. Wir holten etwas Kleingeld aus unseren Börsen und warfen es in einen Kasten, der früher mal zu einem Verstärker gehört haben könnte.

In letzter Sekunde quetschten wir uns noch durch die Waggontüren unseres Zuges und ließen uns auf zwei der harten, orangefarbenen Sitze fallen. Eine Horde Jugendlicher drängelte sich, konzentriert auf ein Spiel, um ein tragbares Videogerät. Ein älterer Herr manikürte seine Hände. Zwei oder drei Miesepeter lasen Zeitung oder studierten die albernen Anzeigen für die beste Autofelge. Und sechs gut aussehende Frauen, alle Ende 20, Anfang 30, saßen verstreut im Abteil, ihre hippen Handtaschen eng an den Körper gepresst, und lasen ein Buch, ein Protokoll oder starrten einfach aus dem Fenster ins Dunkel.

Es deprimierte mich, sie zu beobachten. Ich war eine von ihnen. Genau wie ich waren sie nach der Arbeit mit Freunden aus gewesen, vielleicht hatten sie sogar ihr Date getroffen, aber jetzt fuhren sie nach Hause. Allein. An einem Freitag um 22:30 Uhr. Um ihre E-Mails zu checken, durch die Programme zu zappen, ihren Kühlschrank auf den Kopf zu stellen, durch die *Vogue* zu blättern, von Beförderungen zu träumen, Liebhabern, Heiratsanträgen und sich so lange frusten zu lassen, bis der Schlaf sie endlich übermannte. Eines meiner Auch-Ichs ertappte mich beim Glotzen, und mein Blick schoss sofort nach oben auf die Werbung für einen Fußpflegesalon.

„Nun schieß schon los! Erzähl ein bisschen mehr von ihr!“ bohrte Eloise, während der Zug Richtung Uptown rumpelte.

„Gnat?“

Eloise nickte. „Ist sie eine richtige Diva? Sagenhaft und so entsetzlich gefragt?“

Ich stellte mir Natasha vor. „Ja und nein. Sie ist schon umwerfend in der Art, wie du es meinst. Aber da ist etwas an ihr, was ich nicht einschätzen kann. Ich habe sie noch nicht richtig durchschaut.“

„Das kommt schon noch. Wenn ihr erst mal mit dem Buch fertig seid, wirst du sie in- und auswendig kennen. Warum kommt sie eigentlich zu Danas Hochzeit?“

Ich zuckte mit den Schultern. Genau. Warum?

Eloise flog mir fast auf den Schoß, als der Zug bei der

42. Straße bremste. „Vielleicht will sie umsonst saufen. Hat sie immer noch ein Alkoholproblem?“

„Glaubt man ihrem Konzept, ist sie drüber weg“, sagte ich. „Und zum Essen hat sie keinen Tropfen getrunken.“ Das, nebenbei bemerkt, weniger als 60 Dollar gekostet hatte. Eventuell könnte ich mich morgen mit einem gebratenen 40-Dollar-Lachs verwöhnen. Praktisch als Medizin gegen das Samstag-Abend-allein-zu-Haus-Syndrom. Selbst wenn ich den Lachs dann auch allein zu einem geliehenen Video aß. Ich sah mich im Wagen erneut nach den anderen Auch-Ich-Frauen um. Keine trug eine Zufriedenheit auf ihrem ganz und gar hübschen Gesicht, die auf ein Date morgen Abend tippen ließ. „El?“

„Hm?“

Ich kickte mit der Spitze meines Schuhs gegen den schmutzigen Boden. „Findest du es schlimm, was ich gemacht habe? Ich meine, Dana und Natasha das Märchen von dem tollen Freund aufzutischen?“

Eloise zog eine Augenbraue hoch. „Schlimm? Versuch's mal mit notwendig! Und Dana hast du gar nichts erzählt. Das war Natasha. Du hattest keine andere Wahl. Mach dir keinen Kopf, Jane. Ich wette, Kevin entpuppt sich als genau der, von dem du gesprochen hast. Und noch besser. Er wird dich nach einem zweiten Date fragen, ihr trefft euch regelmäßig, und schneller, als du gucken kannst, erscheinst du mit deinem Freund auf Danas Hochzeit.“

Ich musste lachen. Eloise vergaß, dass diese Art von Geschichten nur ihr passierten. Serge hatte ihr seine Liebe nach dem fünften Treffen gestanden. (Sie ihm ihre übrigens noch nicht.) „Ich erhoffe mir gar nichts von Kevin. Er ist nur eine Möglichkeit.“

Wieder die Augenbraue.

„Schon gut, schon gut. Aber viel ist es wirklich nicht", gab ich zu. „Du hilfst mir, die Klamotten auszusuchen, ja?" Sie nickte. „Stell dir das mal vor: Heute Nachmittag hatte ich noch keinen Freund, dann einen erfundenen, und jetzt habe ich die Chance auf ein Blind Date, bei dem vielleicht ein echter Freund rauskommt. Falls er anruft."

Das war allerdings schlimm. Zu hoffen, dass ein Typ, dem du noch nie begegnet bist, dich anruft, dich trifft und dann genug mag, um noch ein zweites Mal mit dir auszugehen, und du am Ende mit ihm in einem Ballsaal tanzen kannst, der dir schon vor Ewigkeiten versprochen worden war.

Hörte man aber nur für eine Sekunde auf zu hoffen, daran zu glauben oder das hirnrissige Spiel mitzuspielen, dann wäre man sofort raus. Man konnte einfach nicht aufgeben. Nie. Denn wenn man es täte, wäre man für den Rest seines Lebens allein, wie meine Großtante Gertie. Und all der Reichtum, für den man so schwer geschuftet hatte, würde in die Hände der undankbaren Verwandtschaft fallen.

Mein Blick flimmerte über das Datum auf meiner Uhr, und mein Herz blieb kurz stehen. „Hey, El, weißt du, was heute ist? Ich hätte es fast vergessen. Der Hochzeitstag meiner Eltern."

Eloise drückte mir mitfühlend die Hand. Der Zug hielt bei der 77. Straße so ruckartig, dass wir uns beide an den Kanten unserer Sitze festhalten mussten. Wir standen auf und warteten, bis die Türen sich öffneten. „Lass uns noch in einen Laden reinspringen und gefrorenen Joghurt kaufen. Oder irgendeine andere leckere Schweinerei."

Wir suchten uns ein offenes Geschäft auf der Lexington Avenue. Ich kaufte mir Mäusespeck mit Schokoladengeschmack, Eloise entschied sich für ein Vanille- und Haselnuss-Eis.

Zufrieden von unseren Süßigkeiten naschend, schlenderten wir die 1st Avenue hoch und machten an einem Kiosk Halt, damit Eloise sich die neueste Ausgabe des In Style-Magazins kaufen konnte.

Eloise lächelte den schnuckeligen Inder hinter dem Tresen freundlich an. „Wären Sie wohl so nett, das Wechselgeld und die Zeitschrift in die Tüte fallen zu lassen?" Sie hob ihre Waffel mit der Tasche hoch.

„Für Sie sofort", entgegnete er keck. Er lehnte sich über den Tresen und packte ihr das dicke Magazin und ein paar Scheine in die Tüte.

„Sie sind ein Schatz." Bevor wir den Laden verließen, schickte Eloise ihm einen Luftkuss. Normalerweise fand ich es toll, meine Freundin in Fahrt zu sehen. Dieses Mal aber krampfte sich mein Herz schmerzhaft zusammen.

„Hey, Jane, lass uns bei der St. Monica Kirche noch einen Boxenstopp einlegen, um eine Kerze für unsere Mütter und deinen Vater anzuzünden", schlug Eloise vor, als wir an der majestätischen Kirche vorbeikamen. Dankbar nickte ich und biss in ein Stück Mäusespeck. Einmal im Monat zündeten wir hier eine Kerze an, obwohl keine von uns katholisch war. Eloise hatte die Idee gehabt. Sie meinte, man müsste nicht so sein, um so zu handeln. Man müsste nur beides wollen.

Hab ich's nicht gewusst.

Samstagmorgen waren Eloise und ich zu dem Laden gefahren, von dem Dana erzählt hatte. Ich verließ das Geschäft mit 125 Dollar teuren apricotfarbenen Schuhen, die ich nach dem Tag X nie wieder anziehen würde, ärgerlicherweise aber auch nicht mehr umtauschen könnte. Eloise war dann losmarschiert, um sich mit Serge nach seinem Staatskundeunterricht zum Essen zu treffen; Serge büffelte für die amerikanische Staatsbürgerschaft. Serges Freunde aus dem Friseursalon hatten ihm nämlich weisgemacht, dass amerikanische Frauen fürchteten, Ausländer wären nicht an ihnen, sondern nur an einer Green Card interessiert. Und obwohl Elise ihm mehrfach versichert hatte, dass für sie ihre Beziehung vollkommen in Ordnung war, war Serge sofort zur Einwanderungsbehörde gelaufen und hatte die notwendigen Papiere ausgefüllt, um seine Green Card auf die harte Tour zu bekommen.

Und ich war zu meinem Blind Date mit Kevin Adams marschiert! Er hatte mich mit einem Anruf morgens um zehn überrascht, was Eloise zufolge ein gutes Zeichen war. Das hieß, er war auf der Suche und erpicht darauf, seine zukünftige Beziehung kennen zu lernen. Kevin hatte erzählt, dass er bis 11:30 Uhr Squash spielte und danach zum Brunch wollte, mich aber irrsinnig gern auf einen Kaffee treffen würde, wenn mir das so spontan passte.

Das tat es. Da zufällig meine eigenen erstunkenen und erlogenen Brunch-Pläne geplatzt wären. Egal, wen man fragte, kein Mensch dieser Welt hätte noch für denselben Tag eine Verabredung angenommen. Vor dem dritten Tag nahm man überhaupt nie ein Date an. Es doch zu tun, kam dem Eingeständnis gleich, schlicht kein Privatleben zu haben. Normalerweise hörte ich auf solchen Quatsch. Aber ich hatte maximalen Termindruck. Danas Hochzeit fand in knapp zwei Monaten statt. Außerdem trafen wir uns nur auf einen Kaffee.

Punkt zwei Uhr näherte ich mich dem DT UT (was für Downtown Uptown stand), einer angesagten Kaffeebar auf der Upper East Side. Wir hatten verabredet, uns beim Kuchentresen unter dem Pappschild mit der Getränkekarte zu treffen. Ich sollte nach einem Typ mit Jeans und dunkelblauem Sweatshirt Ausschau halten. Amanda hatte mich über Jeff mit allem weiteren Wissenswerten versorgt: groß, schlaksig, dunkelbraune Haare, braune, grüne oder blaue Augen – Jeff war sich nicht sicher.

Als ich vor der Tür ankam, nahm ich einen tiefen Zug von meiner Zigarette, bevor ich sie ausdrückte. Hatte Jeff Kevin erzählt, dass ich rauchte? Wenn ihn das störte, hätte er sich wohl kaum mit mir treffen wollen. Vielleicht rauchte er selbst. Ich sah uns schon vor mir, wie wir im Ballsaal des Plaza mit den Champagnergläsern in der Hand an unseren Zigaretten zogen und Kringel in die Luft bliesen.

Und dann fiel mir ein, dass Squash spielende Männer niemals rauchten. Vielleicht sollte ich mir doch besser noch Pfefferminzbonbons besorgen? Hm. Es war aber schon kurz nach zwei, und bis ich das Bonbon zu Ende gelutscht hätte, wäre es noch viel später. Und ich konnte meinem angeblichen Freund auch schlecht Hallo sagen und gleichzeitig auf einem Pfefferminz rumkauen. Ich hielt mir die hohle Hand vor den Mund und atmete hinein. Schien in Ordnung.

Ich öffnete die Tür und wurde sofort von einem Lied von Soft Cell empfangen, das ich bestimmt seit der Oberstufe nicht mehr gehört hatte. Lisa und Lora Miner und ich hatten die Platte damals rauf und runter gehört. Soft Cell verstanden was von Kopfschmerzen, würde meine Tante Ina jetzt sagen.

An dem Kuchentresen hatte sich eine Schlange gebildet, in der allerdings kein großer, schlaksiger Mann allein stand. Auch keiner in Jeans und blauem Sweatshirt. Ich sah mich an den überfüllten Tischen entlang des Tresens um. Ein gut aussehender dunkelhaariger Typ mit Augen, die man für braun halten konnte, saß auf einem der gepolsterten Stühle und las die New York Times; er trug Jeans und ein weißes T-Shirt. Vor ihm stand ein riesiger Pott Kaffee neben einem Sonstwas-Croissant. Zu seinen Füßen lag eine Sporttasche. Der Platz neben ihm war frei.

Trotzdem, das konnte er nicht sein. Kevin Adams hätte sich nicht hingesetzt und sogar schon bestellt. Und er hätte ein blaues Sweatshirt angehabt. Gegenüber vom T-Shirt-Mann plauderten zwei junge Frauen. Auf der anderen Seite vom Kuchentresen standen noch ein paar ungepolsterte Stühle. Aber von den wenigen Leuten dort ähnelte keiner der Beschreibung von Kevin Adams.

Ich brauchte jetzt unbedingt einen Kaffee. Sollte ich schon einen bestellen und ihn trinken, während ich warte-te? Nein. Das wäre blöd. Und unhöflich. Zumal man die Tasse nirgendwo abstellen konnte, ohne ständig an den anstehenden Kunden vorbeigreifen zu müssen.

Ich sah auf meine Uhr. Es war zehn nach zwei. Danach war Kevin Adams zehn Minuten zu spät. Tolle Sache! In New York City war man mit zehn Minuten Verspätung noch pünktlich. Ich hätte eine Viertelstunde zu spät kommen müssen, dann wäre ich nämlich extravagante echte fünf Minuten zu spät.

Ich wusste nicht, wohin mit meinen Händen; ich hatte

keine Taschen. Eloise hatte mich in ein silberfarbenes, ärmelloses Top zu einer passenden schwarzen Strickjacke gesteckt, deren Knöpfe bis auf den obersten offen waren. Dazu trug ich eine dreiviertellange schwarze Stretchhose und halbhohe schwarze Lederschuhe. Ich hatte Kevin gesagt, dass ich in Schwarz käme. Und außer mir wartete hier keine Frau ganz in Schwarz, also konnte er mich gar nicht verfehlen.

2:15 Uhr. Die Tür ging auf, und ein ganzer Pulk Leute kam herein. Ein Pärchen mit einem Kind im Buggy. Drei junge Mädchen. Ein Typ mit einem Laptop. Ich fühlte mich langsam unbehaglich, also tat ich so, als studierte ich die Speisetafel an der Wand hinter dem Tresen.

Aus dem Augenwinkel beobachtete ich den T-Shirt-Mann. Für den Bruchteil einer Sekunde sah er zu mir herüber, um sich sofort wieder in seine Zeitung zu vertiefen. Glückwunsch! Ich verdiente noch nicht einmal einen Kontrollblick. Ich hasste das! Ein Kontrollblick oder sein Ausbleiben sagten einem sofort, ob man ganz passabel aussah in dem, was man anhatte, oder ob es sich um einen Die-Frisur-sitzt-nicht-Tag handelte. Super! Gestern hatte meine Frisur einwandfrei gesessen.

2:20. Ich tat so, als ob ich mir die Speisekarte ein zweites Mal durchlas. Meine Hände begannen zu schwitzen, aber ich konnte sie nicht an meiner Hose abwischen. Ich fühlte mich immer unbehaglicher. Dachten die Leute, ich wäre versetzt worden? War ich versetzt worden?

2:23. Der T-Shirt-Mann studierte mich plötzlich eingehend. Er winkte mich an seinen Tisch. Ich schickte ihm einen fragenden Blick, und er winkte wieder. Vielleicht saß meine Frisur doch ganz gut. Bedachte man, dass Kevin

Adam sich um unhöfliche zwanzig Minuten verspätet hatte, gab es keinen Grund, zufällig nicht einen anderen gut aussehenden Mann kennen zu lernen. Bei meinem Talent wollte mich der T-Shirt-Mann wahrscheinlich sowieso nur um eine Serviette oder eine Plastikgabel bitten. Ich lächelte etwas verspannt und gab mir einen Ruck.

„Hallo", begrüßte er mich. „Bist du zufällig Jane Gregg?"

Hä? Woher kannte er meinen Namen?

Und dann entdeckte ich das blaue Sweatshirt über der linken Armlehne.

„Ich bin Kevin Adams." Er gab mir die Hand.

Ich fühlte, wie meine Ohren zu glühen anfingen. „Warum bist du nicht zu mir gekommen? Ich habe die ganze Zeit da drüben gestanden. Hast du mich nicht erkannt?"

„Doch, ich habe dich sofort erkannt, aber nach dem Squash sind meine Beine weich wie Pudding." Er lächelte, und ich sah, dass er trockene Mundwinkel hatte. „Mein Freund und ich haben den Court leer geputzt. Und dann bin ich an dem Artikel über die Staatsreserven hängen geblieben. Ich habe mir gesagt, wenn du damit fertig bist, stehst du auf und gibst ihr ein Zeichen. Aber jedes Mal, wenn ich auch nur einen Muskel angespannt habe ...", er machte eine schmerzverzerrte Grimasse, „... war es wie uhhh und ihhhh und oahhh, und ich setzte mich wieder hin."

Es kam mir selten in den Sinn, einen Topf heißen Wassers zu nehmen und es einer anderen Person langsam über den Kopf zu gießen, aber genau das hätte ich mit Kevin Adams in diesem Moment gern gemacht. Und weil wir in einer Kaffeebar saßen, köchelten dort sogar zwei siedendheiße Kannen, die nur auf mich warteten.

Ein völlig Unbekannter hatte es geschafft, mich bis ins Mark zu demütigen, ohne dass das Date überhaupt angefangen hätte. Noch dazu ein Unbekannter mit trockenen Mundwinkeln.

„Setz dich doch“, forderte Kevin mich auf und zeigte auf den Stuhl neben sich. Mitten auf dem Kissen hatte jemand eine Ladung Zucker verstreut.

Du musst ihn ja nicht gleich heiraten, sagte ich mir. Du musst lediglich eine zeitweilige Beziehung mit ihm haben, um ihn auf Danas Hochzeit einladen zu können.

Wenn du ihn nicht sofort in den Wind schickst und den Laden verlässt, hast du nichts Besseres verdient, ermahnte mich eine andere Stimme. Er ist ganz klar ein 1A-Oberarschloch. Aber er passte wie das Tüpfelchen aufs i. Er wohnte in einem braunen Klinker.

Kannst du mir nicht mal ‘ne Pause gönnen? fragte ich meinen Kopf. Du bist dabei gewesen. Du bist mit Gnatasha Nutley auf die High School gegangen. Sie hat dir das Leben zur Hölle gemacht. Wegen ihr hast du dich wie das hässlichste, dümmste Mädchen der ganzen Stadt gefühlt. Sie hat dir Robert Evans weggeschnappt, bevor du wenigstens die Chance gehabt hattest, in seinen Armen zu liegen. Heb dir deinen Stolz für später auf.

„Du hast schöne Augen“, sagte Kevin Adams.

Ein Punkt für den Kandidaten. Damit hatte er seinen Rückstand leicht aufgeholt. Vielleicht war ich zu vorschnell?

Sicher, und vielleicht reichte auch ein Kompliment von einem Arschloch, um mich glücklich zu machen. Ich mochte verzweifelt sein, aber ich war nicht blöd.

Ich wischte den Zucker vom Kissen, setzte mich und lächelte meinen potenziellen Tischbegleiter an.

Um Punkt drei erhob sich Kevin Adams unter demselben Ächzen und Stöhnen wie die Typen auf den Hantelbänken des Fitnessstudios, bei dem ich mich abgemeldet hatte. Ich weiß nicht, ob ihm wirklich die Beine wehtaten oder er einfach ein Weichei war.

„War echt nett mit dir", sagte er und stülpte sich sein Sweatshirt über den Kopf.

Er hat schon einen klasse Körper, musste ich feststellen, als sein Pulli über seinem Gesicht hing und ich einen Blick auf ihn wagte. Flacher Bauch, lange Beine. Und er war echt süß. Kein Pierce Brosnan, aber wer außer Jeremy war das schon?

Musste er denn unbedingt jede Anstandsregel beherrschen? Nicht alle Menschen hatten eine gute Kinderstube. Manchmal mussten die Frauen ihre Männer erziehen. Außerdem ging es nicht darum, dass er das Treffen ohne mich begonnen und mich erst dann zu sich gewinkt hatte, als es ihm in den Kram passte. Und es ging auch nicht darum, dass er sich einen zweiten Kaffee mitbringen ließ, als ich mir meinen holte. Es ging darum, dass er ein gut aussehender Mann von der Upper West Side war, der in einem braunen Klinker wohnte.

Ich würde einem zweiten Treffen auf der Stelle zustimmen. Wenn er fragte. Ich hatte den Eindruck, ich war ihm sympathisch. Unser Date hatte nicht sehr lange gedauert, aber wir hatten locker geplaudert. Fast ausschließlich darüber, wie klasse wir Jeff und Amanda fanden.

„Also, Jane", er griff nach seiner Sporttasche. „Ich ruf dich an."

Oh. Jeder wusste, was das hieß. Ich ruf dich an hieß: Du bist ein netter Mensch, aber nicht mein Typ, mach's gut. Warum konnten Männer das nicht ehrlich sagen?

Unbeholfen beugte Kevin sich nach vorne und gab mir zwei Luftküsse.

Bei strömendem Regen wachte ich am Sonntagmorgen mit pochenden Kopfschmerzen auf. Eloise hatte mich am Abend vorher zu unserem Mexikaner geschleift. Sie war davon überzeugt, dass ich Kevin Adams nach ein paar Frozen Margaritas vergessen hätte. Das war gestern auch so. Heute hatte ich dafür beides: mein Gedächtnis zurück und eine Migräne.

Wenigstens den Gang zum Zeitungskiosk konnte ich mir ersparen. Hellsichtig hatte ich schon auf dem Nachhauseweg eine New York Times mitgenommen.

Ich warf die Decke zur Seite und torkelte in die Küche, um mir einen Kaffee aufzusetzen. O Mann! stöhnte ich innerlich. Ich hätte gestern auch gleich Milch kaufen sollen. Ich öffnete den Kühlschrank und schüttelte den Viertelliter-Tetra Pack. Da war nur noch eine Pfütze drin.

Dieser Tag würde ganz sicher kein großartiger, aber er musste besser werden als der gestrige. Amanda hatte spät noch angerufen, um zu fragen, ob sie ein Liebesduell angezettelt hätte. Ich schönte meinen Bericht dahingehend, dass ich ihr sagte, zwischen Kevin und mir wäre der Funken nicht übergesprungen, aber er wollte mich wieder anrufen. Dass ich ihn total gern wieder sehen würde. Er mich wohl eher nicht. Auf gar keinen Fall würde ich ihr sagen, dass er ein richtig mieser Scheißkerl war. Dieses Date hatte ich Amanda zu verdanken. Sie hatte mir einen Gefallen tun wollen. Außerdem konnte ich es nicht riskieren, den Freund meiner Quelle für Hochzeitsbegleitungen hellhörig zu machen.

Ich warf mich wieder rücklings aufs Bett, legte die dicke Times auf meinen Bauch und schmiss die Rubriken raus, die ich sowieso nie las (Auto, Sport, Wirtschaft, die Aufmacherseiten). Ich griff mir den Modeteil und sah mir die Heiratsanzeigen an. Ich hielt immer nach Leuten Ausschau, die ich kannte. Etwa drei Mal habe ich einen Namen erkannt. Zwei aus dem College und einen von Posh, eine Praktikantin, die schon seit Ewigkeiten nicht mehr da war. Der Hauptgrund für diese Leidenschaft war, dass ich sehen wollte, wie alt die Leute waren und wo sie beruflich standen, um vergleichen zu können, wie ich daneben dastand.

In der überwiegenden Mehrzahl wurden die 27-jährigen weggeschnappt. Grundschullehrer an Privatschulen gab's 'ne Menge, ebenso Internetspezies wie Larry Fishkill. Bah! In wenigen Wochen war es mir vergönnt, Danas und Larrys lächelnde Gesichter auf diesen Seiten zu bewundern.

Ich überflog die Namen – und hörte auf zu atmen.

Max Reardons fesche Visage strahlte mir entgegen. Reardon und Carmichael, stand drüber.

Max Reardon, 28, und Cheryl Carmichael, 26, beide Chefanalysten bei der Bank of New York, haben sich gestern in der St. Stephens Kirche von ... der Heimatstadt der Braut, das Ja-Wort ...

Tränen tropften auf das Zeitungspapier, bevor ich merkte, dass ich weinte.

Ich rannte in die Küche und öffnete die Tür unter meiner Spüle. Vor lauter Schluchzern gelang es mir noch nicht mal, Eloises Namen auszusprechen.

Das Telefon klingelte, aber meine Beine hatten sich verabschiedet. Ich war zu schwach zum Aufstehen.

Der Anrufbeantworter sprang an. „O mein Gott! Jane, ich bin's, Dana! Ich kann es nicht fassen. Larry und ich sitzen hier Zeitung lesend beim Frühstück, und rate mal, wer geheiratet hat? Dein Ex, Max! Weißt du noch? O mein Gott, kannst du dir das vorstellen? Seine Frau ist aber auch eine Hübsche! Erinnert sie dich nicht auch ein bisschen an Natasha? Hach, die Leute sind so begeistert, dass Natasha zur Hochzeit kommt! Hast du die Schuhe gekauft? Ruf mich an. Ciao."

Wieder und wieder versuchte ich den verdammten Wecker auszuschalten, aber er klingelte weiter. Bis ich merkte, dass es das Telefon war. Ich rekelte mich und zwang mich, die Augen aufzumachen. Es war 6:30 Uhr am Morgen.

Mein Bettzeug stank nach kaltem Rauch. Zweieinhalb Päckchen waren es gestern locker gewesen. Die ersten anderthalb hatte Amanda noch tapfer ausgehalten, als ihre Augen sich dann aber so rot gefärbt hatten wie meine vom Weinen, hatte ich sie nach Hause geschickt. Eloise hatte den Aschenbecher netterweise nach jeder fünften Zigarette oder dem Gebrauch einer Dose Einmal-Mundspray geleert.

Das Nikotin musste meinen Gehirnzellen geschadet haben, denn wenn ich mich nicht irrte, hatte ich weiteren Blind Dates mit einigen Bekannten von Amandas Freund zugestimmt. Eloise hatte mich davon überzeugt, dass Aufgeben oder allein zu der Hochzeit gehen alle Max' oder Kevins dieser Welt nur gewinnen lassen würde. Aber hatten sie das nicht schon längst? Wer hatte noch die Kraft, gegen sie anzukämpfen? Ich würde einfach wie Großtante Gertie enden. Das musste ich bloß noch einsehen.

Und dann hatte noch Tante Ina angerufen, um zu fragen, wie es mir mit Max' Heiratsanzeige ging. Ihre mütterliche Sorge hatte mich so berührt, dass ich am Telefon fast angefangen hätte zu heulen. Bis ich mich daran erinnerte, dass eine angeblich frisch verliebte Frau sich durch die Hochzeit einer alten Flamme nicht so aus der Bahn werfen lassen würde.

Amanda hatte versprochen, sich um alles zu kümmern. Sie hatte ihr Handy gezückt und siehe da, ich hatte vier neue Blind Dates. Drei in dieser Woche (Dienstag, Donnerstag und Samstag) und eins in der nächsten (Donnerstag). Wenn beim Blind Date Nr. 1 etwas herauskäme, würde ich Blind Date Nr. 2 absagen, und so weiter.

„Und was ist, wenn alle Mist sind?" hatte ich gefragt. „Was dann?"

Totenstille. Wir hatten beschlossen, uns darüber bei unserem Stammtisch Gedanken zu machen.

Das Telefon klingelte erneut. Ich griff nach dem schnurlosen Hörer. „Hallo", murmelte ich.

„Jane? Natasha. Ich hatte gar nicht damit gerechnet, dass du da bist. Ich wollte dir eine Nachricht auf dem Anrufbeantworter hinterlassen, weil ich dachte, du bist bei deinem Freund. Sonst hätte ich nicht so früh angerufen."

Warum rief Gnat mich überhaupt zu Hause an? Sie war Arbeit und kein persönlicher Freund.

„Jane? Habe ich dich geweckt?"

„Hm, nein. Ich mache gerade meine Yogaübungen." Ich atmete tief ein, hielt die Luft an und atmete dann aus.

„Mein Freund ist für ein paar Tage geschäftlich unterwegs, deswegen ...“

„Umso besser. Ich wollte dir nur kurz Bescheid geben, dass ich nachher gern im Verlag vorbeikommen würde, wenn es dir recht ist. Da fällt mir ein, ich hätte dir die Nachricht natürlich auch dort hinterlassen können. Zu blöd. Aber ich vergesse deine Durchwahl sowieso immer ... So oder so, ich habe am Wochenende ordentlich geschuftet und nach deinen Anregungen einen Entwurf des ersten Kapitels geschrieben. Du weißt doch, von wegen in der Gegenwart anfangen und von da aus so weit erforderlich in die Rückblende gehen. Das war eine super Idee, Jane. Ich glaube, das liest sich richtig gut.“

Ich lehnte mich in mein verräuchertes Kissen. Meine Haare stanken wie die Pest.

Für meinen Geschmack war Gnat ein bisschen zu wach. Wie konnte sie morgens um 6:20 Uhr schon so viele sinnvolle Sätze aneinander hängen?

„Ich wäre dir wirklich dankbar, wenn du einen Blick drauf werfen würdest, bevor ich richtig loslege“, fügte Natasha hinzu. „Schwerpunktmäßig erzähle ich, warum ich diesen Vertrag unterschrieben habe, während Du-weißt-schon-wer praktisch in mir steckte.“

Ich zuckte zusammen. Das war genau, was ich an dem Morgen nach dem Morgen brauchte, an dem ich von der Hochzeit meines einzigen ernsthaften Freundes erfahren hatte: dass Gnat mir mit Details ein Ohr abkaute, welche Briefe genau sie im Rhythmus der sexuellen Hochleistungen DES Schauspielers unterschrieben hatte.

Ich richtete mich auf und versuchte mich zu konzentrieren. „Also gut, aber es muss nach zehn sein, dann müssten wir mit unserer Besprechungen fertig sein."

„Zehn passt gut", sagte Natasha. „Bis später!"

Ich legte den Hörer zurück auf die Station und ließ mich wieder in die Kissen fallen.

Durfte sie mich zu Hause anrufen? Ich würde mit Gnat ein paar Grundregeln klären müssen. Sie war vielleicht eine falsche Berühmtheit, aber ich arbeitete nicht 24 Stunden sieben Tage die Woche. Allenfalls traf ich mich 24 Stunden sieben Tage die Woche mit irgendwelchen Männern, aber das war eine andere Geschichte. Wer, bitte schön, glaubte sie eigentlich zu sein, mich einfach zu Hause anzurufen?

Doch der Hieb saß. Ich konnte mich schon vor meiner Familie nicht in meinem Leid suhlen, und jetzt konnte ich es auch auf der Arbeit nicht mehr. Schließlich tat ich so, als führte ich ein unglaubliches Leben bei 100.000 im Jahr und mit einem Freund in einem braunen Klinker. So jemanden kümmerte es nicht, ob der Ex-Freund heiratete. Sogar am Geburtsort der Braut.

Die wahre Jane Gregg kümmerte es schon. Und zwar sehr. So sehr, dass sie gestern in der St. Monica Kirche eine extra Kerze angezündet hatte, um der irgendwo in ihrem Unterbewusstsein vergrabenen Hoffnung, Max würde seinen Irrtum, sie verlassen zu haben, schon noch einsehen, endgültig auf Wiedersehen zu sagen.

Eloise hatte sie darin bestärkt und es nicht kitschig gefunden. „Damit beendest du es", hatte sie gesagt.

„Oh-oh." Jammer. Jammer. „Oh-oh."

Ich lehnte mich gegen die Wand und bedeckte mein Gesicht mit dem vollgequalmten Kissen.

4. KAPITEL

„Hallo allerseits, das Kind hat gerade gepupst!" Über die Freisprechanlage ertönte Gwen Welles Stimme.

Noch nicht mal während ihres Mutterschutzes konnte ich ihr entkommen. Sie bestand darauf, zu jeder Lektoratskonferenz anzurufen. Als ob in den sinnlos verstreichenden Wochen irgendetwas Wichtiges passieren würde.

Konnte man sagen, ich war schlecht gelaunt?

Das gesamte Lektorat von Posh Publishing hatte an der Konferenz teilgenommen, und alles, was in der halben Stunde gesagt wurde, war, dass ein Sänger, dessen Karriere in den 80er Jahren ein Ende gefunden hatte, einen Vertrag für ein Bekenntnisbuch unterzeichnet hatte. Gleiches galt für einen Computer-Freak, der behauptete, Bill Gates hätte ihn ruiniert. Und Paulette Igerman, unsere Cheflektorin, hatte sich bei Remke beschwert, dass Jeremy den Publikationstermin für einen ihrer Titel verschoben hatte, ohne ihr Bescheid zu geben. Paulette schien die einzige Frau auf der Welt zu sein, die gegen Jeremys Ähnlichkeit mit Pierce Brosnan immun war. Mir ging das nicht in den Kopf. Eloise glaubte, Paulette sei lesbisch.

„Morgan, bestell für Janes Treffen mit Natasha ein Frühstück", sagte Remke und pochte mit seinem Kuli auf den Kalender. „Lass es nicht mehr als zwanzig kosten."

Ich lächelte. Morgan sah mich verächtlich an. Es war mir also gelungen. Ich hatte Remkes Bannmeile durchbrochen. Ich war zu wichtig geworden, um für mein Treffen mit einem Autor eine Obstplatte, Croissants und zwei Liter Orangensaft von dem Feinkostladen die Straße runter selbst bestellen zu müssen. Das war was.

Ich spürte, wie Jeremys Blick mich streifte. Was dachte er wohl von mir? Ich wusste es wirklich nicht. Ich wusste, dass er mich für fleißig hielt; dieses Mini-Lob hatte Gwen mir immer bei unseren Beförderungsgesprächen ausgerichtet. Und es schien so, als glaubte er, ich hätte das Zeug für eine gute Lektorin; er vertraute mir oft die Vorredaktion seiner Projekte an. Aber würde er mich jemals wahrnehmen? Ich meine so richtig? Manchmal hatte ich den Eindruck, dass ich Jeremy Leid tat. Dass Frauen wie ich ihm Leid taten. Zu denen Morgan Morgan nicht gehörte. Frauen, die auf einem Gestüt aufgewachsen waren, verdienten kein Mitleid, wenn ihr 20.000 Dollar-Jahresgehalt von den Eltern aufgebessert wurde.

Jeremy wusste, dass ich in einem schäbigen Haus wohnte und mir Taxifahrten nicht leisten konnte. Morgens sah er mich oft in meinen H&M-Klamotten die Stufen der Subway hochstapfen. Er wusste, dass ich den Sommer auf einem Badetuch bei einer Kühltasche mit Eistee, selbst geschmierten Tunfischbroten und Manuskripten auf der Wiese im Central Park verbrachte.

Und ich wusste, dass er seinen Sommer in East Hampton verbrachte und fünfzig Dollar teuren Hummer verspeiste, der einen Tag zuvor aus dem Meer gefischt wurde, auf dem er segeln war.

„Morgan!“ rief Remke und blätterte wie üblich irgendwelche Unterlagen durch. „Wo ist die Kalkulation für die Sexsucht-Biografie?“

„Drittes Blatt von unten, Rolaaand“, sagte Morgan mit einem zufriedenen Lächeln auf ihrem platten Gesicht.

Remke war sich nicht sicher, ob die Bekenntnisse des Sexsüchtigen als Taschenbuch oder Trade Paperback-Ausgabe erscheinen sollten. Jeder Mitarbeiter hatte eine Kopie von dem Manuskript bekommen. Die Geschichte war wirklich ziemlich heftig.

Mit finsterer Miene studierte er die Zahlen.

„Morgan. Bring Ian die Kalku zurück und sag ihm, er soll den Text auf 300 Seiten im Taschenbuch zu $ 6,95 bringen. Der Inhalt rechtfertigt das. Und wir geben ihm einen richtig knalligen Titel.“ Remke reichte Morgan das Blatt. „Einverstanden, Black?“

Jeremy nickte. Er hatte sich so weit in seinem Stuhl zurückgelehnt, als wäre er beim Zahnarzt. Remke thronte, wie immer, am Kopf des Tisches. Die Freisprechanlage stand rechts von ihm auf dem Platz, an dem Gwen normalerweise saß. Neben Jeremy kam Paulette. Ich saß neben dem leeren Stuhl von Gwen. Mir gegenüber saß Morgan neben dem leeren Stuhl an Paulettes Seite.

Wir beide kannten unsere Plätze. Aber ich stieg auf! Morgan hingegen würde sich noch jahrelang die Hacken für die eine oder die zwei Personen ablaufen, die das Imperium von Posh Publishing ausmachten.

„Hallo“, schaltete sich Gwen über den Lautsprecher des Telefons ein und erinnerte jeden daran, dass sie noch in der Leitung war. „Roland, wir führen hier auf deine Kosten ein Ferngespräch, also lass uns zu Potte kommen. Jane, wie läuft es denn mit Nutleys Biografie?“ Sie hatte mal wieder diese besorgte Telefonstimme. „Wenn du Hilfe brauchst, du weißt ja, ich bin nur einen Anruf weit entfernt, okay?“

„Okay“, zwitscherte ich. Genau, der Abstand war mehr als okay. Selbst wenn ich eine Frage *hätte,* würde ich niemals Gwen anrufen. Dann müsste ich mir nämlich die erste halbe Stunde Babygeschichten anhören. Was war das nur bei jungen Müttern? Wieso glaubten sie, alle Welt wäre an den neuesten Erkenntnissen über die Farbe von kindlichen Exkrementen interessiert? Junge Mütter fanden kein Ende. Und alles, was sie sagten, war so abstoßend und ernüchternd, dass man sich fragte, wie eine kinderlose Frau überhaupt absichtlich schwanger werden konnte.

Dazu kam, dass Gwen eine Oberheuchlerin war. Sie war als Chefin in Ordnung, und sie machte ihren Job wirklich gut, aber als Mensch mochte ich sie überhaupt nicht. Ihr Mann war ein ziemlich hohes Tier an der Wall Street und noch verlogener als sie. Sie wohnten drei Straßen von den Clintons entfernt. Schon während ihrer Schwangerschaft hatte Gwen fälschlicherweise den Eindruck gehabt, ich sei an ihren Ultraschallaufnahmen interessiert, und jetzt kam sie mit ihren endlosen Geschichten über die Kindermädchen, wenn sie mich mal allein im Büro anrief. Zwei hatte sie schon verschlissen, und das Baby war gerade mal vier Wochen alt.

Eloise und ich hatten uns die Zeit auf so mancher Fahrt nach Hause damit vertrieben, uns einen Namen für Gwens Baby auszudenken. Mein persönlicher Favorit war Not gewesen. Not Welle. Eloises war Oh. Gwen hatte ihre Tochter schließlich Olivia genannt, so dass Eloises Wunsch in gewisser Weise in Erfüllung gegangen war.

Jeremy beugte sich nach vorne. Er hatte etwas Vertrauliches mit Remke zu besprechen. Morgan und ich spielten mit unseren Fingern. Gwen schwieg. Wahrscheinlich hatte das Baby wieder gepupst.

Da er abgelenkt war, konnte ich Jeremys Profil studieren. Er hatte eine große, gerade Nase und ein beinahe gemeißeltes, kantiges ...

„Gwen“, sagte Jeremy und riss mich aus meinen Träumereien. „Ich würde alle unverlangt eingesandten Manuskripte gern an Morgan weitergeben.“ Er blickte auf das Telefon. „Dadurch, dass du weg bist, sind wir knapp besetzt. Nutley hat höchste Priorität, und ich will nicht, dass Jane von Sachen abgelenkt wird, die genauso gut Morgan übernehmen kann. In den nächsten Monaten muss sich Jane ganz auf Natasha konzentrieren, die die ersten drei Kapitel schreiben und ihr Konzept feilen will. Ich kümmere mich um die Projekte, die sie für dich betreut, Gwen, und ich werde so viel wie nötig davon rausgeben. Morgan kann in die Vorredaktion eingearbeitet werden.“

Morgan zeigte grinsend ihr strahlend weißes Gebiss. Zum ersten Mal waren wir beide gleichzeitig zufrieden.

Remke warf einen Blick auf das Telefon. „Gwen? Ist das okay für dich?“

„Hört sich vernünftig an“, sagte sie. „Obwohl mir wohler wäre, wenn sich jemand Morgans Absagen und Änderungsvorschläge durchlesen könnte. Ich weiß, dass Jane viel zu tun hat, aber vielleicht kann sie sich Morgans Entwürfe abends mit nach Hause nehmen und sie ihr am nächsten Morgen mit ihren Bemerkungen zurückgeben.“

Wie bitte? Es war schon schlimm genug, dass ich mit Gnat arbeiten musste. Und jetzt sollte ich mich auch noch um eine Zicke kümmern, die auf meinen Job scharf war?

Remke nickte. „Gute Idee. Morgan, du bist von jetzt an unser Script-Girl. Wenn du Fragen oder Probleme hast, geh zu Jane.“

Wenn Morgans Blicke töten könnten, wäre ich auf der Stelle vom Stuhl gefallen. Remke hingegen strahlte sie eine Sekunde später begeistert an. „Super, Rolaaand! Vielen

Dank euch allen für das Vertrauen. Ich bin überglücklich, jetzt auch meine Lektoratssaite zum Klingen bringen zu können."

Was für ein mieses Spiel. Sie schlägt Kapital aus meinem Erfolg. So wie ich aus dem von Gnat.

Jeremy nickte. Dann schauten seine magnetischen, karibischen Augen zu mir herüber. Ich senkte sofort meinen Blick, als wären die Kratzer auf dem Kirschholzfurnier interessanter als die beeindruckende Physiognomie seines Kinns. „Ich erwarte das erste Kapitel der Nutley-Biografie bis nächsten Freitag, die gekürzte Fassung."

Nächsten Freitag?

„Klappt das, Jane?" fragte Jeremy und lehnte sich wieder in seinen Stuhl. „*Marie Claire* braucht die gekürzte Version in knapp drei Wochen. Natasha bekommt zwei Wochen zum Schreiben des Kapitels, du hast drei, vier Tage, um es auf unwiderstehliche 2.500 Wörter einzudampfen. Ich habe einen Tag, um es gegenzulesen. Für das Korrektorat und die endgültige Abnahme bleibt ein halber Tag. Wenn's brennt, haben wir immerhin noch zwei Tage Luft."

Fahr zur Hölle, du wunderbares Rechen-As. „Kein Problem mit nächstem Freitag", sagte ich und traute mich sogar, ihn für anderthalb Sekunden anzusehen. „Natasha hat ihre Hausaufgaben gemacht und das ganze Wochenende geschrieben."

„Gute Arbeit!" unterbrach Remke. „Das war's. Wir sind fertig hier. Black, bleib bitte noch einen Moment. Ich muss wissen, wie weit wir mit dem Backstreet Jungen sind."

Nächsten Freitag. Ich hatte mich auf eine Woche mit vier ernsthaften Verabredungen eingestellt. Und jetzt musste ich mich mit Gnat befassen, Morgan einarbeiten, zu vier

Blind Dates gehen und dann noch auf wundersame Weise eine brillante, gekürzte Fassung des ersten Kapitels fabrizieren, die ich Jeremy bis nächsten Freitag präsentieren konnte. Ich ließ die Schultern hängen.

Und spürte einen Blick auf mir. Er kam von Morgan.

Niemals würde ich sie gewinnen lassen.

Morgan folgte mir in mein Büro. Ich nahm den Manuskriptestapel aus meinem Eingangskorb und drückte ihn Morgan in ihre vom Sonnenstudio gebräunten Arme. Sie strahlte. Das war so ziemlich das erste aufrichtige Lächeln, was ich jemals in ihrem Pferdegesicht gesehen hatte.

Ich spürte einen Anflug von Mitgefühl. Sie wusste genauso gut wie ich, dass man einzig und allein eine Chance brauchte. Kam sie, musste man sie ergreifen, sonst tat es ein anderer. Morgan ergriff sie. In gewisser Weise war ich es, die sie ihr übertrug, buchstäblich.

„Also, Morgan, wenn du Fragen hast oder wissen willst, wie ich mit etwas umgehen würde, komm einfach rüber, ich ..."

„Ich habe in der Grundschule gelernt zu lesen, Jaaane", sagte Morgan. „Ich denke, ich schaffe das ganz gut allein."

Blöde Kuh.

Mein Telefon klingelte, und Morgan verschwand.

„Jane Gregg."

„Hallo, Jane. Ich bin's, Karen! Danas Brautjungfer. Wie geht's dir? Mir super. Ich rufe wegen der Planungen für die Hochzeitsgeschenke an, und ich würde gern ein Treffen für die Brautfeier verabreden, um die letzten Fragen zu klären."

Als da wären? Wer sich um das Geschenkpapier kümmert, oder was? Wer Danas mit Schleifen verzierten Geschenkekorb bastelt? Wer die ausgetrocknete Wurst und die pappigen Kekse am Abend mit nach Hause nehmen würde? Danas Brautfeier bestand aus einem Haufen Frauen, die in Karens gigantischem Apartment in Forest Hills im Kreis sitzen und Dana dabei zusehen würden, wie sie nach jedem Geschenk, das sie ausgepackt hatte, hell aufschrie: „OmeinGott, ich liebe es!“ Das Partymotto lautete „Französische Küche“, weil Dana und Larry ihre Flitterwochen in Frankreich verbringen würden. Wie viele Geschirrtücher mit aufgesticktem Eiffelturm brauchte ein Paar? Und wie oft sollte ich mich noch der unerträglichen Gegenwart von Danas Freundinnen aussetzen, bis ich spontan platzte?

Karen war die Antwort auf Dana, nur dass ihre Haare dunkler und ihre Titten größer waren. Die beiden waren seit der Mittelstufe miteinander befreundet. Karen war die Art von Mensch, der einen ganz langsam von oben bis unten musterte. Zwei Mal.

„Ein Treffen, um die letzten Fragen zu klären?“ Während ich sprach, sah ich mir meine E-Mails an. „Findest du das nicht etwas übertrieben?“ Die Brautfeier fand Samstag in einer Woche statt. Das Brautkomitee hatte sich schon vor einem Monat getroffen, um es zu planen.

Schweigen.

Ich fühlte mich ein bisschen schuldig. „Es ist nur, dass ich gerade irre viel zu tun habe ...“ Ich klickte eine Mail von Amanda an; sie wünschte mir viel Glück für Date Nr. 2, das für morgen Abend anstand. Andrew Mackelroy. Er sollte mich heute anrufen, um alles Weitere zu verabreden.

„Wir haben alle viel zu tun, Jane“, sagte Karen schnippisch. „Und die Feier ist am 14., was in knapp zwei Wochen ist. Das Treffen wird nicht lange dauern, eine Stunde vielleicht. Hör mal, wenn du dich rausziehen willst, dann sag es einfach."

Ich wollte mich rausziehen.

Stattdessen verdrehte ich die Augen. „Natürlich will ich mich nicht rausziehen, Karen. Sag schnell, wann und wo. Das Telefon klingelt auf der anderen Leitung."

„Samstag, um 11:30 Uhr bei mir. Erst besprechen wir alles, und dann ziehen wir los zu einer Boutique in der Nähe, um die letzten Kleiderfragen zu klären. Vergiss deine Schuhe nicht!"

Wie sollte ich?

„Samstag um 11:30 Uhr", wiederholte ich. „Kannst du mir noch mal deine Adresse geben?"

„32-23 Austin Street. An der Ecke, wo auch Gap ist."

„Alles klar. Wir sehen uns."

Ich legte auf und starrte verdrießlich auf meinen Wandkalender. Seit zwei Jahren nun redete Dana von ihrer Hochzeit. Warum hätte sie sie nicht eher über die Bühne bringen können? Natürlich, weil die Warteliste für den Ballsaal im Plaza so lang war. Und im Plaza zu heiraten war Dana und Larry wichtiger als überhaupt zu heiraten. Jetzt war der große Tag noch zwei Monate entfernt, und ich würde keine Sekunde mehr von dem Thema verschont bleiben.

Was stand mir, außer der Arbeit mit Natasha Nutley und Morgan Morgan, in den kommenden acht Wochen sonst noch bevor? Ich nahm meinen Kalender und blätterte die Tage durch.

Anmerkung für mich: Apricotfarbene Schuhe – streichen. War erledigt.

Samstag, 6. Juni: finales Brautfeier-Treffen und Kleiderprobe-Brautjungfern Nr. 2, was bedeutete, den gesamten Samstagnachmittag mit Danas unausstehlichen Komiteefrauen verbringen zu müssen. Hatte ich schon erwähnt, dass mich das Kleid 225 Mäuse gekostet hatte?

Samstag, 13. Juni: Brautfeier, was bedeutete, dass ich einen weiteren gesamten Samstagnachmittag mit Danas unausstehlichen Komiteefrauen und Larrys weiblichen Verwandten verbringen musste. Es bedeutete ferner, ein teures Geschenk von der Hochzeitsliste auszusuchen und es mitzubringen.

Freitag, 31. Juli: der Junggesellenausstand. Im Hots, einem Strip-Lokal für Frauen. Wiederholung des finalen Brautfeier-Treffens, nur dass ein paar Dollarscheine dazukommen, die man dem schönsten Kerl in den String-Tanga schiebt.

2. August Hochzeitstag (nach Sonnenaufgang): Zeldas Friseur und Schönheitssalon auf der Madison Avenue. Tante Ina spendierte jeder Brautjungfer den Besuch zum Haare machen und zur Kosmetik, inklusive Maniküre und Pediküre.

2. August (Vormittag): Fototermin vor der Trauung mit allen Hochzeitsgästen für Danas persönliches Album. Wie lange konnte man sein Lächeln im Gesicht einfrieren, bevor es auseinander brach?

2. August (früher Nachmittag, 14:00): Dana musste in ihr 1.200 $-schweres Hochzeitskleid geholfen werden und das Diamantgeschmeide von Tiffany, das ihr Tante Ina und Onkel David geschenkt hatten, umgelegt bekommen.

2. August (14:30): die ermüdende, nicht enden wollende Zeremonie selbst.

2. August (16:00 bis Mitternacht): der ermüdende, nicht

enden wollende Empfang. Dana hatte ihren Musikern gesagt, sie sollten alles von Celine Dion spielen. Ihr Hochzeitslied war *Wind Beneath My Wings* von Bette Midler.

2. August (gegen 22:00): Der Brautstrauß wird geworfen. Der Horrorfilm jeder allein lebenden Frau, die sich wie eine Verliererin fühlt und in dem Gedrängel hoffnungsvoll ihre Klauen ausstreckt, um den Strauß zu ergattern, der ihr verspricht, die Nächste zu sein.

2. August (den ganzen Tag): Tante Ina und Grammy ertragen, die mir mit sorgenvoller Miene beteuern, ich solle mir keine Gedanken machen, mein Tag würde kommen.

2. August (die ganze Nacht): wie ein Mauerblümchen am Tisch sitzen und niemanden haben, der mit einem tanzt, genau wie jedes Jahr auf der High School.

Die interne Leitung klingelte. „Ja?"

„Miss Nutley ist da, Jaaane", sagte Morgan. „Kaffee, Croissants und Obstplatte stehen im Konferenzraum. Der Feinkostladen hatte nur den naturtrüben O-Saft. Ich hoffe, das ist okaaay."

„Ist gut. Danke, Morgan. Kannst du Natasha sagen, dass ich in einer Minute komme?" Eher in fünf. Ich war eine schwer beschäftigte Lektorin, nicht so eine lausige Assistentin, die aus lauter Dankbarkeit für die abgefallene Rosine sofort überschwänglich aus dem Büro rannte, um ihre Starautorin zu begrüßen. Wieder summte die interne Leitung. „Ich komme sofort", wiederholte ich.

„Hey, ich bin's", sagte Eloise. „Nimm ab. Ich hasse es, über Lautsprecher zu reden." Ich griff nach dem Hörer. „Hast du Lust, dir mit Serge und mir heute den neuen Film mit Woody Allen anzusehen? Wir treffen uns um 19:20 vor dem Kino."

Serge war ein fanatischer Woody Allen Fan. Nachdem er Annie Hall auf Video gesehen hatte (ungefähr zehn Mal), hatte er Eloise eine Krawatte und eine Weste geschenkt. Sie hatte ihm relativ schnell klargemacht, dass Annie Hall fast dreißig war und dass das Revival der 70er Jahre-Mode dankenswerterweise ebenso schnell verschwunden, wie es gekommen war.

„Ich wünschte, ich könnte, El, aber ich fürchte, ich muss arbeiten. Bei all den Blind Dates diese Woche ist heute mein einziger, richtig freier Abend, um mich mit Gnats Bekenntnissen einer Schlampe abzuplacken. Die sie in dieser Sekunde höchstpersönlich abliefern will, besser gesagt, die Rohform des ersten Kapitels. Jeremy will die Kurzfassung für die *Marie Claire* nächsten Freitag haben."

„Puh! Das hört sich nach viel beschäftigt an. Und wie geht's dir sonst, ich meine, nach gestern?"

„Geht so. Ich versuche einfach, nicht länger darüber nachzudenken und das Ganze zu vergessen." Natürlich hatte ich Max' eckiges Gesicht sofort wieder vor Augen. „Max' blöde Heiratsanzeige und diesen Idioten, Kevin. Weißt du eigentlich, dass ich heute schon mehrfach meinen Anrufbeantworter abgefragt habe, nur um zu hören, ob er sich gemeldet hat? Dabei fand ich ihn noch nicht mal nett! Da fällt mir ein, mach doch mal einen Schlenker zum Empfang. Natasha Nutley wartet da auf mich."

„Und tschüss!" Eloise legte auf. Ich konnte mir genau vorstellen, wie sie beiläufig ein Memo für Remke bei Morgan abgab, um einen Blick auf Gnat zu werfen.

Die fünf Minuten waren schätzungsweise um. Ich streckte meinen Kopf aus der Tür und spähte um die Ecke, was mir einen Blick auf Morgans offenen Arbeitsplatz, den

Empfang, erlaubte. Sie war in ein Gespräch mit Gnat vertieft. Ich musterte Natasha à la Karen von oben bis unten. Sie trug ein schwarzes Oberteil, schwarze Lederhosen, einen schmalen Kuhfellimitat-Gürtel und hochhackige Schuhe. Ich sah an meinem eigenen grauen Hosenanzug herab, den ich bis vor drei Minuten noch ungeheuer professionell gefunden hatte. Jetzt kam er mir total billig vor.

Tief durchatmen.

Ich schnappte meinen Gnat-Ordner und ging mit einem ins Gesicht gemeißelten Lächeln den Flur hinunter. „Natasha!" rief ich. „Auf die Minute pünktlich!"

Sie zeigte mir ihr Perlweiß-Lächeln. „Ich habe Morgan gerade erzählt, dass ich der Babysitter deiner Cousine war. Wir haben mal wieder darüber geratscht, wie klein die Welt doch ist."

Zu klein.

„Hat dir schon mal jemand gesagt, dass du aussiehst wie Nicole Kidman?" schleimte Morgan.

„Also, warum gehen wir nicht in den Konferenzraum?" unterbrach ich und legte meinen Arm halb um Gnat.

Remke kam aus seinem Büro hinter Morgans Schreibtisch. „Natasha! Wie schön, dich zu sehen." Remke und Gnat gaben sich Luftküsse neben ihre Wangen und plauderten über die Küste". „Natasha, du siehst wie immer umwerfend aus!"

Mehr Luftküsse. Mehr Geplauder.

Ich überlegte, wie es wohl wäre, Jeremy Black zu luftküssen. So nah bei seinen Wangen zu sein. Seinem Mund, diesen Lippen. Ich stellte mir vor, wie seine Zunge tief in meinen Mund vordrang, in meinen ...

„Jaaane, wenn du mehr Kaffee brauchst, sagst du bloß Bescheid."

Sie war so reizend. „Sicher."

Ich führte Gnat in den Konferenzraum und setzte mich an den Kopf des Tisches, wo vor einer halben Stunde noch Remke gesessen hatte. Ich hatte nie zuvor auf diesem Stuhl gesessen.

Natasha nahm rechts von mir Platz. Sie legte ihre Ledertasche, die mit den vielen kleinen Gs, auf Gwens Stuhl ab. Dann zog sie eine rote Mappe heraus und schlug sie auf dem Tisch auf.

Ich öffnete meinen eigenen Ordner. Meine Kopie ihres Konzepts war von Randbemerkungen übersät. Warum konnte sie sich meine Kommentare nicht durchlesen und sich zu Hause Gedanken darüber machen? Oder besser noch, dreitausend Meilen weit weg auf ihrem überflüssigen Hausboot? Warum musste sie andauernd anrufen und vorbeigelaufen kommen? Warum konnte sie nicht einfach „zur Küste" zurückfliegen und mich in Ruhe lassen?

„Kaffee?" fragte ich und hob die Kanne hoch.

„Sehr gern", sagte sie und hielt mir einen Becher hin. „Teilen wir uns ein Croissant?"

„Nichts dagegen." Ich goss den Kaffee in zwei Tassen und war überrascht, dass sie solche Kalorienbomben überhaupt anrührte und auf jedes Lamento ihres jüngsten Diätplanes verzichtete. Ich dachte immer, Schauspielerinnen ernährten sich von Spinatblättern und literweise Mineralwasser.

„Ich lasse dir das erste Kapitel da, damit du es dir später in Ruhe ansehen kannst, aber ich würde dir gern meinen ersten Satz vorlesen. Darf ich? Ich bin mir nicht sicher, ob er nicht zu plakativ ist. Sonst nehme ich mich im zweiten Kapitel mehr zurück."

Ich goss etwas Milch in meinen Kaffee. Sie trank ihren schwarz. Eine Minimalistin. „Remke und Jeremy sagen immer, um den Leser zu fesseln, kann der erste Satz gar nicht plakativ genug sein. Also, lies vor."

Gnat lächelte, hob das Blatt hoch und räusperte sich. Ihre Armreifen klimperten am Handgelenk.

Ich vögelte gerade mit einem der berühmtesten Schauspieler aus dem heutigen Show-Business, als er mir einen Vertrag zur Unterschrift hinhielt.

Ich spuckte fast meinen Kaffee wieder aus.

Sie runzelte die Stirn. „Ich hab dich gewarnt."

Sie hatte meine Verwunderung über ihren marktorientierten Grips mit einem Schock verwechselt. „Nein, das ist Spitze", versicherte ich ihr, während sie an ihrem halben Croissant nagte. „Wirklich perfekt. Genau so was will Remke haben."

„Echt?" Sie strahlte. „Ich bin so glücklich. Du meinst, ich bin auf dem richtigen Weg?"

Natasha Nutley machte mir meinen Job einfacher, als ich dachte. Was mich ebenso erleichterte wie wurmte.

„Jane Gregg."

„Oh, schön, dass du direkt dran bist und nicht der Anrufbeantworter", sagte eine männliche Stimme.

„Ja, ich bin's", bestätigte ich und klemmte den Hörer zwischen Kopf und Schulter, um mir Zigaretten und eine Schachtel Streichhölzer aus meiner Tasche zu holen. Nach einer halben Stunde mit Gnat hatte sich ein schwerer Nikotinentzug angekündigt, so dass ich mich unter einem Vorwand dringend für eine Zigarette verabschieden musste. Wie von der Tarantel gestochen war ich in mein Büro gerast. Der Anruf erwischte mich kurz vor meinen heiligen fünf Minuten.

Wer immer am anderen Ende der Leitung war – einer der Flachpfeifen aus der Herstellung oder der aufsässige Ian, der über seiner Kalkulation brütete ... oder das Blind Date von morgen Abend, der die Koordinaten abstimmen wollte –, er sollte sich besser kurz fassen. Ich hatte Gnat im Konferenzraum mit meinen Kommentaren zu ihrem Konzept für Kapitel zwei und drei allein gelassen, in denen sie sich zu stark auf ihre Kindheit und nicht genug auf die Zeit in LA und ihren Kampf, im Show-Business Fuß zu fassen, konzentriert hatte. Wenn Remke oder Jeremy zufällig den Kopf durch die Tür steckten, würden sie sich wundern, wo ich wäre. Als Nichtraucher kannten sie das Wort Schmacht nicht. Und als Männer kannten sie nicht den Drang, Gnatasha entfliehen zu müssen.

„Hier ist Andrew Mackelroy, Jeffs Freund", sagte die Stimme.

Ich richtete mich in meinem Stuhl auf und steckte Zigarette und Streichhölzer in meine Jackentasche. „Hallo."

„Wie wär's mit einem Abendessen morgen?" fragte Andrew Mackelroy.

„Hört sich gut an. Ich habe jetzt schon Hunger."

Er lachte. „Na dann. Ich werde morgen bei so einer Sache erwartet, wo das beste italienische Essen in ganz New York serviert wird. Offen für eine Überraschung?"

Andrew war mir wirklich sympathisch. „Klar. Ich liebe Italienisch. Du kannst auf mich zählen."

Was eröffneten sich hier für Möglichkeiten! Er hatte morgen „so eine Sache", und ich hatte „so eine Sache" in zwei Monaten. Da hatten wir schon zwei Sachen gemein.

„Ist es okay, wenn wir uns dort treffen?" fragte er. „Wirklich? Bist du sicher? Wunderbar! Die Adresse ist 563 Delancey Street, 19:00 Uhr. Ich freue mich sehr, dich zu sehen, Jane."

Delancey Street? Was konnte man denn da feiern? Und bei welchem guten Italiener?

„Ich freue mich auch sehr", erwiderte ich. „Um sieben bin ich da."

„Gut. Bis morgen also."

Ich legte auf und fing an zu grinsen. Ich hatte eine geheimnisvolle Verabredung morgen. Bei so einer Sache.

Ich kramte meinen Kalender hervor und blätterte zu Dienstag, 2. Juni. Dort hatte ich die Infos hingeschmiert, die Amanda mir gegeben hatte. Andrew Mackelroy, 30, Computerfachmann, Jeffs Firma. 1,95 m, Haarfarbe Straßenköter, blaue Augen. Anständiger Typ, familienorientiert, sportlich.

In gewisser Hinsicht war ich das auch, familienorientiert. Und ich ging gern spazieren; das war auch so etwas wie eine Sportart. Ich übertrug die Adresse, die er mir gegeben hatte, in den Kalender und verstaute ihn wieder in meiner Tasche.

Ich überlegte kurz, auf dem Flur ein Rad zu schlagen, entschied mich dann aber für eine Stippvisite in Eloises „Hundehütte". Sie stand mit einer Lupe über einige Dias auf dem Lichtkasten gebeugt.

„Rate mal, wer gerade angerufen hat?" flüsterte ich ihr ins Ohr. „Dienstag-Date Andrew! Wir gehen morgen aus. Eine Überraschung auf Italienisch in der Delancey Street."

Eloise sah mich an. „Uijuijui, ich wette irgend so eine angesagte Galerie oder eine Cluberöffnung. Die Ecke da unten ist ziemlich in."

Ich zögerte. „Brauche ich dafür hippe Klamotten? Hab ich nicht!"

Eloises Internleitung summte. „El?"

Es war Daisy, ihre Chefin. „Kannst du kurz rüberkommen und die Dias für das Bulimie-Buch mitbringen?"

„Klar", sagte Eloise und beendete das Gespräch.

Eloise entwarf den Umschlag zu den *Erinnerungen einer Möchtegernbohnenstange: Meine bulimischen Jahre*. Der Titel allein war so lang, dass kaum noch etwas anderes Platz hatte. Eloise hatte sich überlegt, zwischen dem Titel und dem Untertitel eine schmale digitale Linie mit Rot aufleuchtenden und langsam verblassenden Zahlen zu setzen. Die Bohnenstange war Gwens Buch. Eins von denen, das ich „babysitten" sollte, solange sie im Mutterschutz war, was hieß, dass ich mich damit durch alle Produktionsphasen quälen und ihr jede Kommaänderung mit der Bitte um Abnahme per FedEx nach Hause schicken musste. Die Umschlagentwürfe waren korrigiert und mit einem verkrusteten Etwas zurückgekommen, das entweder Babynahrung oder Babyspucke gewesen sein musste. Es war Jeremy zu verdanken, dass ich damit nichts mehr zu tun hatte.

„Ich denke mir was giga Hippes für dich aus und bringe es dir heute Abend rauf", versprach Eloise und knipste den Lichtkasten aus. „Und übrigens: Ich finde nicht, dass Gnat Nicole Kidman besonders ähnlich sieht. Und wer trägt eigentlich an einem schnöden Montagmorgen noch schwarze Lederhosen?“

Ich küsste sie, spähte um die Ecke, bis ich Morgan irgendwohin entschwinden sah und schlich mich für die lang ersehnte Zigarette nach draußen.

Der Teekessel fing in der Mitte von Gnats gepfeffertem ersten Absatz an zu pfeifen. Ich schoss in die Küche und stellte den Herd ab.

Zehn Minuten später stand alles, was ich brauchte, auf einem Bambustablett: eine Tasse Apfel-Zimt-Tee, zwei Schokolade-Karamel-Reiskekse, eine halb volle und eine neue Packung leichte Marlboros, ein Feuerzeug, ein Aschenbecher und zwei dunkle, angespitzte Bleistifte. Ich trug meinen Schatz ins Wohnzimmer und ließ mich mit Gnats Entwurf vor dem Bauch auf dem Futon nieder. Mit brennender Zigarette und angeknabbertem Reiskeks begann ich erneut zu lesen.

„Ich vögelte gerade mit einem der berühmtesten Schauspieler aus dem heutigen Show-Business, als er mir einen Vertrag zur Unterschrift hinhielt. Drei Seiten, die mich davon abhalten sollten, unsere Beziehung in irgendeinem oder vor irgendeinem Medium preiszugeben. Eben noch hatten seine Küsse einen Pfad auf meinem Oberschenkel markiert, jetzt aber hangelte er nach *dem* Dokument auf seinem Nachttisch. ‚Reine Vorsichtsmaßnahme, auf die mein Agent, mein Manager, Steuerberater und die Leute von der Presse bestehen‘, hatte er mir gesagt, während seine Zunge meine Klitoris massierte.

Glaubt man den Illustrierten, befriedigte mich in dieser Sekunde einer der sexysten Männer der Welt oral. Mich, eine zweitklassige Schauspielerin, der nie eine Pause gegönnt worden war. Mich, Natasha Nutley aus Queens, New York. Das Mädchen, das nie eine beste Freundin gehabt hatte. Das Mädchen, das für seine Eltern eine Enttäuschung dargestellt hatte, so lange es denken konnte. Das Mädchen, das in einer Krankenhausserie zur besten Sendezeit zwei lausige Auftritte ergattert hatte, weil es den Assistenten vom Assistenten vom Produzenten ins Bett gekriegt hatte.

Wer war ich schon, um nicht alles zu unterschreiben, was mir irgendwer vor die Nase hielt? Und wer war ich, um mich nicht wie die glücklichste Frau der Welt zu fühlen, weil *der* Schauspieler mit mir schlief? Mit mir schlief. Guter Witz! Mit mir spielte, das traf es eher.

Sieben Wochen. Sieben der wichtigsten Wochen meines Lebens hatten ihm absolut nichts bedeutet. Ich erinnerte ihn an ein Mädel von der Schauspielschule. Erst viel später hatte er mir gesagt, dass das der Grund war, warum er mich ausgesucht hatte. Und während ich dachte, dass er sich in mich verliebt hatte, ließ er sich von einer Frau einen blasen, die vor langer, langer Zeit gelernt hatte, dass man sich damit die Männerherzen erobert."

Weg mit den Geigen. Und eine Kotztüte, bitte. Musste ich mich wirklich mit diesem pornografischen Scheiß befassen?

Remke und Jeremy würden begeistert sein; es war genau das, was sie wollten. Dreckige Sprache, Sex, und genug Wer-bin-ich-dass-Gejammer, um einen ganzen Sommer lang die Taschenbuchauflage täglich nach oben korrigieren zu müssen. Was für ein melodramatischer Kitsch!

Hatte nie eine beste Freundin. Ihre Eltern waren von ihr enttäuscht. Komm mir doch nicht so! Seitdem Natasha Nutleys blaue Augen und ihre roten Locken bei der Entbindung vor 28 Jahren das Licht der Welt erblickt hatten, wurde ihr alles auf dem Silbertablett serviert. Wer glaubte sie, war sie, dass sie uns alle für dumm verkaufen konnte? Vielleicht würde das amerikanische Volk ihre gelifteten Lügen nicht erkennen. Ich schon! Ich war dabei!

Ich hatte Natasha Anne Nutley das erste Mal in der Mittelstufe in Forest Hills zu Gesicht bekommen, als Mrs. Greenman sie als neue Schülerin unserer Klasse vorstellte. Gnat und ihre Familie waren in ein Apartmenthaus ganz in unserer Nähe gezogen. Tante Ina, Onkel David und Dana wohnten auch nur wenige Blocks entfernt, sie wiederum durch drei Blocks und eine Hauptstraße von Grammy und Ethan Miles, Mr. Müllschlucker, getrennt. Natashas Vater hatte von seinem Vater dort eine Apotheke geerbt. Ich hatte bis heute nicht vergessen, dass Mrs. Greenman uns Natasha mit einem Lächeln vorstellte, das bis dahin immer dem Klassensprecher vorbehalten war.

Natasha hatte an ihrem ersten Tag an unserer Schule mehr Einladungen zum Rollerskaten, zu McDonald's oder zu irgendwelchen Schlafanzugpartys, als ich während meiner gesamten Mittelstufenkarriere. Alle Mädchen wollten Natashas beste Freundin werden. Und alle Jungs hatten ihr hinterhergedibbert. Unfähig, die Augen von ihr zu lassen, vergeigten sie jeden Test und verloren im Unterricht ständig den Faden. Einschließlich Robby Evers. Da ich ihn ununterbrochen im Visier hatte, bekam ich genau mit, dass er ununterbrochen auf Natasha und ihren prallen Busen gestarrt hatte. Sie ihrerseits hatte nur Augen für Jimmy Alfonzo, das Mittelstufen-Equivalent zu James Dean. Zur Mathestunde am Tag Zwei waren sie und Jimmy ein Paar. Das war, als mir klar geworden war, dass ich bei Robby eine Chance bekommen könnte. Das Mädchen, das er gewollt hatte, war ja nun weg. Er hatte gar keine andere Wahl, als seine Ansprüche runterzuschrauben.

Ich war in der Mittelstufe nicht besonders selbstbewusst gewesen.

Aber Robby Evers, der davon geträumt hatte, ein knallharter, investigativer Journalist wie sein Vorbild Carl Bernstein von der Washington Post zu werden, hatte kein Interesse an der blassen, stillen, dunkeläugigen Schülerin gehabt, die immer mit den noch blasseren und stilleren Miner-Zwillingen rumhing. Nicht in der sechsten, in der siebten oder in der achten Klasse. Auch in der neunten nicht, als mein Busen Körbchengröße C sich langsam verselbstständigte. In der elften Klasse dann mussten wir im Bio-Unterricht eine Arbeitsgruppe bilden, weil er so angewidert von dem toten Frosch war, den wir aufschneiden sollten. Also hatten wir das kleine Messer gemeinsam gehalten, meine Hand seine führend. Nach dem ersten Schnitt hatte er mir dann in die Augen gesehen, bis Panik und Unbehagen ihn zwangen, seine eigenen wieder zu schließen. Er hatte sich von mir verstanden gefühlt, und er hatte sich besser gefühlt. Und so hatte Robby Evers angefangen, mich wahrzunehmen. Oder meinen Busen Körbchengröße C. Nicht, dass er Natasha aus dem Blick verloren hätte, aber die war mit ihrer langjährigen Es-ist-Schluss-wir-sind-wieder-zusammen-Beziehung Jimmy Alfonzo beschäftigt.

Zum Englisch- und Biounterricht, die einzigen Fächer, die wir zusammen hatten, hatte Robby mir Zeitungsausschnitte mitgebracht, die er im Gemeinschaftskundeunterricht oder bei den Treffen für die Schülerzeitung zur Diskussion gestellt hatte. Unermüdlich hatte er über die Ungerechtigkeit und das Elend in der Welt schwadroniert und uns seinen Entschluss mitgeteilt, die Welt zu bereisen und alle Gräuel zu dokumentieren, um jeden Einzelnen wachzurütteln und ihn zum Handeln zu bewegen. Ich war verliebt. Robby Evers ließ nichts kalt. Kein anderer Junge auf der Forest Hills High School interessierte sich auch nur die Bohne für das Ozonloch, geschweige denn das Apartheidsystem in Südafrika. Er war bekannt für diese Besessenheit, und den Mädchen gefiel das, aber seine Besessenheit, gepaart mit seiner ungeschickten Art, arbeitete gegen ihn. Sein Traumjob war Auslandskorrespondent, doch die wenigsten der Mädchen wussten überhaupt, was das war. Ich wollte Dichterin werden. Das fand er gut. Einmal, als wir uns wieder leidenschaftlich über die schrecklichen Fotos sterbender Kinder in Afrika unterhielten, hatte er meine Hand berührt. Tagelang hatte ich diese Stelle danach nicht mehr gewaschen.

Ich war so sicher gewesen, dass er mich in diesem Jahr bitten würde, ihn zum Abschlussball zu begleiten. Für mich wäre das die erste Einladung gewesen. Jeden Tag nach der Schule würde ich dann bei dem Kaufhaus Halt machen, wo ich auf einem dieser Einkaufsbummel mit der ganzen Sippe auf der Suche nach einem Kleid für Danas ersten Abschlussball (sie war so etwas wie die Natasha Nutley in der Klasse über uns) dieses seidige, pinkfarbene Kleid entdeckt hatte und es ein ums andere Mal anprobieren. Leider hatte Robby mich eine Woche vor der Feier noch immer nicht gefragt. Am Tag Drei davor hatte ich mir schließlich überlegt, ich würde mir im Englischunterricht ein Herz fassen und ihn, so ganz nebenbei, selbst fragen. Und dann hatte ich das Geräusch gehört, das Natasha Nutley überall hin begleitete: das Geklimper ihrer Armreifen.

Kichernd hatte sie sich, ihren Hintern hoch in die Luft gestreckt, über Robbys Tisch gelehnt. „Also holst du mich um 19:30 Uhr bei mir ab, okay?“ Und sprachlos vor Glück hatte Robby genickt. „Vergiss nicht, mir die Schleife mitzubringen, weiß mit einem rosa Streifen, passend zu meinem Kleid.“

Mein Kleid war rosa!

Robby sah Natasha dabei zu, wie sie ihre Hüften schwungvoll zurück zu ihrem eigenen Tisch gleiten ließ, hob siegreich die Faust in die Höhe und stieß dabei ein tonloses Ja! aus. Sekunden später hatte er mir einen Zettel zugeschoben. „Wo kauft man eine Schleife? Weißt du das?“ Ich hatte ihm zurückgeschrieben, dass es in der Nähe der Schule ein Dessousgeschäft gab. Er hatte mich angelächelt, um die verbleibenden fünfzig Unterrichtsminuten den Blick nicht mehr von Natasha Nutleys lockigem Hinterkopf zu nehmen.

Drei Tage hatte ich ununterbrochen geheult. Trotzdem hatte ich es fertig gebracht, ihn am Tag nach der Feier zu fragen, ob er einen schönen Abend gehabt hatte. Er hatte kaum die Nase von der Tischplatte genommen und gesagt, dass sie in der letzten Minute abgesagt hätte. Dass sie und Jimmy Alfonzo es sich noch einmal überlegt hatten. Eine ganze Stunde hatte er in dem Dessousgeschäft verbracht, nur um die Schleife dann wegzuschmeißen.

Die Schleife, die mir hätte gehören sollen. Robby Evers war von der grausamen Wirklichkeit zu Fall gebracht worden. Natasha Nutley hatte all ihren ihr mit 16 Jahren zur Verfügung stehenden Realitätssinn zusammengenommen und eine Lektion über die knallharten Bedingungen des wahren Lebens erteilt. Seitdem hatte Robby meine Hand nie wieder berührt.

Schon gut. Weg mit den Geigen, ich weiß.

Wie auf Stichwort drang plötzlich das schmalzige Crescendo einer Opernmelodie durch die Wand. Mein Musikfreund von nebenan hatte offensichtlich Stress mit seiner Freundin. Ich erkannte das Stück nicht, aber ich erkannte ein Drama, wenn sich eins abspielte.

Ich zündete mir eine Zigarette an, nahm einen tiefen Zug und blies den Rauch langsam, gegen meinen Futon gelehnt aus.

Wie sollte ich Natashas Kapitel konzentriert lesen und bedacht kommentieren, wenn irgend so eine italienische Furie nebenan durchdrehte? Ich hämmerte mit der Faust gegen die Wand. Mein Musikfreund hämmerte zurück, machte die Musik aber etwas leiser.

Fünf Zigaretten später hatte ich das erste Kapitel durch. Zehn Zigaretten später hatte ich es bearbeitet. Ein paar mit dem Bleistift hingekritzelte Randbemerkungen: Ausführlicher! Mehr Saft! Zeigen, nicht sagen! Und ich hatte ihre katastrophale Rechtschreibung korrigiert. Offensichtlich hatte sie sich ihren Weg in den Englisch A-Kurs auch nur erschlafen.

Ich griff nach der Zigarettenschachtel – sie war leer. Zwölf Kippen lagen im Aschenbecher auf dem Tablett. Ich hatte gar nicht gemerkt, dass ich so viel geraucht hatte. Ich stand auf und rekelte mich, zerknüllte die Packung und ging mitsamt dem Aschenbecher in die Küche.

Als die Asche in den kleinen Eimer unter der Spüle rieselte, hörte ich Serge mit seinem russischen Akzent brüllen: „Ich verstehe das nicht, El-wees! In meinem Land verbringen Menschen, die sich lieben, gelegentlich Zeit miteinander!"

„Ich brauche meinen Freiraum, Serge!" entgegnete Eloise.

Ich dachte, so was sagten nur Männer.

Wenige Minuten später knallte eine Tür, und schwere Schritte polterten die Treppen hinunter. Danach hörte man, wie Eloise ihre Tür ins Schloss zog und die Stufen hochgelaufen kam. Als sie klopfte, lief nebenan gerade der Hochzeitsmarsch. „Mach auf! Ich habe das Giga-Outfit für dich!"

Wenn ich nicht mit beiden Ohren Zeuge der kleinen Auseinandersetzung geworden wäre, hätte ich nie vermutet, dass Serge soeben wutentbrannt das Haus verlassen hätte. Eloises Gesichtsausdruck verriet nichts dergleichen.

„El, bist du okay?"

Sie öffnete meinen Kleiderschrank und hängte die Sachen auf, zu denen auch ein kurzer mattschwarzer Pullover gehörte. „Vollkommen, warum? Ach, du hast es mitgekriegt?" Ich nickte. „Er ist so unglaublich anhänglich. Ich will manchmal einfach eine Nacht allein schlafen!"

Ich versuchte mir vorzustellen, einen Freund zu haben und mal eine Nacht allein verbringen zu wollen. Es ging nicht! Als ich noch mit Max zusammen war, wollte ich keine Sekunde ohne ihn sein. Er war mein einziger Bezugspunkt. Und könnte ich einem Jeremy Black jemals sagen, ich bräuchte mehr Freiraum? Wohl kaum.

„Hey, wir verpassen unsere Vorabendsoap", sagte sie und zeigte auf meinen Mini-Fernseher. „Mach die Glotze an, danach brezeln wir dich auf."

Wir ließen uns auf den Futon fallen und kicherten albern über irgendeinen Witz. Während einer Werbepause legte ich das bearbeitete erste Kapitel in eine Mappe und verstaute sie in meiner Tasche. Es war an der Zeit, Natasha und ihr fabelhaftes Leben zu vergessen, um aus dem eigenen endlich genau das zu machen.

5. KAPITEL

Die Delancey Street roch nach einer Mischung aus gebratenem Hähnchen, Zigarrenqualm und im Regen vergammelndem Müll. Wo waren denn all die Läden mit alten Holzfässern mit eingelegten Köstlichkeiten, die dieses Viertel angeblich so malerisch machten? Wo waren die Geschäfte mit koscheren Lebensmitteln? Ich dachte, die Lower East Side versprühte den Charme der Jahrhundertwende.

„Mamma mia!"

Drei pubertierende Jungs auf einem Klapprad schlenkerten um mich herum, leckten sich die Lippen und schmatzten Küsse in die Luft. Ich entschied mich, das als Kompliment aufzufassen. Auf der Arbeit hatte ich einen stinknormalen schwarzen Hosenanzug getragen, den ich zum Feierabend gegen das mitgebrachte Ich-bin-so-unwiderstehlich-Outfit eingetauscht hatte. Eloise hatte mich im grellen Neonlicht von Poshs Damentoilette geschminkt. Nicht, dass ich viel anhatte. Eloise meinte, in dieser Saison käme es nur auf die Lippen an. Meine waren in ein dunkles Traubenrot getaucht, das sich bestens an jedem Zigarettenfilter abzeichnete. Ich schnippte die halb gerauchte Kippe in eine Pfütze und schob mir ein Pfefferminz in den Mund.

Nummer 533, 535, 537. Ich kam der Sache näher. Tief durchatmen. Nur noch wenige Blocks bis zu Andrews Adresse.

Die Lower East Side war jene Art von Gegend, in der die ganz Alten und die ganz Jungen lebten. Zierliche, geduckte ältere Frauen mit Kopftuch zogen ihre Einkaufswägelchen über die Bürgersteige; jungdynamische Aufsteiger bevölkerten in schrillen Klamotten die Bars, Restaurants und Clubs, die dort im Dutzend neu eröffnet hatten. Je weiter ich aber die Delancey Street Richtung Chinatown hinabging, desto rarer wurden die bizarren Kneipen. Dafür schienen sich die Frauen mit ihren Karren zu vervielfachen. Hier war es: Delancey Nr. 563. Ein Wohnhaus, das meinem ziemlich ähnlich sah. Ein fünfgeschossiger brauner Klinker. Ich legte meinen Kopf in den Nacken und nahm die hässliche Fassade in Augenschein. Fünf Betonstufen führten zu einer Metalltür. Vielleicht versteckte sich der hippste Club oder die tollste Kunstgalerie im ersten Stock. Wahrscheinlich war mir schlicht entgangen, dass die schrägsten und beliebtesten Läden derzeit auf jedes Schild oder sonstigen Hinweis ihrer Existenz verzichteten. Läden, die viel zu cool waren, um von uncoolen Leuten entdeckt zu werden. Auf meinen sechs Zentimeter hohen Riemchensandalen ging ich die Stufen hoch, froh darüber, dass Eloise mich überzeugt hatte, ihr langes Kleid auszuleihen. Ich sah verdammt scharf aus. Es kam auch nicht täglich vor, dass mir pubertierende Jungs hinterherpfiffen und sich die Lippen nach mir leckten.

Auf der linken Seite der Tür hingen Schilder mit Nachnamen, Apartmentnummern und Klingeln. Mackelroy, 4R. Wohnte Andrew hier? Hätte er das nicht erwähnt? Oder sollte bei ihm so eine Art Performance stattfinden? Ich klingelte.

„Wer ist da?“ fragte eine Kinderstimme.

Wer war das denn? „Äh, ich bin's, Jane, ich ...“

Der Öffner summte. Ich drückte die Tür auf und hatte sofort den Geruch von gebratenen Zwiebeln in der Nase. Vor mir lag ein enges, steiles Treppenhaus. Meine Hand umklammerte das Geländer, während ich versuchte, mich in dem Halbdunkel zu orientieren. Ich konnte nichts erkennen. Aber ich konnte die mietwohnungstypischen Geräusche hören: Fernseher, die liefen, Telefone, die klingelten, Stimmen, Schritte.

Bei meinem Kampf mit den Stufen wickelte sich der Stoff von meinem Kleid um meine Knöchel, und als ich völlig aus der Puste endlich im vierten Stock landete, lief mir eine winzige Schweißperle den Ausschnitt runter. Man hätte meinen sollen, dass ich die vier Etagen mit links nehme, da ich bei mir schließlich noch zwei höher musste. Falsch gedacht.

Vor 4F fächelte ich mir etwas Luft zu, atmete tief durch, legte ein freundliches Lächeln auf und schritt den engen Flur zu 4R ab. Auf einem verdreckten Schildchen unter der Wohnungsnummer stand: Mackelroy. Ich klingelte.

„Wer ist da?“ Wieder die kindliche Stimme.

„Geh von der Tür weg, Jenny!“ kommandierte eine ältere Frauenstimme. „Geh und stell die Suppenteller auf den Tisch. Wie oft soll ich das noch sagen?“

Ich nagte an meiner Unterlippe. Mehrere Schlösser wurden geöffnet, bis die Tür aufschwang. Eine attraktive Frau um die fünfzig, sechzig klemmte sich eine Haarsträhne zurück in den graublonden Zopf und wischte sich die Hand an der Schürze ab. „Willkommen“, sagte sie und hielt mir die abgetrocknete Hand hin. „Du musst Jane sein.“

Vielleicht, vielleicht auch nicht, dachte ich, kommt drauf an, wer du bist. Ich lächelte – bemühte mich jedenfalls darum.

„Ich bin Janice Mackelroy, Andrews Mutter. Komm doch rein. Andy kommt ein bisschen später. Er hat noch was im Büro zu erledigen. So, wie ihr heutzutage schuftet, sollte man denken, ihr verdient ein Vermögen.“

Bevor ich die Chance hatte, irgendetwas auf das Gesagte zu erwidern, wurde ich schon einen langen, engen Flur entlang ins Wohnzimmer geführt.

„Setz dich doch. Ich hole uns ein gutes Glas Wein.“ Ein Lächeln, und weg war sie.

Etwas verloren sah ich mich im Raum um und setzte mich auf ein mit einer Plastikschonung abgedecktes Sofa. Alle Polstermöbel waren in Plastik eingeschlagen. Ein rechteckiger Wohnzimmertisch aus Glas stand so dicht vor dem Sofa, dass ich meine Beine nicht übereinander schlagen konnte. Auf dem Tisch lag ein Stapel Kunst- und Segelbücher, daneben stand eine purpurrote Schale mit Pralinen. Ich überlegte, ob ich mir zur Ablenkung eins der Bücher greifen sollte, aber ich spürte einen Blick auf mir. Ich folgte meinem Gefühl, bis ich in das ernste Gesicht eines älteren Mannes sah, dessen Foto gerahmt auf dem Fernseher stand. Meine Augen wanderten zu dem Bücherstapel zurück. *Moderne Seefahrt* lag ganz oben.

„Bist du Andys neue Freundin?“

Vor mir stand ein neun oder zehn Jahre altes Mädchen

mit feinem blonden Haar und einer schmalen Nase, den Blick auf meinem Ausschnitt. Die Kleine war von der Offenherzigkeit eines Kindes, das sein Umfeld regelmäßig bezauberte. Ich nahm an, dass sie als Teenager ein bisschen schlaksig wirken könnte, am Ende aber eine umwerfende Schönheit wäre.

„Nun ja, ich weiß nicht genau", sagte ich und zwang mich zu einem breiten Grinsen. „Bis jetzt kenne ich ihn noch gar nicht."

„Was machst du dann hier?"

Gute Frage, Kleines.

„Onkel Andy hatte eine Freundin", sagte das Mädchen, „aber das ist vorbei. Sie hatte auch solche Kleider an wie du. Immer so enge Teile, um ihre Dinger zu zeigen." Jenny streckte ihre flache Brust raus und trippelte einmal im Kreis.

Janice Mackelroy eilte mit entschuldigender Geste ins Wohnzimmer. „Jenny, ich dachte, du gehst Nana zur Hand. Ab, in die Küche. Geh der netten Freundin von deinem Onkel nicht auf die Nerven." Janice Mackelroy nahm die Kleine an die Hand und führte sie raus. Minuten später kam sie mit einem Glas Wein zurück. „Für dich. Zum Wohl. Ich würde mich ja gern zu dir setzen und ein bisschen plaudern, aber wir haben einen Haufen brodelnder Töpfe auf dem Herd. Ich hoffe, Jenny hat sich anständig benommen."

„Voll und ganz. Sie ist wirklich süß", erwiderte ich. „Sie erinnert mich ein bisschen an mich in dem Alter." Das war eine glatte Lüge. Wenn ich es damals nur gewagt hätte, eine Bemerkung über einen Gast zu machen, hätte ich dafür eine halbstündige Gardinenpredigt und eine Woche Fernsehverbot kassiert. Aber Mrs. Mackelroy wirkte so schwer beschäftigt, dass ich ihr weiteren Kummer ersparen wollte. „Kann ich Ihnen helfen?" fragte ich. Keine Ahnung, wobei. War Andrew Mackelroys „Sache" ein Essen bei seinen Eltern?

„Davon will ich nichts hören", sagte sie. „Du bist unser Gast. Andrew hat gesagt, du liebst die italienische Küche. Wunderbar! Davon wirst du heute Abend eine ganze Menge bekommen."

Ich lächelte – bemühte mich jedenfalls darum. Und Mrs. Mackelroy verschwand wieder in die Küche.

Auf dem Fernseher standen noch mehr gerahmte Fotos. Der Plastikschoner auf dem Sofa knatschte, als ich aufstand, um mir die Bilder anzusehen. Das Mädchen, Jenny, war auf einigen zusammen mit einem etwas älteren Jungen und einem Pärchen von etwa 35, 40, die ich für die Eltern hielt, zu sehen. Auf den anderen waren Janice Mackelroy und ein Mann in ihrem Alter sowie ein junger, blonder Mann und eine ebenfalls blonde Frau. War Andrew der junge Mann? Und die junge Frau seine Schwester? Jennys Mutter?

Ich spürte wieder diesen strengen Blick von dem Porträtmann und setzte mich zurück aufs Sofa. Noch eine Schweißperle kam ins Kullern. Hätte ich doch bloß eine Jacke mitgenommen. Für ein Familienessen war ich völlig falsch angezogen. Was sollte Andrew davon halten? Und erst die Familie? Wer kam zum Abendessen bei den Eltern eines Bekannten aufgestylt, als wollte er in einen Nachtclub? Er hätte ruhig sagen können, dass diese „Sache" bei seinen Eltern stattfand.

„Warum darf ich nicht zu Andrews neuer Freundin ins

Wohnzimmer?“ Ich hörte, wie Jenny sich beschwerte. „Hier ist es heiß, Nan.“

Ich verordnete mir ein Lächeln und schlenderte in Richtung der Stimme. Mrs. Mackelroy rührte in einem gigantisch großen Topf auf dem Herd. Jenny saß über einige Blätter Papier gebeugt am Tisch, die Zunge vor lauter Konzentration aus dem Mund gestreckt.

„Mrs. Mackelroy?“ begann ich. „Sind Sie sicher, dass ich Ihnen nicht helfen kann? Ich fühle mich unwohl, wenn ich tatenlos in Ihrem schönen Wohnzimmer herumsitze.“

„Du bist wirklich reizend“, antwortete sie lächelnd. „Also, wenn es dir wirklich nichts ausmacht ... Jenny, warum fragst du Andrews nette Bekannte nicht, ob sie einen Blick auf deine Mathehausarbeiten wirft?“

Das hatte ich eigentlich nicht gemeint. Ich wusste nicht, was ich gemeint hatte. Servietten hinlegen vielleicht. Weingläser auf den Tisch bringen.

Jenny schoss, die losen Blätter in der Hand, vom Stuhl. „Komm mit. Ich zeig's dir im Wohnzimmer.“ Sie schnappte meine Hand und bugsierte mich wieder auf das Sofa. „Bist du gut in Geometrie oder ein totaler Hohlkopf?“

Bevor ich den Satz überhaupt richtig verstanden hatte, drehte sich ein Schlüssel im Schloss.

„Mama? Ich bin da-a! Mama?“

Ich sprang hoch und riss Jennys Loseblattsammlung vom Tisch. „Tut mir Leid“, sagte ich und bückte mich, um sie aufzuheben.

„Ein Hohlkopf!“ stellte Jenny fest. „Hab ich's doch gewusst!“

Mit einem verächtlichen Blick gab ich dem Rotzlöffel seine Blätter zurück.

„Ist sie hier, Mama?“

Ich nahm an, er meinte mich. Ich nahm weiter an, dass die Stimme zu Andrew Mackelroy gehörte.

„Im Wohnzimmer. Sie hilft Jenny bei den Mathehausarbeiten.“

„Mama!“

„Sie ist hübsch“, hörte ich Mrs. Mackelroy flüstern. „Vielleicht etwas überkandidelt angezogen.“

„Psst, Mama, sie kann dich hören.“

Ein muskulöser Hüne mit straßenköterbraunem Haar, blauen Augen, einer großen Nase und einer Aktentasche unter dem Arm tauchte vor mir auf. Er hatte was Skandinavisches. Er sah gut aus. Sehr gut. Ich mochte sogar seinen dezenten Nadelstreifenanzug.

„Hallo. Ich bin Andrew.“ Er schüttelte meine Hand und sah auf mein Dekollete, bevor seine Blicke aufwärts wanderten. „Tut mir wirklich Leid, dass ich so spät komme. Na, Sportsfreund“, begrüßte er Jenny und wuschelte ihr durch das blonde Haar.

„Hör auf damit! Du weißt genau, dass ich das hasse“, rief Jenny und strich sich die Haare wieder glatt. Erwartungsvoll sah sie ihn an. „Hast du mir was mitgebracht?“

Er legte seine Tasche ab und verschränkte die Arme vor der Brust. „Begrüßt man so seinen Onkel? Du hast mich seit, na, zwei Tagen nicht gesehen, und mehr fällt dir nicht ein?“ Ein Lächeln huschte über seine Lippen. Dann öffnete er seine Aktentasche und zog eine braune Papiertüte heraus. Jenny schnappte sie ihm weg und steckte ihre Nase rein. Plötzlich erstrahlte ein breites Lächeln auf ihrem zuvor mürrischen Gesicht. Ein roter Lutscher in Gestalt einer Katze kam zum Vorschein.

Sie rannte in die Küche. „Nana, guck mal, was Onkel Andrew mir mitgebracht hat!“

Andrew lächelte mir zu. „Nochmals Entschuldigung. Wie schön, dich endlich leibhaftig kennen zu lernen.“ Die Blicke wanderten wieder abwärts.

„Kein Problem“, entgegnete ich und zeigte mein sportliches Lächeln. „Ich finde es auch schön, dich kennen zu lernen.“ Ich wartete auf eine Erklärung.

Wieder drehte sich ein Schlüssel im Schloss.

„Da seid ihr ja!“ rief Mrs. Mackelroy. „Wie geht's dem Geburtstagskind heute, hm? Wie geht's meinem großen Jungen?“

„Du sollst mich nicht immer wie ein kleines Kind behandeln!“ ereiferte sich ein etwa Zehnjähriger. „Ej! Was macht Jenny hier? Es hieß, nur ich und meine besten Freunde!“

„Stevie, entschuldige dich sofort bei deiner Schwester!“ Das war die Stimme einer Frau.

„Geh deinen Onkel begrüßen“, sagte Mrs. Mackelroy. „Er ist im Wohnzimmer.“ Leiser fügte sie hinzu: „Er hat jemanden mitgebracht.“

„Andy?“ Die Frauenstimme. Im Wohnzimmer erschien das weibliche Gegenstück zu Andrew. Sie lächelte freundlich. Die beiden Geschwister umarmten sich, dann streckte sie beide Hände nach mir aus und umfasste meine rechte Hand. „Und wer ist das?“ fragte sie mit einem funkelnden Seitenblick zu Andrew.

„Jane, das ist meine Schwester Danielle. Danielle, das ist Jane. Und der große Junge hier ist mein Neffe!“ Er hob das Kind über seinen Kopf auf die Schultern. Begeistertes Kreischen, als die beiden Pferd und Reiter spielten. „Herzlichen Glückwunsch, Stevie!“

Ich trat einen Schritt zurück und lächelte mein halb entsetztes, halb abwartendes Ich-bemühe-mich-Lächeln, wie ich der Spiegelung auf dem Fernsehschirm entnehmen konnte.

„Schön, dich kennen zu lernen", sagte Danielle.

Es klopfte an der Tür. Kinderstimmen plapperten munter durcheinander.

„Wartet ab, bis ihr erst mal Joeys Geburtstagskuchen gesehen habt, Kinder!" rief Mrs. Mackelroy aus der Küche, als eine Horde Jungs in das Wohnzimmer einfiel. Wie vom Blitz getroffen blieben sie plötzlich wie angewurzelt stehen.

Sehr, sehr langsam ließ ich mich mit meinem bemühten Lächeln auf dem Sofa nieder.

Sieben oder acht zwölfjährige Jungs starrten mich an. Sieben oder acht zwölfjährige Jungs starrten meinen Busen an.

Es erschien mir jetzt eine gesicherte Annahme, dass sich hinter „der Sache", von der Andrew Mackelroy gesprochen hatte, die Geburtstagsparty von Joey und seinen pre-pubertierenden Freunden verbarg.

„Essen ist fertig! Alle Mann an den Tisch!"

Die Jungs stürmten ins Esszimmer. Wenn zwölf Jahre alte Jungs sich zwischen Essen und Mädchen entscheiden konnten, fiel die Wahl immer auf das Essen. Diese Tatsache hatte mich noch nie sonderlich erfreut.

„Das ist okay für dich, oder?" flüsterte Andrew Mackelroy. „Ich habe mir überlegt, dass wir erst den Geburtstag feiern und dann in der Gegend etwas trinken gehen."

„Sicher. Hört sich gut an", sagte ich angestrengt. „Das wird lustig. Ich liebe Kinder."

Zehn Minuten später flog eine glibberige, kalte Tortellini von einem Löffel direkt in meinen Ausschnitt. Sieben oder acht zwölfjährige Jungs konnten darüber herzhaft lachen.

„Dann bringen Sie uns bitte eine Karaffe", bat Andrew Mackelroy den unwirsch drein blickenden Kellner in Tutellis italienischem Restaurant. Der hagere alte Mann in gestärktem Hemd, Weste und Krawatte nickte und verschwand. Andrew hatte gerade seinen Vortrag darüber beendet, dass sowohl eine Karaffe als auch eine Flasche vier Gläser Wein beinhalteten, die Karaffe aber acht Dollar billiger war. Wir saßen draußen auf dem Bürgersteig an einem Tisch für zwei, der zwischen zwei Vierertische gequetscht stand. Den ganzen Block rauf und runter gab es Dutzende solcher Lokale, an denen sich drinnen und draußen die Leute drängelten und auf der Straße Schlangen bildeten. Meistens waren es Pärchen oder Familien. Als Andrew sich im Restaurant nach gut aussehenden Frauen umblickte, wie Männer es immer taten, suchte ich mein geliehenes Kleid nach Flecken ab. Glücklicherweise hatte Mrs. Mackelroy einen anständigen Vorrat an Selterwasser, das ich locker eine Viertelstunde lang auf den Stoff geträufelt hatte, um den hässlichen orangefarbenen Fleck auszuwaschen. Eloise würde mich umbringen.

Der Kellner kam mit einer Karaffe Rotwein und zwei altmodischen Weingläsern zurück. Er schenkte uns ein und ging.

„Ich nehme an, du kannst jetzt bestätigen, dass ich ein ziemlich familienorientierter Mensch bin", sagte Andrew. Er hob sein Weinglas, prostete mir zu und nahm einen Schluck. Ich tat das Gleiche. „Wir sind sehr eng."

„Das ist schön", sagte ich und wünschte, mir wäre etwas Originelleres eingefallen.

„Und du? Siehst du deine Eltern oft?"

Ich wusste nie, wie ich diese Frage beantworten sollte. Wenn ich Nein sagte, was die Wahrheit war, würde der Typ sofort denken, ich wäre eine Eltern verabscheuende, neurotische Zicke. Sagte ich, sie sind weg, würde er sofort fragen, wo. Sagte ich, sie sind tot, wäre der Abend gelaufen. Männer wussten nie, was sie auf diesen Satz erwidern oder wie sie das Thema wechseln sollten.

Normalerweise antwortete ich abhängig davon, ob ich den Mann noch mal wieder sehen würde oder nicht. Wenn es sich um eine richtig viel versprechende Verabredung handelte, sagte ich: „Och ja, ein paar Mal im Monat. Sie wohnen direkt am anderen Ufer in Queens." Das sagte ich wahnsinnig gern. Für einen Abend wären meine Eltern dann noch am Leben, nur wenige U-Bahn-Stationen entfernt. Sie würden wie damals, als ich noch jung war, nach Bruce Springsteens *Glory Days* tanzen und den Refrain lauthals mitschmettern.

Mir zog sich das Herz zusammen, und ich nahm einen Schluck Wein.

„Schlechte Frage, was?" sagte Andrew. „Aber das macht mir nichts aus. Ich weiß, dass nicht jeder so ein gutes Verhältnis zu seiner Familie hat. Ich habe wohl einfach Glück gehabt. Wenn ich's mir recht überlege, bin ich der einzige Mensch, den ich kenne, der eine gute Kindheit hatte." Er lachte, trank einen Schluck und fixierte die attraktive Blonde zwei Tische weiter.

Ich stellte mir vor, neben Andrew Mackelroy in dem winzigen Ballsaal des Plaza zu sitzen. Andrew, der Natasha

Nutleys auf dem Hausboot wohnendem Freund erklärt, dass ihm das, was Mr. Santa Barbara ihm gerade gesteckt hatte, „nichts ausmachte“. Natasha, die mir ein verschwörerisches „Er ist entzückend!“ ins Ohr flüsterte.

Plötzlich drang ein eruptiver Laut aus Andrews Mund. Ein Rülpser. „Entschuldigung“, sagte er. „Zu viel Mineralwasser auf dem Geburtstag, fürchte ich.“ Er lachte unbeholfen. „Ich muss sagen, Jane, du hast dich da wirklich toll geschlagen. Meine Ex-Freundin war ein solches Aas. Jedes Mal, wenn wir meine Schwester und Stevie besuchten, endete die Sache in wüsten Beschimpfungen oder anderen Gemeinheiten. Sie war selbst noch ein Kind, verstehst du?“

Ich lächelte. Ich war nicht gerade verrückt nach Andrew Mackelroy, aber er war ein Mensch, ein Mensch wie ich, der nach ein bisschen Glück in dieser Welt, in dieser Stadt suchte. Wer war ich, dass ich ihn so schnell verurteilen konnte?

Er war also familienorientiert. Seit wann sprach das gegen jemanden? Nur weil ich meine Eltern verloren hatte, hieß das nicht, dass er kein gutes Verhältnis zu seinen eigenen haben konnte. Vielleicht waren wir auf den ersten Blick nicht füreinander geschaffen, aber bedeutete das, dass wir kein zweites Mal miteinander ausgehen konnten, nur um zu sehen, ob nicht unter den falschen Erwartungen und ersten Enttäuschungen doch versteckte Schwingungen warteten?

Ich brauchte plötzlich dringend eine Zigarette. Und wenn Andrew Mackelroy und ich uns wirklich kennen lernen sollten, wenn wir uns wirklich eine Chance geben wollten, dann wäre es nicht richtig, mein Laster zu verheimlichen. Als Andrew gerade wegsah, zündete ich mir eine Marlboro Light an.

Sofort wirbelte sein Kopf herum. „Oh, ich wusste nicht, dass du rauchst."

Meine Marlboro hatte bei einem Date bislang immer warten müssen. So lange, bis ich merkte, dass der Typ interessiert war, und wenn er erst richtig angebissen hätte, würde ich mir die Zigarette anzünden und hoffen, er fände das verlockend und geheimnisvoll und sexy, und nicht unwürdig.

Aber was sollten diese Spielchen? Ich war erwachsen. Ich rauchte, und das war in diesem Moment mein gutes Recht. Und hatte es Andrew etwas ausgemacht, in meiner Gegenwart zu rülpsen und die Peinlichkeit dann wegzulachen?

Er beäugte die Zigarette, als wäre sie ein blutiges Messer. „Ich wünschte, ich hätte das vorher gewusst. Ich bin regelrecht allergisch gegen den Qualm." Wie zum Beweis hustete er.

Ich spürte, wie ich rot wurde. „Oh, das tut mir Leid." Ich suchte nach einem Aschenbecher.

„Ich komme gleich wieder", sagte Andrew. „Die Natur ruft."

Ich beobachtete Andrew, wie er sich seinen Weg an den Tischen und Leuten vorbei bahnte und im Tutellis verschwand. Ich nahm einen langen kräftigen Zug von der Zigarette. Wozu eine erstklassige Marlboro verschwenden, während Andrew auf der Toilette war?

„Entschuldigen Sie, Miss. Miss? Hallo? Miss?"

In Erwartung einer Frau, die sich bei der Kellnerin über einen verkochten oder nicht garen Auberginenauflauf beschweren wollte, drehte ich mich um. Stattdessen aber waren die Augen einer ganzen Familie auf mich gerichtet. „Könnten Sie das ausmachen?" fragte die Mutter. „Joey hat Asthma."

Wieder wurde ich rot. Auf dem Tisch gab es keinen Aschenbecher. Nicht nur, dass ich Andrew Mackelroy in die Flucht geschlagen hatte, jetzt verursachte ich einem Kind auch noch Atemnot und stand im Begriff, die Liste meiner Verbrechen aus Gewohnheit um eine Umweltsünde zu ergänzen. Ich ließ die Zigarette unter den Tisch fallen und drückte sie mit dem Schuh aus.

Joey starrte mich an und brach dann in einen übertriebenen Hustenanfall aus. Der Vater schüttelte verständnislos den Kopf, und ehe ich mich versah, war ich der Anlass für einen Familienstreit. „Wir wechseln den Tisch." – „Sie hat sie ausgemacht. Beruhige dich." – „Wer weiß, ob sie sich nicht gleich wieder eine neue ansteckt. Ich will jetzt sofort einen anderen Tisch. Wir gehen rein und setzen uns in die Nichtraucherzone. Ruf den Kellner." – „Du spinnst. Drin ist nichts mehr frei. Sieh dich doch um. Es ist alles besetzt." – „Schon gut, aber hör auf zu brüllen." – „Ich brülle nicht." – „Miss, werden Sie noch eine rauchen?"

Ich drehte mich wieder um. „Nein. Es tut mir Leid."

„Sicher. Es tut ihr Leid." Der Vater maulte ganz wie Tante Ina. „Joey, geht's dir gut?"

Ich kam mir vor wie eine Aussätzige. Es gab Raucher, die sich empörten und weigerten, ihre Zigarette auszumachen, wenn sie mit vorwurfsvollen Blicken oder weitergehenden Forderungen konfrontiert wurden. Sie behaupteten steif und fest, dass die Qualmerei ihr gutes Recht war und dass es sie einen Dreck scherte, wenn Nichtraucher diese

Sicht nicht teilten. Ich aber fühlte mich immer schuldig. In einer überlaufenen Stadt wie New York gab es ständig jemanden, der sich auf der Straße den Zigarettenqualm aus dem Gesicht wedelte, und ich hasste es, der Grund für den Ärger anderer Leute zu sein.

Andrew Mackelroy kam zurück, setzte sich und trank seinen billigen Fusel. Seine Aufmerksamkeit galt dankbarer- oder ärgerlicherweise den längsten Beinen, die ich je gesehen hatte. Mein Blick verfing sich in den Riemchensandaletten und wanderte dann die langen gebräunten Beine hinauf zu dem pastellfarbenen Kleid, dem blonden, glatten Haar und dann hinüber zu dem Mann, mit dem sie Hand in Hand ging.

Jeremy Black.

Jeremy drehte sich zu dem älteren Paar hinter sich um und lachte über etwas, das es gesagt hatte. Wieder hatte ich das Gefühl, er bewegte sich in Zeitlupe, und mit ihm seine Begleiter. Ich vermutete, dass das ältere Paar Jeremys Eltern oder die der Frau waren. Alle vier wirkten in dem heruntergekommenen Viertel fehl am Platz. Ihre Schönheit, Ausstrahlung und Eleganz gehörten nicht hierher. Ich konnte mir genau vorstellen, wie Jeremy und seine Freundin die Eltern aufmunterten und sich selbst gegenseitig versicherten, dass diese Ecke wirklich Charme hatte. Für alle Jeremy Blacks dieser Welt konnte diese Gegend kaum mehr sein als die abgespeckte und idealisierte Variante eines Elendsviertels.

Eine Welle der Niedergeschlagenheit legte sich mir auf die Brust, heiß und feucht wie die Luft. Ich wollte meine Zigarette zurück. Ich wollte die Frau an Jeremys Seite sein. Ich wollte, dass das meine Eltern waren, am Leben und gut gelaunt. Ich wollte der Typ Frau sein, mit dem Jeremy Black sich trifft, der Typ Frau, der von Warmduschern wie Andrew Mackelroy angestarrt wird, obwohl die gerade selbst ein Date mit einer vollkommen in Ordnung aussehenden Frau hatten.

Ich trug auch Riemchensandaletten und ein sexy Kleid. Aber ich sah keineswegs so aus wie Jeremys Freundin. Würde ich auch nie.

„Jeff hat gesagt, du bist Lektorin", sagte Andrew, als Jeremys Flamme seinem Gesichtsfeld entschwunden war.

„Lektoratsassistentin", korrigierte ich und sah, wie die Truppe um Jeremy ein Taxi anhielt. Sie waren wahrscheinlich auf dem Weg in einen Club, der kein Schild an der Tür hatte. Ich leerte mein Glas. Andrew schenkte sofort nach.

„Danke, Andrew, aber ich glaube, ich habe genug. Um ehrlich zu sein, ich habe rasende Kopfschmerzen."

„Kann ich etwas tun? Soll ich dir ein Aspirin holen?"

„Nein, es geht schon", erwiderte ich. „Ich fahre einfach nach Hause."

„Soll ich dir ein Taxi rufen?"

„Nein, danke", sagte ich schnell. „Ich nehme die Subway. Das ist in Ordnung."

„Hm. Na gut. Ich bleibe kurz und trinke noch den Wein hier aus."

Ich stand auf und legte mir die mit Perlen bestickten, zierlichen Träger meines Täschchens über die Schulter. „Also. Mach's gut!"

Andrew Mackelroy stand auf und gab mir zwei unbeholfene Luftküsse. „Ich, äh, ich rufe dich an."

Ich lächelte mein Ich-bemühe-mich-drum-Lächeln.

Das war ein Ich-rufe-an, für das ich wirklich dankbar war.

Als ich um die Ecke bog, zündete ich mir eine Zigarette an. Ich rauchte sie schnell und bis zum Filter, bevor ich ein Taxi stoppte. Ich hatte keine Ahnung, wo die nächste Subway-Station war oder welcher Zug meine Linie kreuzte. Was bedeutete, dass ich in Kürze etwa 17 Dollar ärmer wäre. Beträchtlich mehr als das, was Andrew Mackelroy für den ganzen Abend springen lassen hatte.

Mein Musikfreund hörte seine Lieblingsoper, Aida.

Eloises Kleid lag zusammengeknautscht auf dem Grund meines Wäschebeutels für die Reinigung, den ich an den Griff der Wohnungstür gehängt hatte.

Ich selbst behandelte mich mit einer hausgemachten Weizenmehl-Gesichtsmaske, die nach dem Frauenmagazin *Allure*, das ich auf dem Nachhauseweg gekauft hatte, eine Wunderwaffe gegen Stress sein sollte.

„Bestell deiner hübschen Freundin einen Gruß von mir!“ hatte der hübsche Inder hinter dem Tresen gesagt.

Zu Hause angekommen, hatte ich noch im Mantel die Tür unter der Spüle geöffnet und auf Stille gehofft, was bedeutet hätte, dass Eloise allein gewesen wäre. Doch ich hörte das unverwechselbare osteuropäische männliche Lachen. Ich hätte gern mit jemandem geredet. Mit irgendjemandem, egal. Eloise war beschäftigt. Amanda kam nicht in Frage, da ich mich bei ihr schlecht über Andrew ausheulen konnte. Tante Ina kam ebenfalls nicht in Frage, da ich mich auf so etwas Entsetzliches wie ein Blind Date gar nicht erst hätte einlassen sollen. Und Dana Dreers Stimme zu hören, würde alles noch schlimmer machen.

Warum hatte ich niemanden, den ich anrufen konnte?

Die Maske verkrustete auf meinem Gesicht. Ich holte mein Adressbuch aus der Tasche. Die Antwort stand auf jeder Seite, die ich aufschlug. Ich kannte niemanden mehr von denen, die ich irgendwann mal in das Buch geschrieben hatte. Warum war ich nicht immer noch mit den Leuten befreundet, mit denen ich früher befreundet gewesen war? Lisa und Lora, die einzigen Freundinnen aus meiner Kindheit, lebten am anderen Ende des Landes, waren verheiratet und hatten einen Stall voller Kinder. Die wenigen Bekannten, mit denen ich am College etwas unternommen hatte, hatten sich auch in alle Winde verstreut, und wir hatten schon ein Jahr nach dem Abschluss den Kontakt verloren. Eloise und Amanda waren meine einzigen Freundinnen.

Warum hatte ich die Freundschaft mit den Miner-Zwillingen so bereitwillig aufgegeben? Ich könnte sie jetzt anrufen und fragen, wie es ihnen ginge, und mir ihre spaßigen Geschichten über die Kinder anhören, ihre spaßigen Bemerkungen über ihre Männer, ihre spaßigen Beschwerden über San Francisco. Ich könnte einer Freundschaft, die nie hätte im Sande verlaufen sollen, neues Leben einhauchen. Bereit, Loras Nummer zu drücken, griff ich nach dem Hörer, als ich sah, dass auf meinem Anrufbeantworter die Zahl Drei blinkte. Ich war so aufgebracht gewesen, als ich nach Hause kam, dass ich gar nicht darauf geachtet hatte. Ich drückte die Play-Taste.

„Wer glaubst du eigentlich, bist du, junges Fräulein?" tönte Tante Inas verärgerte Stimme. „Wie kannst du es wagen, Karen am Telefon so anzufahren? Sie ist immerhin die Brautjungfer deiner Cousine, und bei den Hochzeitsvorbereitungen war sie geradezu Gold wert. Diesen Zug solltest du wirklich ablegen, Jane ...“

Ich drückte auf Weiter. War ich für heute nicht schon genug gestraft? Wenn das Abendessen bei den Mackelroys nicht gereicht hätte, dann aber sicher die Begegnung mit Jeremy und seiner Flamme.

„Hm, hallo Jane? Hier ist Ben Larson, Jeffs Freund. Ich wollte unsere Verabredung am Donnerstag bestätigen. Ich habe gerade gelesen, dass das Museum of Modern Art diesen Donnerstag aufgrund irgendeines Jubiläums länger geöffnet hat, also habe ich gedacht, dass wir uns an der Information treffen und uns die Ausstellung der französischen Maler ansehen könnten. Wie findest du das? Wir können natürlich auch etwas anderes unternehmen. Ich bin offen für Vorschläge.“

Okay, Ben, hier kommt mein Vorschlag: Es darf ruhig etwas großzügiger und origineller sein. Glaubst du, du kriegst das hin?

Die Zeiten nervöser Vorfreude vor einem Blind Date waren langsam vorbei. Zwei waren schon trefflich den Bach runtergegangen. Warum sollte es bei Ben Larson besser werden? Ich konnte mir noch nicht einmal mehr vorstellen, was für ein unglaublicher Teufelskerl Donnerstagabend am Empfang des MOMA auf mich wartete. Ich griff nach meinem Kalender und blätterte auf Donnerstag, 4. Juni. Ben Larson. Gut aussehend, supernett. Gewelltes braunes Haar, grüne Augen. Hat was von einem Bohemien. Arbeitet mit Jeff zusammen.

Nächste Nachricht. „Hi, Jane. Ich bin’s noch mal, Ben Larson. Ich habe vergessen zu sagen, dass ich einen Tisch in einem japanischen Restaurant in der Nähe des Museums reserviert habe. Jeff meint, du liebst Sushi."

Hm. Das tat ich ganz sicher. Irgendwie hörte sich Ben Larson jetzt doch deutlich besser an als vor einer Minute. Zwei faule Äpfel hießen noch lange nicht, dass der ganze Baum Würmer hatte. Das durfte ich nicht vergessen.

Ben Larson hörte sich nicht nach einem Typ an, der laut lachte, wenn die erste von drei abgefeuerten Tortellinis im Ausschnitt seines Dates landete. Er hörte sich nicht nach jemandem an, der den Preisunterschied einer Karaffe und einer Flasche Wein analysierte. Und er hörte sich auch nicht nach jemandem an, der lieber seinen billigen Fusel austrank, anstatt sich zu vergewissern, dass seine Verabredung, die unter vorgeschobenen Kopfschmerzen litt, sicher bei der Subway ankommt.

Ich setzte mich auf den Futon und betastete meine Maske. Das Weizenmehl war schon ordentlich hart. Ich lehnte den Kopf zurück und gab mich ganz der stressmindernden Maßnahme und den sanften Klängen der Oper hin. Zehn Minuten später ging ich, unfähig auch nur einen Gesichtsmuskel anzuspannen, ins Bad, um mir die Maske abzuwaschen. Meine Haut strahlte frisch wie neu.

Das war es, was Ben Larson zu sein schien: frisch und neu. Eine frische und neue Möglichkeit.

Warum lief ich rum wie das heulende Elend? Der Donnerstagabend versprach glänzende Perspektiven. Meine Haut strahlte. Ich arbeitete bei Posh an einem Spitzentitel. Ich hatte außer Eloise und Amanda noch mehr Freunde.

Ich sah von meinem Adressbuch zum Telefon; das Bild der Miner-Zwillinge im Alter von 17 schoss mir in den Kopf. Wie wir drei im Kreis saßen und Lisa mein Haar zu

Rastazöpfen flocht, während ich Loras flocht und sie wiederum Lisas. Natasha Nutley war einige Tage vorher mit der Frisur in die Schule gekommen. Vom nächsten Tag an bis spätestens zwei Wochen danach hatte jedes Mädchen auf der Forest Hills High School, dessen Haare lang genug dafür waren, Rastazöpfe.

Ich warf mich wieder auf meinen Futon. Meine tolle Gesichtsmaske war reine Zeitverschwendung gewesen. Ich hatte jeden Grund der Welt, als das heulende Elend rumzulaufen. Ich konnte Lisa oder Lora schlecht anrufen und ihnen von der gnadenlosen Strafe für längst vergessene Gemeinheiten erzählen, die mir das Schicksal auferlegt hatte, indem es Natasha Nutley erneut in mein Leben treten ließ. Ich konnte mich hören, wie ich über sie klagte, und ich konnte ebenfalls die leise Verwunderung in ihren Stimmen hören. Du trägst das immer noch mit dir rum? Verachtung. Du lebst immer noch allein? Mitleid. Sie würden sich wundern, was für ein Versager doch aus mir geworden war. Und sie würden sich nicht mehr wundern, warum der Kontakt abgebrochen war. Und damit wäre die Einmal-alle-sechs-Monate-Freundschaft mit den Miners auch im Eimer.

Das Telefon klingelte. Ich nahm an, es sei Eloise, der ich von Andrew erzählen sollte.

„Jane? Hallo, hier ist Natasha."

Hatte sie keine Uhr, die ihr anzeigte, dass es 22:43 Uhr war? An einem Dienstagabend? Nicht 10:43 Uhr an einem Dienstagmorgen, wenn normale, im Beruf stehende Menschen geschäftliche Telefonate erledigten. „Hallo. Was gibt's?"

„Es tut mir schrecklich Leid, dich so spät noch anzurufen, aber ich dachte, du bist bei deinem Freund, und ich hinterlasse dir einfach eine Nachricht."

Sie nahm das oft an.

„Aber ich bin so aufgeregt, dass ich mich einfach nicht zurückhalten konnte. Rate mal, womit ich gerade fertig geworden bin?"

„Mit dem ganzen Manuskript?" Guter Scherz, Jane.

Sie lachte. „Idiot! Mit dem ersten Kapitel! Ich glaube, das steht. Es geht mir super von der Hand, dank deiner Tipps. Direkt nachdem ich dein Fax mit den Vorschlägen und Anmerkungen bekommen hatte, habe ich mich rangesetzt. Deine Kommentare waren so unglaublich hilfreich, Jane. Den ganzen Tag habe ich nichts anderes gemacht, als die Stellen, die du angemerkt hast, zu überarbeiten. Ich kann es kaum abwarten, mit dem 2. Kapitel anzufangen."

„Klasse!" sagte ich.

„Wow, es wundert mich überhaupt nicht, dass du die Cheflektorin bist, Jane. Du weißt wirklich genau, wovon du sprichst."

Sie hatte mich von der leitenden Lektorin zur Cheflektorin befördert. Ich wusste das zu schätzen. Ebenso – wenn auch zähneknirschend – das Lob, mit dem sie mich überschüttete. Ich war es von Gwen gewohnt, dass sie positive Rückmeldungen mit konstruktiver Kritik verband, aber in den letzten Monaten musste ich ohne sie auskommen und war damit ziemlich auf mich allein gestellt.

Ich war mir nicht sicher, wie ich es fand, ausgerechnet von Natasha den Einser zu bekommen. Mir wäre lieber gewesen, keinen Pfifferling auf ihre Meinung zu geben. Während meines ersten Jahres auf der High School hatte sie einmal meine geriffelte Puffärmelbluse bewundert, die meine Mutter im Doppelpack für Dana und mich gekauft hatte. Im Englischunterricht war ich mir dann total schick und cool und den Mädels überlegen vorgekommen, die diese Bemerkung zufällig mitbekommen hatten. Ich hatte diese Bluse danach zu jeder (seltenen) Verabredung angezogen, die ich hatte – und immer dann, wenn ich morgens aufwachte und mich mal wieder besonders hässlich und langweilig fand. Das war also die Art blödsinniger Macht, die Natasha Nutley über mich hatte.

„Morgen werde ich dann das Konzept für Kapitel zwei und drei überarbeiten und dir beides zusammen mit dem ersten faxen, plus dem, was ich vom zweiten Kapitel im Entwurf schon fertig habe. Hört sich gut an, oder?"

„Spitze! Ich bewundere deine Disziplin, Natasha."

„Das habe ich alles dir zu verdanken!" rief sie begeistert. „Tschüss."

Überrascht von ihrem Überschwang legte ich auf. Keine Sekunde später klingelte das Telefon erneut.

„Und. Wie war's?" fragte Eloise. Ich hörte den Fernseher im Hintergrund laufen.

„Siehst du schon wieder Annie Hall?" fragte ich.

„Serge kann nicht genug davon bekommen", sagte sie, „was für mich die perfekte Gelegenheit ist, alles über Andrew zu erfahren. Meinst du, du siehst ihn wieder?"

„Ich hoffe nicht."

„So schlimm?"

„Sagen wir mal so: Die geheimnisvolle Sache, zu der dein geiles Kleidchen geschickt wurde, entpuppte sich als die Feier zum 13. Geburtstag von Andrews Neffen. Ich nehme an, sie hatten gedacht, ich wäre das Mädel, das aus der Torte springt. Aber ich hatte eine Nachricht von dem Typen am Donnerstag auf dem AB. Ben Larson. Wir machen die MOMA-Tour."

„Hört sich doch gut an", sagte sie.

„El-weeze, du verpasst das Beste!" Das war Serge.

Ich lachte. „Wir sehen uns morgen, El-weeze!"

Ich hatte einen ganzen Tag und eine ganze Nacht, um mich von Blind Date Nr. 2 zu erholen. Mit Sicherheit hatte ich am Donnerstagabend wieder die Kraft, durch ein klimatisiertes Museum zu schlendern und über mein Dasein als Lektorin Small Talk abzuhalten.

In dieser Sekunde aber hatte ich nicht mal mehr die Kraft, gegen die Wand zu pochen, durch die immer lautere Ahs und Ohs drangen.

Ich hatte mir vorgenommen, mir ein Date für eine Hochzeit zu angeln. Sogar nur ein getürktes Date. Langsam aber nahm ich die ganze Sache persönlich. Je schlimmer meine Treffen wurden, desto mehr wünschte ich mir etwas, das am Ende wirklich funktionierte. Das war doch bescheuert! Zwei fehlgeschlagene Verabredungen nacheinander hießen noch gar nichts. Da draußen gab es eine ganze Stadt voll mit guten Typen. Meine beiden besten Freundinnen hatten einen guten Typ. Meine Tante Ina war mit einem guten Typ verheiratet. Mein Vater war ein guter Typ gewesen. Warum also schlug ich mich zweihundertprozentig auf die Seite der schlechten?

6. KAPITEL

Morgan Morgan nickte, nickte wieder und nickte noch mal. Ich hatte keine Ahnung, ob sie mit meinen Bemerkungen zu ihren Absagebriefen einverstanden war. Sie saß mir gegenüber auf meinem Besucherstuhl, der zwischen meinen Schreibtisch und die Wand gequetscht stand. Ich hatte an einem Mittwochnachmittag eigentlich wichtigere Dinge zu tun, als mit einer verstockten Morgan umzugehen, die meine Hilfe nicht zu schätzen wusste.

„Und den letzten Satz würde ich rausnehmen", sagte ich und tippte mit meinem Bleistift auf die Stelle, „weil der Autor glauben wird, dass du sein überarbeitetes Manuskript prüfen möchtest, obwohl du es ganz sicher kein zweites Mal auf deinem Schreibtisch haben willst."

Morgan sah zu mir, dann wieder auf den Brief.

Ich nahm einen Schluck von dem bitteren Bürokaffee, den Morgan jeden Tag kochte. „Schreib lieber: ‚Sollten Sie es überarbeiten wollen, wäre ich gern bereit, es erneut für unser Programm zu prüfen.' Das macht dem Autor einen Funken Hoffnung, ohne dass du ihn direkt zu einer Überarbeitung aufforderst."

Morgans braune Augen klebten weiter auf dem Brief. Sie nickte. „Danke, Jaaane. Ich werde Rolaaand und Jereeemy berichten, welche Hilfe du mir warst."

Sie sagte das mit dem Unterton von jemandem, der glaubte, dass es mir allein darum ging. Was nicht stimmte. Ich hatte den Auftrag, ihr zur Seite zu stehen. Und so oder so gefiel mir die Rolle des „Supervisors". Es gab mir das Gefühl, dass meine Meinung hier gefragt war.

Verstohlen sah ich Morgan an. Akribisch studierte sie meine Veränderungsvorschläge; ihrem aufmerksamen Auge entging nichts. Ich spürte einen Anflug von Sympathie für sie. Sie war so ausgeglichen und verständig, dass ich oft vergaß, dass sie erst 22 war. Ihre arrogante Art war vermutlich nur ein Zeichen ihrer Unsicherheit. Weil ich ich war, konnte ich mir kaum vorstellen, dass Morgan sich durch mich eingeschüchtert fühlte. Sie versuchte lediglich, sich zu schützen. Das war alles. Wenn ich nett sein wollte, könnte ich sie einfach ein bisschen unterstützen. War es nicht das, wonach wir alle suchten?

„Also, ich würde mich freuen, mir auch deine nächsten Briefe anzuschauen“, bot ich an.

„Gwen hat nicht gesagt, dass du sie alle durchlesen sollst“, sagte Morgan schnippisch. „Ich denke, es ist klar, dass ich weiß, was ich tue.“ Sie schnappte nach den Briefen auf meinem Schreibtisch. Das war das letzte Mal, dass ich vor Morgan meinen eigenen Schutzwall hatte fallen lassen.

Jeremy Black ging an meiner Tür vorbei. Fast hätte ich mich an meinem eigenen Atem verschluckt. Er trug eine schwarze Hose, schwarzes Hemd und schwarze Krawatte. Der Hauch eines 17-Uhr-Bartes küsste sein modelliertes Kinn. Seine langen schwarzen Wimpern wippten hoch und runter, hoch und runter, wenn er blinzelte. Ich war mit seinem Hosenschlitz auf Augenhöhe.

Plötzlich saß Jeremy nackt in meinem Besucherstuhl, so weit zurückgelehnt wie stets in den Konferenzen ... und wartete auf mich.

„Jane?“

Ich zwinkerte. Jeremy und Morgan starrten mich an. „Ja?“

„Guter Rückseitentext zur Nutley“, lobte Jeremy, wobei sein Blick vom Text zu mir und wieder zurück zum Text wanderte. „Ich habe ein paar Formulierungen verändert, und der letzte Satz könnte etwas Knackiger sein, dramatischer. Denk drüber nach und komm morgen früh mit deinem Vorschlag. Und bring gleich neue Titelvorschläge mit. Deine sind in Ordnung, aber nichts für die Nummer eins auf der Bestsellerliste."

„Okay. Alles klar. Mache ich", sagte ich in Richtung der angeknipsten Schreibtischlampe.

„Gut. Danke." Und damit war er weg.

Morgan sah mich an. Ich glotzte zurück. Sie hatte diesen So-sehr-du-auch-hoffst-Schätzchen-mit so-einem-Fräulein-Durchschnittlich-würde-der-noch-nicht-mal-im-Dunkeln-spazieren-Gehen-Blick drauf. Dann stand sie auf, drehte sich auf dem Absatz um und verließ den Raum.

Immerhin hatte Jeremy mein Rückseitentext gefallen, an dem ich fürwahr hart gearbeitet hatte. Remke hatte meinen ersten Entwurf zu Gesicht bekommen. Das Ergebnis waren eine Menge Fragezeichen und *Ach ja?'s*. Sehr hilfreich. Ein ‚Ach ja?' von Remke hieß, der Satz sagte nichts aus. Ich sah mir Jeremys Anmerkungen meiner überarbeiteten Fassung an: ein Ausrufungszeichen, zwei Gut!, ein Fragezeichen und eine gestrichene letzte Zeile, versehen mit dem Kommentar, ich sollte mir etwas Knackigeres ausdenken.

Morgan kam mit einem Stapel Papier zurück, den sie in meinen Eingangskorb fallen ließ, um wieder zu verschwinden. Gnat hatte ihre Revision des ersten Kapitels sowie eine detaillierte, eine unanständig detaillierte Ausarbeitung des zweiten und dritten Kapitels gefaxt. Das war schnell. Hatte die Frau nichts anderes zu tun, als über ihr bescheuertes Leben nachzudenken und zu schreiben?

Die Uhr zeigte 15:20. Ich hatte den Vormittag damit verbracht, für Jeremy ein Manuskript über einen Jungen, der mit seinem Vater den Mount McKinley bestiegen hatte, zu bearbeiten. Da es nur noch die beiden letzten Kapitel waren, hatte Jeremy sie mir großzügig überlassen. Sowohl Jeremy als auch Remke waren davon überzeugt, dass die amerikanische Öffentlichkeit die Nase gehörig von den nahezu unbezwingbaren Giganten wie Everest & Co. voll hatten. Ein kleinerer, überschaubarerer Berg wirke erfrischend, meinten sie. Außerdem erzählte die Biografie von dem schwierigen Vater-Sohn-Verhältnis. Es ging darum, wie der Berg und der Kampf, ihn zu bezwingen, noch die dominanteste Person unterwerfen konnte. Das drückte natürlich voll auf die Tränendrüse. Ich persönlich konnte allerdings nicht verstehen, warum man unbedingt einen Berg besteigen wollte, ob es nun der Mount Everest war oder ein anderer. Die ganze Sache war doch verrückt. Man verschwendete sein ganzes Geld und seine Zeit darauf, zu frieren und sich elend zu fühlen, ohne zu wissen, ob man den Gipfel überhaupt jemals erreichen würde.

Egal, so oder so würde es mir nicht gelingen, neben dem Fotokopieren des McKinley-Manuskriptes und dem Redigieren meines Rückseitentextes auch noch neue Titelvorschläge für Gnats Buch zu liefern, ihr überarbeitetes Kapitel zu lesen und die Konzepte für Kapitel 2 und 3 zu beurteilen. Ich sah mich gezwungen, Gnat mit nach Hause zu nehmen. Zum zweiten Mal! Wo fand ich meinen Schonraum? Ich hatte mich nach einem stressfreien Abend der totalen Entspannung zwischen zwei Dates gesehnt. Und jetzt würde ich die Nacht mit Gnat verbringen. So viel dazu.

Das Telefon klingelte. „Jane Gregg."

„Ich erwarte einen Rückruf, wenn ich eine Nachricht hinterlasse." Tante Ina. Schuldgefühle stiegen in mir hoch.

„Es tut mir Leid, Tante Ina. Ich bin gestern spät nach Hause gekommen, und heute ist hier der Teufel ..."

„Ich habe dir etwas zu sagen, Jane", sagte Tante Ina scharf. „Du bist nicht allein auf der Welt. Hörst du mir zu? Karen ist nett genug, die Brautfeier zu organisieren, und gerade du musst eine freche Bemerkung machen?"

„Es tut mir Leid, okay? Sie hat mich auf dem falschen Fuß erwischt. Ich werde mich am Samstag dafür entschuldigen."

„Und ob du das wirst", sagte Ina. „Wann kommst du? Karen bereitet ein Frühstück vor, also iss vorher nichts."

„Ich dachte so an 11:30 Uhr."

„Das Treffen ist um 11:30 Uhr." Sie seufzte.

Nun war es auch an mir, zu seufzen. Unhörbar, versteht sich. „11:25 Uhr?"

Tante Ina atmete tief durch. „Wir sehen uns vor Karens Haus um Punkt 11:15 Uhr. Hast du verstanden? Viertel nach elf. Bis wir drin sind, den Fahrstuhl gerufen haben, nach oben gefahren und den Flur runtergelaufen sind, wird es fast halb zwölf sein."

Ich hatte vergessen, dass es in Forest Hills schick war, zu früh zu kommen. „Schon gut, schon gut. Viertel nach elf. Wir sehen uns."

„Du kommst mit dem Taxi, oder?" wollte Tante Ina wissen.

„Äh, ja", log ich und wog die 25 Dollar für das Taxi gegen die einen Dollar fünfzig für die Subway ab. Ich würde Tante Ina erzählen, dass ich mich vom Fahrer schon eine Ecke vorher habe raussetzen lassen, um Geld zu sparen. Das würde ihr gefallen.

Ich legte auf und tat, was ich immer tat, wenn ich rasend viel zu tun hatte und unter Zeitdruck stand: Ich öffnete die Inbox meiner E-Mails und sah nach, ob ich Post von einer Freundin hatte. Eine Nachricht war von Natasha. Ich hatte den Impuls, sie zu überspringen, erinnerte mich dann aber daran, dass sie meine Eintrittskarte für ein größeres Büro war.

„Hallo Jane! Ich wollte dir nur kurz mitteilen, dass ich dir das erste Kapitel und die Konzepte gefaxt habe. Kann es kaum abwarten, deine Meinung zu hören! Ich würde mich gern am kommenden Montag nach deiner Lektoratskonferenz noch einmal mit dir treffen, um dann den Entwurf für Kapitel zwei mit dir durchzugehen. Sollte dir das nicht passen, lass es mich wissen! Auf bald, Natasha."

Ich hatte von den ewigen Ausrufungszeichen, der Energie und Begeisterung dieser Frau wirklich langsam die Nase voll. Sollte ich mich damit etwa für den Rest meines Lebens jeden Montagvormittag abgeben müssen? Ich seufzte, schloss ihre Nachricht und öffnete Amandas. „Ich habe gehört, zwischen dir und Andrew hat es nicht so richtig gefunkt. Hm. Ich habe aber auch gehört, dass du morgen Abend mit Ben verabredet bist. Der ist wirklich süß, und ich bin mir sicher, den haust du um!"

Ich hätte nichts dagegen, auch Andrew umzuhauen. Wie konnte er es wagen, mir eine Abfuhr zu erteilen, bevor ich die Chance hatte, ihm den Laufpass zu geben? Es hat nicht richtig gefunkt! Versuch's mal mit: Der ist ein totaler Scheißkerl! Nimmt sein Blind Date mit auf einen Kindergeburtstag bei seinen Eltern. Idiot!

Meine Blind Date-Vorfreuden-Reserven waren von minus eins auf minus einhundert in den Keller gerutscht. Warum in aller Welt sollte ich weiter auf dem Serien-Blind

Date-Pfad wandeln, wenn sämtliche männliche Gegenstücke Jeff und Amanda garantiert dieselben Enttäuschungen kolportierten? Ben Larson war süß? Toll! Alle waren süß. Was ich zu diesem Zeitpunkt suchte, hieß: in Frage kommen! Und vielleicht ein Hauch von Interesse. Auf beiden Seiten.

Ben Larson war schon viel zu wichtig geworden. Ich hatte das ungute Gefühl, dass er mein letzter heißer Kandidat für Danas Hochzeit war. Ich konnte mir nämlich um keinen Preis vorstellen, dass meine Samstagsverabredung, ich erinnere, ein Arzt von der Upper West Side, wenn auch nicht aus einem braunen Klinker, was Vernünftiges ergeben würde. Niemals würde das Schicksal mich – eine Frau, die ihre Grandma nicht oft genug besuchte, die ihre Cousine mit blöden Bemerkungen verärgerte und ihre Tante Ina in schöner Regelmäßigkeit enttäuschte – mit einem Arzt von der Upper West Side zusammenführen. So funktionierte das Leben einfach nicht. Das hatte ich schon vor langer Zeit begriffen.

Doktorchen würde sich als einzigartiger Mistkerl entpuppen. Das wusste ich jetzt schon. Und mein allerletztes Blind Date kommenden Dienstag würde wahrscheinlich in die Hose gehen, weil es das allerletzte war. Was bedeutete, dass ich nur noch auf mein Museumsgeschlendere morgen setzen konnte. Und bis jetzt stand es 0:2. Nicht die besten Voraussetzungen.

Ich schrieb Amanda und Eloise eine Mail: „Wie wär's mit einem FaS bei uns in der Nähe? Im Big Sur, selbe Zeit wie immer?"

Normalerweise versuchten wir, uns spannende Bars in unterschiedlichen Vierteln herauszupicken, speziell in Vierteln, in die wir sonst kaum geraten würden. Wie Tribeca. Zwei Mal schon hatte ich im Obersten Gerichtshof länger als eine Woche als Geschworene verbracht und gar nicht gewusst, dass ich in Tribeca war. Das West Village war auch so ein blinder Fleck, ausgenommen die Gegend direkt um die Uni herum, wo ich mal einen Kurs gemacht hatte. Obwohl ich nicht mal sicher war, ob die Uni überhaupt im West Village lag. Vielleicht war es einfach Greenwich Village. Wenn es um die Stadt ging, in der ich seit sechs Jahren lebte, war ich ungefähr genauso gut unterrichtet wie ein Tourist. Ich hoffte, Amanda und Eloise hätten nichts gegen einen Freitagabendstammtisch in unserer durch und durch erforschten Ecke, war aber ganz zuversichtlich. Insgeheim glaubte ich, dass wir alle mal ganz froh waren, in Fußnähe zu unseren Wohnungen zu bleiben. Es wollte nur keine von uns zugeben.

Ich stopfte Gnats Kapitel und das Konzept zusammen mit einer Diskette mit dem Rückseitentext und Titelvorschlägen in meine Tasche. Ich würde heute Nacht eine weitere Weizenmehlmaske brauchen. Spätestens nach dem fünften Absatz würde ich Pickel von Gnats Porno bekommen. Mit dem McKinley-Manuskript unter dem Arm ging ich zu Jeremy, um ihm – oder besser dem Fenster hinter ihm – zu sagen, dass er mein Lektorat zehn Minuten später auf dem Tisch haben würde.

„Sofern der Kopierer nicht auf der Hälfte schlappmacht", scherzte er und zeigte mir für eine Sekunde sein Pierce Brosnan-Lächeln.

Vor meinem inneren Auge tauchte Jeremy auf, wie er mich auf Danas Hochzeit zu einer langsamen Musik im Kreis drehen würde, seine karibischen Augen auf meinem apricotfarbenen Kleid. Allein die Vorstellung reichte, um die zwanzig Minuten vor dem Kopierer und weitere zwanzig Minuten, um den nicht vorhandenen Papierstau in der obersten Kassette zu entfernen, glücklich zu überstehen.

Donnerstagnachmittag, 17:40 Uhr. Ich war zwanzig Minuten zu früh am Museum of Modern Art angekommen. Aber eingedenk der Tatsache, dass wir 35 Grad bei hundertprozentiger Luftfeuchtigkeit hatten, war ich dankbar für die Zeit, in der ich mich auf der Toilette noch mal frisch machen und etwas stylen konnte. Posh lag ganz in der Nähe vom Moma, und ich war trotzdem jetzt schon völlig fertig. Nicht unbedingt die besten Voraussetzungen für eine Begegnung mit dem einzigen noch in Frage kommenden Blind Date.

Erfrischt, neu gepudert und mit nachgezogenem Lippenstift stieg ich die Treppen hoch in das Gott sei Dank kühle Museum, mein liebstes in New York übrigens. Ich hatte noch zehn Minuten totzuschlagen, also würde ich ein bisschen in dem Souvenirladen herumstöbern und mir die Poster ansehen.

Der Museumsshop war wie immer total überfüllt. Heute Abend war das Museum wegen des besonderen Anlasses allerdings noch voller. Ich konnte die New Yorker nicht von den Touristen unterscheiden. Alle trugen sie schwarze Klamotten, obwohl Hochsommer war. Ich ging in das Untergeschoss zu den Drucken und wartete, bis drei blonde Frauen sich durch das Angebot der großformatigen Bilder (hier waren derzeit die wenigsten Menschen) geblättert hatten, rückte auf ihren Platz nach und blätterte selbst. Vielleicht könnte ich ja mit einem riesigen Poster die grauen Rauchschleier an den Wänden vertuschen, die ich gestern plötzlich entdeckt hatte. Ich hatte mir eine Pause von Gnats Konzept gegönnt, das, wie ich nur ungern zugab, leider sehr gut war (wo hatte sie nur das Schreiben gelernt?), und war einer kleinen Putzattacke zum Opfer gefallen. Dabei hatte ich zum Abstauben auch ein gerahmtes Schwarz-Weiß-Poster abgenommen, das Eloise mir vor sechs Jahren zu meiner Einweihungsparty geschenkt hatte; die Stelle, wo das Bild gehangen hatte, war schön weiß. Mir war gar nicht mehr bewusst gewesen, dass die Wände weiß gestrichen waren. Ich dachte, sie wären von dem typischen New Yorker Mietwohnungsbeige. Von daher hatte ich etwas schockiert festgestellt, dass meine beigefarbenen Wände das Ergebnis meiner sechsjährigen Qualmerei waren.

„Was hältst du von dem?"

Irritiert drehte ich mich um und sah direkt in das warme, offene Gesicht eines attraktiven, großen Mannes. Er hatte ein etwas zu breit geratenes Quizsendungsgast-Lächeln, dafür aber sah er gut aus, war gut gebaut und gut angezogen. Ich schätzte ihn auf Anfang dreißig. Ich tippte auf einen New Yorker.

„Findest du es zu dominant?" fragte er. „Ich habe in meinem Schlafzimmer noch eine freie Wand, und ich dachte, vielleicht könnte es passen."

„Es ist super", sagte ich zustimmend. Genau wie du. Seine Augen waren braun und von feinen dunklen Streifen durchzogen. Sein braunes, gewelltes Haar war dicht und glänzend.

So passierte es. Genau wie in allen Ratgebern und Frauenmagazinen beschrieben. Wenn du dein Leben im Griff hast und es lebst, dann triffst du jemanden.

Er schenkte mir erneut sein Quizsendungsgast-Lächeln. „Ich werde es ein anderes Mal holen müssen. Ich bin nämlich verabredet. Blind Date“, sagte er und rollte mit den Augen, „als ob ich ausgerechnet in der Stimmung wäre, mit einer Unbekannten eine Stunde lang angestrengt Small Talk zu halten.“

Ich hätte ihm lachend zugestimmt, wenn mich nicht der finstere Verdacht beschlich, dass ich mit Ben Larson sprach. Sein Äußeres und das Alter passten.

„Mein Freund meint, sie soll ganz süß sein“, fuhr Mr. Vielleicht Ben Larson fort, „aber du weißt ja selbst, was Freunde dir vor einem Blind Date alles erzählen. Ich meine, wenn eine Frau so was nötig hat, kann sie wohl kaum eine echte Granate sein, oder?“

Das gilt für einen Typ mindestens doppelt, du Schwachkopf. Ich lächelte mein Ich-bemühe-mich-drum-Lächeln. Meine Ohren fingen an zu brennen.

„Und du, wohnst du in der Stadt?“ fragte er.

Ich nickte. „Upper East Side.“

„Echt? Warum das denn?“ Er lachte. „Ist das hier oben nicht ziemlich langweilig?“

„Mir gefällt's“, sagte ich widerborstig. „Wo wohnst du denn?“

„Im West Village. Ich vermeide es, mich oberhalb der 14. Straße aufzuhalten.“

Das allerdings war ein Grundsatz, den ich schon Jahre nicht mehr gehört hatte.

„Mensch, zu blöd, dass ich verabredet bin“, sagte der Vielleicht Ben Larson, „weil ich mich wirklich gern länger mit dir unterhalten hätte. Wenn du Lust hast, können wir uns ja ein anderes Mal auf einen Kaffee treffen.“

Warum nahm ein Typ, der mich soeben beleidigt und gleich ein Blind Date mit einer anderen Frau hatte, eigentlich an, ich könnte auch nur geringstes Interesse an einem Wiedersehen haben? Waren Männer so egozentrisch? Gestrichen! War dieser Mann so egozentrisch?

Wichtiger war: „Bist du vielleicht Ben Larson?“

Er richtete sich auf, und sein Lächeln verschwand. „Äh, ja, woher ... o nein, wow, bist du Jane Gregg?“

Ich nickte und sah von seinem peinlich berührten Gesichtsausdruck hinüber zu dem riesigen Picasso, über den wir eben gesprochen hatten.

„Wow, dumm gelaufen“, sagte er ohne sein Quizsendungsgast-Lächeln.

Ich versuchte es mit der sportlichen Variante. „Na ja, so können wir unseren Enkeln immerhin die schöne Geschichte erzählen, wie wir uns kennen lernten, bevor wir uns auf unserem Blind Date kennen lernten.“

Irritiert sah er mich an wie ein Mann, der Ausschlag bekommt, wenn er das Wort „uns“ und „Kinder“ in einem Satz hört.

„War das vielleicht ein Witz?“ bot ich an.

Man hätte meinen können, er kicherte. „Tut mir wirklich Leid, dass ich dich um die Verabredung gebeten habe. Ich stehe jetzt vermutlich nicht mehr so toll da? Aber ist doch auch ganz lustig, oder?“

„Total“, sagte ich. Genau wie dein eckiger Backenzahn und deine kleinen Hände.

Die kleinen Hände trösteten mich irgendwie. Es war ja bekannt, was man sich über kleine Hände erzählte. Wenn Ben Larson sich als der Idiot herausstellte, der er vorgab zu sein, müsste er weiter sein ganzes Leben mit seinen kleinen Händen verbringen. Ich nicht.

„Wie wär's, sehen wir uns die modernen Maler an?" fragte er.

„Klar", antwortete ich und stellte mir auf Danas Hochzeit den leeren Stuhl neben mir vor. Stellte mir vor, wie Natasha Nutley mit ihrem Mr. Hausboot turtelte und die ganze Nacht tanzte. Mit welcher möglichen Entschuldigung konnte ich die Abwesenheit meines wunderbaren Freundes erklären? Eine Notoperation? Ein Raketenflug zum Neptun? Unterredung mit dem Papst?

Gnat würde es merken. Dana würde es merken. Und Tante Ina würde es merken.

Dazu kam, ich hatte es ja bereits erwähnt, dass der Arzt, mit dem ich am Samstag verabredet war, mit Sicherheit der größte Schwachkopf von allen war. Und damit blieb Ben Larson mein einziges Blind Date mit einer gewissen Perspektive. Zumal man den traurigen Umstand nicht vergessen darf, dass, wenn mit ihm drei Verabredungen infolge gründlich daneben gegangen wären, mich meine Verkupplungsassistentin vermutlich noch vor nächstem Dienstag in der Luft zerreißen würde.

Während Ben und ich uns auf der Rolltreppe in den zweiten Stock etwas verkrampft zulächelten, überlegte ich, ob ich ihn mal wieder typisch etwas zu schnell verurteilt hatte. Okay, er hatte diesen Mist über die Upper East Side erzählt. Andererseits tat das jeder, der in New York lebte. Selbst die Leute von der Upper East Side entschuldigten sich dafür, in einer Gegend zu wohnen, an der es nichts auszusetzen gab.

Und was war schon dabei, dass er mich angebaggert hatte, bevor er wusste, dass ich sein Blind Date war? Wäre ich nicht völlig aus dem Häuschen gewesen, wenn er der Fremde gewesen wäre, für den ich ihn gehalten hätte? Hatte ich mir nicht selbst überlegt, den T-Shirt-Mann anzubaggern, bevor ich wusste, dass es Kevin Adams war? Legte ich bei Männern zweierlei Maß an? Tat ich das? Ich kam auf den Trichter, dass ich die Dinge gerade mal wieder zerdachte. Aber auch nicht wirklich. Solche Verabredungen waren eine komplexe Sache. Egal, in einem hatte Ben Larson jedenfalls Recht: Blind Dates saugten einen aus. Damit teilten wir wenigstens eine wichtige Empfindung. Darauf konnte man aufbauen.

Ben machte wieder auf perlweiße Quizsendung. „Wenn es nachher etwas kühler wird, können wir uns ja auch noch den Skulpturenpark ansehen. Ist ziemlich heiß draußen, findest du nicht? Gut, dass du so wenig anhast. Ich wünschte, ich könnte mir auch einfach ein T-Shirt mit Spaghettiträgern anziehen."

Ich blickte raus in den Garten, damit Ben meine Verwunderung nicht mitbekam. Hatte er mich beleidigt? Oder hatte er nicht? Ich konnte es nicht sagen. Um die rechteckigen Teiche waren überall Steinbänke aufgestellt. Es musste unglaublich romantisch sein, dort zu sitzen. Wenn er mich nicht beleidigt hatte. Hör auf! befahl ich meinem ratternden Hirn. Nur weil sich die beiden letzten Kerle als echter Albtraum entpuppt hatten, musste man nicht in alles, was Ben sagte, eine Gemeinheit hineininterpretieren. Ich hatte ihn gerade erst getroffen. Gib ihm eine Minute, sagte ich mir. Vielleicht ist er einfach unsicher.

„Dir ist nicht kalt", fragte er, als wir uns dem zweiten

Stock näherten. „Die Klimaanlage powert wie verrückt. Ich habe immerhin ein langärmliges T-Shirt an, und trotzdem friere ich."

Was sollte das denn? War er der Wettermann? „Nein, kein Stück", sagte ich lächelnd. Wollte er mir unterstellen, es wäre mir wichtiger, mich sexy anzuziehen, als mich wohl zu fühlen, oder war ich hysterisch? Ich war hysterisch. Der Typ durfte doch eine Frage stellen.

Ich hatte an diesem Tag einen meiner unzähligen Ann Taylor-Blazer getragen, aber Eloise hatte darauf bestanden, dass ich ihn über der Stuhllehne hängen ließ. „Du willst Blind Date Nr. 3 klarmachen: Wenn du Glück hast, kriegst du mehr zu sehen." Sie musste über die anzügliche Bemerkung selbst lachen. „Also bleibt der Blazer hier!" Und das, obwohl sie genau wusste, wie ich mich gefühlt hatte, nachdem ich mich vor der Mutter von Blind Date Nr. 2 in einem unglaublichen Push up-BH und engem, langem mattschwarzen Kleid präsentieren musste.

„Ich kann es kaum abwarten, zu Modigliani zu kommen", sagte ich zu Ben, als wir die Rolltreppe verließen.

„Ach, du magst ihn?" fragte Ben. „Mir ist er zu sehr, weiß nicht genau, zu sehr Zeichner."

Ich starrte auf meine Schuhe. Modigliani war für das Moma gut genug, aber ...

„Du entschuldigst mich einen Moment?" fragte ich, als wir bei der Sonderausstellung angekommen waren. „Wir sehen uns drinnen."

„Alles in Ordnung bei dir?" fragte er mit hochgezogener Augenbraue.

„Ja. Habe heute nur etwas zu viel Wasser getrunken." Ich knirschte mit den Zähnen. Warum sagte ich das? Das war viel niedriger als zuzugeben, dass ich dringend eine rauchen musste.

„Alles klar. Wir sehen uns drinnen." Er zeigte direkt geradeaus. Ich konnte eines von Modiglianis Langhalsgemälden erkennen.

Ich sah Ben Larsons Rücken in der Menge verschwinden, dann drehte ich mich um und lief so schnell es ging die Rolltreppe runter. Es kostete mich fünf Minuten, mir meinen Weg durch die Massen in der Lobby zu bahnen, bevor ich draußen war. Warme, feuchte Luft umfing mich. Ich steckte mir eine Marlboro Light an und nahm einen tiefen, ach so nötigen Zug. Ich atmete aus. Nun hatte ich mein Gleichgewicht wieder. Ich rauchte den Filter in drei weiteren Zügen heiß, drückte den Stummel in dem Sandaschenbecher aus und war bereit für den Flirt.

„Hey, Miss, verschwenden Sie doch diese wunderbare Zigarette nicht einfach so." Ein Obdachloser torkelte auf mich zu. Er fischte nach dem noch glühenden Glimmstängel.

„Hier", bot ich ihm eine neue Zigarette an. Er zeigte grinsend ein Gebiss, das dringend einen Zahnarzt gebraucht hätte. Ich zündete ihm die Marlboro an und eilte zurück. Ich sammelte auch oft alte Stummel aus dem Aschenbecher, wenn ich keine Zigaretten mehr hatte und zu faul war, mir neue zu holen. Aber ich würde nie eine von der Straße aufheben. Es war unerträglich hart, nicht ständig Mitgefühl für die Obdachlosen in New York zu entwickeln, ihnen helfen zu wollen, ihnen Kleingeld anzubieten. Sie erinnerten mich täglich daran, dass man schneller, als man dachte, mit nichts dastehen konnte, und niemand, außer einem selbst, würde einen da rausholen.

Ich schob mir ein Pfefferminz in den Mund, von dem, oben angekommen, vermutlich nichts mehr übrig sein würde, und machte mich auf den Weg. Ich fragte mich, ob ich Ben wohl vertieft in ein Gespräch mit einer Frau ertappen würde. Doch da stand er, die Arme vor der Brust verschränkt, vor einem Picasso. Er nickte mir kurz zu und verzog seine Nase, als ich mich zu ihm stellte. „Hast du geraucht?"

Erledigt. „Äh, ja." Noch nicht mal die Ich-rauche-immer-wenn-ich-trinke-Lüge konnte ich anbringen. Das war die übliche Ausrede, wenn ich abends mit jemandem in einer Bar verabredet war.

„Rauchen schadet wirklich der Gesundheit", sagte Ben.

Ach? Noch so ein Satz, den ich noch nie gehört hatte.

„Ich rauche nur ein paar am Tag." Lügnerin. „Wahrscheinlich kommt der Jieper, wenn ich ein bisschen nervös bin." Ich versuchte es mit Schüchternheit.

Ben nickte und wandte sich wieder Picasso zu. „Picasso lebte lange Zeit in Frankreich, wo er unzweifelhaft seine besten und berühmtesten Werke geschaffen hat."

„Unbedingt", sagte ich mit demselben Nachdruck. Schüchternheit beeindruckte ihn offensichtlich nicht.

Wir kamen zu Chagall. Ben warf einen Blick auf die Bilder, ging weiter und sagte knapp: „Mir ist er etwas zu religiös."

Ungläubig stand ich vor den Bildern und starrte auf das, was ich am meisten liebte.

„Dieses hier ist mehr nach meinem Geschmack." Sein Quizsendungsgast-Lächeln stand ihm mitten im Gesicht.

Ich sah auf das überdimensionale schwarze Rechteck, das von drei orangefarbenen Linien unterbrochen war.

„Hat das nicht einen ungeheuer aggressiven Ausdruck?" bemerkte Ben noch immer mit vor der Brust verschränkten Armen. „Es ist so authentisch. Ich liebe es."

Ich erinnerte mich an einen Familienausflug ins Museum of Modern Art mit meinen Eltern, Tante Ina, Onkel David und Dana, die seinerzeit noch in der Karre gesessen hatte. Ich musste so sechs oder sieben gewesen sein. Ich hatte vor Langeweile angefangen zu heulen und Dana beneidet, die nicht nur in ihrem Wagen durch die Gegend geschoben worden war, sondern dazu an dem grauesten Tag unseres noch jungen Lebens ein feines Schläfchen hatte halten können. Onkel David hatte gerade seinen Vortrag über irgendein Bild, das er besonders bewundernswert gefunden hatte, beendet, als er mich fragte, was ich davon hielte. Ich hatte das Gesicht verzogen und gesagt, dass ich es hässlich fand. Meine Mutter hatte mich damals am Handgelenk gepackt, mich in eine Ecke gezerrt und mir gepredigt, dass ich niemals sagen dürfte, etwas wäre hässlich, wenn ein anderer gerade gesagt hatte, dass er es schön fände. Ich musste meine Meinung für mich behalten und hatte genickt. Selbst heute war ich mir noch nicht sicher, ob ich dieser Ansicht zustimmte. Alle Welt gab zum Leidwesen seiner Mitmenschen ständig irgendeine verletzende Meinung zum Besten, so wie Ben Larson soeben mit seinen Worten über Modigliani.

„Jane!"

Auch ohne das zusätzliche Knacken der Telefonleitung wusste ich, dass ich die Stimme irgendwoher kannte. Ich drehte mich um und sah in die lachenden Gesichter von Gwen Welle und ihrem Mann. O nein! Ich hatte gehofft, ihr falsches Getue bis auf weiteres nicht ertragen zu müssen.

Und nun musste ich nicht nur ihrs, sondern auch noch das ihres Mannes in meiner Freizeit erdulden. Das Problem mit New York war, dass es für eine Stadt mit acht Millionen Einwohnern eine ziemlich kleine Stadt war, wo man ständig Leute traf, die man kannte. In Museen, Geschäften, in der U-Bahn, auf der Straße. Und dem Gesetz von Murphy folgend, traf man sie immer dann, wenn man sie nicht treffen wollte. Wenn man entweder komplett furchtbar aussah oder auf Männerfang war.

„Hallo, Gwen", begrüßte ich sie mit meinem eigenen falschen Lächeln im Gesicht. „Gut siehst du aus." Das war nicht falsch. Sie sah wirklich gut aus. Ihr Mann hatte den Arm um ihre Schulter gelegt.

„Danke! Das muss daran liegen, dass wir Olivia zum ersten Mal mit ihrem Babysitter zu Hause gelassen haben. Es ist der erste Abend seit vier Wochen, den Ron und ich allein verbringen!" Sie kniff in die Hand ihres Mannes. „Du erinnerst dich an Jane Gregg, Ron, nicht? Du hast sie mal im Verlag gesehen." Ron und ich gaben uns artig lächelnd die Hand. Gwens Blick wanderte zu Ben hinüber; sie erwartete, vorgestellt zu werden.

„Das ist Ben Larson", sagte ich, „und das ist Gwen Welle, meine Chefin, und ihr Mann, Ron."

Händeschütteln. Lächeln.

Gwen blickte erneut zu mir. „Ich bin so froh zu sehen, dass es dir gut geht, Jane. Ich hätte gedacht, du schwitzt um ...", sie sah auf ihre Uhr, „... um 18:20 Uhr an einem Werktag noch an deinem Schreibtisch. Aber man kann ja auch nicht andauernd nur arbeiten, arbeiten, arbeiten!"

Wut stieg heiß und unerbittlich in mir auf und zerrte an meinen Nerven. „Nun ja, bedenkt man, dass ich gestern

Nacht bis um eins an Nutleys Konzept gearbeitet habe, dachte ich, ich könnte vielleicht mal ins Museum gehen."

Gwen war anständig genug zu merken, dass sie mich brüskiert hatte. „Ach, Jane, ich meine, ich wollte nicht sagen, dass du nicht hart arbeiten würdest. Blödsinn, du weißt genau, was ich meinte."

Der Gatte sah auf die Uhr. „Gwen, wir sollten jetzt besser gehen, wenn wir pünktlich zum Essen mit den Hudsons kommen wollen."

„Immer geschäftig!" trällerte Gwen. „Jane, wir sehen uns in ein paar Monaten. Aber wir werden uns ja bei den Montagskonferenzen hören." Sie sah zu Ben. „Schön, Sie kennen gelernt zu haben." Mir warf sie einen Gute-Arbeit-Blick zu, und nach dem üblichen auf Wiedersehen waren die beiden verschwunden.

„Bisschen defensiv, kann das sein, Jane?" spottete Ben Larson mit einem noch breiteren Quizsendungsgast-Lächeln, als man sich vorstellen konnte.

Erst vor wenigen Tagen hatte ich die Fantasie entwickelt, einem Mann kochendes Wasser über den Kopf zu schütten. Nun war mir danach, das schwarze Rechteck von der Wand zu reißen und es über Ben Larsons Quizsendungsfratze zu zertrümmern.

„Soll ich dir mal was sagen, Ben?" hob ich an und versuchte, meine Wut unter Kontrolle zu halten. „Mein Boss hatte Recht. Wer glaube ich wohl, bin ich, um 18:20 Uhr in einem Museum herumzuspazieren, obwohl ich arbeiten, arbeiten, arbeiten müsste. Ich denke, ich gehe besser noch mal ins Büro."

Bens Lächeln erstarb. „Warte mal, du bist doch sowieso schon hier, und sie hat dich erwischt, warum sollst du dann jetzt wieder zurück ins Büro? Sie würde es eh nicht merken."

„Aber ich merke es. Und das ist wichtig, meinst du nicht?"

Ben Larson fixierte mich. „Schon möglich." Ha! Dem Schnösel ging die Puste aus. „Sehen wir uns?"

Ich lächelte in mich rein. „Ich habe die nächsten Wochen echt viel zu tun. Mir steht die absolute Deadline bevor, von daher ..."

Seine Lippen wurden noch schmaler. „Na dann. Ruf mich einfach an, wenn die Dinge sich beruhigt haben."

Nun war es an mir, das Quizsendungsgast-Lächeln aufzusetzen. „Auf jeden Fall." Und damit floh ich die Rolltreppe runter raus aus dem Moma.

Zum zweiten Mal in dieser Woche bin ich von einem Date abgehauen. Das hatte ich mir nie zuvor geleistet, und jetzt war ich gleich zwei Mal innerhalb von ein paar Tagen mit einer miesen Ausrede davongerannt.

Der Obdachlose, dem ich eine Zigarette gegeben hatte, torkelte vor dem Museum auf und ab. Ich lief Richtung Madison Avenue. Ich hatte keine Lust, nach Hause zu gehen, wusste aber auch nicht, wohin ich sonst sollte. Amanda arbeitete bis spät in den Abend, so wie jede anständige Frau, und Eloise war auf einem klassischen Gratis-Konzert im Central Park. Keine Chance, sie und Serge zwischen den übrigen Tausenden von Picknickern ausfindig zu machen. Und selbstverständlich würde ich im Leben nicht an meinen Schreibtisch zurückgehen.

Bis zu einem netten Haushaltswarengeschäft waren es nur sechs Blocks. Ich könnte Danas Hochzeitsgeschenk kaufen, obwohl ich dort sicher nichts auch nur im Entferntesten Französisches finden würde. Vielleicht sollte ich mir einfach etwas Hübsches für die Küche besorgen, auch wenn ich es mir nicht leisten konnte. Alte Jungfern wie ich bekamen schließlich nichts geschenkt.

Der Spaziergang von dem Laden nach Hause tat mir gut. Ich schlenderte die Park Avenue runter und hatte einen hervorragenden Blick auf die atemberaubendste Straße der Welt. Ein majestätisches Wohnhaus folgte auf das nächste, und in jedem saß ein livrierter Pförtner am Empfang. In der Straßenmitte erstreckten sich Blumenbeete, so weit das Auge reichte. Wie der Central Park, die Botanischen Gärten und der Blick auf die Skyline war auch die Park Avenue umsonst. Die klammste Lektoratsassistentin konnte sie betreten und sich fühlen, als hätte sie gerade ein Königreich erstanden. Auf einem bestimmten Straßenabschnitt, genau dort, wo ich gerade herumflanierte, konnte man leicht Madonna, Katherine Hepburn oder George Clooney über die Füße fallen. Das war das Verblüffendste an New York. Der Weg nach Hause war gratis und mit etwas Glück von Promis gepflastert.

Der Besuch in dem Haushaltswarengeschäft war übrigens noch frustrierender gewesen als das Treffen mit Ben. Der Laden war voll mit jungen Paaren gewesen, wobei die Männer an den Silberbestecken und Platzdeckchen genauso interessiert schienen wie die Frauen. Es hatte ungefähr vier Minuten gedauert, bis ich den Tränen gefährlich nahe war. Und diese Ecke von New York war kein guter Ort für weinende Frauen. Es war auch kein guter Ort, um ein Taxi zu erwischen, weshalb ich mich für den Fußmarsch entschieden hatte. Es waren nicht die dreißig Blocks zu mir, die mich umbrachten; es waren die Avenues. Und bis zu mir musste ich sechs verdammt lange Avenues Richtung Osten kreuzen.

64. Straße, Gnats Block. Ich fragte mich, in welchem der Häuser ihr „kuscheliges Refugium" wohl war. Plötzlich fiel mir auf, dass ich ihr hier jeden Moment begegnen könnte. Dabei missfiel mir die Vorstellung, sie könnte glauben, ich wollte ihr hinterherspionieren. Eilig ging ich weiter und tauchte in der 65. Straße ab.

Schon wieder überkam mich das Gefühl, die armseligste Lektoratsassistentin der Welt zu sein. Warum reichte allein der Gedanke an Gnat, mir dieses Gefühl zu geben? Obwohl ich den Eindruck hatte, dass es nicht allein ihre Schuld war. Irgendetwas anderes hatte mich angesteckt, drückte gegen meine Augen und verursachte dieses komische Gefühl. Aber was? Ich hatte niemanden, den ich auf die Hochzeit mitbringen konnte, aber reichte das, um mein Leben zu ruinieren? Immerhin hatte ich noch zwei Monate, um jemanden zu finden. Zwei Monate. Alles Mögliche konnte in zwei Monaten passieren.

Meistens passierte allerdings nichts. Und das war das Problem. Der einzige Mann, der mich seit Ewigkeiten mal angesprochen hatte, war mein eigenes schmieriges, kritiksüchtiges Blind Date. Auf mich selbst gestellt, war ich verraten und verkauft. Ohne Unterstützung würde ich selbst auf die eigene Hochzeit ohne Partner gehen. Und ohne die Hilfe einer Frau, die der Grund für alle meine Unsicherheiten war, würde ich auch nie befördert.

Irgendwas lief schief. Und zwar gründlich. Und das lag an den Verabredungen und meinem Eindruck, mein Liebesleben war auf dem besten Wege, das Klo hinuntergespült zu werden, um in der Kanalisation von New York zu enden. Aber das war auch nicht alles. Da war noch etwas, was ich nicht definieren konnte. Etwas, das sich so ohne weiteres nicht abstellen ließ. Aber was? Was war denn los?

„Hey, guck nach vorne!“

„Entschuldigung“, stotterte ich in Richtung der Frau, die ich fast umgerannt hätte.

Das drückende Gefühl hinter meinen Augen war bedrohlich. Das Schlimmste, was einem in der sorglosesten Gegend von New York passieren konnte, war umgeben von Millionen Menschen, die man nicht kannte und die sich nicht um einen scherten, schluchzend die Straße runterzulaufen.

7. KAPITEL

Der Freitagabend-Stammtisch war nun, nachdem die ehrenwerte Amanda Frank ihre flammende Rede zum Besten gegeben hatte, voll in Fahrt.

„Ich gebe nur wieder, was Jeff mir gesagt hat, Jane“, beharrte Amanda. „Alle haben sie das gesagt. Jeder der drei Kerle, mit denen er dich verkuppeln wollte. Das kann ich dir doch nicht verschweigen.“

Eloise schlug mit der flachen Hand auf den Tisch. Die anderen Gäste im Big Sur sahen kurz zu uns rüber, bis sie merkten, dass sich nichts Spannendes wie eine dramatische Trennung oder Zoff zwischen zwei Freundinnen abspielen würde. „Jane soll also mit dem Rauchen aufhören, nur weil irgendwelche Typen das doof finden, oder was? Völliger Scheiß!“

Amanda stellte sich stur. „Du hast gut reden, ‚völliger Scheiß‘, wenn Natasha Nutley auf Danas Hochzeit ihren milliardenschweren Freund vorstellt und nach Janes Traummann fragt.“

Ein Punkt für Amanda. Eloise und ich bliesen uns gegenseitig Rauch ins Gesicht. Ich sah mir die Leute in der Bar an; die Nichtraucher waren rar gesät. Warum fingen all diese Leute mit dem Rauchen an, wenn es angeblich so nichtswürdig, abstoßend und gesellschaftlich nicht akzeptiert war?

„Jane, Männer, die nicht rauchen, wollen auch keine Raucherin zur Freundin. So schlicht sind die Gemüter, Schätzchen“, sagte Amanda und nippte an ihrem alkoholfreien Bier. „Und die meisten Männer in New York rauchen nicht. Entweder also du unterschlägst deine kleine Angewohnheit, oder du gibst sie auf.“

Mit den Augen bettelte ich Eloise um Unterstützung an.

„Tut mir Leid, Jane, aber ich fürchte, sie könnte Recht haben.“ Eloise zog an ihrer Marlboro und blies den Rauch von Amanda weg. „Serge raucht – das ist einer der Hauptgründe, warum ich mit ihm zusammen bin.“

Empört richteten sich Amandas blaue Augen auf Eloise. „Wie bitte?“

„Das macht es leichter. Wie es ebenso leichter ist, mit einem Nichtraucher zusammen zu sein, wenn man nicht raucht.“

Amanda bekam ihren Mund nicht mehr zu. „Du willst mir erzählen, du bist nur mit Serge zusammen, weil er raucht, und deswegen seid ihr ein tolles Paar?“

„So nun auch wieder nicht", verteidigte sich Eloise. „Ich bewundere Serge. Dass er sich nicht über die Raucherei beschwert, ist ein weiterer Pluspunkt."

„Muss ich wirklich mit der Qualmerei aufhören, um einen Freund zu finden?" fragte ich und nahm einen extra tiefen Zug meiner Marlboro Light. „Einen vermeintlichen Freund?"

„Du suchst nicht nach einem vermeintlichen Freund, Jane, und du weißt das", sagte Amanda. „Und glaub mir, Timothy raucht nicht und würde eine Raucherin nicht mit der Kneifzange anfassen."

Timothy Rommely war der Arzt. Der Arzt von morgen Abend; der, der am Schlimmsten zu werden versprach. Er war ein alter Kumpel von Jeff aus Collegetagen. 32 Jahre. Upper West Side (aber nicht in einem braunen Klinker). Ich glaubte schon lange nicht mehr an die vom Schicksal verhängte Verbindung aus Upper West Side und einem Blind Date. Angeblich sah er aus wie Greg aus der Fernsehsendung Dharma und Greg. Ich bezweifelte das. Ärzte waren nicht so sexy.

„Ein Arzt wäre den Versuch wert, es aufzugeben, Jane", bemerkte Eloise und blies mir ihren Qualm ins Gesicht.

„Alles, was dich dazu bewegen kann, es aufzugeben, ist den Versuch wert", ergänzte Amanda. „Wenn es dazu einen Kerl braucht, gut. Besser wäre es, du entscheidest dich aus gesunder Selbstliebe dafür. Das gilt für dich genauso, El. Denkt an eure Gesundheit, eure möglichen Kinder, eure Umgebung. Drei sehr gute Gründe, mit dem Rauchen aufzuhören."

Amanda war einer der wenigen Menschen, die ich kannte, die Entscheidungen mit Bezug auf ihre „Selbstliebe" treffen konnte. Eloise zog eine Grimasse und hielt ihre Zigarette unter den Tisch.

Ich nagte an meiner Unterlippe und starrte auf mein Päckchen Marlboro. Auf das rote Einwegfeuerzeug. Den Aschenbecher, der voll Asche und Kippen war. Diese drei Sachen waren mir genauso vertraut wie die Buletten, die Tunfischbrote und die Spinatnudeln, die meine Mutter immer gemacht hatte. Immer, wenn ich auf meine Zigarettenschachtel sah, speziell, wenn sie noch voll war, fühlte ich mich sofort getröstet. Mit einer vollen Packung Marlboro Light in der Tasche war meine Welt in Ordnung. War sie allerdings fast leer, überfiel mich eine Panik, die sich erst wieder legte, wenn ich Nachschub organisiert hatte.

Ich hatte nicht wie die anderen von der High School aus Gruppenzwang mit dem Rauchen angefangen. Bis ich 19 war, hatte ich noch nie an einer Zigarette gezogen. Bis zu jenem Februarmorgen vor jetzt fast zehn Jahren, als Tante Ina überraschend an meine Schlafzimmertür geklopft und mich mit einem Gesichtsausdruck angesehen hatte, den ich noch nie zuvor an ihr wahrgenommen hatte. In dem Moment hatte ich sofort gewusst, dass meine Mutter gestorben war. Ich hatte einen Tag vorher noch mit ihr telefoniert. Sie hatte erwähnt, dass es ihr seit Wochen nicht besonders gut gegangen wäre; eine hartnäckige Grippe, hatte sie vermutet. Aber sie hatte Gebärmutterkrebs. Den einen Tag hatte ich noch mit ihr telefoniert, und am anderen war sie tot. Meine Mutter war tot.

Meine Miene hatte Tante Ina gereicht. Sie hatte einfach nur bestätigend genickt. Meine Knie waren so weich geworden, dass ich mich einfach auf den Boden fallen ließ. Tante Ina hatte mich untergefasst und sich eng an mich gedrückt mit mir auf das schmale Bett gesetzt. Eine halbe Stunde hatten wir einfach nur so dagesessen. Dann hatte meine Tante gesagt, dass meine Mutter jetzt wieder bei ihrem Mann wäre, bei dem Mann, den sie so sehr geliebt hatte. Am Ende waren sie doch wieder zusammen. Sie hatten Frieden gefunden. Und sie würden zeitlebens auf mich aufpassen. Das war der Moment, in dem ich haltlos angefangen hatte zu weinen.

Wieder eine halbe Stunde später war Tante Ina zu Onkel David und Dana in die Aula gegangen und hatte ihnen ausgerichtet, dass ich nun bereit wäre zu gehen. (Grammy war zu traurig gewesen, um den Weg bis nach Albany zurückzulegen; sie war bei ihrer besten Freundin geblieben, bis wir zurückkehrten.) Ich hatte mir die Schachtel Marlboro Light meiner Mitbewohnerin geschnappt, eine Zigarette rausgeholt und an ihr geschnuppert. Ich hatte Michelle dabei beobachtet, wie sie daran zog und ein zufriedenes Ah ausstieß. Ich hatte die Zigarette angezündet und vorsichtig an ihr gezogen. Ich hatte nicht gehustet. Ich hatte mich auf das Bett gesetzt, zog ein, atmete aus, ohne an irgendetwas zu denken, und hatte gespürt, wie ich ruhiger wurde, wie mich das sanfte Abklopfen der Zigarette am Aschenbecherrand tröstete. Von diesem Tag an rauchte ich.

Tante Ina hatte an die Tür geklopft und meinen Namen gerufen, und ich hatte die Packung Zigaretten und eine Schachtel Streichhölzer in meiner Jackentasche verschwinden lassen. Dana hatte einen Koffer für mich gepackt. Onkel David war ins Sekretariat gegangen und hatte mich für das Halbjahr abgemeldet. Und Tante Ina hatte mir das Lieblingshalstuch meiner Mutter, das, was mein Vater und ich ihr vor Jahren zum Muttertag geschenkt hatten, umgelegt. Als wir alle wieder beisammen waren, waren wir in Onkel Davids Buick gestiegen, und ich hatte mit der Zigarettenschachtel in meiner Tasche gespielt.

Niemand hatte sich beschwert oder mit dem Kopf geschüttelt, als ich während der Pinkelpausen oder später in Tante Inas Apartment oder vor der Trauerfeier oder nach der Beisetzung vor ihnen geraucht hatte. Ich hatte gesehen, wie der Sarg meiner Mutter in das Grab rechts von dem meines Vaters gelassen wurde. Da durfte mir niemand damit kommen, dass ich nicht rauchen sollte. Merkwürdige Ironie des Schicksals. Zigaretten waren für mich nichts, das Leben nahm. Ich hatte bislang nur gemerkt, dass sie Gefühle betäubten. Und so rauchte ich, ununterbrochen. Ich rauchte sofort eine ganze Packung am Tag. Inzwischen bin ich bei anderthalb, manchmal auch bei zwei Päckchen, je nach Stressfaktor, der dank meines Lebensstils immer hoch war.

Amanda wedelte unseren Qualm weg und hüstelte. „Habe ich dir eigentlich schon erzählt, Jane, dass Timothy einen Jack Russell Terrier namens Spot hat? Ist das nicht super?"

Ja, das war es. Plötzlich wünschte ich mir nichts sehnlicher, als auch einen Jack Russell Terrier namens Spot zu haben. Ich wollte einen Freund und einen Hund. Ich wollte einen Freund, der aussah wie Greg aus der Fernsehsendung Dharma und Greg. Ich wollte Timothy Rommely treffen. Ich wollte, dass er sich unsterblich in mich verliebte und mich nie wieder verlassen würde. Und wenn ich dafür mit dem Rauchen aufhören musste, dann war es eben so. Ich drückte die halb gerauchte Zigarette aus und knabberte an meiner Unterlippe.

„Willst du das wirklich tun?“ fragte Eloise.

„Ab morgen“, sagte ich und zündete mir eine neue an.

Eloise und Amanda lachten.

„Weißt du was, Jane? Wenn du aufhörst, höre ich auch auf.“

Mir fiel die Kinnlade runter. „Aber du bist mit jemandem zusammen, der mehr raucht als wir beide zusammen.“

„Dann verbiete ich ihm eben, in meiner Gegenwart oder meiner Wohnung zu rauchen“, sagte Eloise. Sie nahm den letzten Schluck ihres Getränks. „Er hängt sowieso zu oft bei mir rum. Ich weiß nicht so recht, was ich mit ihm anstellen soll. Andauernd macht er Anspielungen, bei mir einziehen zu wollen. Ich mag ihn wirklich sehr, aber ...“

„Aber er ist nicht der Richtige““ beendete Amanda den Satz und steckte sich eine blonde Haarsträhne hinter das Ohr. „Ich meine, wenn euch vor allem die Qualmerei verbindet ...“

„Ich weiß nicht“, antwortete Eloise. „Er ist es und ist es nicht. Manchmal denke ich, dass ich ihn wirklich liebe, dann denke ich, dass wir einfach gute Freunde bleiben sollten, und manchmal wünschte ich mir, er sollte nach Russland verschwinden, damit ich ihn nie wieder sehen muss. Es gibt auch Momente, in denen ich denke, dass uns nur die Zigarette eint.“

„Hört sich für mich so an, als ob du zurzeit keine Entscheidung treffen solltest“, sagte ich, „du weißt nicht, was du fühlst.“

Eloise nickte. „Er ist so lieb und kuschelig. Ich wüsste wirklich zu gern, warum man bei manchen Typen denkt, der ist es, und bei anderen nicht. Ich wäre so glücklich, wenn Serge es wäre.“

Die Kellnerin stellte eine neue Runde auf den Tisch. Amanda nippte an ihrem Bier. „Ich weiß genau, was du meinst. Es wäre so einfach, wenn er Mr. Right wäre. Du hättest deinen Mann und Punkt.“

„Aber so ist es doch, oder?“ fragte ich. „Wenn er's ist, merkt man es sofort.“

„Ich glaube schon“, sagte Amanda. „Obwohl, erinnert euch mal, wie es mir nach unserem ersten Treffen ging. Jeff war mir zu unreif, was sich im Nachhinein als Unsicherheit herausgestellt hatte, die nach ein paar Wochen verflogen war. Er ist ganz und gar nicht unreif. Heute bin ich heilfroh, dass ich ihm die Chance gegeben habe, er selbst zu sein. Und mir die, ich selbst zu sein.“

Amanda hatte Recht. Ich habe noch gut im Ohr, wie sie darüber debattierte, ob sie sich ein zweites Mal mit Jeff Jorgensen treffen sollte oder nicht. Sie hatte gesagt, dass er blöde Witze gerissen und sie gelangweilt hatte. Ich mochte Jeff von der ersten Sekunde, sah man mal von seinem zu lauten Lachen und seiner Marotte ab, bei Sportsendungen immer den Fernseher anschreien zu müssen. Und zugestanden, er hing wirklich gern mit Leuten rum, die eine Vorliebe für vulgäre Witze hatten, aber profitierte ich nicht gerade von seiner Kumpanei? Will sagen: Es gab noch eine Menge Männer, mit denen ich mich verabreden konnte.

„Lass uns das machen, Jane!“ verkündete Eloise. „Wir schwören dem Laster ab.“

„Genau!“ sagte Amanda. „Man muss etwas aufgeben, um etwas zu bekommen. So geht's im Leben. So ist das Leben.“

„Sie hat Recht“, stimmte Eloise zu. „Und weißt du was, Jane? Wir sind stärker als jede Zigarette.“

Ich hob eine Augenbraue hoch. „Sind wir das?“

„Aber natürlich! Alle beide!“ bekräftigte Amanda lautstark.

„Entschuldige“, unterbrach ein mittelprächtig aussehender Typ die Unterhaltung. Hinter ihm an der Bar lehnten einige ebenfalls mittelprächtig aussehende Typen und beobachteten, wie sein Freund mit den Frauen am Tisch klarkam. „Kommst du aus Texas? Dein Akzent hört sich so an.“

„Neee“, sagte Amanda in Brooklyn-Englisch. „Ich bin Nuh Yawka. Ich hab mich nur ein bisschen über euch lustig gemacht.“

„Oh.“ Er wandte sich ab.

Wir beugten uns über den Tisch und kicherten. „Sieht so aus, als ob sie bloß den Akzent wollen“, sagte Amanda.

Ich trank einen Schluck und zündete mir eine neue Zigarette an. Ich sah, wie der Rauch zur Decke aufstieg und sich mit dem der anderen Zigaretten verband. Wenn es in den angesagten Bars von New York so viel Qualm von anderen Zigaretten gab, warum sollte ich dann mit dem Rauchen aufhören? Warum konnte ich mich nicht jetzt auf der Stelle mit einem der Raucher verabreden?

Weil du das schon jahrelang versucht hast, Dummkopf, erinnerte ich mich selbst. Seit Max Reardon warst du mit keinem Raucher mehr verabredet gewesen. Und nun teilte sich seine Frau im Bett die Zigarette danach mit ihm ...

Würde ich jemals heiraten? Wenn ich es noch nicht mal länger als anderthalb Stunden mit einem Mann aushielt, wie sollte ich da auf eine Verbindung hoffen, die ein Leben lang währte? Sollte ich mich weicher und sanftmütiger geben und die kleinen Verletzungen, die Männer mir bei unseren Treffen zufügten, wenn sie glaubten, sie verhielten sich vorbildlich, besser wegstecken? Sollte ich annehmen, sie seien unsicher? Damit sie sich dann als Märchenprinzen entpuppten? Herrje, wie ich schon sagte: Dieses Kapitel war kompliziert.

Sicher, man konnte sich in seiner Einschätzung nach dem ersten Treffen auch irren. Aber man hatte doch einen Eindruck. Genau wie der andere von einem selbst. Und nur weil ich rauchte, wurde ich sofort ad acta gelegt? Nichtraucher kapierten einfach nicht, dass die Zigarette den Raucher das gesamte erwachsene Leben bei jeder kleinsten Gefühlsregung, egal ob gut oder schlecht, begleitet hatte. Die Vorstellung, nie wieder zu rauchen, war die Katastrophe schlechthin. Wie sollte das gehen?

Wenn ich Nichtraucherin wäre, hätte ich das kochende Wasser über Kevin Adams Haupt ausgeschüttet. Und ich hätte Andrew Mackelroys Neffen ebenfalls mit Tortellini beworfen. Ich hätte Ben Larson das bescheuerte schwarze Bild in seine Quizsendungsfratze gedonnert. Könnte ich meine Gefühle nicht wegrauchen, würde ich manchmal total ausrasten. Bestimmt! Was sollte ich denn sonst machen ohne Zigarette?

Und was würde ich gewinnen, wenn ich aufhörte? Das war die Frage. Wenn es ein Mann wäre, mit dem ich mich in Natasha Nutleys Gegenwart wohl fühlen würde, dann wäre es den Preis wert, so blöd sich das anhört. Das war derzeit der einzige Grund, für den es sich lohnen würde. Sicher, meine Freunde würden mich mit Lob überschütten, und meine Lunge würde endlich wieder ihre rosa Farbe annehmen. Das wäre schon cool. Und die Raucherei kostete mich ein Vermögen. Ihretwegen musste ich manchmal durch strömenden Regen, eisigen Schnee oder brütende Hitze laufen. Meine Kleidung und meine Haare rochen schlecht. Meine Verabredungen bekamen davon Hustenanfälle, kleine Kinder keine Luft mehr. Und, na ja, Rauchen verursachte Krebs.

„Wisst ihr was, ihr zwei", sagte Amanda, „wenn ihr irgendwann mal schwanger werdet, müsst ihr sowieso aufhören. Warum also nicht gleich jetzt?"

Eloise und ich tauschten einen Blick und lachten. „Glaubt man Jeffs Worten, wird Jane nie wieder Sex haben, solange sie noch raucht", erklärte Eloise. „Dann muss sie sich um eine Schwangerschaft auch keine Sorgen mehr machen."

Ich hob feierlich mein Glas. „Okay", sagte ich, „bevor ich heute ins Bett gehe, rauche ich meine letzte Zigarette, und wenn ich morgen aufwache, werde ich mich schön in die Reihe der stolzen Ehemaligen stellen."

Eloise hob ihr eigenes Glas und stieß mit mir an. „Ich bin dabei."

„Das wird euer ganzes Leben verändern, meine Lieben. Wartet's mal ab."

Ich verließ die schwach beleuchtete U-Bahn-Station Höhe Continental Avenue, um mich inmitten der überfüllten Shoppingmeile von Forest Hills, Queens, wiederzufinden. Die schicke Gegend war das Einkaufsmekka der Mittelklasse. Jedermanns Lieblingsgeschäfte lagen hier Tür an Tür, dazwischen solche, von denen man nicht ahnte, dass es sie überhaupt gab. Auf einer Länge von 500 Metern konnte man alles kaufen, was man noch nie zuvor gebraucht hatte, von einem Abendkleid über den Lampenschirm bis hin zum Hamburger.

Die unterschiedlichsten Menschen jeden Alters und jeder Hautfarbe schlenderten oder hasteten den Konsumtempel von Forest Hills rauf und runter. Um die Massen zu umschiffen, ging ich selbst direkt auf der Straße am Rand des Bürgersteigs. Eine Ecke weiter sah ich schon die Schilder von Gap und Tante Inas vertrauten rotblond gewellten Haarschopf. Sie stand direkt neben dem Eingang zu einem sehr edlen Wohnhochhaus, las die New York Post und schob sich ab und zu etwas in den Mund, das sie aus der Plastiktüte zog, die ihr am Handgelenk baumelte. Ein paar Frauen schritten hinter ihr durch die zweiflügelige Glastür, die ihnen von einem uniformierten Türsteher aufgehalten wurde. Gäste von Dana Dreers unglaublicher Brautfeier. Ich erkannte sie von dem ersten Vorbereitungstreffen und der Brautjungfernkleiderprobe wieder.

Instinktiv griff ich in meine Jackentasche nach dem Päckchen Zigaretten. Um Mitternacht hatte ich aufgehört. Ich war nun eine Nichtraucherin. Es war schon komisch, Nichtraucherterrain zu betreten, ohne sich vorher eine kleine Nikotinreserve anzulegen. Und vor diesem finalen Supertreffen hätte es mich schon gejuckt, noch eine zu rauchen. Die Zigaretten hatten mir erlaubt, zu einer unangenehmen Verabredung fünf Minuten später zu kommen: Ich muss noch eine rauchen. Und sie hatten mir erlaubt, mich zwischenzeitlich davonzuschleichen: Ich muss eine rauchen. Jetzt hatte ich keine Ausrede mehr. Kein Aufschub. Kein Weglaufen. Ich fragte mich, ob ich wirklich von dem nervösen Zucken befallen würde, das mir jeder während der ersten Tage des Nikotinentzugs prophezeit hatte. Andererseits war ich nicht wirklich auf Nikotinentzug; Eloise und ich hatten uns beide auf dem Nachhauseweg ein Nikotinpflaster gekauft. Das hatte ich mir um Mitternacht aufgeklebt und das Beste gehofft. Derzeit ging es mir, toi, toi, toi, noch ganz gut. Und wenigstens musste ich jetzt auch kein Pfefferminzbonbon lutschen, um meine Raucherfahne vor Tante Ina zu verbergen. Zum ersten Mal seit zehn Jahren war mein Atem auch so pfefferminzfrisch.

„Tante Ina", rief ich, als ich näher kam.

Sie sah mich und steckte die Zeitung in ihre Handtasche. „Hast du die Schuhe dabei?"

Ich hielt meine Tasche hoch. „Da drin."

Ina nahm mich in den Arm und drückte mich. Mit ihren hellblauen Augen sah sie mich scharf an. „Bist du mit dem Taxi oder der U-Bahn gekommen?"

„U-Bahn", gab ich zu und wunderte mich, wie sie das auf den ersten Blick erraten hatte. Am Telefon zu lügen war das eine. Meiner Tante Ina ins Gesicht zu lügen das andere. Innerlich bereitete ich mich auf die Strafpredigt vor.

„Jane!"

„Tagsüber sind die Bahnen total voll", sagte ich. „Es ist wirklich sicher."

Tante Inas Augen verengten sich. „Es ist also nichts Merkwürdiges passiert da unten? Niemand, der dich belästigt hat?"

„Nichts. Ich sag dir doch. Es ist anders als früher."

Tante Ina nestelte an ihrer Handtasche. „Es ist anders als früher, sagt sie. Was glaubst du wohl, habe ich gemacht, als ich auf dich gewartet habe?" Der Türsteher öffnete uns. „Es standen wieder drei Artikel in der Zeitung, wo Menschen von irgendwelchen Verrückten vor den einfahrenden

Zug geschubst worden sind. Erzähl mir also nicht, es wäre sicher, junges Fräulein."

Ich seufzte. „Wir möchten zu Karen Frieman", sagte ich zu dem Portier.

Er lächelte und fragte nach unseren Namen. Ich gab sie ihm, und er überprüfte sie auf einer Liste, was mich schon wieder mit den Augen rollen ließ. Wie anmaßend! Der Mann nickte uns zu, und wir durften das Monstrum an gold-brauner Marmorlobby betreten. Überall waren Spiegel. Ich drückte den Knopf und rief einen der drei Fahrstühle.

„Deine Haare sehen gut aus", sagte Tante Ina. „Natürlicher. Ich mag es nicht, wenn du sie so glatt trägst. Gott hat dir strubbeliges, gewelltes Haar geschenkt, und was machst du? Attackierst es mit diesem ganzen Gelkram und einem Föhn."

Es war die sommerliche Feuchtigkeit, die in der U-Bahn noch tausend Prozent höher war – die hatte mein Haar attackiert und es so entsetzlich strubbelig und gelockt werden lassen. Gel und der Föhn waren dagegen machtlos.

Warum hatte ich ausgerechnet heute mit dem Rauchen aufhören müssen? Ich wünschte mir nämlich nichts sehnlicher, als jetzt einen langen, tiefen Zug zu nehmen. Ich konnte einfach nicht glauben, dass Eloise und ich tatsächlich Wort gehalten hatten; wir hatten uns gestern Nacht noch eine Schachtel Zigaretten geteilt, die wir um Punkt Mitternacht zerknüllten, und dann hatte sich jede ein Nikotinpflaster aufgeklebt. Um genau 00:01 am 6. Juni wurde ich zur Nichtraucherin. Besser gesagt zur ehemaligen Raucherin. Ein Nichtraucher hatte nie geraucht und lief auch nicht von einer Zigarette träumend durch die Gegend, wie es die ehemaligen Raucher zu tun pflegten. Als ich heute Morgen aufgewacht war, hatte ich mich sofort an den fürchterlichen Schwur erinnert, den ich in der Nacht zuvor abgelegt hatte. Ich hatte Angst vor der ersten Tasse Kaffee. Ich hatte seit fast zehn Jahren keine Tasse Kaffee ohne eine Zigarette getrunken. Ich hatte seit fast zehn Jahren überhaupt gar nichts ohne eine Zigarette gemacht.

Aber irgendwie musste ich jetzt Dana Dreers finales Brautfeiertreffen, eine Brautjungfernkleiderprobe und das Blind Date mit einem Arzt namens Timothy Rommely überstehen.

„Wir sind da. Zehnter Stock", sagte Tante Ina.

Eine Minute später stand ich in Karens riesigem Apartment. Die Gastgeberin höchstselbst öffnete uns die Tür. Tante Ina und Grammy zuliebe hatte ich extra das nette Sommerkleid angezogen, das ich letzte Woche runtergesetzt erstanden hatte. Wäre ich in meiner normalen Sommerwochenendkluft, bestehend aus weiter Arbeitshose und weißem T-Shirt, erschienen, hätte ich schon auswendig gewusst, worauf das hinausliefe. Wie ich denn wohl glaubte, in so einem Aufzug, ich sähe ja aus wie ein Kerl!, jemals befördert zu werden oder einen Mann kennen zu lernen? Solche verbalen Glanzleistungen vollbrachte Dana eigentlich immer.

In Karens, wie ich zugeben muss, sehr geschmackvoll eingerichtetem Wohnzimmer saßen mit mir dreizehn Frauen. Sieben Brautjungfern plus Karen, die Ehrenbrautjungfer. Zwei waren Tante Ina und Grammy. Und zwei waren Larry Fishkills Mutter und Großmutter. Larrys Schwester Penny war schon bei den sieben Brautjungfern mit drin.

Grammy und Larrys Großmutter standen plaudernd in Höhe der Streichkäseplatte zusammen. Karen verkündete, dass wir uns nun dem Bagel-Büfett zuwenden sollten, bevor es an die Arbeit ging.

Grammy kam zu mir und Tante Ina herüber. „Willst du deine Grandma nicht umarmen?" fragte sie schelmisch und presste mir praktisch alles Leben aus dem Leib. „Du siehst ein bisschen dünn aus." Sie wandte sich Tante Ina zu und umarmte sie ebenfalls. „Sieht sie nicht ein bisschen dünn aus?" fragte sie ihre Tochter.

„Junge Frauen und ihre Diäten", antwortete Tante Ina mit ihrem typischen Seufzer.

In manchen Momenten sah Grammy genauso aus wie meine Mutter. Virginia Gregg hatte das gleiche schmale Kinn und die gleichen braunen Augen gehabt, die auch ich von ihr geerbt hatte. Und wir alle hatten die gleiche gerade kleine Nase. Von meinem Vater hatte ich das dichte dunkle Haar. Das meiner Mutter war, wie Grammys, hellbraun und glatt gewesen. Tante Ina und Grammy gingen dagegen noch immer mit einer Dauerwelle vor. Ich hatte mehrfach versucht, sie davon zu überzeugen, dass niemand mehr Dauerwellen trug, aber sie hatten geantwortet, was sie mir immer antworteten: „Was weißt du schon davon, was niemand mehr tut oder doch tut, du Schlaumeier?"

„Ich höre, du hast einen jungen Mann kennen gelernt?" fragte Grammy, als wir zu dem Büfett gingen, das Karen auf einem Tisch vor der Wand aufgebaut hatte. Vor uns standen Bagels in allen nur denkbaren Varianten, vier Sorten Streichkäse, Butter, fettfreie Margarine und drei Platten des allerköstlichsten Lachses. „Nimm bloß nicht den halbfetten Streichkäse, Kindchen", warnte Grammy. „Du siehst wirklich schmal aus, vor allem im Gesicht. Hast du gesehen, was sie für dünne Ärmchen hat?“ fragte sie in Tante Inas Richtung. „Sie kann vermutlich noch nicht mal mehr eine Flasche Wasser aufschrauben.“

Ich sah definitiv nicht zu dünn aus. Aber ich wusste die Bemerkung zu schätzen und nahm mir die Freiheit, einen Mohnbagel ohne das leiseste schlechte Gewissen über die Kalorien, die ich gleich zu mir nehmen würde, mit vegetarischer Paste zu bestreichen und dick mit Lachs zu belegen. Mit dem Leckerbissen in der Hand, steuerte ich auf einen Stuhl am Fenster neben Grammy und Tante Ina zu.

„Wie heißt er denn nun, dein neuer Freund?“ bohrte Grammy.

Ich knirschte mit den Zähnen. Geschichten über einen schnuckeligen Mann zu erfinden, war das eine; ihm einen Namen zu geben, war ein anderes Kaliber. Irgendwie gab ein Name einem kleinen Schwindel Tiefe und Gewicht, zumindest sagte mir das mein latentes Schuldgefühl. Was sollte ich darauf antworten? Sagte ich Timothy, der Name meines Blind Dates von morgen, haute das nur hin, wenn es mit uns hinhaute. Und das würde es nicht. Würde es mit niemandem. Nach Timothy hatte ich noch eine Verabredung nächste Woche mit einem Investmentbanker namens Driscoll Soundso. Ich konnte Grammy und Tante Ina ja wohl schlecht sagen, mein Freund hieße Driscoll. Ich könnte mir das für den Fall aufheben, wenn es mit uns hinhaute. Aber das würde es ja nicht.

Mein Ego gefiel mir gerade nicht.

„Hm, Timothy“, sagte ich. Der Name taugte wenigstens. Wenn ich allein zur Hochzeit gehen musste, konnte ich vielleicht sagen, dass Timothy dringend ins Ausland reisen musste. Oder dass wir uns getrennt hatten. Dann würde mir wenigstens das Mitgefühl zuteil, auf das ich nach Max' Hochzeitsanzeige vergeblich gewartet hatte.

Ich hatte kaum den Namen genannt, da plante ich schon wieder unsere Trennung.

„Timothy? Warum denn so formal"" fragte Tante Ina spitz. „Warum sagst du nicht Tim?"

Ja, warum eigentlich nicht? „Weißt du, Tante Ina, Männer möchten gerne älter scheinen, als sie sind, seriöser irgendwie, so dass die meisten dahin tendieren, die Spitznamen abzulegen."

Sowohl Grammy als auch Tante Ina nickten; ich hatte das Richtige gesagt.

„Und hat Timothy auch einen Nachnamen?" fragte Grammy.

„Rommely", sagte ich.

„Rommely. Woher kenne ich bloß diesen Namen?" murmelte Grammy.

„Das ist aus unserem Buch des Monats", erklärte Tante Ina Grammy. Sie trank einen Schluck Kaffee. Auf ihrer Tasse zeichnete sich roter Lippenstift ab. Sie drehte sich zu mir. „Wir lesen gerade ‚In Brooklyn wächst ein Baum' für unseren Lesezirkel im Seniorenheim."

„In Brooklyn wächst ein Baum". Das war das einzige Buch, bei dem ich jemals heulen musste. Bei Filmen heulte ich in dramatischen Momenten oft, selbst bei Werbespots, wenn es um einsame, unverstandene Jugendliche ging. Aber bis „In Brooklyn wächst ein Baum" hatte ich nie zuvor bei geschriebenen Worten weinen müssen. Es war bei der Szene, bei der Erwachsene der jungen Francie Nolan ganz unbekümmert versucht hatten, ihr das zu nehmen, was sie sich niemals nehmen lassen würde: ihre Würde.

„Von wem war Rommely der Nachname?“ fragte ich und schluckte einen Bissen meines leckeren Lachs-Bagels herunter. „Ich dachte, das Mädchen hieß Nolan.“

„Die war es auch nicht“, sagte Grammy. „Es war die Mutter. Der Mädchenname der Mutter war Rommely. Sie war eine starke Frau. Sie tat, was richtig, aber nicht unbedingt auch gerecht war. Das zeichnet einen starken Menschen aus.“

Hm. Vielleicht hatte es eine kosmische, karmische Bedeutung, dass das Date dieser Woche Rommely hieß. Ach Quatsch.

„Wir müssen wohl bis Danas Hochzeit warten, bis wir ihn kennen lernen?“ fragten die beiden wie aus einem Mund.

„Vermutlich“, sagte ich und fühlte mich unbehaglich. „Ich habe dies und das zu tun, er hat dies und das zu tun, und mit allem, was bis zur Hochzeit noch erledigt werden muss, kann ich mir kaum vorstellen, dass wir uns vorher alle noch mal in demselben Raum treffen.“

Nickend bissen beide in ihren Bagel. Ich hatte wieder das Richtige gesagt. Das war das zweite Mal innerhalb einer Viertelstunde. Unglaublich. Ein geschäftiger, hart arbeitender Mann, der dies und das zu tun hatte, war also in Ordnung für die zwei.

„Bist du sicher, dass du Ethan Miles nicht näher kennen lernen willst?“ fragte Grammy. „Ich kann mir euch beide gut zusammen vorstellen. Er ist ein so netter junger Mann. So höflich. Er kommt aus Texas, hat Tante Ina dir das schon gesagt? Wäre das nicht was?“

Grammy hatte die Angewohnheit, Texas total zu verklären, das sie bloß aus dem Fernsehen, aus Büchern und Filmen kannte. Wenn ich an Texas dachte, fielen mir nur Clint Black und der Marlboro-Mann ein, das Bild vom Cowboy und seinem Pferd. Ich hatte noch nie auf einem Pferd gesessen. Die einzigen Pferde, mit denen ich vertraut war, waren die, die vor ihre Kutschen gespannt am Central Park elendig in einer Reihe standen und für eine Spazierfahrt auf Leute warteten. Aber die gingen nicht wirklich als Pferde durch; die trabten nicht auf saftigem Gras oder schlammigen Wegen und galoppierten auch nicht über weitläufige Weiden. Die liefen neben hupenden Taxis, rasenden Krankenwagen oder Fahrradkurieren her. Noch nicht mal im Zoo gab es richtige Pferde, es sei denn, man wollte die zwei, drei Ponys aus dem Kinderparadies dazurechnen. Was also sollte mich jemals mit jemandem aus Texas verbinden? Ich war ein Stadtmensch und kein Landei.

„Ma, sie trifft jemanden", sagte Tante Ina. „Lass gut sein. Dieser Timothy Rommely hört sich nett an."

Es war interessant zu beobachten, dass ein netter Name reichte, damit sich jemand nett anhörte. Nach allem, was Grammy und Tante Ina bislang wussten, konnte Timothy auch ein schizophrener Killer sein. Dem Himmel sei Dank, dass sie nicht nach seinem Beruf gefragt hatten. Irgendwie hatte ich den Eindruck, sie hielten ihn für ein Internetgenie oder so. Larry Fishkill hatte uns die letzten drei Jahre mit Vorträgen über das Internet und wie ganz normale Leute damit Millionen machen konnten zu Tode gelangweilt. Man brauchte nur ein bisschen Fantasie und etwas Grips, hatte er behauptet; einfach den Leuten etwas anbieten, was sie bis dahin nicht brauchten und nicht haben wollten, und sie bestellten es trotzdem. Grammy und Tante Ina hatten jedes Wort geglaubt, das aus Larry Fishkills Mund kam. Wenn ich ehrlich war, musste ich allerdings zugeben, dass ich Larry irgendwie mochte, ein bisschen zumindest. Er redete zu viel, und er konnte alles besser wissen, aber in gewisser Weise hatte er was Echtes an sich. Er war jedenfalls deutlich bodenständiger als seine Verlobte.

So oder so konnte ich Grammy und Tante Ina nicht erzählen, dass Timothy Arzt war; wenn es mit uns nicht hinhaute, und das würde es nicht, dann müsste jeder, den ich mit ins Plaza brächte, Arzt sein oder wenigstens so tun als ob. Warum hatte ich bloß nicht bedacht, wie weitreichend eine blöde, nur meinen Stolz wahrende Lüge sein konnte?

Grammy trank einen Schluck Kaffee. „Schon gut, schon gut. Sie trifft jemanden." Sie neigte sich zu mir, mit einem Auge Karen beobachtend, die mit Block und Klemmbrett auf den Knien schwer beschäftigt schien. „Der Kaffee ist zu stark, und die Bagels sind hart, bestimmt aus dem Supermarkt."

Ich lächelte. Ich liebte es, wenn Grammy und Ina über Leute lästerten, die ich nicht mochte.

Karen Frieman klatschte in die Hände. „Okay, Mädels. Lasst uns anfangen!"

Und ich hasste es, wenn jemand sich auf Frauen als Mädels bezog. Erst recht, wenn Frauen selbst das taten.

„Es ist kaum zu glauben", sagte Karen, „aber nächsten Sonntag ist der große Tag. Danas Brautfeier. Die der Hilfe jeder Einzelnen von euch zu verdanken ist. Ein Applaus auf uns alle. Kommt schon, applaudiert euch."

O Gott. Wie kitschig sollte das denn noch werden? Ich

klatschte zwei Mal in die Hände, ein drittes Mal, als ich Tante Inas drohenden Blick spürte.

Karen sah auf ihr Klemmbrett. „Unser erster Tagesordnungspunkt ist, sicherzustellen, dass wir kein Detail vergessen haben. Lasst uns die Liste mit allem, was es zu organisieren gibt, durchsehen und uns vergewissern, dass jede weiß, wofür sie verantwortlich ist."

Vor zwei Monaten war mir die bewundernswerte Aufgabe zuteil geworden, mich um den Druck der Einladungskarten zu kümmern. Meine Verlagserfahrung machte mich zur „perfekten Person", eine Druckerei zu betreten und hundert Stück in Auftrag zu geben. Selbstverständlich wurden die Karten von kleinen Eiffeltürmen geziert. Karen hätte sich auch ein paar französische Sätze gewünscht, aber ich hatte sie davon überzeugen können, dass RSVP, Respondez, s'il vous plaît völlig ausreicht. Die Einladungen waren schon vor Wochen verschickt worden. Grammy, die mal einen Kurs in Kalligrafie besucht hatte, hatte die Adressen auf die Umschläge geschrieben. Sie musste sich auch um das Glückwunschplakat kümmern. Tante Ina hatte die Karten und die Briefmarken bezahlt.

Karen ging die Liste durch. Es sollte französisches Essen geben, das von einem französischen Restaurant geliefert wurde. Es sollte französische Musik gespielt werden, die eine von Danas Brautjungfern organisieren sollte, da sie die Einzige war, die schon mal in Paris gewesen war. Von uns hatte sonst keiner den leisesten Schimmer. Sicher, wir mochten Edith Piaf, aber das war's dann auch schon.

Das Brautkomitee sollte zur Feier dämliche schwarzweiß gestreifte Tops mit U-Boot-Ausschnitt und schwarze oder weiße Caprihosen mit schwarzen oder weißen Karos anziehen. Ach so, und wenn ich dann noch ein kleines schwarzes oder weißes Tuch hätte, das ich mir um den Hals binden könnte, dann wäre das „einfach großartig". Ich hatte keins. Und das von Eloise würde ich mir nicht leihen.

Tante Ina war außerdem für die Geschenke zuständig. Sie und Dana hatten drei Tage damit zugebracht, durch sämtliche Kaufhäuser zu ziehen, um das auszusuchen, was jede Braut sich zur Hochzeit oder zur Brautfeier nur wünschen konnte. Grammy musste vermerken, wer davon was mitbrachte; eine der Brautjungfern musste sich um den überflüssigen Schleifenhut kümmern – das gehörte zu einer Tradition, die ich noch nie verstanden hatte. Jede Schleife, die um ein Geschenk gewickelt war, musste Dana auf einen Pappteller legen, und die Brautjungfer bastelte dann einen Hut daraus, den Dana ihr Leben lang in Ehren halten musste. Aufgabe von Larry Fishkills Schwester war es, für die offiziellen Fotos zu sorgen. Seine Mutter und Großmutter waren für das Essen zuständig. Die anderen Brautjungfern hatten dies und das zu erledigen. Und Karen ihrerseits hatte jedem zu sagen, was er zu tun und zu lassen hatte, und ihren hässlichen, kleinen, stinkenden Hund in ihrem Schlafzimmer einzusperren.

Ich schenkte mir Kaffee nach und beobachtete, wie Tante Ina mit Larrys Mutter plauderte. Zum ersten Mal wurde mir bewusst, dass die Familie meiner Tante wachsen würde. Sie und mein Onkel David bekamen einen Schwiegersohn, der wiederum einen Haufen Verwandter mitbrachte. Dana bekam einen Ehemann. Die Familie hatte ein neues Mitglied. Ich fröstelte in dem klimatisierten Raum. Nie zuvor hatte ich mich mit den Dreers fremd gefühlt. Sie gehörten zu mir, sie waren meine Familie. Aber ich war auch nur eine Verwandte, eine Enkelin, Nichte, Cousine. Ich war nicht wirklich von Bedeutung, für niemanden. Und ich war die einzige Gregg auf der Welt, die es noch gab.

Die Schneiderei gehörte einer kleinen, fetten Frau, die niemals lächelte und immer mit einem gelben Maßband um ihren dicken Hals durch die Gegend lief.

„Stellt euch nach Größen in einer Reihe auf, Mädels. So sind die Kleider schließlich auch geordnet."

Noch eine Frau, die Frauen gerne Mädels nannte.

Das Brautkomitee sah sich verstohlen an. Niemand rührte sich. Frauen wussten, dass man einer anderen Frau niemals auch nur andeutete, welche Kleidergröße sie möglicherweise trug, egal, wie dick oder dünn sie war. Das machte man einfach nicht.

Frau Schneiderin seufzte nach Tante Inas Art und rief dann unsere Namen auf. Wir bekamen die Garderobe und sollten uns umziehen.

Überraschenderweise war mein Kleid ein bisschen weit. Hatte ich in den letzten Monaten etwa doch abgenommen? Frau Schneiderin legte das Band um meine Taille, dann um die Hüfte, zog und zerrte hier und da und schrieb die Maße in ihr pinkfarbenes Notizbuch.

„Zu meiner Zeit hatten Frauen eine Taille von 55!" brüllte sie. „Wir essen heute einfach alle zu viel!" Sie lachte laut auf.

Alle acht standen wir im Halbkreis geschniegelt in unseren apricotfarbenen Schuhen vor dem großen Wandspiegel. Wir trugen alle das gleiche pfirsichfarbene, schnörkellose Kleid, das oben hoch geschlossen und im Prinzessstil geschnitten war. Mich erinnerte es sehr an Audrey Hepburn. Es war schlicht, aber elegant. Nur die Farbe fand ich immer noch eigenartig. Warum pfirsich? Das war noch nicht mal eine Farbe. Das war irgendwas zwischen Rosa und Rot und Orange. Karen, die erste Brautjungfer, trug das gleiche Kleid, allerdings mit einem etwas weiteren Ausschnitt, der ihren üppigen Busen zur Geltung kommen ließ.

Tante Ina und Larry Fishkills Mutter standen strahlend wie kleine Laternen am Rand. „Ihr seht alle so hübsch aus", sagte Tante Ina.

„Einfach wunderbar", bestätigte auch Larry Fishkills Mutter.

Frau Schneiderins Assistentinnen und Näherinnen hefteten und steckten und drehten uns im Kreis.

Während die eine oder andere Frau einen spitzen Schrei ausstieß, als sie von einer Nadel gepiekt wurde, war ich damit beschäftigt, mich über die vielen Freundinnen zu ärgern, die Dana hatte und zu Brautjungfern machen konnte. Zugegeben, von den acht war eine ihre Cousine und eine ihre zukünftige Schwägerin, aber dann blieben immer noch sechs übrig, die wirklich gute Freundinnen waren. Gute Freundinnen, die bereit waren, ihr bei der Trauung zur Seite zur stehen.

Vier kannte ich aus Forest Hills. Dana war mit ihnen groß geworden. Damit hatte es Dana nicht nur geschafft, ihre wahre Liebe zu finden und einen Ballsaal im Plaza zu mieten, sie hatte es außerdem geschafft, den Kontakt zu ihren Freunden zu halten. Wieder fragte ich mich, was meine Cousine vom Leben wusste, das mir verborgen blieb.

Heute hatten Dana und Larry einen Termin mit dem Fotografen, dann wollten sie ins Blumengeschäft, um ihre Bestellung aufzugeben. Schon letzte Woche war Dana das

Hochzeitskleid endgültig angepasst worden. Tante Ina hatte mich dazu eingeladen, aber ich hatte mir eine Ausrede ausgedacht. Ich sah mich außerstande, Dana in ihrem weißen Traum zu sehen. Ich bezweifelte, ob das jemals anders wäre.

Frau Schneiderin verordnete eine fünfminütige Pause, um die Glieder zu strecken. Sofort griff ich nach meiner Tasche, um nach draußen zu fliehen und eine zu rauchen. Und da fiel es mir wieder ein. Ich setzte mich auf mein Podest und bekam nervöse Zuckungen.

„Ach du Scheiße!" rief Brautjungfer Julie. „Meine Taille ist ganze drei Zentimeter breiter geworden. Ich fang direkt morgen mit einer Diät an."

„Halt du bloß den Mund!" trällerte die andere Brautjungfer namens Julie. „Du steckst in einem Kleid Größe 34."

Julie Nummer eins lächelte den Spiegel an. Man hätte meinen können, die Größe allein wäre schon Beweis genug gewesen, aber nein, sie brauchte auch noch die im ganzen Raum hörbare Bestätigung ihrer Freundin. Die beiden Julies waren aus Forest Hills; Dana kannte sie schon aus der Grundschule. Ich konnte mich erinnern, wie entzückend es meine Eltern gefunden hatten, dass ihre kleine Nichte zwei Freundinnen hatte, die beide Julie hießen.

Erste Brautjungfer Karen sah stolz auf ihr Dekollete; sie stand immer noch auf dem Podest neben meinem und drehte sich leicht nach links und nach rechts.

„Karen?" begann ich und sah sie dabei im Spiegel an. „Ich wollte mich für neulich entschuldigen, am Telefon, du weißt schon. Mir ist klar, dass du als verantwortliche Brautjungfer ..."

„Vergiss es“, sagte sie lächelnd. „Erzähl mir lieber von Natasha Nutley! Wie ist sie? Ich finde es echt beeindruckend, dass du ihre Autobiografie betreust.“

Ihre Erinnerungen, wollte ich sie korrigieren. Autobiografie hörte sich immer so großkalibrig an. Und wer war Natasha Nutley, um mit 28 ihre Lebensgeschichte aufzuschreiben, als ob sie der Welt irgendwas zu sagen hätte?

„Sie ist eigentlich, wie du sie dir vorstellst“, sagte ich, ohne zu wissen, was ich damit meinte. „Einfach bezaubernd.“

„Ich finde es vollkommen irre, dass sie zur Hochzeit kommt. Dana meinte, sie hat einen umwerfenden Kerl, der in Santa Barbara auf einem Hausboot wohnt. Ist das ein Leben!“

Ich lächelte, nicht sicher, was ich darauf erwidern sollte. Es war schon schlimm genug, dass Gnat sich in mein berufliches und privates Leben geschlichen hatte. Und jetzt musste sie auch noch während der Kleiderprobe beim Brautjungferntreffen im Mittelpunkt der Unterhaltung stehen.

„Dana hat erzählt, dass du auch deinen neuen Freund mitbringst.“ Karen stand seitlich zum Spiegel und prüfte ihren Hintern. Auf ihrem Gesicht lag dieses Erzähl-doch-mal-Lächeln. „Ist es was Ernstes?“

„Ja, doch, es geht in die Richtung“, sagte ich, „aber ich rede nicht gern darüber. Du weißt ja, wie das ist. So eine frische Beziehung geht schnell kaputt, wenn man zu viel über sie spricht.“

Karen nickte wissend. „Du hast Recht. Ich habe so viel über meinen Verlobten geredet, dass er sich mit dem Antrag fast ein Jahr und zwei Monate Zeit gelassen hat. Normalerweise gilt: ein Jahr, sonst kannst du es vergessen."

Ein Jahr, sonst kannst du es vergessen. Ich war mit Max Reardon ein Jahr zusammen gewesen, und er hatte noch nicht einmal in Erwägung gezogen, mit mir in eine Wohnung zu ziehen, geschweige denn, mich zu heiraten. Ich fragte mich, wie es sich wohl anfühlte, in der glücklichen Lage zu sein, einem Mann einfach den Laufpass zu geben, weil er die Ein-Jahres-Schallmauer ohne Antrag durchbrochen hat.

„Wart ihr auf der High School miteinander befreundet, du und Natasha?" Das war jetzt eine der beiden Julies. „Ich kann mich an sie erinnern. Mein älterer Bruder war ein Jahr hinter ihr her. Er war total in sie verknallt."

„Er und alle anderen", murmelte ich. „Nein, wir waren damals nicht befreundet."

„Aber jetzt seid ihr's", unterstellte Karen. „Dana hat erzählt, sie hat euch zufällig beim Mittagessen in einem richtig netten Restaurant getroffen. Du mit deinem Freund und sie mit ihrem, stimmt's? Ich wette, ihr Freund ist auch Schauspieler. Er ist vermutlich der pure Wahnsinn."

„Ich habe zu Natasha eine rein berufliche Beziehung, weiter nichts", erwiderte ich schnippisch. „Wir sind nicht befreundet. Ich mag sie noch nicht mal. Vergiss nicht, dass sie Schauspielerin ist. Nur, weil sie mal in der Glotze zu sehen war, muss sie noch kein netter Mensch sein."

„Wie dem auch sei", sagte Karen und suchte über den Spiegel Blickkontakt zu ihren Freundinnen.

„Wer ist diese Natasha, diese Schauspielerin?" wollte Larry Fishkills Mutter von der anderen Ecke des Raumes wissen.

„Lediglich eine berühmte Schauspielerin, die zu Danas und Larrys Hochzeit kommt", erklärte Tante Ina. „Sie war früher jahrelang Danas Babysitter. Und schon damals war sie entzückend, eine hübsche Prinzessin von etwa zwölf Jahren. Jetzt ist sie als Königin zurückgekommen, als prominente Königin ... Jane?" rief Tante Ina. „Hat sie hier nicht sogar einen Schönheitswettbewerb gewonnen?"

Nach dem Konzept ihres Bekenntnis-Buches hatte sie hier zwei Schönheitswettbewerbe gewonnen und war Dritte beim Teenietraum New York. Aber das hatte ich auch schon vorher gewusst. Es hatte in der Tageszeitung von Forest Hill gestanden, die alles druckte, was mit Gnat zu tun hatte.

„Sie wurde also Schauspielerin, für Werbespots und in einer dieser Krankenhausserien", fuhr Tante Ina fort. „Ich kann mir die ja nicht ansehen – immer so viel Blut und Eingeweide. Jane, welche Serie war es denn?"

„Sie hat in beiden mitgespielt", antwortete ich und stellte mich wieder auf das Podest. „Ein paar Tage lang war sie mit winzigen Rollen parallel zu sehen."

„Ach deswegen weiß niemand, mit welchem Schauspieler sie nun das Verhältnis hatte", sagte die andere Julie. „Weil sie in zwei unterschiedlichen Serien auftrat."

„Genau", bestätigte ich. „Sie hatte in beiden winzige Rollen." Ich betonte die winzigen Rollen.

Tante Ina machte ein betrübtes Gesicht. „Ich habe sie letzten Winter in einer Talk-Show gesehen. Sie hat mich fast zum Weinen gebracht! Was das arme Ding mit diesem Schauspieler durchmachen musste. Ich frage mich, wer das wohl ist. Weißt du das, Jane?"

„Wie soll sie das denn wissen?" warf Larry Fishkills

Mutter ein. „Sie hat doch gesagt, dass sie noch nicht mal eine Freundin von Natasha ist."

„Oh, aber Jane ist Natashas Lektorin", betonte Tante Ina mit stolzer Stimme. „Sie hilft Natasha bei ihrer Autobiografie. Jane weiß alles über sie."

Alle Augenpaare waren plötzlich auf mich gerichtet. „Nicht wirklich. Nur das, was sie in das Manuskript einbringen will. Ich schwöre, ich weiß nicht, wer *Der Schauspieler* ist."

Ich wusste es nicht. Aber ich hatte eine Vermutung. Es war so unfassbar, dass man sich so etwas nicht ausdenken konnte. Er war zu berühmt, zu sehr Filmstar. Zu sehr alles, um mit Gnat ein Verhältnis zu haben, und wenn auch nur für sieben Wochen. Was fand man bloß an einer Miniauftritts-Schauspielerin wie Natasha Nutley, wenn man jede Frau der Welt haben konnte?

Das war die einzige Frage, auf die ich eine Antwort wollte. Die einzige Frage, auf die ich jemals eine Antwort gewollt hatte. Sie sah gut aus, ja, aber das konnte nicht alles sein. Irgendwas musste Gnat an sich haben. Aber was? Was bloß?

„Pause ist vorbei, Mädels!" Frau Schneiderins zackige Stimme. „Alle zurück auf das Podest, bitte."

„Haben Sie gewusst, dass eine Hüfte bei Ihnen höher steht als die andere?" fragte mich eine der Näherinnen im Plauderton.

Die Brautjungfer links von mir sah erst mich und dann meine Hüfte im Spiegel an.

„Nein", sagte ich, „das höre ich zum ersten Mal. Aber ich bin froh, dass Sie es mir jetzt gesagt haben."

Die Näherin war so anständig, peinlich berührt zu gucken. Sie bückte sich und steckte weiter den Stoff ab.

Vielleicht hatten Blind Date eins, zwei und drei deswegen kein Interesse. Am Ende lag es gar nicht am Rauchen. Es war die Sache mit meiner Hüfte. Da hatte ich ja Glück, dass Blind Date Nummer vier mit einem Arzt war, dessen täglich Brot es war, solche Deformationen sofort zu erkennen.

8. KAPITEL

„Ich auch!“ sagte ich schon zum vierten Mal innerhalb von zwanzig Minuten zu Timothy Rommely.

Er lächelte, und spontan tauchte auf der linken Wange ein perfektes Grübchen auf, das ich am liebsten auf der Stelle geküsst hätte. „Ich kann einfach nicht glauben, wie ähnlich wir uns sind“, sagte Timothy und nahm einen Schluck seiner Sangria. „Ich habe während eines ersten Treffens noch nie so viele ‚Ich auchs‘ auf einmal gehört. Jeff hat sich wohl wirklich etwas dabei gedacht, uns beide miteinander bekannt zu machen.“

Ich lachte. Wenn der wüsste.

Nach den gängigen Klischees war Timothy Rommely der Mann meiner Träume. Und die letzte halbe Stunde war so perfekt, wie sie für ein Blind Date nur sein konnte. Amanda hatte nicht untertrieben, als sie sagte, dass er wie Greg von Dharma und Greg aussehen würde. 1,80 m, etwas schlaksig, aber breitschultrig, mit halblangen sehr, sehr dunklen Haaren und sehr, sehr dunklen Augen. In gewisser Weise lagen wir Ton in Ton, nur dass meine Haut eher hell war und seine eher goldfarben. Er trug ziemlich schicke schwarze Hosen, ein schwarzes T-Shirt und schwarze Schuhe. Etwas zu cool für einen Arzt, fand ich.

Ein Arzt. Dieses Musterexemplar neben mir an der Bar eines spanischen Restaurants, dieser Mann mit den funkelnden, fast schwarzen Augen und dem unwiderstehlichen, liebenswerten Grübchenlächeln war Arzt. Und hatte es noch nicht mal erwähnt. Wir hatten über unsere Berufe überhaupt noch nicht gesprochen. Dafür aber über unsere Lieblingsfilme, Lieblingsbücher und unser Lieblingsessen.

Timothy Rommely sah sich nicht andauernd nach anderen Frauen um. Er rülpste nicht. Er bestellte keine billigen Karaffen Wein. Er behandelte mich nicht so, als wäre es reine Zeitverschwendung. Im Gegenteil. Timothy Rommely sah mich an, als wäre ich eine schöne Prinzessin.

„Was denkst du, wollen wir jetzt zum Restaurant gehen? Ich habe einen Tisch im Sonia Rose bestellt, wenn das in Ordnung ist."

Sonia Rose. Lediglich eins der teuersten und romantischsten Restaurants in Manhattan.

Ich sah in seine sehr, sehr dunklen Augen und fragte mich, wann er mir seinen Pferdefuß zeigen würde. Ich war auf alles eingestellt. Im entscheidenden Moment würde er mich entweder beleidigen, merkwürdige Laute ausstoßen, zu weinen anfangen oder einfach aus der Bar rennen. Oder er würde mir erzählen, dass Jeff gar nicht erwähnt hatte, dass er letzte Woche geheiratet hatte.

Bitte, lass mich diesen Mann kriegen, bettelte ich das Schicksal an. Eloise und Amanda hatten gesagt, wenn es so weit wäre, würde man es wissen. Manchmal müsste man vielleicht etwas warten, um es herauszufinden. Aber genau in diesem Moment wusste ich es. Zum ersten Mal seit dem Tag, an dem ich den Film Jerry McGuire gesehen hatte, hatte mich ein Typ schon beim ersten „Hallo“ beeindruckt.

Der gute Herr Doktor und ich hatten die letzten Tage Telefonfangen gespielt. Zum Schluss hatte er mir dann endlich eine Nachricht auf dem Anrufbeantworter hinterlassen und mich gefragt, ob wir uns in dem neuen spanischen Restaurant downtown um 19:30 Uhr treffen wollten. Seine Stimme hatte mir auf Anhieb gefallen. Es lag Leidenschaftlichkeit darin, und keine Spur von Ungeduld. Von einem Arzt hätte ich das genaue Gegenteil erwartet.

Ich hatte noch ein halbes Glas Sangria. Ich nahm einen Schluck von dem süßen, fruchtigen Wein und fühlte mich angenehm berauscht. Ich war sicher, dass ich nach einem halben Glas Sangria noch nicht entspannen könnte; mein Date schon.

„Du hast wirklich sexy Zehen“, sagte er verspielt und sah auf meine Jackie Onassis-roten Zehennägel.

Ich hatte sexy Zehen! Da saß mir tatsächlich jemand gegenüber, der etwas an mir sexy fand. Ich wurde rot. Was mir ein begeistertes kleines Glucksen meines Begleiters einbrachte. Ich hatte fast das Gefühl, dass, wenn Timothy gleich meine unegalen Hüften entdeckte, er selbst die noch interessant finden könnte.

„Bist du in New York groß geworden?“ fragte er und gab dem Kellner ein Zeichen zum Zahlen.

Ich nickte. „Queens. Forest Hills.“

Das Grübchen erschien. „Ich kann es nicht fassen, schon wieder ein ‚Ich auch‘. Ich bin aus Bayside.“

Dieses Prachtexemplar an männlichem Gattungswesen wuchs in Bayside, Queens, auf?

Er nippte an seiner Sangria. „Und leben deine Eltern immer noch in Queens, oder sind sie, so wie meine, nach Florida gezogen, kaum dass ich das Abschlusszeugnis in der Tasche hatte?"

Bingo! Da war sie. Die alles zerstörende Frage. Kein Sonia Rose mehr heute Abend. Er würde plötzlich vorgeben, angebeept worden zu sein und wegen eines Notfalls dringend ins Krankenhaus zu müssen.

Sie sind noch in Queens, und, wenn du mir einen Heiratsantrag machst, wird uns mein Dad ein rauschendes Fest im Plaza spendieren. Echt. Er hat ehrlich gesagt, er würde das tun, wenn er könnte.

„Ich habe meine Eltern verloren", sagte ich auf mein Sangriaglas starrend. Ich wusste nicht, wo ich sonst hinsehen sollte. Ich versuchte, mir meinen Gesichtsausdruck vorzustellen und hoffte, er möge nicht zu verkrampft sein.

Ich spürte seinen Blick. „Das tut mir Leid", sagte er. „Ich kann mir kaum vorstellen, wie hart das sein muss. Wie alt bist du gewesen? Wie ist es passiert?"

Timothy Rommely hatte ein tiefes, echtes Lachen, die Art Lachen, die einem sagte, dass er die Bemerkung gerade wirklich komisch gefunden hatte. Ich hatte ihm von Posh und meinem Job erzählt und war bei Morgan Morgan angekommen. Er kam einfach nicht über ihren Namen hinweg.

„Ich glaube, es gibt in jedem Job eine Morgan Morgan", sagte Timothy mit seinem unerhörten Grübchen. „In meiner Runde ist auch so einer: Philip Philips der Dritte. Er hat eine dieser ollen römischen Ziffern auf seinem Krankenhausausweis."

Der Kellner kam mit dem Essen. Timothy hatte eine Fischplatte, ich den gegrillten Lachs bestellt. Er piekste ein Stück seines Fischs auf die Gabel und reichte sie mir quer über den Tisch. „Ladies first."

Er hatte mich damit überrascht. Ich öffnete meinen Mund, und er schob den Fisch hinein. Seine Augen hingen an meinen Lippen. Meine an seinen. „Mmmm", murmelte ich, „das ist so gut."

Ich schob ein Stück Lachs auf meine Gabel und hielt sie ihm vor den Mund.

„Ladies first", erinnerte er mich, und sein Grübchen strahlte. Sein Lächeln wurde eine Spur schmaler, als er beobachtete, wie ich den Lachs von der Gabel gleiten ließ. Ich schloss für eine Sekunde die Augen und genoss den perfekt zubereiteten Fisch auf meinem Gaumen. „Unglaublich."

Und dann legten wir los, aßen, tranken, redeten, lachten, schoben uns gegenseitig Bissen in den Mund. Timothy Rommely hatte vor nicht allzu langer Zeit sein Examen gemacht – in Princeton! Während seines Grundstudiums wäre er viel lieber Rockstar geworden, besser gesagt ein Star als Bassist. Seine Band hieß Anatomie; aber nach dem ersten Examen hatten sich die Mitglieder, alles Medizinstudenten, in sämtliche Himmelsrichtungen verstreut, und so ging es mit Anatomie zu Ende. Timothy war dann nach Neu England gegangen und machte jetzt sein praktisches Jahr am New York Hospital an der Upper East Side.

„Ich habe auch meinen persönlichen Roland ...", er machte eine Pause, „... wie hieß er doch gleich weiter? Irgendwas Lustiges."

„Remke", sagte ich.

Er schnippte mit den Fingern und lachte. „Roland Remke. Der Name schlägt wirklich alles. Der Roland Remke des New York Hospitals heißt Mark Lashman. Vor dem kuscht wirklich jeder. Gestern hätte er einem meiner Kollegen fast den Kopf dafür abgerissen, eine Frage dreißig Sekunden zu früh gestellt zu haben."

„Warum wolltest du Arzt werden?" fragte ich ihn und nahm einen Schluck des besten Rotweins, den ich jemals getrunken hatte. „War es wegen Sardine?" Timothy hatte mir erzählt, dass seine einzige Verlusterfahrung der Tod seines geliebten Hundes war, ein Collie, der Sardine hieß. Der Hund hatte ihm gehört, seitdem er drei Jahre alt gewesen war – ein Weihnachtsgeschenk seiner Eltern. Er und sein älterer Bruder waren gerade in einem Sommercamp gewesen, als Sardine von einem Auto angefahren worden war. Timothy war damals zwölf, sein Bruder vierzehn gewesen. Sie wurden an einem ganz gewöhnlichen Tag zur Mittagszeit in die Verwaltung des Camps beordert, was hieß, dass etwas Furchtbares geschehen sein musste. Seine Eltern hatten sich sofort ins Auto gesetzt, um den Jungs die Nachricht von Sardine persönlich zu überbringen.

Timothy nickte. „Du fragst dich wahrscheinlich, warum ich nicht Tierarzt geworden bin. Das war in der Tat lange meine Absicht gewesen. Mein ganzes Leben hatte ich nichts anderes im Kopf. Aber als mein Bruder von Sardine erfuhr, lief er in den Wald und sprach die nächsten zwei Wochen kein Wort mehr. Das war wirklich seltsam. Wir mussten das Camp verlassen. Danach wollte ich unbedingt Psychiater werden, doch als dann die Praktika anfingen, entdeckte ich mein Interesse an der inneren Medizin. Hier bin ich also."

Da war er wirklich. „Und was hat deinen Bruder zum Reden gebracht?" fragte ich und löffelte den schmackhaftesten, körnigsten Reis in meinen Mund.

Timothy lächelte. „Mein Vater hat meinem Bruder und mir versprochen, uns bei dem Bau eines Baumhauses mit einem getrennten Raum für jeden von uns zu helfen. Das sollte unser Projekt für den Sommer werden. Wir haben es tatsächlich gebaut, allerdings vergessen, ein Loch für die Tür zu lassen. Mein Bruder war es dann, der uns darüber aufklärte, dass man das Haus nicht betreten konnte. Und seitdem hat er seinen Mund auch nicht mehr zugekriegt."

Wir lachten. Wir lächelten uns an. Plötzlich hätte ich ihm am liebsten alles erzählt, vom letzten Tag mit meinem Vater, vom Plaza und dem Ballsaal und meiner Hochzeit und von dem Freund, den ich noch finden musste. Aber das ging nicht. *Das* konntest du keinem Mann erzählen, egal, wie gut die Schwingungen waren.

„Dessert?" fragte die Kellnerin und schob ein Wägelchen voller süßer, exotischer Leckereien an unseren Tisch.

Timothy lehnte sich weit zu mir herüber. „Ich kenne einen Laden mit den unglaublichsten Nachspeisen ein bisschen weiter nördlich."

Unser Date ging in den dritten Akt. Getränke, Essen und jetzt der Nachtisch. Und danach vielleicht ein langer Spaziergang. Ich konnte mir nicht vorstellen, mich von Timothy zu trennen. Am Ende des Abends, wenn es an den Abschied ging, würde mich jemand mit der Brechstange lösen müssen. Oder mich kneifen. Denn das hier war ein Traum.

Als Timothy und ich die Promenade am East River langspazierten, wirkte selbst ein Schandfleck wie die Triborough Brücke halbwegs romantisch. Die Bahn nach Roosevelt Island ratterte über unseren Köpfen hinweg in Richtung Queens. Wir gingen ein paar spätabendlichen Joggern mit Leuchtsocken aus dem Weg. Einige Paare schlenderten gemächlich am Fluss entlang.

Und endlich gehörte ich dazu. Timothy und ich waren eins jener Paare, die ich sonst immer neidisch beobachtet und mir gewünscht hatte, auch Hand in Hand die Straße runterzugehen, die Promenade, den Park, was auch immer.

Timothy und ich gingen natürlich nicht Händchen haltend. Noch nicht jedenfalls. Ich wünschte, ich könnte Gedanken lesen. Zu gern hätte ich gewusst, was er über mich dachte, über unsere Begegnung, ob er mich wieder sehen wollte.

Die beiden vor uns hatten sich Zigaretten angezündet. Eine dicke Wolke stinkenden Qualms wehte uns direkt ins Gesicht. Timothy verzog das Gesicht und fuhr mit der Hand durch die Luft. Ich musste grinsen. Ich rauchte nicht. Nicht mehr. Und kein einziges Mal an diesem Abend musste ich nervös zucken.

„Ich habe Jeff gefragt, ob du rauchst", sagte Timothy. „Und er hat gesagt, er sei sich nicht sicher. Normalerweise würde ich mich nicht auf ein Blind Date einlassen, wenn ich nicht sicher bin, dass die Frau nicht raucht, aber in der Art, wie er dich beschrieben hat, habe ich gedacht, dass da etwas ist. Etwas. Ich weiß nicht genau ..."

Ich wollte den Satz vollenden. Etwas Besonderes. Ich war seit den Tagen, in denen Max mich noch geliebt hatte, für niemanden in irgendeiner Hinsicht etwas Besonderes gewesen.

Und ich wäre auch für Timothy nichts Besonderes, wenn Jeff nicht entweder die Freundlichkeit oder die Nachsicht besessen hätte, mein Laster zu verschweigen. Mein ehemaliges Laster. Die Entscheidung von gestern Abend konnte mich viel, viel weiter bringen als nur zu einer Hochzeitsfeier in Begleitung.

„Wir sind da. Hier wohnst du, oder?" fragte er, als wir die Treppen hochstiegen, die an der Kreuzung zur 81. Straße rauskamen.

Ich nickte. Wie waren wir hier so schnell hergekommen? Es war noch zu früh, um den Abend zu beenden. Es wäre immer zu früh. Aber es war zwei Uhr morgens.

„Hast du Dienstagabend schon was vor?" fragte Timothy. „Ich meine, wenn du mich wieder sehen willst."

Mein Herz machte einen Salto. „Dienstag?" wiederholte ich und tat so, als ob ich im Geiste meinen Terminkalender durchging. „Passt gut. Da habe ich definitiv nichts vor."

Das war natürlich eine Lüge. Blind Date Nr. 5, das allerletzte, war für Dienstag geplant. Driscoll Soundso.

„Dann also Dienstag", bestätigte er. Er bot mir die Hand, und ich gab ihm meine. Seine war warm und weich und groß, seine Finger waren kraftvoll und sicher, wie die eines Arztes sein sollten.

Wir standen auf der steinernen Fußgängerüberführung zwischen East River und East End Avenue, der großen Straße mit ihrem nicht abreißen wollenden Verkehr direkt unter uns. Timothy sah mich an. Und dann, ganz langsam, kam sein Gesicht näher, und er küsste mich, sichtbar für jeden, der Richtung Süden fuhr. Dann nahm er meine Hand und ging mit mir über die East End Avenue zu dem Haus, in dem ich wohnte. Und nach einem weiteren warmen, süßen Kuss war Timothy Rommely weg, davongebraust in einem gelben Taxi.

„Ooooooh! O ja! Mehr, mehr! Ja! Oooooh!"

Während mein Musikfreund seine unermüdlich „Oh" stöhnende Freundin beglückte, stellte ich mir vor, wie es wäre, mit Timothy Rommely zu duschen. Ich stellte mir vor, wie sein dichtes, dunkles Haar sich an seinen Kopf schmiegte, seine goldbraune Brust seifig glitzerte, sein ...

„Tiefer! Tiefer! Ooooh. Jaaaaa."

Die Hände hinter dem Nacken verschränkt, rekelte ich mich und versuchte angestrengt, statt der Oper Musikfreunds Freundin zu hören.

„Ooh! Ja, ja!"

Das Telefon klingelte, und ich griff nach dem Hörer. Das konnte nur Eloise sein. Allenfalls noch Gnatasha. Es sah ihr ähnlich, um diese Zeit anzurufen. Wahrscheinlich, um mir zu sagen, dass sie am Montag fünf Minuten früher käme.

Negativ. Es war doch Eloise. „Wie war's?"

„Ich bin verliebt", hauchte ich in den Hörer.

„Erzähl!" sagte Eloise. „Serge schläft, und ich bin noch hellwach."

Mein Musikfreund drehte den Lautstärkeregler noch weiter auf und ein paar Minuten später wieder runter. Das tat er immer dann, wenn seiner Oh!-Freundin der Orgasmus bevorstand. Ich war mir nicht sicher, ob er nicht wollte, dass die Nachbarn es hörten (als ob ich nicht alles verfolgen konnte, was bis dahin passierte), oder es die beiden nur noch mehr anspornte.

Beginnend mit dem Glas Sangria und abschließend mit dem von allen zufällig unter uns herbrausenden Autofahrern bezeugten Kuss erklärte ich Eloise haarklein, warum ich in einen Mann verliebt war, den ich erst vor acht Stunden kennen gelernt hatte.

„Wahnsinn!" sagte Eloise. „Wahnsinn!"

„Ja", stimmte ich ihr zu. „Wahnsinn!"

„Vergiss nicht, Driscoll anzurufen und die Verabredung für Dienstag abzusagen", ermahnte sie mich.

Ich konnte es kaum abwarten. Das würde das glücklichste Telefonat meines Lebens werden.

„Ach, das hätte ich fast vergessen", sagte sie. „Rate mal, wofür ich uns heute angemeldet habe? Zu einem Endlich-Nichtraucher!-Kurs am Institut für ganzheitliches Leben."

„Machst du Witze?" fragte ich. „Wie viel?"

„Sechzig Dollar", sagte Eloise. „Aber wenn du es beim ersten Mal nicht schaffst, kannst du wiederkommen. Von daher ist es in Ordnung." Und dann beichtete sie mir, dass sie die Anzeige letzte Nacht ausgerissen hatte und daraufhin bis heute Morgen um drei ohne ein schlechtes Gewissen eine ganze Packung Zigaretten geraucht hatte. „Der Kurs beginnt am Montag um halb sieben. Bis dahin qualme ich mir die Lunge aus dem Leib und höre Dienstag endgültig auf."

„El, du musst nicht aufhören, nur weil ich es tue. Du musst es schon wirklich wollen."

Sie lachte. „Du willst es auch nicht wirklich."

Plötzlich war mir klar, dass das nicht ganz richtig war, nicht mehr. Ein anderer Wunsch war stärker als der zu rauchen. „Aber ich will diesen Mann. Wen interessiert, welchen Grund man hat, El, solange man das erreicht, was man erreichen will, oder?“

„Wahrscheinlich“, sagte sie. „Dann höre ich eben im Namen der Solidarität auf.“

„Du bist wunderbar, Eloise.“

„Du auch.“

Zum ersten Mal nach fünf Jahren schlief ich mit dem Gedanken ein, dass auch ich Chancen hatte, genauso Oh zu stöhnen wie die Oh-Stöhnerin von nebenan. Nicht mit Max, den ich nicht mehr haben konnte. Nicht mit Jeremy, den ich niemals haben könnte. Aber mit Timothy. Jemand, der erreichbar war. Jemand, für den ich die wichtigste Person im Leben sein könnte.

9. KAPITEL

Das Institut für ganzheitliches Leben war in einem unansehnlichen Schulgebäude auf der 92. Straße, Nähe Lexington Avenue.

Der einzige Endlich-Nichtraucher!-Kurs fand im Raum 214 statt. Eloise und ich setzten uns in die zweite Reihe. Um die zwanzig Leute verteilten sich auf den Plätzen. Alle guckten sie ziemlich unglücklich aus der Wäsche.

„Wenn ich zunehme, fange ich sofort wieder an.“ Die das sagte, war spindeldürr und umwerfend blond.

„Lungenkrebs macht auch nicht gerade schön!“ Die dies sagte, war die eifersüchtige Dickmadame neben ihr.

„Mein Dad gibt mir tausend Taler, wenn ich durchhalte.“ So ein Teenager.

„Ich habe meinen Sechsjährigen gefragt, was er sich zum Geburtstag wünscht, und er hat gesagt: ‚Mommy, ich wünsche mir nur, dass du aufhörst zu rauchen.'"

„Das Rauchen treibt einen in den Ruin. Inzwischen sind sie bei $ 4,25 die Schachtel." Britney Spears-Verschnitt.

Ich hörte auf, weil ich mir dadurch ein zweites Date mit dem Mann meiner Träume ergatterte. So wenig war das auch nicht. Und mir war es lieber als das Gerede vom Gesundheitsbewusstsein und den Effekten des Teers in den zarten Verästelungen meiner Lunge.

Eloise rutschte unruhig auf dem unbequemen Stuhl mit kombinierter Tischplatte herum. Sie sagte nichts. Sie hatte den ganzen Weg hierher nicht viel gesagt. Ich nahm an, sie war nervös. Ich hatte stärker geraucht als sie, aber wenn dein Freund wie ein Schornstein qualmte, wurde das Aufhören zum Albtraum.

„Ich wüsste zu gern, warum Gnat heute Morgen nicht im Verlag aufgetaucht ist", sagte ich nun schon zum dritten Mal. „Ich verstehe es einfach nicht. Das passt nicht zu ihr. Ich habe ihr schon fünf Mal auf den Anrufbeantworter gesprochen, und sie hat nicht zurückgerufen."

Eloise sah mich unkonzentriert lächelnd an und rutschte weiter auf dem Stuhl hin und her.

Warum war Natasha nicht gekommen? Warum hatte sie nicht angerufen? Sie selbst hatte den Zehn-Uhr-Termin heute Morgen vorgeschlagen und ihn gestern mit einem Anruf bei mir zu Hause, wo sonst?, bestätigt. Ich war gerade über die Nachnamenfrage im Hochzeitsfall mit Timothy in einem intensiven gedanklichen Austausch mit mir selbst: Jane Rommely. Jane Gregg Rommely. Jane G. Rommely. Jane Gregg-Rommely. Jane Greggely.

Morgan, die wieder ein Frühstück für das Treffen besorgt hatte, hatte mich alle fünf Minuten angeklingelt und gefragt, ob sie die Butter für die Bagels in den Küchenkühlschrank packen sollte. In ihrer Stimme lag der übliche triumphale Ton, die Bald-bist-du-fällig-Fröhlichkeit. Denn wenn Natasha anfing, mich zu versetzen, würden Remke und Jeremy mir das Projekt ganz schnell entziehen. Und dann könnte ich die Beförderung auf immer vergessen.

„Hallo alle zusammen!" Eine mit Tonnen von protzigen Juwelen behängte schlanke Frau betrat mit einem Stoß Papier unter dem Arm den Raum und ging zu dem schmalen Metallpult vor der Klasse. „Ich bin Dinah. Willkommen zu Endlich Nichtraucher!" Sie stemmte ihre Händen in die Hüften. „Okay, ich hör schon auf damit. Keiner von euch ist froh, hier zu sein. Eher ist es wohl so, dass ihr euch hergeprügelt habt. Euch erschreckt allein der Gedanke, mit dem Rauchen aufzuhören."

Überall Nicken, Lachen und ein: „Sie haben es erfasst!"

„Eben, und ich bin hier, um euch zu sagen", fuhr Dinah fort, „dass das Aufhören euch fertig machen wird. Es macht euch so fertig, wie ihr es euch in euren schlimmsten Träumen nicht ausmalen könnt. Aber ...", sie erhob eine Hand, „... es macht euch nicht so fertig wie das Rauchen. Und es ist nicht unmöglich. Ihr könnt es schaffen. Ich habe es geschafft, und unzählige von süchtigen Rauchern auch. Ich habe nicht zehn Kilo zugenommen. Ich habe meine Schwiegermutter nicht umgebracht. Ich bin auf der Arbeit nicht in Tränen ausgebrochen. Na gut, vielleicht ein oder zwei Mal doch. Aber ich will euch sagen, was passiert ist, als ich aufgehört habe. Ich habe an Selbstachtung gewonnen. Ich habe weißere Zähne bekommen und jedes Jahr fünfhundert Dollar mehr auf der hohen Kante. Ich habe seit zwei Jahren, acht Monaten und vier Tagen keine Zigarette mehr angerührt."

Klatschen.

Eloise fing an zu weinen.

Als Dinah damit begann, die Blätter zu verteilen, legte Eloise ihre Hände vors Gesicht. Und das war der Moment, in dem ich den unscheinbaren, funkelnden Ring am Ringfinger ihrer linken Hand entdeckte. „El, was ist das denn da? Das sieht mir verdächtig nach einem Verlobungsring aus."

„Es ist ein Verlobungsring", flüsterte sie und fing erneut an zu weinen.

„O weh, du musst wirklich eine starke Raucherin sein", sagte die Rothaarige neben Eloise. „Ich rauche nur eine Packung am Tag, bin aber auch ganz aufgeregt. Es wird schon werden."

Eloise lief aus dem Zimmer. Dinah nagte an ihrer Unterlippe.

„Tut mir Leid", sagte die Rothaarige. „Ich wollte sie nicht noch mehr verunsichern."

„Armes Ding", murmelte Dinah mitfühlend. „Ihr Lieben, entschuldigt mich bitte einen Moment. Es scheint, wir haben eine sehr nervöse Nichtraucherin in unserer Mitte ..."

Ich stand auf und griff unsere Blätter. „Hm, nein, Dinah, sie ist aus anderen Gründen so nervös. Ich rede mit ihr."

Dinah nickte. Sie hielt eine Zeitschriftenseite mit der Abbildung einer schwarzen Lunge hoch. „Wer weiß, wie viele Zigaretten es braucht, um unsere einst zartrosafarbene, gesunde Lunge in diesen vorkrebsgleichen Zustand zu versetzen? Hm? Kann mir das jemand sagen?"

Ich schlich mich raus und fand Eloise, die Hände noch immer vor dem Gesicht, vor einem grauen Spind hockend. Der kleine Diamant funkelte.

Ich rutschte an der Metalltür zu ihr runter. „Sieht so aus, als wären Glückwünsche unangebracht?"

Sie ließ die Hände fallen. „Ich bin glücklich, wirklich." Sie sah mich mit tränenüberströmtem Gesicht an. „Ich nehme an, ich bin einfach ein bisschen nervös. Verlobt sein, heiraten. Das alles haut mich irgendwie um."

Sicher, vor allem, wenn du a) nicht heiraten willst und b) den Mann nicht liebst.

„Eloise, ich verstehe dich nicht. Du willst nicht, dass Serge zu oft bei dir übernachtet, und nun bist du bereit, jeden Tag mit ihm zu verbringen? Für den Rest deines Lebens?"

Sie sah auf den Ring. „Ich liebe ihn, Jane. Das tue ich wirklich. Serge ist ein großartiger Mensch. Er ist zärtlich, er liebt mich wie kein anderer. Er hat Humor, und er wird ein guter Vater sein." Sie brach erneut in Tränen aus und legte die Hände vors Gesicht.

„Weinst du, weil ...?"

Sie wischte sich die Tränen aus dem Gesicht. „Ich weiß es nicht. Ich bin einfach nervös. Überwältigt."

„El? Darf ich dir mal was sagen?"

Sie nickte und kramte ein Tempo aus ihrer Tasche.

„Ich glaube du weinst, weil du Ja gesagt, aber Nein gemeint hast."

„Das stimmt nicht", beharrte sie. „Ich will es so. Ich bin verlobt. Das ist alle Mal ein Grund, glücklich zu sein."

„Ist es auch, sicher. Aber willst du Serge heiraten?"

Eloise lehnte ihren Kopf gegen den Spind. „Er hat mir einen Antrag gemacht, Jane. Er hat gesagt, er liebe mich mehr als alles andere auf der Welt. Und ich weiß, dass er das tut. Er behandelt mich wie eine Prinzessin. Kein Mann zuvor hat mich noch nicht einmal annähernd so liebevoll behandelt wie Serge. Er gibt mir das Gefühl, nach der Erfindung fettfreier Kekse hätte es nicht so etwas Tolles gegeben wie mich."

„Versteh schon. Aber willst du ihn heiraten?"

„Was ich will, Jane, ist nach Hause zu gehen, okay?" Eloise stand auf. „Geh wieder rein da. Ich komme klar."

Ich stand ebenfalls auf. „Lass uns was essen gehen. Ich sterbe vor Hunger."

„Hm", murmelte Eloise mit zittriger Stimme und starrte auf den grauen Fußboden.

Ich legte meinen Arm um sie, und zusammen gingen wir an den vor die schmuddeligen blassgrünen Wände gestellten Vitrinen mit Urkunden und Trophäen gen Ausgang.

Eloise brauchte ein Endlich-entlobt!-Seminar. Und die einzige, dafür denkbar ungeeignete Person, die ihr derzeit zur Seite stand, war ich.

„Ich hätte gern ein Omelett mit Speck und Käse. Dazu einen getoasteten Bagel, eine Portion Streichkäse und eine Cola", sagte ich der Bedienung in dem Schnellrestaurant.

„Ich hätte gern eine trockene Scheibe Toastbrot und einen Kamillentee", sagte Eloise.

„Ist das alles?" fragte ich.

„Ich fürchte, ich kriege sowieso keinen Bissen runter."

Die Bedienung klemmte sich ihren Stift hinter das Ohr

und verschwand. Ein junger Kellner stellte uns zwei Glas Wasser auf den Tisch.

„Wann hat er dich denn gefragt?“ hakte ich nach. „Und warum hast du mir nichts davon erzählt?“

„Samstagnacht.“

„El, wir haben Samstagnacht sogar noch telefoniert! Du hast dir die ganze Geschichte von Timothy angehört und kein Wort gesagt. Und gestern auch nicht!“

Eloise kaute an ihrer Lippe. „Ich wollte mich selbst erst an den Gedanken gewöhnen, weißt du, ein Gefühl dafür entwickeln, bevor ich es jemandem erzähle.“

„Was hat dein Vater gesagt?“

Eloise nahm einen Schluck von ihrem Wasser. Der Kellner kam mit den Getränken.

„El?“

„Ich habe es ihm noch nicht erzählt.“

Natürlich hatte sie es ihrem Vater noch nicht erzählt. Weil sie es nämlich selbst nicht glauben konnte. „Wie kam es denn zu dem Antrag?“ Ich musste hier sehr behutsam vorgehen. Würde ich ihr jetzt den Kopf waschen, würde sie einfach abhauen. Was Eloise brauchte, war jemand, mit dem sie reden konnte, jemand, dem gegenüber sie ehrlich sein konnte, der sie nicht verurteilte. Dann würde sie schon begreifen, dass sie Serge nicht heiraten konnte.

„Er kam vorbei, um ein Essen zu kochen, amerikanische Küche. Hacksteak, Ofenkartoffel und Apfelkuchen. Das haben sie ihm in seinem Staatskundeseminar beigebracht. Er hat also das Essen gekocht, und dann wollte er so eine romantische Kutschfahrt im Central Park machen. Okay, sag ich. Wir saßen also in der Kutsche, als er plötzlich meine Hand nahm und sagte, dass er mich über alles lieben würde und ob ich seine Frau werden wolle. Jane, es war wie im Traum. Es übertraf alles, was ich mir jemals vorgestellt hatte. Und in dem Moment merkte ich, dass es genau das war, was ich wollte. Ich liebe Serge. Liebe ihn wirklich. Und ich habe Ja gesagt. Ich habe nicht eine Sekunde gezögert, Jane. Und so habe ich rausgefunden, dass ich wirklich heiraten will."

Der Kellner kam mit dem Essen. Ich wusste nicht recht, was ich mit der Geschichte anfangen sollte. Wer war ich, dass ich mir anmaßte, ihr sagen zu können, wie sie fühlte? Oder zu beurteilen, was in so einem Moment in dem Kopf einer Frau vor sich ging? Wer war ich, um Eloise zu erklären, dass sie Serge nicht liebte? Wenn sie behauptete, dass sie es doch tat, stimmte es vielleicht.

Sie fing wieder an zu weinen. Der Diamant funkelte.

Aber sie tat es nicht. Sie liebte Serge nicht. Und sie wollte ihn auch nicht heiraten. Wir beide wussten das.

„Ich bin verlobt, Jane. Ich will verlobt sein. Ich will heiraten. Und Serge ist ein guter Mensch. Niemand wird mich jemals so lieben, wie er das tut. Niemand."

Ich schob mir einen Bissen Käseomelett in den Mund. „Das weißt du doch gar nicht, Eloise. Das hört sich so an wie, wenn ich Serge nicht heirate, heirate ich nie."

„Ich bin dreißig", betonte sie. „Und bislang noch ledig. Bis ich jemand anderen finde, mit ihm eine Beziehung anfange und einen Antrag bekomme, bin ich wer weiß wie alt. 32? 35? Nein danke."

„Eloise ..."

„Ich liebe ihn, Jane. Wenn es anders wäre, hätte ich nicht Ja gesagt. Ich will heiraten."

Merkte sie eigentlich, dass sie die ganze Zeit über sagte, sie wollte heiraten, aber nie, dass sie Serge heiraten wollte? Ich nahm ihr ab, dass sie Serge liebte, wie man einen guten Freund liebt. Aber sie liebte ihn nicht in der Art, wie man einen Mann liebte, den man heiraten wollte.

„Empfindest du für Serge dasselbe wie damals für Michael?"

„Das kann man doch gar nicht vergleichen", sagte Eloise und biss in ihren Toast. „Ich war 25 und total naiv. Und jedermann weiß, dass die romantische Liebe nicht ist wie die wahre Liebe. Jede Frau hatte einen Michael, der ihr das Herz gebrochen hat. Bei dir war es Max. Bei Amanda Gary vom College. Solche Männer heiratet man aber nicht. Du heiratest nicht den Mann, nach dem du vollkommen verrückt bist. Du heiratest den, der dich liebt, um den du dir keine Sorgen machen musst, bei dem du dich aufgehoben fühlst. Du weißt genau, was ich meine."

Es war egal, warum man etwas tat, solange man das bekam, was einem zustand ...

Ich wusste, wovon sie sprach. Ich wusste es nur zu gut. Aber es hörte sich trotzdem falsch an. Es war falsch. Oder nicht?

„Morgan, ich sage lediglich, dass der Brief im Ton etwas zu hart ist. Ein paar lobende Worte für den Stil des Autors, und die Sache hört sich ..."

„Aber sein Stil ist mies", sagte Morgan.

„Warum schlagen wir ihm dann vor, den Text umzuarbeiten?" So langsam verlor ich die Geduld. Ich hatte wirklich viel zu tun, und Morgan hatte mir an diesem Dienstag schon genug Zeit geraubt. Den ganzen Vormittag hatte ich damit zugebracht, ihre Absagen und Änderungsbriefe zu lesen und sie mit durchdachten und erläuternden Kommentaren zu versehen. Eine Viertelstunde, nachdem ich ihr den ganzen Packen zurückgegeben hatte, war sie, etwas defensiver als gewöhnlich, in mein Büro gerauscht gekommen.

„Der Typ ist Legastheniker, Jaaane. Und darum geht es in dem Buch auch. Aber ich werde ihm nicht sagen, dass er schreiben kann, wenn er es definitiv nicht kann. Was jedoch nicht heißt, dass seine Biografie selbst nicht ergreifend ist und es verdient hätte, veröffentlicht zu werden. Aber er muss eben noch hart dran arbeiten und sie so umstricken, als ob er seine Geschichte direkt jemandem erzählen würde."

„Morgan ..."

„Hör mal, Jane, tu nicht so, als hättest du davon eine Ahnung. Ich bin mit einer Leseschwä..." Morgan machte den Mund zu. Leichte Röte stieg ihr ins Gesicht, und ich sah die Wut in ihren Augen. Sie hatte sich zu spät gebremst.

„Morgan, es ist nicht schlimm, eine Lese..."

„Und auf deine weisen Worte kann ich auch verzichten. Es wäre lediglich schön, wenn du die Sache für dich behalten könntest."

Mich überkam ein Anflug von Sympathie. Morgan war mit einer Leseschwäche aufgewachsen, die sie ziemlich eindeutig ihr Leben lang mit ihrem Überengagement kompensiert hatte. Ich stellte mir vor, wie sie als Kind gehänselt und von ihren Klassenkameraden gepiesackt worden war. Lehrer und Eltern hatten sie immer besorgt im Visier gehabt. Um damit klarzukommen, musste man sich schon eine dicke Haut zulegen. Das also war Morgans zickig überspielte Unsicherheit: Selbstschutz. Konnte ich davon nicht auch das eine oder andere Lied singen? „Du kannst mir vertrauen, Morgan.“

„Ja, Jaaane, ich weiß, dass ich das kann.“ Sie lehnte sich zurück und spielte mit ihrer Perlenkette. „Weil, wenn ich es nicht könnte, müsstest du mit einer recht peinlichen Bekanntmachung aus deinem eigenen Leben rechnen.“

Was war das denn, High School-Gehabe? „Ach ja? Und was?“ fragte ich zähneknirschend.

„Zum Beispiel, dass du total in Jeremy Black verknallt bist. Ich bin mir sicher, er und jeder andere fände das ziemlich amüsant – und mehr als armselig.“

Das war nicht High School. Das war Seifenoper. „Erstens, Morgan, erzählst du kompletten Mist. Eher himmel ich meinen Kühlschrank an. Und zweitens habe ich einen Freund.“ Fast jedenfalls. Immerhin hatte ich heute Abend ein zweites Date mit dem Mann, der vermutlich mein Freund werden würde.

„Wie auch immer“, sagte Morgan. „Das heißt noch lange nicht, dass du Jeremy keine schönen Augen machst. Ich habe genau gesehen, wie du ihm hinterhergestarrt hast. Du bist doch völlig verrückt nach ihm. Das ist offensichtlich.“

„Nun, ich nehme an, wenn es so offensichtlich ist, weiß ohnehin schon jeder von meiner heimlichen Liebelei. Dann muss ich mir ja wohl keine Sorgen mehr machen, oder?“ Das war Eins A gekontert. Das war die Art von Antwort, die einem sonst erst spätnachts einfiel, wenn man verzweifelt darüber nachsann, wie man das Wortgefecht vorher hätte gewinnen können.

„Oh, das glaube ich aber nicht“, sagte Morgan. „Ich glaube, Rolaaand würde dir kräftig in den Arsch treten. Genau wie Gwen. Plus die Jungs aus der Herstellung. Täte ihnen womöglich sogar Leid, dir dein Profilierungsprojekt wegzunehmen. Aber wie sollte man schließlich von dir erwarten können, dass du dich noch auf deine Arbeit konzentrierst, wenn du so unter deiner unerwiderten Liebe leidest?"

Ich würde heute Nacht verzweifelt darüber nachdenken müssen, welche Art von Antwort mir darauf hätte einfallen sollen. Machte sie eigentlich Witze?

Sie machte Witze, oder?

„Hältst du die Klappe, halte ich sie auch." Und damit riss Morgan mir die Briefe aus der Hand und galoppierte aus meinem Büro.

Jeremys Gesicht kam mir in den Sinn, seine langen Wimpern blinzelten im üblichen Zeitlupentempo über seinen karibischen Augen. Schon seit Tagen hatte ich nicht mehr an ihn gedacht. Dabei hatte ich in den vergangenen fünf Jahren, seit der Trennung von Max, nichts anderes gemacht, als mir mein Leben mit Jeremy vorzustellen. Und jetzt waren schon mehrere Tage vergangen, ohne dass seine Hände oder seine Lippen vor meinem inneren Auge aufgetaucht waren. Der einzige Mann, an den ich denken konnte, war Timothy.

Ha. Morgan kam zu spät. Die Zeit der schönen Augen war vorbei. Ich musste mir um nichts mehr Sorgen machen. Wenn ich mal wieder etwas Luft hatte, würde ich zu ihr gehen und es ihr erzählen.

In der Hoffnung, dass Gnat mir eine Nachricht geschickt hatte, warum sie gestern nicht erschienen war und meine Anrufe nicht beantwortet hatte, rief ich meine Mails ab. Die überarbeitete Fassung ihres ersten Kapitels war gut, aber ein paar Kniffe musste sie noch einbauen, bevor ich es für Marie Claire eindampfen konnte. Das war wieder typisch. Genau in dem Moment, wo es wirklich nötig war, ihre Stimme und Gegenwart zu ertragen, war sie nicht zu erreichen. Sie hatte auf keinen meiner Anrufe reagiert. Und Jeremy erwartete die perfekt gekürzte und druckreife Fassung Freitagmorgen auf seinem Schreibtisch.

Keine E-Mails von Gnat. Immerhin hatte ich eine von Eloise: „Mach dir keine Sorgen um mich, versprochen? Ich bin wirklich sehr, sehr glücklich.“

Für wahres Glück waren das zwei Sehrs zu viel. Eloise hatte alles andere als glücklich ausgesehen, als wir gestern Abend nach Hause gegangen waren. Und sie hatte alles andere als glücklich ausgesehen, als wir heute Morgen mit dem Bus zur Arbeit gefahren waren. Eloise hatte die ganze Zeit nichts anderes gemacht, als entweder auf ihren Diamantring oder aus dem Fenster zu starren. Sie hatte mich darum gebeten, Amanda vor Freitag nichts von der Angelegenheit zu sagen; sie wollte es ihr beim Stammtisch selbst erzählen.

Ich wählte Natashas Nummer; der Anrufbeantworter sprang an. „Hallo, hier ist Natasha. Leider kann ich deinen Anruf nicht persönlich entgegennehmen. Hinterlass eine Nachricht nach dem Ton. Tschüss.“ Ich hinterließ Nachricht Nummer fünf. Wo war sie nur? Was trieb sie, dass sie die Anrufe ihrer Ach-so-wichtigen-Lektorin nicht beantworten konnte? Vielleicht war Mr. Hausboot ja spontan von der Küste eingeflogen worden. Vielleicht vögelten sie sich gerade kreuz und quer durch New York City. Zum Beispiel unter den Trauerweiden in Shakespeares Garden im Central Park oder im Kaufhaus Bloomingdale oder auf dem Rücksitz eines Taxis. Oder ...

„Hat Natasha sich schon geäußert, warum sie gestern nicht gekommen ist?"

Ich drehte mich um und sah Jeremy mit einem dicken Manuskript vor der Brust im Türrahmen stehen. „Morgan hat erwähnt, dass du sie nicht erreichen kannst."

Die kleine Hexe. Das also war ihre Art, mir zu zeigen, was sie unter geschäftstüchtig verstand.

„Äh, ich habe mit Natasha gesprochen", sagte ich in Richtung des Lichtschalters. Vielleicht musste ich mir doch Gedanken machen. Neuer Mann, den ich anhimmeln konnte, oder nicht, ich war nicht in der Lage, Jeremy in die Augen zu sehen. „Es ist alles okay. Sie war so ins Schreiben vertieft, dass sie einfach die Zeit verschwitzt hat und sich in ihrem kreativen Prozess nicht unterbrechen lassen wollte. Promis eben!"

Jeremy nickte in Zeitlupe. „Tja, sie zahlen unsere Gehälter", bestätigte er in seiner pragmatischen Art. „Ich bin froh, dass die Dinge im Lot sind. Ich habe die Fassung also Freitag früh?"

„Garantiert!"

Ich wartete, bis ich hörte, wie Jeremy sich am anderen Ende des Flurs mit Pauline unterhielt, dann drückte ich die Wahlwiederholung meines Telefons. „Hallo Natasha, ich bin's noch mal, Jane Gregg. Ich wollte nur sichergehen, dass du weißt, dass ich dich wirklich dringend sprechen muss. Ich hoffe, bei dir ist alles in Ordnung."

Konnte etwas nicht in Ordnung sein? Hatte sie sich aus Versehen beim Rasieren geschnitten und war sofort zu ihrem Schönheitschirurgen nach Beverly Hills entschwunden? Lag sie just in dieser Sekunde unter dem Messer?

Oder nicht doch eher der alte Hochmut? Ich konnte mir

genau vorstellen, was Gnat gerade machte, statt mich zurückzurufen, zu verabredeten Terminen zu erscheinen, ihr erstes Kapitel zu feilen und mich zur Lektorin zu befördern. Neben der Verführung irgendeines Lieferanten, dem Leerkaufen sämtlicher Boutiquen und ihrem Yoga-Unterricht hatte Gnat nichts Besseres zu tun, als mich erneut die unscheinbare Jane Gregg werden zu lassen.

10. KAPITEL

In meinem ziemlich umwerfenden Outfit von Banana Republic – blassrosa strukturiertes Oberteil und hellgraue Hosen – verfing sich der Geruch von indischem Essen, als Timothy und ich die 6. Straße Ost, das heißt durch Klein Indien, hinunterliefen. Wenigstens meinem Jackett blieben diese Gerüche erspart. Ich hatte es wieder über meiner Stuhllehne hängen lassen, um ein bisschen Haut zu zeigen. Mein ärmelloses Top war unverfänglich, mit U-Boot-Ausschnitt. Das schützte mich vor jeglichen möglichen Kommentaren von Dates, Kindern oder Müttern.

Eloise hatte sich heute Morgen krank gemeldet (mentale Verstimmungen, wie ich wusste), also hatte sie mir bei der exakten Planung der großen Begegnung Nummer zwei nicht zur Seite stehen können. Ich hatte ein paar Mal bei ihr angeklopft, um sicher zu sein, dass sie in der Sache Serge soweit okay war, aber entweder hatte sie sich total abgeschottet oder sie war unterwegs auf einem Spaziergang an der Uferpromenade und starrte in die graue Brühe. Wann immer Eloise abtauchte, bedeutete das, dass sie über etwas nachdenken musste, und zwar allein.

Timothy war ungeheuer präsent. Eine Sekunde stellte ich mir vor, dass wir verheiratet und auf dem Weg zu einem Abendessen mit Freunden oder Verwandten wären. Jane Greggely. Der Name multiplizierte sich von ganz allein in meinem Kopf. Wollte mein Unbewusstes mir damit etwas sagen? Dass Timothy Rommely in meinem Leben eine entscheidende Rolle spielen würde? Dass er – und sein Name – meine zweite Hälfte waren?

Schon gut. Ich steigerte mich da in etwas rein. Schließlich hieß es in jedem Artikel, jedem Buch oder nach sämtlichen Ratschlägen, die ich jemals bekommen hatte: „Hab einfach Spaß!", „Mach dir einen schönen Abend!", „Feier die Feste, wie sie fallen!" Mal ehrlich, jede Frau, die mit einem so schnuckeligen und perfekten Mann wie Timothy Rommely ausging, stellte sich vor, mit ihm verheiratet zu sein. Vielleicht hatte ich mir deswegen nie vorgestellt, mit Jeremy verheiratet zu sein. Ich konnte ja nicht mit ihm ausgehen.

„Mmmh ..." Timothy schnupperte mit erhobenem Kopf in die Luft. „Riecht das gut oder gut?" Er hatte mir am Telefon erzählt, dass er diese kleinen, dunklen, unglaublich billigen indischen Restaurants, die sich auf einem Block zwischen First und Second Avenue in jede Baulücke gequetscht hatten, abgöttisch liebte. Allein auf der Südseite gab es ungefähr zwanzig. Angeblich teilten sie sich eine Küche. „Das ist es", sagte Timothy. „Klein Bombay. Hier soll es das beste Tandoori-Huhn in ganz New York geben."

Die Kellnerin war gerade am Fegen, als wir kamen. Obwohl man ebenso gut in ein beliebiges anderes Restaurant auf der Straße hätte gehen können, war der enge Laden voll mit Leuten. Hunderte von bunten Lichterketten schmückten Decke und Wände, als wäre Weihnachten. Ein älterer Mann in weißem, goldbesticktem Gewand saß im Schneidersitz auf einem Podest vor einem großen Fenster und spielte die Sitar. Das Lokal war voller Pärchen, die schwatzten, lachten, das Essen teilten, und ihre Zeit miteinander. Wie gut es sich anfühlte, dazuzugehören.

Timothy und ich hatten länger dazu gebraucht, unsere Gerichte auszusuchen, als wir vermutlich brauchen würden, sie zu essen. Vegetarische Teigtaschen, mit Erbsen und Kartoffeln gefülltes Brot, Tandoori-Huhn, Biryani-Reis, mariniertes Lamm, Spinat und Käse in einer undefinierbaren Sauce. Und indisches Bier. Ich liebte die indische Küche, was Timothy zu einem weiteren „Ich auch" animierte. Einer von Eloises Ex-Freunden hatte mich mit ihr bekannt gemacht. Für mich war das gewesen, als wären all die blassen Hühnchen und das zerkochte Gemüse, mit dem ich groß geworden bin, plötzlich zu neuem Leben erweckt worden. Niemals hätte ich vermutet, dass Lebensmittel so lecker schmecken konnten. Wenn ich indisch essen ging, hatte ich immer das Gefühl, plötzlich nicht mehr mit mickrigem Einkommen in New York, sondern an einem anderen, exotischen Ort zu sein. Ich hatte Tante Ina zu überzeugen versucht, indisches Essen wenigstens mal zu probieren. Sie hatte dankend abgewinkt und gemeint, sie wäre zu alt für solchen Unsinn.

Der Kellner brachte uns einen Teller mit flachem, geröstetem Brot und drei Schälchen mit unterschiedlichen Saucen und goss uns das Bier in zwei eisgekühlte Gläser. Timothy hob seins hoch und sah mir in die Augen. „Einen Toast auf den Anfang von etwas Gutem."

Wir stießen an und lächelten das gleiche glückliche,

schüchterne Lächeln. Ein Lächeln, das sagte, dass es zu einem dritten Treffen kommen würde. Ein Lächeln, das mir sagte, dass ich Timothy eventuell darum bitten könnte, mich zu Danas Hochzeit zu begleiten. Mein Herz pochte. Bitte, lass das hinhauen, betete ich. Lass mich das erleben. Lass mich auf Danas Hochzeit neben diesem Mann sitzen. Lass ihn mit dem Hausbootfreak die letzten Erkenntnisse in der Apparatemedizin diskutieren und ihn zutiefst beeindrucken. Lass Natasha Timothy anerkennend mustern und mir dann zuflüstern: „Das hast du wirklich gut gemacht, Janey." Lass mich mit Timothy zu jedem langsamen Lied tanzen und die Blicke seiner dunklen Augen mir allein gehören.

„Wie war dein Tag?" fragte Timothy.

Wenn er wüsste, was diese banale Frage mir bedeutete. Max hatte sie gehasst. Er hatte gedacht, das wäre unwichtiger Small Talk, dass niemand sich wirklich darum scherte, wie ein Tag des anderen verlaufen war, und dass man es sowieso nicht richtig verstehen konnte, da man selbst ja nicht dabei war. Max hatte das Prinzip der Anteilnahme nicht verstanden. Oder dass man jemanden überhaupt wenigstens fragen sollte. Ich hasste es, daran erinnert zu werden, dass Max Reardon nicht Mr. Perfekt war. Zu dem war er nämlich just in dem Moment geworden, als er mich verlassen hatte. Und wann immer mir ziemlich ärgerliche Details von ihm einfielen, wurde ich nervös.

„Irgendwie merkwürdig", sagte ich und nahm einen Schluck von dem Bier. „Meine Starautorin ist verschollen."

Timothy hob eine Augenbraue. „Verschollen?"

„Wir waren gestern Morgen im Verlag verabredet, und sie kam nicht", erläuterte ich. „Ich habe ihr inzwischen fünf oder sechs Mal aufs Band gesprochen, und sie hat sich trotzdem nicht gemeldet. Sie weiß, dass uns die Zeit davonrennt."

„Glaubst du, ihr ist etwas zugestoßen?"

„Nee, unmöglich", sagte ich. „Sie führt ein zauberhaftes Leben. Leuten wie ihr stößt nichts zu."

Timothy dippte das Brot in die schärfste der drei Saucen. „Ich kenne diesen Typ. Mein Cousin ist auch so jemand. Sieht aus wie Brad Pitt, hat mit summa cum laude in Harvard abgeschlossen, seine erste Million an der Börse gemacht, und er ist noch nicht mal dreißig."

Ich lachte. „Ich habe auch so eine Cousine. Sie hat einen Schrank voller Chanel-Klamotten und heiratet in zwei Monaten im Plaza. Ihr zukünftiger Göttergatte machte seine erste Million übers Internet."

„Wieder ein ‚Ich auch'", sagte Timothy. „Wie viele haben wir schon zusammen?"

Ich lächelte so breit, dass ich fürchtete, mein Gesicht würde zerspringen. „Fünfzig etwa."

„Und das ist erst unser zweites Treffen. Nach dem dritten werden es Hunderte sein. Sofern ich davon ausgehen darf, dass es ein drittes Treffen geben wird." Charmant, sehr charmant.

Mein Herz pochte wie verrückt. Wirklich schnell. „Das will ich doch hoffen", wagte ich kaum zu flüstern.

„Na also, da haben wir unser 51. Ich auch", war Timothys perfekte Antwort. „Soll ich dir mal was sagen, Jane. Ich wundere mich, dass du nicht auch längst einen Zukünftigen hast, der über das Internet eine Million gemacht hat."

„Ich? Warum das denn?"

„Jetzt doch fishing for compliments?" fragte er, und seine hinreißenden Grübchen wurden immer tiefer.

Auf meinem Gesicht musste meine ganze Unschuld zu Tage getreten sein, denn er lachte.

„Wow. Du bist nicht gerade das, was man eine Diva nennt, hm?"

Gnat kam mir in den Sinn. „Ich wünschte, ich wäre eine. Nur für zwanzig Minuten. Nur, um rauszufinden, wie es sich anfühlt, wie ein Supermodel auszusehen und tun und lassen zu können, was immer ich wollte. Und die Welt läge mir zu Füßen."

„Ich wette, es ist nicht so toll, wie es sich anhört", sagte Timothy und lehnte sich zurück. „Letzte Woche wurde ein berühmter Rockstar in die Notaufnahme eingeliefert. Er hatte um die siebzig Schlaftabletten geschluckt. Alles, was er hatte, reichte ihm noch nicht mal, um sich gut genug zu fühlen, um wenigstens zu leben. Das ist schlimm. Richtig schlimm."

Zwei Kellner kamen mit einem Servierwagen voll flacher Silberschüsseln zu unserem Tisch. Auf unseren Tellern häuften sich bald darauf die farbenfrohesten köstlichsten Speisen, die ich je gesehen hatte. Wir fingen an zu essen.

„Ich habe es übrigens ernst gemeint", sagte er mit der Gabel auf dem halben Weg zu seinem Mund. „Ich bin wirklich überrascht, dass dich noch keiner weggeschnappt hat."

Ich spürte, wie ich rot wurde, und war froh, dass ich es dem scharfen Gericht zuschreiben konnte. Ich war nicht gerade an Komplimente gewöhnt. Und schon gar nicht von jemandem, der auf meinen Magen ganz komische Auswirkungen hatte. Wie gern hätte ich ihn richtig geküsst. Für einen langen Kuss von Timothy würde ich mich sofort über den ganzen Tisch beugen und meine 85 Dollar-grau-rosa-Kombination mit mariniertem Lamm und Spinat in Käsesauce ruinieren.

„Ich hatte einen festen Freund, aber das ist schon seit ein paar Jahren vorbei."

Timothy brach für jeden von uns ein Stück Brot ab. „Und hast damit sein Herz gebrochen?"

„Andersrum", nuschelte ich und starrte auf eine Rosine in meinem Reis.

„Was für ein Idiot", sagte er lächelnd.

„Und was ist mit dir?" fragte ich. „Ein gut aussehender Arzt, der ungebunden ist. Das habe ich auch noch nie gehört."

„Ich hatte einige ernsthafte Beziehungen." Der Kellner kam und schenkte uns Wasser nach. „Aber nichts hat wirklich funktioniert. Der Umzug nach Rhode Island an die Medizinische Hochschule war das Aus für eine feste Beziehung am College, und dann war die Hochschule selbst Grund für das Scheitern einer anderen, und seit ich Assistenzarzt bin, hatte ich keine Freundin mehr. Ich brauche jemanden, der genauso beschäftigt ist wie ich, jemanden, der voll und ganz in seiner Arbeit aufgeht. So wie du. Jeff hat mir erzählt, dass du rund um die Uhr schuftest."

Ein stummes Dankeschön suchte sich seinen Weg zu Amanda. „Das muss man, wenn man es zu etwas bringen will. Ich will unbedingt befördert werden. An dem Projekt, an dem ich derzeit arbeite – du weißt schon, die Autorin, die gerade nicht schreibt –, hängt einfach alles. Alles."

„Was genau?" fragte er und mischte sich Spinat unter den Reis.

„Beruflicher Aufstieg. Ein hübscherer Titel. Anerkennung für die vergangenen sechs Jahre, in denen ich wirklich geschuftet habe. Lektorin werden heißt, das Wort Assistentin aus meinem Wortschatz zu streichen. Und das kann ich kaum abwarten."

„Soll das etwa heißen, du willst mir nicht beim Vernaschen der Hühnchenreste assistieren?" Timothy hielt mir ein Stück Fleisch auf seiner Gabel vor den Mund.

Das konnte nur ein Traum sein. Jede Sekunde konnte ich aufwachen, das Huhn riechen und merken, dass es perfekte Männer und perfekte Dates für mich nicht gab. Das musste dann allerdings schon ein ziemlich langer Traum sein, denn Timothy hatte mich vor anderthalb Stunden bei Posh abgeholt. Und noch waren wir beide zusammen.

„Nein, nein und nochmals nein. Aber ich weiß das Angebot zu schätzen", sagte Timothy zu mir, als er dem Verkäufer im Kino am Union Square einen Zehn-Dollar-Schein für die Wundertüte voll mit Popcorn und eine Riesenflasche Cola hinhielt. Er bekam 25 Cents zurück.

Weder an der Rechnung im Klein Bombay noch an den Kinokarten oder an dem Popcorn hatte ich mich beteiligen dürfen. Tante Ina hätte das gefallen. Dana auch. Ich würde es nie offen zugeben, aber insgeheim gefiel mir seine Achtung der traditionellen Werte ebenfalls ausgesprochen gut. Laut den Umfragen in den gängigen Frauenzeitschriften erwarteten nur knapp über die Hälfte der Frauen unter 35, dass der Mann mindestens bei den ersten drei Treffen zu zahlen hätte. Mir wurde bei dem Thema immer etwas mulmig. In Zeiten, wo Männer Vaterschaftsurlaub nahmen und Karrierefrauen auf ihre Rechte in Führungspositionen pochten, hatte der Gedanke, den Mann zahlen zu lassen, schon etwas Befremdliches. Warum also fragten so viele Frauen nach dem ersten Date danach, ob er denn auch bezahlt hätte?

Die Popcorntüte in meinem Arm, die Colaflasche in Timothys, warteten wir in der langen Schlange vor dem Kartenabreißer auf Einlass in das gigantische, über mehrere Ebenen führende Kino. Dabei entging mir keineswegs, wie gut wir auch größentechnisch zusammenpassten. Mühelos hätte ich meinen Kopf auf Timothys Schulter schmiegen können. Wir waren uns in genau zwölf Sekunden über den Film einig geworden, den wir sehen wollten. Schien so, als wäre auch Arnold Schwarzenegger ein „Ich auch" für uns.

„Ich halt's echt nicht mehr aus", zischte eine junge Frau vor uns.

Der Mann mit der umgekehrt aufgesetzten Baseballkappe neben ihr sah sich unbehaglich um. „Debbie, das ist wirklich nicht der richtige Ort für ..."

„Ach nein?" Debbie hatte die Hände in die Hüften gestemmt. „Wo ist denn der richtige Ort? Es ist nie der richtige Ort oder der richtige Moment bei dir, Rob."

Timothy und ich sahen uns lächelnd an. Beziehungsstress inmitten einer wartenden Schlange war spannender, als jeder Kinofilm es sein könnte.

„Debbie, können wir uns nicht einfach den Film ansehen und ein bisschen Spaß haben?" fragte Rob mit demselben Überdruss in der Stimme, den ich oft bei meinem Onkel David beobachtet hatte.

„Nein, können wir nicht", antwortete Debbie und verschränkte die Arme vor der Brust. „Ich will jetzt eine Antwort. Ziehen wir zusammen oder nicht?"

Rob wurde rot. Timothy und ich sahen betreten zu Boden. Plötzlich waren wir an dem Streit von Debbie und Rob etwas zu nah dran. Die Sache wurde ernst.

„Deb, wir sind hier im Kino. Halt bitte mal die Luft an!"

„Bei fünf ist sie weg", flüsterte ich Timothy zu. „Eins, zwei, drei ..."

Debbie machte bei drei auf dem Absatz kehrt. Rob sah ihr hinterher, verdrehte die Augen, schüttelte den Kopf und griff in die Popcorntüte. Ich konnte hören, wie er mit den Zähnen knirschte.

„Willst du ihr nicht hinterhergehen?" fragte eine Frau, die hinter Timothy und mir stand. Wir beide drehten uns um. Die Frau war schätzungsweise 22, 23 und machte nun einen Schritt aus der Reihe, um Rob ins Gesicht sehen zu können, der sie wiederum anstarrte, als wäre sie gerade von einem anderen Planeten auf die Erde gebeamt worden. „Ich kann es nicht fassen."

„Kennen wir uns?" fragte Rob bissig. „Kümmer dich lieber um deinen eigenen Dreck."

Er drehte sich wieder um und beschäftigte sich mit seinem Popcorn. Die Jung-Emanze tat einen Seufzer, den ich häufig bei Tante Ina gehört hatte, und trat zurück in die Schlange. Rob machte ein ähnliches Geräusch und verkrümelte sich dann, Spuren seines Popcorns hinterlassend. Ich drehte mich um und nickte der Jung-Emanze beglückwünschend zu.

„Männer sind solche Arschlöcher", sagte sie. Ich drehte mich zurück und sah auf meine Schuhe.

„Nicht alle", sagte Timothy mit Blick zu mir.

Ich grinste, und wir rückten den Meter vor, den Debbie und Rob freigemacht hatten. Ich wollte gerade etwas Kluges sagen, aber die Frau kam mir zuvor.

„Arnold Schwarzenegger ist total achtziger Jahre", rief sie aus. „Der ist doch bestimmt schon über fünfzig oder so. Völlig out."

„Ist er nicht", beharrte ihr männlicher Begleiter. „Arnold ist zeitlos."

„Wie Männer und Frauen und ihre Beziehungen", flüsterte Timothy mir zu.

Okay. Das war es. Musste es jetzt gewesen sein. Gleich würde Tante Ina vor mir auftauchen und mich zwicken. Oder ich würde jede Sekunde von den Ohs und Ahs aus der Wohnung meines Musikfreundes allein in meinem Bett aufwachen. Oder stand ich wirklich hier neben dem tollsten Lebewesen aller Zeiten?

Die Schlange bewegte sich vorwärts, und die Frau hinter mir latschte mir in die Hacken. Das kam einem Zwicken gleich. Und ich war noch hier!

Timothy und ich marschierten direkt zu den mittleren Plätzen in der Mitte des Kinos. „Kompatible Sitzplatzpräferenzen", sagte Timothy. „Das ist ein Extrapunkt." Er hielt mir ein Popcorn vor die Nase und lachte mich an.

Ich öffnete meinen Mund. Timothy ließ das Popcorn fallen und küsste mich.

„Hey, soll das den ganzen Abend so gehen?" brummte eine Frau hinter uns. „Sein Kopf ist mir im Bild."

Wir drehten uns um. Die Brummelbiene saß ganz allein in ihrer Reihe. „So ist es, Ma'am", sagte Timothy grinsend. „Das soll den ganzen Abend so weitergehen."

Die Frau machte eine abfällige Bemerkung und rückte betont umständlich einen Platz weiter nach links.

„Du willst mich nicht als Lügner dastehen lassen, oder?"

flüsterte Timothy mir ins Ohr, bevor im Kino die Lichter ausgingen. Er rutschte in seinem Sitz etwas runter, nahm meine Hand und sah mich an.

Ich spürte einen Stich in der Brust, rutschte ebenfalls etwas tiefer in den Sitz, unfähig, meinen Blick abzuwenden. Ich war viel zu überwältigt, um mit dem Kopf zu schütteln oder ein leises Nein zu hauchen, also runzelte ich stattdessen nur die Stirn. Und während die überflüssigen Mahnungen in Dolby Digital ertönten, im Kino nicht zu laut zu reden, keinen Müll wegzuwerfen und auch nicht zu rauchen, ging es für uns einfach so weiter.

Es klingelte!

War das Timothy, der zurückkam, um mir zu sagen, dass er es nicht ohne mich aushielt? Eingedenk der Tatsache, wie fantastisch der Abend gelaufen war, war der Gedanke nicht abwegig. Allerdings vermutete ich eher, dass dieses Mitternachtsgeklingel von einem Mieter kam, der seinen Haustürschlüssel verloren hatte. Oder von einem Mieterfreund, der ins Gebäude wollte. Ich ignorierte das Summen in der Annahme, dass derjenige sowieso alle Knöpfe drückte.

Ich zog mir die Decke über den Kopf und legte mich auf den Bauch. Dann strich ich mit den Fingern über meine Lippen. Noch immer spürte ich Timothys Gute-Nacht-Kuss. Gute-Nacht-Küsse, sollte ich berichtigen. Zwei Mordsküsse. Zwischen zwei Mordsküssen hatte er mich für Samstagabend eingeladen. Samstagabend. Wenn ein Mann dich für Samstagabend einlud, erst recht, wenn es das dritte Treffen war, dann war klar, wo der Hammer hing.

Es klingelte Sturm!

Ich warf die Decke zur Seite, lief zur Tür und drückte den Knopf der Gegensprechanlage. „Was denn?"

„Jane! Ich bin's, Natasha."

Natasha?

Ich ließ sie rein. Was wollte sie denn jetzt hier? Es war halb eins an einem gewöhnlichen Werktag. Die hat vielleicht Nerven, dachte ich. Erst ließ sie mich zwei Tage komplett hängen, und dann riss sie mich mitten in der Nacht aus den wunderbarsten Träumen, um mir zu sagen ... was eigentlich? Was konnte sie wollen? Ich sah mir das Chaos in meiner Wohnung an und beseitigte es, so gut es auf die Schnelle ging. Ich wollte sie nicht hier haben. Was würde sie von meiner armseligen Hütte denken? Wenigstens hatte ich sie auf die falsche Fährte gesetzt, nicht oft hier zu sein. Ich würde im Boden versinken, wenn sie rausbekäme, dass ich hier wohnte. Auch wenn ich verdammt stolz auf die Bude war. Konnte man auf etwas stolz sein, das man sich schämte, jemand anderem zu zeigen?

Ich schloss die Tür auf, öffnete sie, so weit die Kette das zuließ und spähte ins Treppenhaus. Ich hörte ihre leichten Schritte auf ihrem Weg in den sechsten Stock. Fliegengewicht oder nicht, sie würde ein Weilchen brauchen. Es folgte das Geklimper ihrer Armreifen, und dann sah ich ihren roten Schopf. Ich nahm die Kette ab und machte die Tür weit auf.

„Natasha? Ist alles in Ordnung?"

Sie lächelte mir zu, als sie die Etage erreichte, ein ziemlich schwaches Lächeln. Sie trug ein weißes Top und weiße Jeans, als wären wir hier in Arizona. Viel Silberschmuck, wie immer.

„Ja, ja", sagte Natasha. „Alles okay. Ich machte nur gerade einen kleinen Mitternachtsspaziergang am Fluss entlang, als ich plötzlich merkte, dass ich direkt vor deinem Haus stand, und da stand dein Name auf der Klingel, so dass ich dachte ..."

Niemand machte einen Mitternachtsspaziergang am Fluss entlang. Und schon gar nicht an einem Werktag. Und erst recht nicht allein. Als Frau sowieso nicht. Das waren keine Ammenmärchen, die Tante Ina von dem Vergewaltiger von der Upper East Side erzählte.

„Kann ich reinkommen?"

Ich gab den Weg frei. „Willst du was trinken? Ich habe Kräutertee, löslichen Kaffee und vielleicht noch etwas Orangensaft. Ich wünschte, ich könnte dir was anderes anbieten, aber da ich nicht oft hier bin, würde mir alles nur schlecht ..."

„Kräutertee wäre super", sagte Gnat und schob sich eine Locke nach hinten. Sie sah sich um. „Du und dein Freund, ihr hattet keinen Streit, oder?"

Mein Freund. Ich war so nah dran, dass die Formulierung zutraf. „Nein", sagte ich. „Wir schlafen getrennt, wenn er am nächsten Tag Visite hat, und ..."

„Visite?" fragte Natasha. „Er ist Arzt?"

„Assistenzarzt. New York Hospital."

„Wow, ein Arzt", rief sie aus. „Deine Eltern ..." Sie machte eine kurze Pause. „Ich meine, deine Mutter muss mächtig stolz sein."

„Ich mach dir den Tee", sagte ich und verschwand in der Küche. Ich glaubte übrigens nicht, dass meine Mutter besonders stolz auf mich gewesen wäre. Sie folgte der Devise „Jedem Topf seinen Deckel". Und wenn ein Mechaniker den besseren Deckel abgegeben hätte als ein Arzt, dann hätte sie es vorgezogen, dass ich einen Mechaniker treffe. Ich wunderte mich etwas, dass Gnat nicht wusste, dass meine Mutter tot war. Ihre Mutter war mit meiner lose befreundet gewesen. Hätte Mrs. Nutley nicht ein Wort gesagt, als sie hörte, dass ich Gnats Biografie betreute? Dann wieder war es nicht sehr wahrscheinlich, dass ich in Natasha Nutleys Unterhaltungen überhaupt vorkam.

„Wenn es keine Mühe macht“, rief sie mir hinterher.

„Geh schon ins Zimmer und setz dich aufs Bett, wenn du möchtest“, rief ich aus der Küche zurück.

Was sie wohl von meiner Wohnung dachte. Ob sie sich voller Panik umsah und fürchtete, jede Sekunde könnte ihr ein Silberfischchen über den Schuh laufen? War es für einen Senkrechtstarter wie mich nicht merkwürdig, dass ich einen fuchsiafarbenen Teetisch und Plastikjalousien vor den Fenstern hatte?

Ich setzte Wasser auf, öffnete die Tür unter der Spüle und lauschte, ob etwas von Eloise und Serge zu hören war. Seit ich nach Hause gekommen war, hatte ich keinen Ton gehört. Ich hätte Eloise so gern alles von A bis Z von dem Abend erzählt und auch gern gewusst, wie es ihr ergangen war. Vielleicht waren die beiden in irgendeinem Club unterwegs.

„Bist du sicher, dass ich nicht störe?“ rief Gnat.

Blöde Frage. Besser wäre, sie sagte direkt, was sie hier wollte.

Mit dem beladenen Bambustablett kam ich in mein Zimmer und fand Natasha auf dem Futon sitzend, den Kopf in ein Kissen auf ihrem Schoß vergraben. „Natasha? Geht es dir gut?“

Sie schluchzte und sah mich an. Sie weinte. Ich stand mit dem schweren Tablett im Raum und wusste nicht, was ich tun sollte.

„Tut mir Leid", sagte sie, stand auf und wischte sich die Tränen weg. „Ich sollte besser gehen." Stattdessen fing sie erneut an zu weinen und ließ sich wieder auf mein Bett fallen.

Gnatasha Nutley heulte in meiner Wohnung.

„Hast du eine Schreibblockade oder so was?" fragte ich und stellte das Tablett auf dem Tisch ab. „Ich kann dir da durchhelfen. Manchmal muss man einfach nur den roten Faden wiederfinden, und dann läuft es wieder wie geschmiert."

Sie sah mich an, ihr tränenverschmiertes Gesicht noch immer umwerfend schön. Ihre Nase war noch nicht mal rot. „Ich bin schwanger."

Huch. „Und, äh, ich meine ..."

„Ich bin glücklich, total glücklich", sagte Gnat. „Und Sam ist vollkommen aus dem Häuschen. Ich musste es ihm am Telefon sagen, klar, aber ich habe gehört, wie er vor Freude geschrien hat. Er war so außer sich, dass ich den Hörer vom Ohr nehmen musste."

Und sie weinte, weil ...

„Es ist bloß", Gnat schloss ihre Augen, „ich weiß nicht, ob ich ihn heiraten will. Ich liebe ihn und alles. Ich liebe ihn wahnsinnig, aber ich weiß es einfach nicht."

Hatte da jemand irgendwas ins Wasser gemischt? Wasser, das ich nicht getrunken hatte? Was war das hier mit all den heiratswilligen Männern und den Ich-weiß-nicht-Frauen?

Ich hatte keine Ahnung, was ich sagen sollte. „Ich hol

dir Taschentücher.“ Das war immerhin etwas. Sie brauchte dringend ein Taschentuch, weil sie nämlich dabei war, mein Kissen zu durchnässen.

„Ich habe so viel falsch gemacht“, sagte Gnat, als ich mit einer Rolle Klopapier aus dem Bad zurückkam. Das war das Beste, was ich machen konnte, wollte sie sich ihre Nase nicht mit den kratzigen Papierhandtüchern putzen. Ich gab ihr die Rolle, und sie wickelte sich einen halben Meter um die Hand. „Und ich will nicht noch einen Fehler machen und ...“ Sie legte die Hände vors Gesicht. Ihre Locken hingen kreuz und quer durcheinander. Für einen Moment spürte ich den mütterlichen Impuls, ihr eine Strähne aus dem Gesicht zu nehmen. Aber ich konnte nicht. Das da war Natasha Nutley. Wer war ich schon, sie zu berühren? Genauso gut hätten Madonna oder Sharon Stone oder Julia Roberts in meinem Wohnzimmer sitzen können. Obwohl ich hier zu Hause war, kam ich mir wie ein Eindringling vor. „Ich will für das Baby das Richtige tun“, sagte sie mit brüchiger Stimme.

„Ich bin sicher, das wirst du, Natasha.“ Gab es nicht so etwas wie einen gesunden Mutterinstinkt? Selbst aus falschen Promis konnten gute Mütter werden. „Du brauchst nur ein bisschen Zeit, um dich an den Heiratsgedanken zu gewöhnen. Das ist alles. Dein Leben wird sich von Grund auf verändern.“

Sie schniefte und schluchzte. „Scheint so.“

Ich setzte mich so weit weg wie möglich auf die andere Seite der Matratze. „Ich habe eine Freundin, die in einer ähnlichen Situation ist. Sie ist nicht schwanger, aber ihr Freund hat ihr einen Antrag gemacht, und sie hat Ja gesagt, obwohl sie ihn nicht liebt. Jedenfalls nicht so, wie man sollte, wenn man heiratet."

„Und, wird sie's tun?" fragte Natasha.

Ob die gute, witzige, einfallsreiche, versponnene Eloise Manfred einen Mann heiraten würde, den sie nicht liebte? Nein. Niemals. Oder? „Ich weiß es nicht. Ich hoffe nicht."

„Jede Frau will heiraten", sagte Natasha. „Es ist schwer, Nein zu sagen, wenn dich jemand fragt, und erst recht, wenn man auf die dreißig zugeht. Das versteht niemand besser als ich."

Ich nickte. Eloise ging auf die dreißig zu. „Aber wenn du Sam liebst, warum willst du ihn dann nicht heiraten?"

Natasha starrte auf ihre Füße, die in feinen hellrosafarbenen Lederschuhen steckten. Wieder legte sie ihre Hände vors Gesicht.

„Ich weiß es nicht. Vielleicht habe ich einfach Angst davor, Mutter zu werden. Es ist das erste Mal, und ich weiß nicht ... Vielleicht kriege ich es nicht hin und ..." Sie konnte nicht weitersprechen.

Ich wand mich hin und her. Ich wusste nicht, ob ich sie trösten sollte. „Ich bin mir sicher, dass du das prima machst, Natasha", bestätigte ich erneut. „Das ist, na ja, ein Instinkt."

Sie schniefte und putzte sich mehrmals die Nase. „Kann ich jetzt den Tee haben?"

Ich schenkte zwei Tassen voll und reichte ihr eine. Sie riss ein Tütchen pulverisierten Süßstoffs auf und ließ ihn in die Tasse rieseln.

„Ich nehme an, das wirkt ziemlich konfus auf dich, hm?" fragte sie und legte die Hände um die Tasse. „Ich heulend auf deinem Treppenabsatz zu nachtschlafender Stunde. Ich wusste einfach nicht, wo ich sonst hingehen sollte. Ich meine, ich kenne in New York niemanden mehr."

„Was ist mit deinen Eltern?" fragte ich und bereute es im selben Moment. Sie hatte in ihrem Konzept die angespannte Beziehung zu ihren Eltern kurz erwähnt. Ich hatte angenommen, eine Menge von dem, was sie dort geschrieben hatte, war zu Gunsten der Dramatik ein bisschen aufgepeppt worden. Vielleicht stimmte das ja nicht. Vielleicht wusste sie deswegen die Sache mit meiner Mutter nicht.

„Sie mögen mich nicht besonders", sagte Natasha so leise, dass ich überlegte, ob ich sie richtig verstanden hatte. Sie nippte an ihrem Tee.

Ich erinnerte mich an ihre Eltern. Die Nutleys waren nicht gerade das, was man besonders herzlich nannte. Damals in Forest Hills hatte ich mir nie viele Gedanken über sie gemacht. Sie waren wie alle Eltern. Sie brüllten, nervten und ärgerten. Und immerhin hatte sie noch beide. Als ich Gnat kennen lernte, hatte ich nur noch ein Elternteil. Dennoch, selber Schuld. Wenn ihre Eltern sie nicht liebten, dann war sie bestimmt fies und hinterhältig zu ihnen gewesen.

„Ich weiß noch, wie nett deine Eltern immer gewesen sind", sagte Natasha. „Manchmal, wenn ich auf Dana aufpasste, sind die Dreers mit ihnen nach Hause gekommen, und sie haben mir Kaffee und Kekse angeboten. Deine Mom hat mich immer angelächelt und mir gesagt, was für schönes Haar ich hätte, und dein Dad hat mir oft einen Extradollar zugesteckt. Sie waren wirklich klasse."

Meine Mutter hatte immer einen Kommentar zu Natashas Haar abgelassen, jedes Mal, wenn sie sie sah. Ich hatte das vergessen. Und ich konnte mir meinen Dad gut vorstellen, wie er ihr einen Dollar in die Tasche steckte. Er tat das bei mir auch alle naselang. Jeden Morgen, wenn ich mich auf den Schulweg machte, konnte ich einen versteckten Dollar finden, in meiner Tasche, meiner Jacke, meiner Brotbox oder im Schulheft. Und dann kam der Tag, an dem ich wusste, dass ich nicht mehr danach suchen musste.

„Meine Mutter ist gestorben", sagte ich und sah in meine Teetasse. „Ist schon ziemlich lange her inzwischen. Während meines zweiten Jahres auf dem College."

Ich hörte, wie sie schwer durchatmete, was mich so überraschte, dass ich zu ihr rüber sah. „Das tut mir Leid", sagte sie. „Ich habe es nicht gewusst."

„Du wirst eine gute Mutter", sagte ich ihr so schnell, dass sie mich nicht nach dem Wann und Wo und Wie fragen konnte. „Da bin ich sicher."

Sie sah mich an, und ich hatte das Gefühl, sie merkte, dass ich nicht über meine Mutter sprechen wollte. Sie nahm einen Schluck Tee und fing schwach an zu lächeln. „Meinst du echt?"

„Ja", log ich. Ich hatte keine Ahnung, ob sie eine gute Mutter werden würde oder nicht. Man konnte ihr allenfalls zugute halten, dass die Sorge darüber keine schlechte Voraussetzung dafür war, eine gute Mutter zu werden.

„Und wie heißt nun dein Freund?"

„Timothy."

„Timothy", wiederholte sie. „Der Name hat mir schon immer gefallen. Glaubst du, er ist es?"

„Vielleicht." Und das stimmte.

„Tut mir Leid, dass ich dich gestern und heute nicht zurückgerufen habe", sagte Natasha. Sie stand auf und stellte ihre Tasse auf das Bambustablett. Dann ging sie zum Fenster und sah versonnen durch die Plastikjalousie ins Dunkel. „Ich war so durch den Wind wegen der Nachricht von dem Baby, da ..."

„Das ist schon in Ordnung, Natasha. Ich verstehe das."

„Obwohl ich heute schon gearbeitet habe. Ich habe den Entwurf des zweiten Kapitels gefeilt. Das faxe ich dir morgen zu. Deine Anmerkungen zum dritten Kapitel habe ich auch gelesen, und du hast völlig Recht. Das Kapitel auf die sentimentale Ebene zu konzentrieren, ist perfekt. Dem Leser eine Ahnung davon zu geben, wo ich emotional herkomme, warum ich meine Seele verkauft habe. Ich kann mir vorstellen, dass das interessant ist."

Dreckig wäre das bessere Wort. „Du könntest mit Jimmy Alfonzo anfangen."

Natasha setzte sich. „Jimmy Alfonzo. Du erinnerst dich an ihn?"

„Na klar. Er war der König. Gut, ein König, der auf eine Krone verzichtete. Er war ewig lange dein Freund."

„War es und war es nicht", sagte sie und griff nach ihrer Tasse. „War es nicht, wenn er mich betrogen hatte, und war es wieder, wenn ich blöd genug war, ihm zu verzeihen."

Ich hätte fast meinen Tee ausgespuckt. „Er hat dich betrogen?" Man konnte sich nur schlecht vorstellen, dass ein Mann Natasha Nutley betrog. Warum sollte er? Welche Frau konnte attraktiver sein als sie? Erst recht auf der High School.

„Andauernd", antwortete sie.

Puh. „Und warum bist du dann immer wieder zu ihm zurückgegangen? Du hättest jeden haben können."

„Ich habe Jimmy geliebt", sagte sie. „So einfach. Rückblickend sollte ich mir vielleicht die Frage stellen, warum ich jemanden lieben konnte, der mich wie ein Stück Dreck behandelt hat. Aber er war alles für mich, und das wusste er. Also hat er seinen Vorteil daraus gezogen."

Ups. Wer hätte das gedacht?

„Hattest du an der High School einen Freund?"

Robby Evers' Gesicht tauchte vor mir auf. „Nein." Ich lehnte meinen Kopf gegen die Wand und zog die Knie vor die Brust.

„Weil du die ganze Zeit gelernt hast, nehme ich an", sagte Gnat. „Warst du nicht ziemlich dicke mit Robby Evers? Ich kann mich erinnern, dass ihr zwei ständig zusammen wart. Weißt du, dass ich fast mit ihm zu einem Abschlussball gegangen wäre?"

Ja, das wusste ich.

„Ich dachte, das wäre wirklich etwas, wenn jemand wie Robby Evers mich mögen würde, verstehst du?"

Ich starrte sie an. „Was meinst du denn damit? Jeder Typ war hinter dir her."

„Jeder Typ wollte mich haben", berichtigte Natasha. „Aber Robby war anders. Das weißt du wahrscheinlich besser als jeder andere. Schließlich wart ihr gut befreundet. Er war so nett und so poetisch. Und er sah gut aus, zum Vernaschen. Ihm bedeuteten die Dinge wirklich etwas. Ich dachte, wenn Robby mich mochte und mit mir ausgehen wollte, dann wäre mein Leben in Ordnung. Er war so integer. Er verabredete sich nicht mit einem Mädchen, nur weil sie hübsch war oder dicke Titten hatte."

Noch mal ups. Aber ich war mich nicht sicher, ob sie Recht hatte. Robby war integer, das stimmte. Allerdings war er nicht hinter Natasha her, weil sie ein so guter Mensch war. Wer wusste denn schon, wie sie war? Natasha war nicht gerade dafür bekannt, dass sie sich für die Rettung der Wale einsetzte oder mehr Schülerzeitungen verkaufte als andere. Robby hatte sich in sie verknallt, weil sie umwerfend aussah und einen großen Busen hatte. Ob Gnat das nun wahrhaben wollte oder nicht. Sie war das Mädchen seiner Träume, und für eine kurze Weile hatte er sie gehabt.

„Und warum bist du dann nicht mit ihm zu dem Ball gegangen?“ fragte ich. „Warum bist du zu Jimmy zurückgekehrt?“

„Weil Jimmy wieder ankam und mir einen Haufen Mist ins Ohr säuselte und mir erklärte, dass ich schlecht mit jemand anderem als mit ihm zu der Veranstaltung gehen könnte, und ich fiel wieder drauf rein.“

„Du hast Robby das Herz gebrochen“, sagte ich.

Und genau das hatte mir einen Stich versetzt. Sie hatte ihm das Herz gebrochen. Also musste er mehr an ihr gemocht haben als ihr Gesicht und ihren Körper. Er hatte nicht einem heißen Date mit Miss Angesagt hinterhergetrauert, sondern einem geplatzten Traum.

„Das tut mir Leid“, sagte Natasha. „Ich habe ihm danach einen Brief geschrieben und ihm zu erklären versucht, welche Macht Jimmy über mich hatte. So viele Jahre. Aber Robby wollte danach nicht mehr mit mir sprechen.“

Ich sah keinen Anlass, Gnat zu erzählen, dass ich damals unsterblich in ihn verliebt war. Dass sie ihn aus meiner vorsichtigen Umklammerung gerissen hatte. Nicht, weil sie sowieso schon gewonnen hatte. Vielmehr das Gegenteil. Sie hatte im Grunde gar nicht gewonnen. Sie hatte verloren. Verloren, weil sie gemerkt hat, was für einen wunderbaren Freund sie mit Robby hätte haben können.

Und so viel verloren, indem sie sich an ein Arschloch wie Jimmy Alfonzo verschenkt hatte.

„Oh! Ja, ja. Oh! Ohhh!"

Gnat sah mich mit großen Augen fragend an.

„Ja! Ja! Ohhhh!"

Sie kicherte hinter vorgehaltener Hand.

„Ja, komm, gib's mir! Ja, so. Gut. Mehr, komm, härter. Oh!"

Natasha Nutley und ich bogen uns vor Lachen.

„Unter diesen Umständen kannst du nicht hier bleiben", prustete sie um Atem ringend. „Willst du mit zu mir kommen? Ich habe ein ganz bequemes Ausziehsofa."

Was sollte das werden, eine Schlummerparty zu zweit? Ich war mir nicht sicher, ob ich damit umgehen konnte. Ich war mir nicht sicher, ob ich mit dem Einzug dieser neuen Freundlichkeit einverstanden war.

Mein Musikfreund machte lauter. Ich erkannte die Oper nicht.

„Na los, Jane", sagte Natasha lächelnd, „das wird lustig. Außerdem ist es schön, jemandem zum Reden zu haben. Jemanden, der mich schon so lange kennt. Weißt du, dein Leben läuft so rund, und meins, die totale Katastrophe ..."

„Oh! Ja! Oh! Ohhh!"

„Los komm, wir hauen ab", sagte ich. Und beide mussten wir lachen, als die Wände anfingen zu vibrieren.

11. KAPITEL

Wie hätte ich auch der Versuchung widerstehen können, Gnats Refugium kennen zu lernen? Ich war noch nie zuvor in einem Apartment westlich der Lexington Avenue gewesen, und es hätte mich nicht gewundert, die Wände mit Gold tapeziert vorzufinden. Es stellte sich allerdings heraus, dass Gnats kleine, aber wunderhübsche Wohnung ursprünglich als Bleibe für Bedienstete vorgesehen war. Kein Gold an den Wänden. Im Gegenteil, das Apartment lag im Souterrain, was hieß, dass sie dekorative schwarze Gitter vor den Fenstern hatte und man von den Menschen vor allem die Füße sehen konnte. Meine schrummelige Bude hatte immerhin eine schönere Aussicht und direktes Sonnenlicht.

„Jane, wie willst du deinen Pfannkuchen? Normal oder mit Erdnussbutter?" rief Natasha aus der Küche.

Ich sah auf meine Uhr. Es war acht Uhr morgens. Ich hatte genug Zeit, ein leckeres Frühstück runterzuschlingen, das ich noch nicht mal selbst zubereiten musste, bevor ich zur Arbeit sollte. „Hm, Erdnussbutter wäre super", rief ich zurück. Kochen und teure Kochkurse zu besuchen, war derzeit ziemlich in Mode, von daher war es nicht unbedingt beeindruckend, dass Gnat sich mit Pfannen und Bratenhebern auskannte. Ich klappte das Sofa zusammen und legte die Kissen an ihren Platz. „Kann ich was helfen?"

„Nix da!" Eine Minute später kam sie mit einem Teller voller Pfannkuchen zurück. Sie dufteten einfach Spitze. Sie stellte den Teller auf einen kleinen Tisch in der Essecke neben dem Fenster ab. Was sie vorbereitet hatte, glich einem Festschmaus. Eine Kanne Haselnusskaffee, O-Saft, Fruchtsalat und zu allem Überfluss noch die Pfannkuchen mit Erdnussbutter.

„Wenn du willst, können wir auch beim Frühstück arbeiten", sagte sie und sprang von ihrem Stuhl. „Ach so, und die endgültige Fassung des ersten Kapitels faxe ich dir so gegen drei. Ist das gut?"

Ich nickte. „Das gibt mir Luft, es heute einzudampfen, morgen zu feilen und es Jeremy dann am Freitag früh als auf den Tisch zu legen."

„Jeremy ist schon ein ganz Süßer, oder?" fragte Natasha und schenkte Kaffee nach. „Findest du nicht, dass er aussieht wie Remmington Steele? Ich habe die Sendung früher immer mit meiner Mutter geguckt. Wie hieß doch gleich der Schauspieler?"

„Pierce Brosnan", sagte ich und kaute auf einem Happen plötzlich nach Pappe schmeckenden Erdnussbutterpfannkuchen rum. Dann aber fiel mir ein, dass es keinen Grund zur Sorge gab. Natasha konnte nicht mit Jeremy anbändeln; sie war ja schon vergeben. Yeah!

„Genau! Pierce Brosnan! Mmmm – was für ein Kerl! Ist schon 'ne gute Sache, dass ich praktisch verheiratet bin", tirilierte sie, „sonst würde ich ihm nämlich sofort nachstellen."

Ja, es war eine verdammt gute Sache, dass sie praktisch verheiratet war. Ob es Timothy Rommely in meinem Leben gab oder nicht, ich würde sterben, wenn Gnatasha Nutley am Ende mit Jeremy Black zusammenkäme. Man konnte sich wohl unschwer vorstellen, was es hieß, wenn sie auch den zweiten Mann, von dem ich immer geträumt habe, vernaschte.

„Möchtest du Sahne in den Kaffee? Oder ist Milch okay? Ich habe beides da."

„Milch ist gut", sagte ich.

„Ich hol nur schnell den Entwurf für das dritte Kapitel",

sagte sie. „Bin gleich zurück." Sie verschwand in ihrem Schlafzimmer.

Selbst morgens um acht sah Natasha fantastisch aus. Sie trug kein Make-up und hatte ihr Haar im Nacken mit einem Gummi zusammengebunden, doch ein paar lockige Strähnen hingen ihr noch ins Gesicht. Sie trug ein eisblaues Top aus Mikrofaser und eine perfekt sitzende Levi's. Dazu lief sie barfuß, und ich sah den Silberring an einem ihrer Zehen. Selbst wenn ich mir genau die gleichen Klamotten anziehen würde, sähe ich im Leben nicht so aus.

Als wir gestern Nacht bei ihr angekommen waren, hatte sie genau so ein Theater gemacht, wie Tante Ina es zu veranstalten pflegte, wenn ich sie besuchte: Sitzt du bequem? Brauchst du was? Bist du ganz sicher? Ist die Decke warm genug? Soll ich dir ein paar Socken leihen? Vielleicht war Gnat so nett zu mir, weil sie glaubte, das Schicksal ihres Buches läge in meinen Händen. Wenn sie wüsste, dass es genau andersrum war. Das Schicksal meines Lebens lag in den Händen ihres Buches. Wir hatten noch ein wenig geplaudert, in erster Linie darüber, wie toll Dana sich gemausert hatte, wie aufregend es war, dass sie heiratete, dass ihre Brautfeier nächsten Samstag war, blabla. Über Dana und ihre Hochzeit zu reden, wirkte auf mich wie eine Schlaftablette. Ich war nach einer Weile nur noch am Gähnen. Also hatte Gnat mir im Wohnzimmer das Bett hergerichtet, das übrigens schlichter war, als ich gedacht hatte. Als ich meinen Kopf endlich auf das Kissen legte, war es fast drei Uhr morgens, und ich war sofort eingeschlafen. Das Nächste, was ich dann wieder mitbekam, war Gnat, die den Pfannkuchenteig anrührte.

Vielleicht war sie auch so nett zu mir, weil sie mir mehr erzählt hatte, als sie eigentlich wollte. Hatte sie ihren nächtlichen Zusammenbruch schon bedauert? Das Geständnis ihrer Schwangerschaft? Und dass Jimmy Alfonzo sie betrogen hatte?

Das Telefon klingelte, und sie kam mit dem Kapitel in der einen und dem schnurlosen Telefon in der anderen Hand zurück. „Hi Mom!“ sagte sie mit einer auffallend fröhlichen Stimme. „Schön, dass du dich meldest. Nein, so habe ich das nicht gemeint. Ich weiß, dass du und Dad sehr beschäftigt seid. Ich wollte dir nur danke sagen, dass du mich zurückrufst, das ist alles. Ich hatte angerufen, weil ich fragen wollte, ob ich euch am Samstag besuchen kommen könnte. Ich habe eine Überraschung für euch. Oh, nein, das ist kein Problem. Ich kann auch später kommen, so gegen halb vier also. Nein, macht gar nichts. Ein paar Stunden reichen völlig. Nein, ist ja keine große Sache. Mit dem Zug bin ich ruckzuck da.“

Ich goss Ahornsirup über meinen Pfannkuchen und tat so, als ob ich nicht merkte, dass Gnats Stimme brüchig wurde. Es war leicht zu erraten, dass ihre Eltern nicht wollten, dass sie kam. Sie hatte also die Wahrheit gesagt. Ihre Eltern mochten sie nicht. Ich fragte mich, warum wohl. In dem Konzept stand wenig dazu, nur, dass sie und die Nutleys sich nicht oft sprachen oder sahen.

„Hey, und rate mal, wer gerade hier ist?“ rief sie überschwänglich ins Telefon. „Janey Gregg. Erinnerst du dich? Ja, genau, Dana Dreers Cousine. Richtig, du warst mit ihrer Mutter befreundet. Ich weiß nicht. Vielleicht. Ich frag sie mal. Wartest du eine Sekunde?“

Mich was fragen?

„Janey, Mom will wissen, ob du Lust hast, am Samstag mitzukommen. Da ist zwar Danas Brautfeier, aber vielleicht kannst du später nachkommen?“

Ich brauchte plötzlich dringend eine Zigarette. Nein. Nicht eine. Eine ganze Packung. Ich war tagelang bestens ohne ausgekommen, aber jetzt spürte ich ein so massives Bedürfnis, dass mir die Knie wackelten. Ich sollte zusammen mit Gnat deren Eltern besuchen? Nachdem ich Danas Feier überlebt hatte? Eigentlich hatte ich den Nachmittag nur ausspannen und mir Gedanken über mein Outfit für das Treffen mit Timothy Rommely machen wollen.

Natasha wartete auf eine Antwort. Ich wurde nicht ganz schlau aus ihrem Gesichtsausdruck, aber ich hatte das Gefühl, dass ihr mein Besuch wichtig war.

„Also, okay.“

Sie strahlte und nahm die Hand von der Muschel. „Jane kann kommen, Mom. Ja. Okay. Also um vier. Soll ich was mitbringen? Bist du sicher? Gut. Wir sehen uns. Tschüss.“ Sie beendete das Gespräch und warf den Hörer auf das Sofa. „Meine Mutter freut sich riesig, dich wieder zu sehen“, sagte Natasha. „Sie vergötterte deine Mutter regelrecht.“

Ich lächelte. „Ich glaube, ich muss langsam los, oder Remke reißt mir den Kopf ab. Wir haben eine Besprechung, und ...“ Das war eine Lüge. Aber ich musste hier raus. Weg von Gnat. Ich verabredete einen Familienbesuch mit ihr und musste mir anhören, dass ihre Mutter meine vergöttert hat. Wer glaubte sie eigentlich zu sein? Meine neue beste Freundin?

Warum hatte ich dem Besuch bei ihren Eltern auch zugestimmt? Warum war ich gestern mit zu ihr gegangen?

Aus Neugier? Ein kindischer Teil meines Selbst fand an dem neuen Status Gefallen. Plötzlich war ich nicht mehr nur ihre Lektorin, sondern ihre Vertraute. Allein ihre Lektorin zu sein bedeutete schon ein gewisses Vertrauensverhältnis, aber das hier war anders. Das war fast Freundschaft. Und das durfte nicht sein. Nein, meine Dame. Ich half ihr mit ihren Eltern aus der Patsche, damit sie stark genug blieb, ihre alberne Lebensgeschichte weiterzuschreiben, und dann sollte sie allein zurechtkommen.

Ha. Wie allein konnte sie denn mit einem Baby im Bauch und einem Hausbootbewohner an ihrer Seite sein?

Um exakt neun Uhr legte ich Jeremy am Freitag das gekürzte erste Kapitel von *Der stolpernde Star* auf den Schreibtisch. Der Titel war nicht von mir. Remke selbst hatte ihn vorgeschlagen. S wäre ein sinnlicher Buchstabe, hatte er beharrt, und eine Alliteration auf das Wort Star wäre unschlagbar. Außerdem würde das Stolpern den potenziellen Leser neugierig auf die Gründe machen. Das suggerierte auch eine Verschwörung, hatte Remke gemeint. Natasha machte den erstaunlich klugen Kommentar, dass der Titel zwar saublöd, aber ungemein verkäuflich war, und gab ihren Segen. Morgan war vollkommen schockiert gewesen, dass ihr kleiner Vorschlag nicht den Zuschlag bekommen hatte: Alle herhören: Jetzt rede ich. Spitze, Morgan! Remke hatte aber ohnehin einen kurzen Titel gewollt, damit ein Ganzkörperfoto von Gnat noch Platz auf dem Umschlag fand. Daisy hatte noch vorgeschlagen, stellvertretend für den großen unbekannten Schauspieler einen gut aussehenden Mann mit unkenntlichem Gesicht neben Gnat zu montieren, um so die Verkäuflichkeit des Buches zusätzlich zu erhöhen. Ich fand die Idee genial. Remke dachte noch darüber nach.

Draußen donnerte und blitzte es. War das ein Omen? Nein. Es war einfach ein Gewitter. Ich hatte die beiden letzten Nächte damit zugebracht, die Auszüge aus Gnats sexy erstem Kapitel rund zu bekommen, das wirklich sehr bewegend und gut geschrieben war, wie ich insgeheim fand. Aber Jeremy war der Richter.

Ich ließ mich auf meinem Stuhl nieder und fing mit dem zweiten Kapitel an. Versuchte es wenigstens. Vom Flur drang der unverwechselbare Klang eines brabbelnden und glucksenden Babys in mein Büro. Das konnte nur eins bedeuten: Gwen hatte das Kind mitgebracht. Fantastisch. Nun musste ich meine kostbare Zeit auch noch mit vorgeblich begeistertem Halli-Hallo über Gwens Kind verplempern.

Mein Computer zeigte mir neue Mails an. Eine war von Timothy. Er wollte morgen Abend für mich kochen. Seine Spezialität. Sollte mir das nicht recht sein, könnten wir auch zum Mexikaner gehen. Hm. Hieß das, er plante für morgen die große Verführung? Date Nummer drei führte oft zum ersten Sex. War es noch zu früh dafür? Ich war mir nicht sicher. Bei Timothy und mir hatte es total geklickt, und er hatte am Donnerstag einfach angerufen, um Hallo zu sagen. Das dritte Date war bekannt dafür, zur Beziehungsschmiede zu werden. Aber Sex war bekannt dafür, Beziehungen zu zerstören. Einer erwartete immer noch etwas mehr. Und dieser eine war für gewöhnlich ich.

Die nächste Mail war von Eloise an Amanda und mich. Sie wollte den Freitagabendstammtisch gern ins Bloomingdales verlegen, damit sie gleich eine Liste für die Hochzeitsgeschenke machen lassen konnte. Und brauchte ich nicht sowieso noch ein Geschenk für Dana? Es war Eloise also ernst. Sie heiratete Serge. Man ließ keine Geschenkeliste auslegen, wenn es einen nicht wirklich erwischt hatte. Eloise hatte mir gestern erzählt, dass sie Amanda angerufen und ihr die Verlobung gestanden hatte. Laut Eloise war Amanda genauso erstaunt wie ich gewesen, hatte sie dann aber mit Glückwünschen überschüttet. Ich kannte Amanda Frank. Wenn Eloise ihr erzählte, dass sie Serge liebte und ihn heiraten wollte, war das ausreichend für sie. Sie war keine Haarspalterin. Sie nahm die Leute beim Wort. Und nebenbei bemerkt hatte Amanda die lästige Angewohnheit, Menschen wie Erwachsene zu behandeln.

Amanda hatte bereits mit einem euphorischen „Cool" geantwortet. Ich hängte ein „Gebongt" hintendran. Ich war gestern und heute mit Eloise zum Lunch gewesen, aber sie war versunken in ihre Welt sehr still geblieben. So versunken, dass sie sich nicht einmal wunderte, als ich ihr erzählte, dass ich am Dienstag in Gnats Wohnung übernachtet hatte. Bislang hatte sie ihrem Vater oder den Verwandten noch nichts von der Verlobung gesagt; die Einzigen, die davon wussten, waren Amanda und ich. Den kleinen Diamanten an ihrem Finger drehte sie einfach herum, so dass niemand bei Posh darauf aufmerksam wurde. Sie hatte sich die letzten Tage zurückgezogen, und ich war mit der Überarbeitung beschäftigt, so dass wir uns kaum gesehen hatten. Gestern hatte ich sie gefragt, ob sie mir meine Reaktion auf ihre Neuigkeiten übel nehmen würde, und sie hatte vehement verneint. Eingedenk der Tatsache, wie sie vor dem Antrag über Serge gesprochen hatte, verstand sie meine Bedenken sogar. Ich hatte Eloise richtig vermisst. Aber ich nahm an, dass ich mich an dieses Loch in meinem Leben vermutlich gewöhnen musste.

Auch von Gnat hatte ich wenig gehört, außer dass sie mir den überarbeiteten Kapitelentwurf und eine erste Fassung für das dritte Kapitel geschickt hatte, das ich heute Nachmittag lesen würde. Ich überlegte, ob ich ihr ein Babygeschenk von Bloomingdales mitbringen sollte. Was kaufte man einem Kind, wenn man nicht wusste, ob es ein Junge oder ein Mädchen würde? Ich würde einen Verkäufer um Hilfe bitten.

„Da bist du ja!"

Das war Gwens unverkennbare Stimme.

„Mach winke-winke zu unserer Jane", sagte sie in Babysprache zu Olivia, die mich aus ihrem Kinderwagen anstarrte. Ihre Augen waren wirklich ungemein blau. Sie hatte lange Wimpern und einen feinen, blonden Haarflaum. Das waren gewiss nicht die schlechtesten Voraussetzungen.

„Meine Güte, sie ist ja schon wahnsinnig groß", sagte ich so interessiert, wie ich konnte.

„Livie hat heute den ganzen Tag nur gelächelt, nicht wahr!" säuselte sie dem Baby zu. „Ich war mit ihr beim Arzt, weil ich mir Sorgen um ihre Kacka gemacht habe. Sie kam mir so dunkel vor, aber Onkel Doc sagt, alles ist gut. Gutti-gut, mein kleiner Hosenscheißer, alles bestens."

Sollte ich dazu etwas sagen? Wohl kaum.

„Und was hat es nun mit deinem neuen Schnuckel auf sich?" fragte Gwen. „Wie hieß er doch gleich?"

Das Museumsarschloch. „Er war nur ein Bekannter. Mein Freund ist jemand anderes. Timothy Rommely."

„O Jane! Das klingt ja fantastisch. Es ist so schön, dass

du einen Freund und Bekannte hast. Tob dich aus in New York. Du lebst wirklich ein echtes Leben. Als ich so alt war wie du, gab es für mich bloß Arbeit, Arbeit und nochmals Arbeit. Ich wundere mich, dass ich es überhaupt bis zur Ehe geschafft habe." Sie sah auf meinen Schreibtisch, versuchte es wenigstens. Meine Schultern waren ihr dazu weitgehend im Weg. Was hatte sie für ein Problem? Und wem wollte sie etwas vormachen? Gwendolyn Welle war seit ihrem zweiten Jahr am College mit ihrem entsetzlichen Ehemann zusammen. Das Erstaunliche war allenfalls, dass die beiden hinterlistigsten Personen der Vereinigten Staaten es geschafft hatten, sich zu finden.

Meine interne Leitung klingelte. „Jaaane", greinte Morgan, „ist Gwen bei dir?"

„Ja."

„Kannst du ihr sagen, dass Rolaaand und Jereeemy jetzt Zeit für die Besprechung haben."

„Das war das Stichwort", trällerte Gwen. „Sag bye-bye zu Janie-Jane."

„Ach, Gwen? Was würdest eigentlich du einer Freundin schenken, die gerade verkündet hat, dass sie schwanger ist, und man es noch nicht einmal sieht?"

„Eine werdende Mutter kann immer diesen Ratgeber gebrauchen ‚Was dich erwartet, wenn du ein Kind erwartest'", sagte Gwen. „Ich habe ihn während der Schwangerschaft glaube ich drei Mal gelesen. Bis später! Los geht's, Livie-Schatz. Zeit, mit Morgan zu spielen, während Mommy die Konferenz hat." Gwen schob den Wagen in Richtung Morgans Büro über den Flur. Morgan sollte bis zum Ende der Besprechung auf sie aufpassen.

„Was dich erwartet, wenn du ein Kind erwartest". Hervorragende Idee, zumal Gnat sich so unsicher über ihre Fähigkeiten als Mutter war. Ich könnte morgen auf meinem Weg zur U-Bahn schnell bei Barnes & Noble reinspringen.

Ich nahm wieder meine Lektüre des ziemlich schlüpfrigen zweiten Kapitels auf, in dem Gnat von den Männern erzählte, mit denen sie auf der Hollywood Casting Couch geschlafen hatte, als Morgan mich anrief, um mir zu sagen, dass meine Anwesenheit auf der Konferenz gefragt war. Gwen, Remke und Jeremy saßen auf ihren Stammplätzen. Niemand nahm von meinem Eintreten Notiz. Remke blätterte mal wieder durch irgendwelche Memos. Jeremy las, Schluck!, mein Exzerpt. Und Gwen tat so, als ob sie den Saum ihres Rocks prüfen würde.

O Gott. War das der Rausschmiss?

„Na kommen Sie schon", sagte Remke über den Rand seiner Brille hinweg. „Setzen Sie sich."

Ich setzte mich. Und wartete.

„Gwen möchte mit Ihnen das Nutley-Projekt durchsprechen", erklärte Remke.

„Ich möchte lediglich sicher sein, dass alles seinen Gang geht", fügte Gwen hinzu und sah mich an. „Ich mache mir Sorgen, ob du das ganz auf dich gestellt ohne jede Hilfe auch hinkriegst."

„Es läuft alles bestens", sagte ich. „Natasha arbeitet hart, und was sie abliefert, ist ausgezeichnet ..."

„Natürlich, ihr beide gebt euer Bestes", gestand Gwen gnädig zu. „Und wenn du weiter hart arbeitest und ein bisschen mehr Erfahrung hast, wirst du sicher eine erstklassige Lektorin. Aber noch lernst du." Mit ihrer falschen Besorgnis wandte sie sich nun Remke und Jeremy zu. „Ich wäre ruhiger, wenn ich Jane als Stütze dienen und ihre Arbeit gegenlesen könnte. Vielleicht sollte ich Natasha einfach auch mal anrufen, um ihr zu sagen, dass es da noch eine Cheflektorin im Hintergrund gibt, die ..."

Jeremy unterbrach seine Lektüre und warf den Stapel auf den Tisch. „Gwen, Jane macht das schon. Die Kurzfassung, die sie aus Natashas erstem Kapitel zusammengebastelt hat, ist erste Sahne. Allererste Sahne. Da gibt es absolut nichts, was du hättest beisteuern können, um es griffiger zu machen. Jane verbindet eine lange Geschichte mit Natasha, und sie leitet sie offensichtlich sehr gut an."

„Das war's dann", sagte Remke. „Gute Arbeit, Gregg."

„Ich bin beeindruckt!" rief Gwen. „Habe ich dich also gut herangezogen, Jane!"

Ich hatte es also geschafft. Hatte es wirklich geschafft! Ich war angekommen. Gwen Welle fühlte sich von mir bedroht!

„Black, bleib noch einen Moment", sagte Remke. „Wir müssen noch über diesen Backstreet Jungen reden. Gwen, wenn du Lust hast, würde ich gern auch deine Meinung dazu hören!"

„Wunderbar!" trällerte sie. „Ich will nur kurz sehen, ob bei Livie alles in Ordnung ist."

Gwen verließ den Raum mit mir. Als ich an Morgan vorbeilief, die Olivia betüttelte, nickte sie mir anerkennend zu. Sie hatte offensichtlich jedes Wort verstanden und war sprachlos, dass ich Gwens Position gefährden konnte.

Gwendolyn Welle, herausragende Cheflektorin, fühlte sich durch mich bedroht. Nach sechs Jahren harter Arbeit hatte ich es geschafft. Ich konnte es nicht abwarten, Eloise davon zu erzählen. Ich eilte zu ihrem Büro, aber sie war in ein Gespräch mit Daisy vertieft. Ich überlegte, ob ich Timothy anrufen sollte, doch das schien mir für unseren Status noch zu früh. Wir waren noch nicht in der Phase, wo man wegen allem sofort anrief. Ich konnte genauso gut bis morgen warten, wenn er mich mit seinen selbst gemachten Enchiladas abfütterte. Das wäre feierlich genug. Ich setzte mich wieder in mein Büro und kreiselte ausgelassen auf dem Drehstuhl.

Die interne Leitung. „Jaaane. Mitarbeiterversammlung im Konferenzraum. Du wirst erwartet."

Eine Mitarbeiterversammlung? Sollte ich befördert werden? Natürlich! Ich würde befördert werden. Warum sonst sollte Remke am Freitag eine Mitarbeiterversammlung einberufen? Remke, Jeremy und Gwen waren nach unserem kurzen Treffen nicht wegen der Backstreet-Geschichte geblieben. Sie waren geblieben, um meine Beförderung zur Co-Lektorin zu diskutieren!

Tief einatmen. Nimm die Haltung an, die deiner neuen Position gebührt, ermahnte ich mich. Ich holte mein Make-up aus der Tasche und puderte meine Nase, zog meine Lippen nach. Noch einmal durch die Haare gehen, und die Beförderung konnte kommen.

Das komplette Lektorat und das Marketing waren im Konferenzraum versammelt. Auf dem Tisch standen zwei Flaschen Sekt und Plastikbecher, daneben ein Teller mit Knabberzeug. O mein Gott! Ich wurde befördert. Das war's.

„Da wir heute alle beisammen sind, Gwen eingeschlossen", begann Jeremy, „dachte ich, der richtige Moment ist gekommen, um euch wunderbare Neuigkeiten mitzuteilen."

Mein Herz schlug mir bis zum Hals. Was, wenn ich gleich kein Wort des Dankes herausbekäme?

Jeremy räusperte sich. „Ich bin sehr glücklich, euch meine Verlobung mit Carolyn Klausner mitzuteilen, der geschäftsführenden Vizepräsidentin von *Vogue*."

Das Herzrasen fand ein jähes Ende. Ich spürte Augenpaare auf mir. Zwei, um genau zu sein. Morgans und Eloises. Die Belegschaft klatschte. Ich zwang mich ebenfalls dazu.

„Na kommt schon", sagte Remke. „Lasst uns anstoßen." Als die Korken knallten und der Sekt in die Gläser gegossen wurde, schlich sich Eloise zu mir herüber und drückte meine Hand. „Bist du okay?" flüsterte sie.

Ich nickte und drückte zurück. Dabei war ich, welch Überraschung!, gar nicht wegen Jeremy so ergriffen. Klar, eine Supermodel-gleiche geschäftsführende Vizepräsidentin der *Vogue* heiratete Jeremy. Meinen Jeremy. Den Mann, von dem ich seit fünf Jahren geträumt hatte. Was mich viel mehr aus den Angeln hob, war die Tatsache, dass ich tatsächlich dumm genug gewesen war, mir lächerliche Hoffnung auf eine Beförderung zu machen. Vielleicht hatte Gwen sich gar nicht bedroht gefühlt. Vielleicht dachte sie lediglich, der Schuh war eine Nummer zu groß für mich.

Was für Holly Golightly Tiffany's war, war für mich Bloomingdales. Einmal drinnen in dem riesigen Kaufhaus, konnte einem nichts Schlimmes mehr passieren. Außer, sie hatten einem die Kreditkarte gesperrt, weil man das Limit überschritten hatte, oder man wurde von aggressiven Parfum-Propagandistinnen mit fünf unterschiedlichen Düften eingenebelt. Zugegeben, Bloomingdales bildete nicht gerade die elitäre Spitze unter New Yorks Kaufhäusern, aber miese Erfahrungen konnte man auch bei Barney's oder Saks machen: So konnten Verkäuferinnen alles an einem anerkennend loben: die Schuhe, die Klamotten, die Handtasche, das Haar, das Make-up, und trotzdem waren sie so arrogant, dass sie nicht daran dachten, einem ihre Hilfe anzubieten.

Mein Favorit war das Erdgeschoss mit den Kosmetikständen und Accessoires, der Schmuck- und der Strumpfabteilung. Ich konnte einen ganzen Nachmittag dort verbringen, ohne einen Cent auszugeben: Man bekam eine Gesichtspflege gratis, konnte schicke, aber unbezahlbare Kleidung probieren, im Geiste seine ganze Wohnung neu dekorieren. Und obendrauf konnte man noch kostenlos Leute beobachten.

Unser Stammtisch hatte sich vor dem Clarins-Stand zum Lippenstift ausprobieren verabredet, bevor wir uns an den Kundendienst wenden wollten, um den Papierkram für Eloise zu erledigen. Eloise war schwer damit beschäftigt, sich mit der Clarins-Schönheitsberaterin über ein angemessenes Make-up für den Großen Tag zu beraten. Für eine Frau, die in Tränen ausbrach, wenn sie ihren Freunden von der Verlobung erzählte, war sie mächtig in Fahrt.

„Hallo!“ rief Amanda winkend und bahnte sich ihren Weg zu uns. Sofort stürzte sie sich auf einen Probelippenstift in schimmerndem Rosa und zog sich die Lippen nach. „Wie findet ihr den?“ fragte sie zweifelnd.

Eloise küsste sie auf den Mund. „Jetzt kannst du sehen, wie er mir steht.“

„Ich denke, bei einer verlobten Frau sieht er noch mal

anders aus", sagte Amanda. „Ich meine, wenn deine Wangen leuchten, sieht Rosa rosaner aus."

Aber Eloises Wangen leuchteten nicht. Ihre Heiterkeit war vorgeschoben, und ich sah ihr das an. Ich fragte mich, ob es Amanda auch so ging. Gestern war ich mehrfach drauf und dran gewesen, Amanda nach ihrer Sicht der Dinge zu fragen, aber ich wollte nicht hinter ihrem Rücken über Eloise sprechen. Außerdem kannte Amanda sie ohnehin nicht so gut. Und ich wollte sie nicht auf eine falsche Fährte bringen, dass ich eifersüchtig wäre oder dergleichen. Ich fürchtete, sie könnte das denken, war mir aber nicht sicher, warum. Vielleicht weil die beiden einen festen Freund und ich gerade mal zwei Dates in der Tasche hatte.

„Na, Jane. Sieht so aus, als ob Timothy und dir bald Ähnliches bevorstehen könnte, was?" sagte Amanda. „Er meint, er schuldet Jeff einen Gefallen mindestens in der Größe eines Porsche dafür, dass er euch verkuppelt hat."

Ich grinste über das ganze Gesicht. „Das hat er gesagt?"

„Aber hallo!" rief Eloise, „am Ende feiern wir eine Doppelhochzeit! Wäre das nicht toll?"

„Darf ich Ihnen weiterhelfen, meine Damen?" fragte ein männlicher Schönheitsberater.

Gerettet. Amanda und Eloise stürzten sich auf die Lippenstifte, einen verfügbaren Spiegel und den Rat eines Typen mit pink gefärbtem Haar. Eine Doppelhochzeit. Mir persönlich reichte Danas Hochzeit bis auf weiteres völlig aus. Ja, schon gut. Natürlich hätte ich nichts gegen einen blitzenden Verlobungsring an meinem Finger einzuwenden. Ich hätte auch nichts gegen eine kleine Hochzeitsfeierlichkeit im Plaza Hotel. Ich hätte eigentlich gar nichts gegen eine Hochzeit mit einem Mann einzuwenden, den ich liebte.

War ich doch eifersüchtig auf Eloise? Ich fühlte mich plötzlich wie Ally McBeal, wenn sie auf ihrem Stuhl auf Zwergengröße schrumpfte, nachdem sie sich total elend und klein gefühlt hatte. Ich hatte nicht das Gefühl, dass es das war, aber vielleicht war es das. Vielleicht war ich einfach nur eifersüchtig, dass ich in die zweite Reihe zurücktreten musste. Dass ich meine beste Freundin verlor.

Nach einer halben Stunde des Probierens, die uns jeweils fünfzig Dollar an Make-up-Utensilien gekostet hatte, die wir hinterher doch nicht mehr gebrauchen konnten, gingen wir runter zum Kundendienst. Die Formulare in der Hand, statteten Amanda, Eloise und ich meiner zweitliebsten Abteilung bei Bloomingdales einen Besuch ab: Betten- und Badzubehör. Wir schritten jeden Gang und jeden Ständer ab, bis wir alles gesehen hatten und Eloise ihre Auswahl treffen konnte. Wir beschlossen, von jedem Teil ein Muster direkt in den Einkaufswagen zu legen, damit Eloise sofort sehen konnte, ob die Farben passten und ob sie es auch eine Viertelstunde später noch mochte.

Eloise entschied sich für flauschige, tief purpurfarbene Badetücher (zwanzig Mäuse für ein Handtuch!) und eine ziemlich coole Badematte mit kleinen Zeichentrickmäusen drauf. Es folgten ein paar Accessoires im Art déco-Stil und ein Duschvorhang mit einem Motiv aus Casablanca, Humphrey Bogart und Ingrid Bergman in inniger Umarmung. Eine Daunendecke, die dicker war als mein Wintermantel. Ein Bettüberwurf, der teurer war als mein Wintermantel. Kissen, dicke und dünne, synthetische und mit

Daunen. Fein gewebte Calvin Klein-Bettwäsche. Ralph Lauren-Bettwäsche aus Flanell. Eine sprechende Waage.

Zwei Stunden später kündigte Eloise an, dass sie es sich anders überlegt hatte. Sie wollte doch lieber eine dezentere Farbkombination. Wird Serge überhaupt eine von beiden gefallen? zweifelte sie laut. Vielleicht sollten sie doch besser an einem anderen Tag zusammen wiederkommen und die Sachen aussuchen, sagte sie. Und so nahmen wir unseren Wagen und kippten den Inhalt auf einem der Musterbetten aus, als die Verkäufer nicht guckten.

„Lasst uns unseren Flirtabend-Stammtisch in einer anderen Lokalität fortführen“, sagte Eloise leicht verstimmt. „Ich brauche einen Drink.“

Amanda und ich sahen uns an und nickten. Und zehn Minuten später saßen wir an einem runden Tisch nahe des Kamins im Arizona 206, einem Restaurant schräg gegenüber von Bloomingdales. Drei Frozen Margaritas, Eloises Marlboro Light und eine Schachtel Streichhölzer lagen vor uns. Sie hatte beschlossen, dass es nicht die richtige Zeit war, mit der liebsten ihrer schlechten Angewohnheiten zu brechen.

„Du hast also seit Samstag wirklich keinen einzigen Zug getan?“ fragte Amanda. „Jane! Das ist super!“

„Lasst uns auf Janes erste Woche als Nichtraucherin anstoßen“, sagte Eloise und hob ihr Glas.

Wir prosteten uns zu, wobei ich den Blick nicht von der vertrauten Packung nehmen konnte. Eloise hatte mir gestanden, dass sie über die Woche verteilt mehr als ein paar Zigaretten weggepafft hätte; das war einer der Gründe, warum sie mir aus dem Weg gegangen war. Ich hatte entgegnet, dass sie um Gottes willen auf mich keine Rücksicht nehmen sollte. Ich hörte im Namen der Liebe auf. Ihre Liebe rauchte selbst.

Und das hatte den Damm gebrochen. Die Spannung war weg, und der FaS kam auf der 59. Straße East richtig in Schwung.

„O nein, Mist!“ rief ich aus. „Ich habe das Geschenk für Danas Brautfeier vergessen.“

„Gib ihr einfach Geld“, schlug Amanda vor. „Das ist jungen Paaren doch sowieso am liebsten. Kein Mensch braucht noch die zehnte hässliche Vase im Schrank.“

„Aber sie besitzen doch schon Milliarden“, erinnerte ich sie. „Was soll sie dann noch mit meinen hundert Dollar anfangen?“

„Reiche Leute können den Hals gar nicht voll kriegen“, sagte Amanda. „Sie haben nie genug. Weil sie so viel ausgeben. Glaub mir, deine 100 Mäuse werden ihnen beim Begleichen der Plaza-Rechnung gerade recht kommen. Warum laden sie wohl so viele Leute ein?“

Da sagte sie was. „Trotzdem, findest du es nicht etwas unpersönlich, wenn ich als Cousine ihr Geld schenke?“ Ohne Zweifel war Dana auf Geld und Status fixiert, aber immerhin waren wir ja doch Familie.

„Kein Stück“, sagte Eloise. „Geld stinkt nicht.“

Ich hob meine Margarita. „Also gut, wenn ihr meint?“

„Jane, bist du sicher, dass dich die Sache mit Jeremy nicht zu sehr runterzieht?“ fragte Eloise. Amanda sah von Eloise zu mir. „Was ist denn mit Jeremy?“

„Er hat seine Verlobung mit irgend so einer Vogue-VIP-Tussie angekündigt“, erklärte Eloise und blies den Rauch gen Decke aus.

„Ja, statt meiner Beförderung.“

„Oh, Jane, das tut mir Leid“, sagte Amanda. „Sehr schlimm?“

Nicht wirklich, und ich wusste nicht, warum. Warum drehte ich nicht vollkommen durch? Der Mann, der mir seit fünf Jahren durch den Kopf spukte, heiratete eine andere, und alles, was mich interessierte, war, ob ich Gwens Stuhl zum Wackeln bringen konnte oder nicht. Wo waren meine Tränen? Wo waren die Taschentücher und die Riesenportionen Eis von Häagen Dazs? Vielleicht ging es mir gut, weil ich mich für Jeremy freute? Wie sollte ich mich nicht für jemanden freuen, der vor Gwen und Remke ein gutes Wort für mich eingelegt hatte? Er hatte meine Arbeit zur exakt richtigen Zeit, an exakt dem richtigen Ort vor exakt den richtigen Leuten gelobt. So gesehen hatte ich von Jeremy genau das bekommen, wonach ich mich gesehnt hatte. Anerkennung. Nein, das war es auch nicht. Ich war verrückt nach Jeremy gewesen. Ich hatte mir alles Mögliche mit ihm vorgestellt. Ich war nicht hinter seiner Anerkennung her, sondern hinter ihm. Lag es an Timothy? Genügten zwei vielversprechende Verabredungen, Jeremy Black zu vergessen? Doch das glaubte ich auch nicht. Was war es dann? Was nur?

Vielleicht war es einfach schwer, sich wegen Jeremys Verlobung verrückt zu machen, wenn die Dinge in meinem eigenen Leben gut liefen. Ich war für meine Arbeit von Jeremy gelobt worden. Das war nun auch nicht ganz spurlos an mir vorbeigegangen. Und ich hatte Gwen nervös gemacht, da war ich sicher. Ich dachte an Gnat, die in mein Kissen schluchzte. Die ihre Mutter regelrecht anbettelte, sie besuchen zu dürfen. Ich hatte wenigstens Tante Ina, Onkel David und natürlich meinen lieben Knurrhahn Grammy. Sie würden alles für mich tun. Und ich hatte Eloise und Amanda, die ebenfalls alles für mich tun würden. Und ich würde eventuell Timothy haben, der in weniger als 24 Stunden Tortillas mit meinem Namen drauf rollen würde. Vielleicht lebte ich wirklich in einem „gesunden Umfeld“, wie es in den Selbsthilferatgebern immer so schön hieß. Wie sonst wollte man sich meine gleichmütige Reaktion erklären?

„Mir geht es wirklich bestens“, wiederholte ich. „Echt. Sobald Gnat mit ihrem Buch fertig ist, werde ich befördert. Wenn ich dann noch ganz brillant das Baby einbaue, bin ich am nächsten Tag eine gestandene Co-Lektorin.“

„Also prost auf Janes ungemein verdiente und endlich absehbare Beförderung“, sagte Eloise feierlich. Wir stießen an. Eloise zündete sich eine weitere Zigarette an und achtete darauf, den Qualm weder Amanda noch mir ins Gesicht zu blasen.

„Fährst du morgen wirklich mit zu Gnats Eltern?“ fragte Eloise.

Ich nickte und brachte Amanda aufs Laufende. Der mitternächtliche Besuch. Ihr Heulkrampf. Der Dämmerschoppen bei ihr. Die Pfannkuchen. Das Gespräch mit ihrer tollen Mutter.

„Du meinst, das Gespräch der Mutter mit ihrer tollen Tochter?“ unterbrach Eloise lachend.

Die Bemerkung erwischte mich kalt. So hatte ich es nicht gemeint. Irgendwo, irgendwie hatte sich etwas wie Sympathie zwischen Gnat und mir eingeschlichen. Vermutlich weil ihre ausgezeichnete Arbeit am ersten Kapitel es mir so leicht gemacht hatte, es so „hervorragend“ zu kürzen. Sie hatte mich vor Gwens Klauen gerettet. Ich schuldete ihr einen Gefallen. Das war alles.

„Sie kommt aber nicht zu Danas Brautfeier, oder?“ fragte Amanda. Ich nippte an meiner Margarita. „Nein. Doch wir treffen uns, um zusammen mit der Subway nach Forest Hills zu fahren. Gnat findet es witzig, sich in die unwägbaren Niederungen des U-Bahn-Systems hinabzulassen, traut sich aber nicht allein.“

„Und was macht sie die ganze Zeit, wenn du pappige Brötchen isst und Dana beim Auspacken der Geschenke zusiehst?“ fragte Eloise. „Ich kann mir nicht vorstellen, dass Natasha Nutley gern auf der Austin Street shoppen geht.“

Konnte ich auch nicht. „Sie will den Tag dafür nutzen, auf nostalgischen Pfaden zu wandeln, in ihrem alten Viertel herumspazieren, den Weg zur Schule noch einmal gehen, die Orte aufsuchen, wo wir immer rumgehangen haben, solche Sachen. Und dann treffen wir uns um Viertel vor vier im Starbucks-Café, um zusammen zu ihren Eltern zu gehen.“

„Das wird ein langer Tag“, bemerkte Amanda. „Wie willst du denn danach noch fit für Timothy und dein entscheidendes drittes Date mit ihm sein?“

Ich lächelte. Essen und ausziehen verlangte nun wirklich keinerlei Anstrengung.

12. KAPITEL

„Ich hab dir eine Kleinigkeit mitgebracht!“ sagte ich zu Natasha, als wir uns in die harten orangefarbenen Sitzschalen der Linie F an einem strahlenden Samstagmorgen fallen ließen. Ich reichte ihr die Plastiktüte von Barnes & Noble. Ich hatte schon mit dem Gedanken gespielt, ihr eine Karte dazu zu stecken, fand aber, dass das dann doch zu weit ging. Das Buch selbst war ja gewissermaßen schon Karte und Geschenk in einem.

„Was ist das?“ fragte Natasha überrascht. „Das war doch überhaupt nicht nötig.“

„Na ja, ich war heute früh in dem Buchladen und habe es auf einem Display entdeckt. Ich dachte, du könntest es gebrauchen. Es sei denn, du hast es schon.“

Aus der Tüte zog sie das „Was dich erwartet, wenn du ein Kind erwartest“. Sie sah mich an, und auf ihrem Gesicht zeichnete sich ein breites Lächeln ab, bevor sie durch das Buch blätterte. „Jane, du bist so aufmerksam. Tausend Dank! Ich war drauf und dran, mir das Buch selbst zu kaufen!“

Sie war schwanger. Genau hier und jetzt wuchs neues Leben in ihr. Ich hätte gern gewusst, wie sich das wohl anfühlte, traute mich aber nicht, sie zu fragen – was sollte sie von mir denken? Ich konnte mir nicht vorstellen, wie es war zu wissen, dass in deinem Bauch ein Lebewesen heranwuchs, eine Mini-Version von dir und deinem Partner, das mit jeder Sekunde größer wurde. Auch wenn man es zu diesem Zeitpunkt noch nicht spüren konnte, allein das Wissen musste einen doch schon verrückt machen. Man fühlte sich wahrscheinlich nie mehr allein.

„Jane, ich kann dir gar nicht sagen, wie sehr ich dieses Geschenk zu schätzen weiß“, sagte Natasha. „Deine ...“

„Darf ich Sie um ein Autogramm bitten?“ unterbrach eine Frau.

Natasha und ich nahmen unseren Blick von „Was dich

erwartet, wenn du ein Kind erwartest". Eine Frau mittleren Alters strahlte Gnat mit ausgestrecktem Blatt und Stift an.

„Ich will Sie wirklich nicht stören", sagte sie, „aber ich schwärme für Sie und Ihre Filme. Ich hätte nie gedacht, dass Sie auch mit der Subway fahren! Ach, ist das aufregend. Sie sind so schön!"

Welche Filme? Gnat war Statistin in der dritten Reihe.

„Ich bin ganz außer mir!" rief die Frau wieder. „Ein Autogramm von Ihnen bedeutet mir alles."

Was war ich doch für ein Dummkopf! Mir tat Gnat wegen letzter Nacht Leid? Ha! Sie verdiente kein Quäntchen meiner Sympathie. Sie war berühmt. Ob zu Recht oder nicht. Sie war vor ein paar Monaten so oft in Talk-Shows zu sehen gewesen, dass die Hausfrauenliga sie noch immer erkannte. Was für eine widerliche Angelegenheit. Diese Frau – und zahllose andere – wollten ein Autogramm von Natasha, weil sie mit einem berühmten Schauspieler ins Bett gestiegen war? Ein Schauspieler, der seine Frauen Verträge unterzeichnen ließ, während er sie pimperte? Und damit hatte man sich Ruhm verdient?

Jetzt wusste ich, warum Gnat lieber die Subway anstelle eines Taxis nehmen wollte. Sie konnte ein bisschen mit ihren Locken wippen und Fremde dazu bringen, sie auf Knien um ein Autogramm anzubetteln. Gott sei Dank war der Waggon fast leer. Ich konnte gut darauf verzichten, Gnat die vierzigminütige Fahrt dabei zuzusehen, wie sie ihren Namen auf Zettel kritzelte.

Natasha lächelte die Frau an und nahm Papier und Stift. Als Unterlage diente ihr das Buch, das auf ihren ungewöhnlich konservativ gekleideten Oberschenkeln ruhte. Normalerweise trug sie gern ein knappes Top, enge Hosen und hochhackige Sandaletten. Heute aber hatte sie ein hoch geschlossenes hellblaues Leinenkleid an, das ihr bis über die Knie reichte. Das sah schon sehr nach Audrey Hepburn aus. Um die Schultern hatte sie sich eine blassblaue Strickjacke gelegt. Ihre Sandaletten hatten einen Absatz, aber einen vernünftigen. Anstelle der üblichen Prada- oder Gucci- oder Louis Vitton-Taschen hing eine simple rosafarbene Strohtasche über ihrem Arm. Sie sah aus wie eine Oberschullehrerin auf einem Klassenausflug ins Weiße Haus, und nicht wie die fragwürdig berühmte Gnatasha Nutley an einem Samstagmorgen.

Ich inspizierte das Autogramm, als Natasha der Frau Zettel und Stift zurückgab. Mir fiel die Kinnlade runter. In schwarzer Tinte stand da kaum leserlich geschrieben: Nicole Kidman.

Die Frau glühte vor Freude, als sie das Autogramm in der Hand hielt und es an ihre Brust drückte. „Ich kann gar nicht warten, es meinem Mann zu erzählen!" rief sie und dackelte ab.

Okay. Hatte ich irgendwas verpasst? Ich sah Natasha an. „Nicole Kidman?"

„Du hast doch wohl nicht geglaubt, dass sie ein Autogramm von mir will, oder?"

Doch. Hatte ich. „Warum nicht? Du bist berühmt."

„Für dich vielleicht", sagte Natasha mit gesenktem Blick. „Aber nicht für eine x-beliebige Person in der Linie F oder auf der Straße. Ich werde andauernd mit Nicole Kidman verwechselt."

Zum hundertsten Mal: Hut ab. Wie hart musste das sein. Verwechselt zu werden mit einer der schönsten Schauspielerinnen der Welt.

„Woher hast du gewusst, dass die Frau nicht dich meinte?“ fragte ich. „Sie hätte auf ihren Zettel gucken und total verwirrt sagen können: ‚Ich dachte, Sie wären Natasha Nutley.‘“

Sie lachte und zog eine Augenbraue hoch. „Hätte sie. Hat sie aber nicht, oder?“

„Aber ...“

„Jane. Nachdem ich das erste Mal auf dem Bildschirm zu sehen gewesen war, hatte mich jemand um ein Autogramm gebeten. Ich hatte meine Unterschrift für genau diesen Moment vorher zigfach geübt. Der Typ gab mir ein Stück Papier, und voller Stolz schrieb ich Natasha Nutley. Der Typ sah mich an, sah den Zettel an, sah mich noch mal an und sagte: ‚Hey, Sie sind gar nicht Nicole Kidman!‘ Dann hat er das Blatt zusammengeknüllt und auf den Boden geworfen.“

Die Sympathie kehrte zurück.

Gnats Armreifen klimperten, als sie sich ein paar Locken aus dem Gesicht schob. „Ich habe das Autogramm aufgehoben, das Papier glatt gestrichen und es in meine Handtasche gesteckt. Seitdem bewahre ich es dort auf, um mich daran zu erinnern, dass ich jemand bin. Egal, was passiert, ich bin jemand.“

„Ja natürlich bist du jemand“, sagte ich. „Du bist berühmt. Du warst im Fernsehen, dein Bild war in allen Zeit...“

„Das meine ich nicht“, unterbrach mich Natasha. „Ich meine, egal, was passiert. Unabhängig von *dem* Schauspieler, den Talk-Shows und Zeitschriftenartikeln und dem Buch. Ich bin jemand. Nur ich. Wann auch immer ich daran zu zweifeln anfange, hole ich den zerknitterten Zettel aus der Tasche und schaue ihn mir an. Und dann erinnere ich mich daran, dass ich an mich selbst glauben muss. Was ist schon dabei, wenn ich jemanden glücklich mache, indem ich Nicole Kidmans Namen auf ein Stück Papier schreibe? Mich kostet es nichts, und ein anderer Mensch freut sich wie verrückt und hat die nächste Woche eine Geschichte zu erzählen."

Aber es kostete sie etwas. Musste es.

Sie blätterte durch das Buch. Offensichtlich wollte sie das Thema wechseln. Kein Problem für mich, aber was sollte ich sagen? Gnat hatte mich noch nicht gefragt, ob ich das dritte Kapitel schon gelesen hatte. Vielleicht wartete sie darauf, dass ich es von mir aus ansprach? Aber so langsam war ich es leid, immer über sie zu reden. War ihr Sexleben und ihre Schönheit und ihre unerwarteten Probleme leid.

„Rate mal, wer sich verlobt hat?" sprudelte ich. „Pierce Brosnan."

„Echt?" fragte Natasha. „Mit dieser Vogue-Vize?" Auf mein Nicken stieß Natasha einen Pfiff aus. „Wow. Damit ist einer der angesagtesten Junggesellen von New York von der Liste gestrichen. Ich darf nicht vergessen, ihm auf meinem Einkaufsbummel nachher eine Glückwunschkarte zu kaufen."

„Soll ich dir ein Geheimnis verraten?" fragte ich. Sie sah mich an und nickte. „Ich war mal voll in Jeremy verknallt. Vor Ewigkeiten, versteht sich. Als ich gerade bei Posh angefangen hatte. Ist das nicht lustig?"

O nein. Was tat ich da bloß? Jetzt hatte ich aber wirklich Quasselwasser getrunken. Seit Natasha und ich uns nach zehn Jahren im Blue Water wiedergetroffen hatten, hatte ich nicht aufgehört, ihr irgendwelche Lügengeschichten aufzutischen. Und jetzt vertraute ich ihr auf einmal die Wahrheit an? Die halbe Wahrheit wenigstens. Mein Verknalltsein in Jeremy hatte schließlich bis vor einer Woche angehalten, bevor ich mich in Timothy Rommely verknallt hatte. Warum? Warum nur? Ich hatte letzte Nacht so lange darüber nachgedacht, aber noch immer fand ich keine befriedigende Antwort. Wie konnte ich jede Nacht von Jeremy träumen, hoffen, dass er mich bemerkte, hoffen, dass er mich auf einen Drink einlud, um dann null Problem mit seiner Verlobung zu haben? Irgendetwas fehlte da.

„Hast du es nie bei ihm versucht?" fragte Natasha, als der Zug in die erste Station von Queens rumpelte.

Ich lachte. „Machst du Witze?"

„Nein, ich meine es ernst. Warum nicht?"

„Sicher", sagte ich. „Hast du noch so einen auf Lager?"

„Jane! Du bist eine intelligente, gut aussehende Frau. Warum sollte er nicht anbeißen?"

War das Tante Ina? „Lieb von dir, Natasha. Ich weiß das zu schätzen, aber ich bin nicht blöd. Ich bin wohl nicht ganz dieselbe Liga. Du bist der Typ, der in Frage käme. Nicht ich."

Hatte ich Gnatasha gerade gestanden, dass ich höchstwahrscheinlich nicht die weltbekannte super Cheflektorin war, die es im Jahr locker auf 100.000 Taler brachte? Ja, hatte ich. Nicht dieselbe Liga. Was war nur los mit mir? Ich sollte mich berichtigen, damit sie nicht ...

Natasha sah mich an. „Er ist mit der geschäftsführenden Vizepräsidentin eines der weltweit angesehensten Frauenmagazine verlobt. Ich bezweifle, dass er Interesse an einer Hure hätte, die obendrein noch Alkoholikerin ist."

Ich war erschüttert. „Natasha!" Ich durfte so über sie

denken, sie nicht. Und selbst ich ging in Gedanken nicht so weit. Hatte sie wirklich so ein schlechtes Bild von sich? Wie war das möglich? Sie war etwas Besonderes. Meine Güte, sie wurde mit Nicole Kidman verwechselt. Seit ihrer Geburt hatte sie jeden mit ihren roten Locken einwickeln können. Sie hatte sich ohne jedes Fältchen durch die High School gelächelt und wurde wie eine Königin hofiert. Sie hatte noch beide Eltern, die dort lebten und atmeten, wo sie aufgewachsen war. Sie hatte ein Refugium auf der 64. Straße zwischen Park und Madison Avenue und einen Heiratsantrag von einem Hausbootbewohner aus Kalifornien. Sie hatte einen Buchvertrag, der ihr noch die Altersversorgung finanzieren würde (sofern Remkes Erwartungen sich erfüllten). Der Verlag lief ihr schon jetzt wegen eines Nachfolgetitels hinterher. Und sie war schwanger. Sie hatte alles. Gut, sie hatte in der Vergangenheit einige Enttäuschungen wegstecken müssen, aber wer hatte das nicht?

„Sagen wir mal so: Im Moment bin ich trocken“, berichtigte sie sich. „Ich habe das Alkoholproblem derzeit im Griff. Aber einmal drin, bleibst du drin. Irgendwo lauert es immer und wartet nur drauf, dich wieder zu packen. Warum glaubst du wohl, mache ich mir solche Sorgen um das Kind?“

„Du meinst also, Menschen können sich nicht ändern?“ fragte ich und stellte ärgerlicherweise fest, dass sie mir von Sekunde zu Sekunde sympathischer wurde. Sie konnte das nicht ernsthaft glauben. Ja, sie war von Bett zu Bett gehupft und hatte eine Vorliebe für Wodka Tonic gehabt, aber nun war sie trocken, liebte einen einzigen Mann und wollte eine gute Mutter werden.

Bei dem Gedanken lief es mir kalt den Rücken runter.

Sie war eine alkoholabhängige Schlampe gewesen und war beides nicht mehr. Der Weg dahin musste ziemlich steinig gewesen sein. Eins der Probleme zu bekämpfen war schon hart genug. Was zum Teufel wusste ich schon von diesen Welten oder von der Kraft, die es kostete, in das normale Leben zurückzufinden? Sie hatte das Ruder herumgerissen und war gut aus der Sache hervorgegangen. Mehr als gut. Sie hatte ihre persönliche Hölle als Sieger verlassen. Warum merkte sie das selbst nicht? Warum dachte sie immer noch, sie wäre eine Verliererin?

„Natasha, du hast doch selbst den besten Beweis dafür geliefert, dass Menschen sich ändern können. Jedes Wort deines Konzepts dokumentiert das. Du hast so viel hinter dir gelassen. Wie kannst du jetzt hier sitzen und mir weismachen wollen, dass du nichts im Griff hast?"

„Wart mal ab, bis du meine Eltern kennen lernst, Jane. Dann wirst du es schon merken."

Musste das sein? Ich wusste nicht, ob ich damit umgehen konnte. Ich wollte für Gnatasha Nutley kein Mitleid empfinden. Ich wollte sie nicht mögen. Ich wollte mit ihr auch keine Gespräche führen, die offener waren als die, die ich in den vergangenen Tagen mit Eloise geführt hatte. Ich wollte, dass Gnat für mich wieder nur aus Locken, Armreifen und Perfektion bestand. Gnatasha Nutley war dabei, vor meinem inneren Augen zu einem normalen Menschen aus Fleisch und Blut zu mutieren. Das war nicht fair. Ich wollte, dass ihre lächerliche Lebensgeschichte wieder lächerlich für mich würde.

„Hallo, entschuldigen Sie, Miss Kidman?" fragte ein Junge mit umgekehrt aufgesetzter Baseballkappe und vor

Ehrfurcht wie erstarrt. „Könnten Sie mir ein Autogramm geben?"

Als sich die Fahrstuhltüren im zehnten Stock vor Karen Friemans Apartment öffneten, konnte ich den Haselnusskaffee schon riechen. Durch die Wohnungstür drangen munteres Geplauder und Lachen. Ups. Ich war doch nicht zu spät. Es war zwanzig vor elf. Das hieß, ich war gleichzeitig zehn Minuten zu spät und zwanzig zu früh. Die Gäste sollten schon um halb kommen, und Dana wurde um elf für die große Überraschung erwartet. Wir waren angewiesen, ab 10:50 Uhr den Mund zu halten, um dann aus vollem Halse „Überraschung!" zu brüllen, wenn es an der Tür klingelte.

Tante Ina begrüßte mich stirnrunzelnd in ihrer französischen Kluft, zu der wir alle verdonnert waren. „Du bist spät, junge Frau." Ihre Hände stemmten sich reflexartig in die Hüften, die in schwarzen Caprihosen steckten. Ich musste zugeben, dass Tante Ina auf ihre Art total süß aussah. Auf ihren roten Locken trug sie sogar eine Baskenmütze. Sie umfasste mein Kinn und drückte mir einen Kuss auf die Wange und wischte gleich die Spuren ihres Lippenstifts ab, die sie immer hinterließ.

Karens Wohnung war bis zum Rand voll mit Leuten. Die sieben Brautjungfern und sie selbst trugen das französische Kostüm. Natürlich musste Karen als Ehrenbrautjungfer aus der Menge hervorstechen, so dass es – neben Tante Ina – nur ihr erlaubt war, eine Baskenmütze aufzusetzen. Dabei hätte ich so gern auch eine gehabt! (War ein Witz!) Ich hatte 55 Einladungen verschickt, und so viele Frauen waren auch im Raum versammelt. Ein paar von Inas Freunden aus der Nachbarschaft waren darunter, die meisten aber waren Freunde von Dana, die sie aus Forest Hills, dem College und den Jobs kannte, die sie als Verkäuferin hatte.

„Gut siehst du aus", sagte Tante Ina prüfend. Gott sei Dank hatte ich nicht vergessen, die Kluft anzuziehen: schwarze Caprihosen und ein schwarz-weiß gestreiftes Shirt, dazu ein blödes Tuch um den Hals. Ich hatte vergessen, dass ich einen schmalen Chiffonschal im Schrank hatte. Amanda hatte ihn mir zusammen mit einem Paar Ohrringe zu meinem Geburtstag vor zwei Jahren geschenkt. „Deine Haut sieht gut aus. So geschmeidig. Benutzt du was Neues?"

Ja. Ein Produkt namens Endlich-bin-ich-Natasha-los. Die Fahrt mit der Subway war mir doch etwas zu intensiv, zu überraschend gewesen. Ich atmete tief ein und versuchte, nicht länger an sie zu denken. Es war schon schlimm genug, dass ich noch einige Stunden mit ihr bei ihren Eltern zubringen musste, wo offensichtlich Spannungen in der Luft lagen. Und ich würde mit ihr zurück nach Manhattan fahren. Und wieder würde es nur um sie, sie und nochmals sie gehen, wenn ich an mich, mich und nochmals mich und Timothy denken wollte. Vielleicht war er ja der Grund für meine geschmeidige Verfassung. Die Vorwegnahme von heute Nacht. Von seinen dunklen Augen, die mich anfunkelten. Seinem dunklen Haar, das sich gegen meinen Nacken rieb.

„Da bist du ja!" Grammy kam auf mich zu. Sie drückte mir einen Keks in die Hand. „Lass das bloß niemanden sehen. Wir sind gehalten, mit dem Essen auf Dana zu warten." Ich schob mir den Keks in den Mund und grinste sie an. „Und, wie geht's mit Mr. Rommely? Siehst du ihn noch?“ Grammy trug auch das gestreifte Shirt und den Schal, hatte aber einen weißen Rock anstelle der Caprihosen an.

„Ma, natürlich sehen sie sich noch“, sagte Tante Ina. „Es ist was Ernstes. Und wenn es was Ernstes ist, hört es nicht nach fünf Minuten auf.“

Wenn's doch nur wahr wäre.

„Schon gut“, sagte Grammy. Aus ihrer Tasche holte sie ein Döschen Rouge und einen Lippenstift heraus, um den zart lilafarbenen Schimmer aufzufrischen. „Man darf doch wohl mal fragen. Ethan Miles ist nämlich noch zu haben, schon gehört?“ Wunderte mich nicht. „Er ist so ein netter junger Mann. Weißt du, was er gestern erst wieder gemacht hat, als dein Onkel und deine Tante bei mir waren? Dein Onkel versprühte gerade ein Frischluftspray im Flur, um den grässlichen Gestank nach Rauch von den Norwells nebenan loszuwerden, und wer kam just in dem Moment von der Arbeit nach Hause: Ethan. Da hat ihn also dein Onkel angesprochen, ob er nicht Lust hätte, eine Partie Schach mit ihm zu spielen. Und was hat Ethan geantwortet? Er hat geantwortet: ‚O ja, sehr gern.‘ Und dann haben sie zwei Partien gespielt und deine Tante und mich in Ruhe plaudern lassen. Ist das nicht was? Ein beschäftigter junger Mann findet Gefallen daran, deinen Onkel David zu unterhalten.“

Grammy hatte ziemlich eindeutig etwas Entscheidendes übersehen: Ethan Miles hatte offenbar nichts Besseres zu tun.

„Wann triffst du Timothy nun also wieder?“ fragte Tante Ina. „Heute Abend? Zu meiner Zeit war der Samstag immer der Ausgehtag.“

Ich nickte. „Das ist er noch immer. Er kocht für mich." Noch während ich sprach, bedauerte ich die Aussage. War ich bescheuert? Man erzählte seiner Tante oder Großmutter nicht, dass ein Mann eine Frau zu sich nach Hause einlud. Egal, ob man sich schon seit Monaten und Jahren kannte. Wenigstens hatten sie keine Ahnung, dass ich Timothy erst zum dritten Mal traf.

„Das war ja wohl ein schlechter Scherz, Jane Gregg", sagte Tante Ina, die Hände wieder auf den Hüften.

„Ja, war's", bestätigte ich. „Sollte ein Witz sein. Tschuldigung. Wir wollen zu einem Konzert im Central Park gehen und danach in einem netten kleinen Restaurant was essen."

„Geht ihr ins Rainbow Room?" fragte Grammy. „Das ist ein nettes Restaurant. Zu meiner Zeit gingen dort alle jungen Leute hin."

Ich war noch nie im Rainbow Room gewesen. Es war legendär, rangierte aber in derselben Kategorie wie das Empire State Building: Es war für Touristen, nicht für New Yorker. Oder für Touristen und wohlhabende New Yorker.

„Was macht Timothy beruflich?" fragte Tante Ina. „Hast du uns das schon erzählt? Ich kann mich nicht erinnern."

Ich war nun im Begriff, in den Augen von Tante Ina und Grammy deutlich aufgewertet zu werden. „Nein, ich glaube, ich habe es noch nicht erwähnt. Er ist Arzt."

Tante Ina und Grammy sahen sich an und fingen breit an zu grinsen. „Ein Arzt!" rief Grammy. „Das ist doch was. Ein Chirurg?"

Aha, ein normaler Arzt würde es also nicht tun. Na, Grammy, das würde ich mir merken. „Er ist Assistenzarzt, weiß also noch nicht genau, wie er sich spezialisieren wird.“

„Du bist die Nächste“, erklärte Tante Ina und schüttelte ihren Kopf in einer Mischung aus zu Tränen gerührtem Stolz und Freude in ihren hellblauen Augen. „Ich hab's gewusst. Dana hatte sowieso schon versprochen, den Brautstrauß direkt in deine Richtung zu werfen. Pass also auf und fang ihn. Du hast jede Menge Konkurrenz. Sie werden sich alle darum reißen.“

Von mir aus konnten sie ihn haben. „Ich versuch's“, versprach ich mit hinter dem Rücken gekreuzten Fingern. Keine Chance, dass ich mich in dieser peinlichen Single-Schlange anstellte. Eine der beiden Julies konnte ihn fangen. Ich durfte meinen dringenden Gang zum Klo nicht vergessen, wenn Dana bereit für den Wurf war.

Tante Ina begann mit ihrer Hand die Spitzen meiner Haare anzufassen. „Warum trägst du sie so glatt? Ein bisschen gewellt wäre hübsch.“

„Hallo! Alle zugehört!“ kündigte Karen an. „Es ist gleich elf. Von jetzt an gilt Schweigen!“ Das Licht wurde ausgemacht. Ich roch vier unterschiedliche, zu dick aufgetragene Parfums, die den Geruch des Haselnusskaffees zu übertrumpfen versuchten.

„Sscht! Ruhe jetzt!“ zischte Karen.

Es schellte. „Wer ist da?“

„Ich bin's. Dana.“

„Komm rein. Die Tür ist offen“, erwiderte Karen so nonchalant wie möglich.

Dana öffnete die Tür. Die Lichter gingen an. „ÜBERRASCHUNG!“ brüllten wir alle.

„O mein Gott!" sagte Dana. „Ich fasse es einfach nicht. Ihr seht fantastisch aus. O mein Gott."

Während Dana fassungslos durch den Raum ging und alle ihre fünfzig weiblichen Freunde und Verwandten umarmte und küsste, stahl ich mich zum Fenster und sah aus dem zehnten Stock auf die Straßen von Forest Hills. Von hier aus waren die Leute klein wie Ameisen. Ich fragte mich, ob ich Gnat sehen konnte, ohne sie zu erkennen. Gern hätte ich gewusst, wo sie gerade war, welche alten Schlupfwinkel sie aufsuchte.

Ich wusste, was es hieß, alte Spuren wieder aufzunehmen. Den Orten zu begegnen, an denen man seine besten und seine schlimmsten Zeiten verbracht hatte. Nachdem Max sich von mir getrennt hatte, zog es mich magisch zu dem alten Spielplatz, den ich in der Grundschule aufgesucht hatte. Bestimmt eine Stunde hatte ich auf der viel zu engen Schaukel gesessen und wie wild eine nach der anderen geraucht, aber irgendwann hatte ich mich dann gut genug gefühlt, um nach Hause zu gehen. Der Spielplatz war während meiner Kindheit der Inbegriff des Glücks gewesen.

Mein Vater hatte noch gelebt, als ich dort schaukelte oder in dem Holzhaus herumkletterte. Natasha war zu diesem Zeitpunkt noch nicht in meine Welt eingebrochen, um mich mit der eigenen Unsicherheit bekannt zu machen und das Herz des Jungen zu stehlen, den ich vergötterte. Und Dana Dreer war damals bloß eine freche Göre gewesen, nicht niedlicher als ich, bis die Pubertät aus ihr eine Prinzessin gemacht hatte und aus mir ein einsames Großmaul, das zu schüchtern war, um sich das Leben zu erobern.

Vor etwa drei oder vier Jahren waren Grundschule und

Spielplatz abgerissen worden, um einer größeren, modernen zu weichen. Als ich eines Sonntags nach einem meiner Pflichtbesuche bei Grammy dort vorbeigelaufen war und die Pläne gesehen hatte, war mir nur noch zum Heulen. Nun hatte ich fast gar nichts mehr, wo ich Trost finden konnte. Es blieben nur noch Eloise und am ersten Sonntag im Monat die St. Monica Kirche nach dem Gottesdienst.

Es wurde Edith Piaf aufgelegt, und Karen verkündete, dass es Zeit für das Büffet wäre. Sofort bildete sich eine Schlange vor dem Tisch, gerade so, als hätten die Leute noch nie etwas zu essen bekommen. Ich machte mir wieder einen Lachs-Bagel mit vegetarischem Streichkäse und versuchte mich selbst zum Verschwinden zu bringen, indem ich mich auf eine Ottomane in der hintersten Ecke des Raumes verzog. Nach weiteren zwanzig Minuten verkündete Karen, dass Dana nun ihre Geschenke auspacken sollte. Die Mädels klatschten vergnügt in die Hände. Ich wollte mich dem Geschehen fern halten, aber Tante Ina ermahnte mich mit Blicken und zeigte auf einen freien Stuhl neben sich. Pflichtbewusst wechselte ich den Platz.

Dana saß in einem Stuhl mit hoher Rückenlehne neben den Bergen von Geschenken. Vielleicht hätte ich ihr doch ein Geschenk kaufen sollen, anstatt den Hundert-Dollar-Schein in einen Umschlag mit Karte zu legen. Nein. Amanda und Eloise hatten Recht. Wer brauchte schon noch eine Vase oder eine neue Kaffeemaschine? Die Leute wünschten sich Geld, von dem sie sich kaufen konnten, was sie wollten. Grammy überreichte Dana ihr Geschenk, und die Brautjungfer Amy griff nach Heft und Stift, um für die Danksagungen zu wissen, wer was mitgebracht hatte.

„Was hast du für Dana?“ flüsterte Tante Ina, während

Dana sorgsam auspackte. Bei dem Tempo würde die Feier die ganze Nacht dauern.

„Einen Hunderter."

„Jane!" rief Ina entrüstet.

„Was?" flüsterte ich. „Meine Freunde haben mir zu Geld geraten. Sie meinen, das braucht ein junges Paar dringender."

„Von entfernten Bekannten!" zischte Tante Ina. „Einer Cousine schenkt man doch kein Geld. Einer Cousine schenkt man etwas anderes, etwas Persönliches." Sie schüttelte den Kopf.

„Tut mir Leid", sagte ich. „Ich habe gedacht, sie würde sich über Geld freuen."

„Jane, sie heiratet einen Millionär. Sie braucht dein Geld nicht."

„Warum nicht? Weil ich in einem Rattenloch lebe und nur 26.000 im Jahr verdiene? Weil ich neben ihr so armselig wirke?"

Tante Ina schüttelte wieder den Kopf, etwas langsamer diesmal. „Jane, ich dachte, das hätte ich dir gerade erklärt", flüsterte sie mir ins Ohr. „Das hat nichts mit dir zu tun. Es geht um den Unterschied zwischen richtig und falsch. Verwandte nehmen sich die Zeit, etwas Persönliches auszusuchen. Seiner Cousine schenkt man kein Geld. Es ist mir vollkommen wurscht, wie viel oder wie wenig Geld jeder Einzelne von euch hat. Hörst du?"

Ging ja nicht anders. Sie zischte mir direkt ins Ohr.

„Mommy, sieh doch, was ich von Karen bekommen habe!" rief Dana und übertönte Piafs wehmütige Chansons. „Das ist dieser wahnsinnige Druck, in den ich mich im Museum verliebt habe."

„Sehr schön!“ sagte Ina lächelnd. Sie drehte sich zu mir. „Das schenkt man seiner Cousine. Etwas Persönliches. Das Bild kostet wahrscheinlich keine 25 Dollar, aber ein besseres Geschenk könnte es gar nicht geben.“

„Schon gut. Ich nehme also an, dass ich nichts richtig machen kann. Ist es das?“ sagte ich bissig.

„Mommy, guck mal, was Julie mir Schönes gestrickt hat!“

Die Ally McBeal-Schrumpfung setzte wieder ein. Ich fühlte mich so klein. Als Tante Ina aufsprang, um sich unter lauten Ahs! und Ohs! den Wollpulli anzusehen, stand ich auch auf und ging in den hinteren Teil des Raums, vorgeblich, um mir eine Tasse Kaffee einzuschenken. Okay, ich hatte es vermasselt. Ich hätte meinem Instinkt folgen und ihr ein nettes Geschenk kaufen sollen. Ich hätte nicht bis auf den letzten Drücker mit dem Einkaufen warten sollen, um es dann zu vergessen. Aber ich hätte Dana heute Morgen ein richtiges Geschenk besorgt, wenn ich geahnt hätte, dass sie darauf einen solchen Wert legte.

„Jane! Vielen, vielen Dank!“ rief Dana und winkte mit der Karte.

Ich grinste breit und formte ein stummes „Gern geschehen“ mit den Lippen. War sie insgeheim verletzt, oder war Tante Ina einfach Tante Ina? Ich war mir nicht sicher. Ich war mir in nichts mehr sicher.

Alles, was ich wollte, war, mich in Timothy Rommelys Wohnung zu lümmeln, mit Huhn gefüllte Enchiladas zu essen und selbst gemachte Margaritas zu trinken und ihm das Salz von den Lippen zu lecken. Stattdessen standen mir hier noch Stunden bevor, dann das beängstigende Treffen mit den Nutleys und dann musste ich auch noch mit Natasha den Nicole Kidman-Express teilen.

Himmel, ich brauchte eine Zigarette.

Das Starbucks war rammelvoll. Ich entdeckte Natasha mit Sonnenbrille an der schmalen Bar entlang des Fensters in das Stadtmagazin Village Voice vertieft. Sie sah mich und winkte, bevor sie von ihrem Hocker sprang. Ich hatte das merkwürdige und unerwartete Gefühl, dass es mir bei ihrem Anblick gleich etwas besser ging. Vermutlich weil ich wusste, dass sie mir nichts ins Ohr zischen würde. Wie erleichternd war es doch, seine Zeit mit jemandem zu verbringen, der glaubte, man könnte nichts falsch machen. Ob es nun stimmte oder nicht. Vielleicht machte es Gnat deswegen nichts aus, Autogramme in falschem Namen zu geben. Für die vier Sekunden war sie ein anderer Mensch.

„Wie war die Feier?" fragte sie und steckte die Zeitung in ihre Tasche.

„Frag nicht", sagte ich. „Der übliche familiäre Albtraum."

„Kann auch nicht schlimmer sein als bei uns", betonte sie, als wir uns den Weg nach draußen bahnten.

Wie unerträglich konnten die Nutleys wirklich sein? Ich war ziemlich überzeugt davon, dass sie ähnlich anstrengende, aber liebenswerte Geschöpfe waren wie Tante Ina und Grammy und Onkel David. Sie waren eine andere Generation als Natasha und ich, sie verstanden nichts von dem, was man ihnen erzählte, und hatten kein Problem damit, einen kräftig zusammenzufalten. So war Familie. Meine Eltern waren da ein bisschen anders gewesen, weil sie noch so jung waren und in gewisser Hinsicht hip. Die Nutleys waren engstirniger, was die Dinge erschwerte. Nicht zu vergessen die Tatsache, dass man schlechter mit Eltern umgehen konnte, die einen auf seine normale Größe zurechtstutzen, wenn einem gleichzeitig der Rest der Welt zu Füßen lag.

„Was hast du nun heute so getrieben?“ fragte ich, als wir in die Straße einbogen, in der Natashas Eltern wohnten.

„Ich bin überwiegend durch die Gegend gelaufen, zum Kindergarten, der Junior High und High School“, sagte sie und schob sich eine Locke aus dem Gesicht. „Ziemlich sentimental, dieser Spaziergang. Wann immer mit Jimmy Schluss war oder wenn ich mich mit meinen Eltern gestritten hatte, bin ich zu dem kleinen Park hinter der Junior High gegangen und habe mich unter meinen Lieblingsbaum gesetzt und geweint. So oft habe ich unter dem dicken alten Baum gesessen, dass ich schon glaubte, er gehörte mir. Ich hatte sogar versucht, meinen Namen in die Rinde zu ritzen, aber nach dem N gab ich auf. Ich habe heute danach gesucht, doch das Wetter und die Zeit müssen es ausgelöscht haben.“

Sie hatte also auch ihren Platz. Vielleicht hätte ich mir ebenfalls einen Baum aussuchen sollen. Der wäre heute im Gegensatz zu meinem Spielplatz noch da.

„Hier ist es“, sagte sie und ging die Treppen hinunter in den Innenhof eines Gebäudes quer zur Austin Street. „Wie sehe ich aus?“

Mir fiel plötzlich auf, dass Natasha sehr an die Frau eines heimkehrenden Astronauten erinnerte. Und das nur, weil sie ihre Eltern besuchte und offenkundig den gesetzten Eindruck eines braven Mädchens machen wollte. Mir wurde ganz warm im Bauch. Sie wollte wirklich ihr Bestes geben.

Natasha sprach während unserer Fahrt in den vierten Stock kein Wort. Als wir vor der Tür zu Apartment 4K standen, atmete sie tief durch, lächelte mir zu und klopfte. Als sich die Tür öffnete, wollte Natasha ihre Mutter umarmen und ihr einen Kuss geben, aber Mrs. Nutley schien darauf nicht vorbereitet, so dass die Begrüßung irgendwie schief ging. Am Ende verteilte Natasha an ihre eigene Mutter Luftküsse.

„Jane! Wie schön, dich zu sehen“, rief Mrs. Nutley. „Meine Güte, was siehst du deiner Mutter doch ähnlich. Gott hab sie selig.“ Ich lächelte. „Kommt rein, setzt euch“, sagte Mrs. Nutley. „Natasha, dein Vater musste noch mal los. Er sollte aber bald zurück sein.“

Natasha lächelte auf eine Art, die Verständnis signalisierte, dennoch konnte ich ihre Enttäuschung doch erkennen. Wir folgten ihrer Mutter ins Wohnzimmer. Ich war ein einziges Mal in dieser Wohnung gewesen, als Natasha alle Mädchen ihrer Klasse zu einer Schönheitsparty eingeladen hatte. Von 16 bis 19 Uhr hatten wir uns gegenseitig Gesichtsmasken aufgetragen, uns mani- und pedikürt. Damit hatten sich Natasha und die Nutleys in die Herzen sämtlicher Eltern mit Töchtern in Mrs. Greenmans Klasse manövriert. Natasha war unbestritten die Königin gewesen, und jedes Mädchen redete zu Hause ohne Unterlass über sie, so dass sich durch eine Einladung von ihr jeder wichtig fühlte und glaubte, die Kinder stünden auf der gesellschaftlichen A-Liste.

Die Dynamik an jenem Nachmittag war dieselbe wie in der Schule gewesen. Es bildeten sich sofort Cliquen. Lisa,

Lora und ich hatten eine Ecke gefunden, in der wir uns gegenseitig die Fußnägel lackierten und ein paar Lieder anstimmten wie alle anderen auch. Aber wir hatten uns nicht eingestehen wollen, dass wir einen schönen Nachmittag gehabt hatten und über die Einladung überglücklich waren.

Natasha und ich setzten uns auf das Sofa, das wie bei Andrew Mackelroys Eltern in Plastikschoner eingeschlagen war. Mrs. Nutley setzte sich auf einen Stuhl auf der anderen Seite des Tisches, wobei ihr schmales Gesicht nie den strengen Zug verlor. „Bedient euch", sagte sie und zeigte auf die Kanne Eistee und den Teller mit Vanillewaffeln. „Jane, ich habe gehört, deine Cousine Dana heiratet. Wie schön."

Wie langweilig. Eher, um die unangenehme Spannung zu überbrücken, als aus Lust an einem Gespräch über Dana, faselte ich etwas von der Brautfeier und dem näher rückenden großen Tag. Mrs. Nutley sah Natasha noch nicht einmal an. Der eigentliche Gast schien ich zu sein. Ich wollte die Unterhaltung auf Natasha bringen, damit ihr von ihrer Mutter etwas Aufmerksamkeit geschenkt wurde.

„Sie müssen wirklich sehr stolz auf Natasha sein", sagte ich zu Mrs. Nutley. „Sie hat es in ihren jungen Jahren schon so weit gebracht! Und wer hätte geahnt, dass sie noch dazu eine großartige Autorin ist?"

Mrs. Nutley nippte an ihrem Tee und lächelte mich angespannt an. „Du betreust das Buch, hörte ich. Wie bist du in die Verlagsbranche gekommen? Wolltest du schon immer Lektorin werden?"

Ich sah zu Natasha rüber. Sie hatte ein ähnlich angespanntes Lächeln auf ihrem Gesicht. Ich ließ ein paar Sätze über meinen beruflichen Werdegang fallen und versuchte dann erneut, die Sprache auf Natasha zu bringen, aber ihre Mutter wechselte wieder die Spur. Die Spannung im Raum war beinahe unerträglich.

„Daddy kommt nicht, oder?“ fragte Natasha mit dünner Stimme. „Nicht, bevor ich weg bin, stimmt's?“

„Natasha, wie man sich bettet, so liegt man“, sagte Mrs. Nutley und sah ihre Tochter zum ersten Mal an. „Tut mir Leid, aber so ist es nun mal. Du musst mit den Konsequenzen deines Handelns schon leben.“

Natasha stellte ihr Glas Eistee ab. Würde sie ihr das Zeug gleich ins Gesicht schütten? Wütend davonlaufen? „Mom, ich hatte einen besonderen Grund, warum ich Dad und dich heute besuchen wollte.“

Ich atmete die Luft aus, von der ich gar nicht gewusst hatte, dass sie in meinen Lungen war.

„Nun, Natasha, das überrascht uns nicht“, sagte Mrs. Nutley. Ihre Stimme war eiskalt. „Dein Vater hat auch schon gesagt, dass es einen Grund geben musste. Also, wie viel brauchst du?“

Natasha wich alle Farbe aus dem Gesicht. „Nein, Mom, ich bin nicht hier, um mir Geld zu leihen. Ist es das, was ihr erwartet habt?“

Mrs. Nutley wurde rot. „Natasha, ich weiß nicht mehr, was ich noch erwarten soll.“

„Nun, wo wir schon vom Erwarten sprechen“, begann Natasha, dankbar für den Stichwort. „Ich habe wunderbare Neuigkeiten für euch. Ich wollte sie dir und Dad zusammen erzählen, aber ich denke, du kannst es ihm auch ausrichten.“

Ihre Mutter wartete, keinen Deut entspannter.

„Ich erwarte ein Kind", kündigte Natasha an. „Ihr werdet Großeltern. Ist das nicht wunderbar?"

Voller Abscheu sah Mrs. Nutley ihre Tochter an. „Ich sehe keinen Ehering an deinem Finger. Und ich nehme nicht an, dass es einen geben wird. Ich nehme noch nicht einmal an, dass du weißt, wer der Vater ist. Was bist du bloß für ein verkommenes Stück."

„Lass uns gehen, Jane", sagte Natasha und stand auf. „Es tut mir Leid, wenn ich deinen Tagesablauf gestört habe. Und entschuldige mich bei Dad, dass ich die Frechheit besaß, nach Forest Hills zu kommen."

„Nicht in dem Ton, meine Liebe", sagte Mrs. Nutley. „Nicht, solange du nur Unheil anrichtest. Du bist eine Schande für diese Familie, Natasha. Und das stellst du pausenlos unter Beweis."

Natasha griff nach ihrer Strohtasche und rannte zur Tür. Ich stand auf und sah ihre Mutter an, die sich abwandte. Plötzlich wusste ich nicht mehr, was schlimmer war: keine Eltern zu haben oder solche, die dich nicht respektierten. Die dich nicht genug mochten, um dich einfach zu lieben.

Ich lief hinter Natasha her. Ich konnte das Klappern ihrer Absätze im Treppenhaus hören. Im ersten Stock hatte ich sie eingeholt. Sie ließ sich auf den obersten Treppenabsatz fallen und vergrub weinend ihr Gesicht in den Händen.

„Komm schon, Natasha", flüsterte ich und streckte meine Hand aus. „Lass uns hier abhauen."

Sie sah mich mit tränenverschmiertem Gesicht an und nahm meine Hand. Den ganzen langen Weg bis zur Subway Station und dem heißen Bahnsteig der Linie R gingen wir schweigend nebeneinander her. Sie band sich die Haare im Nacken zusammen und setzte ihre Sonnenbrille auf.

Der Zug fuhr scheppernd in den Bahnhof und brachte einen angenehmen Luftzug mit sich. Wir teilten uns einen Sitzplatz in der nun vollen Bahn. „Du hattest Recht, Natasha“, sagte ich, als der Zug anfuhr. „Deine Familie ist ein schlimmerer Albtraum als meine.“

Sie lachte leise auf und wischte sich eine Träne unter der Sonnenbrille weg.

„Wie hast du dich denn gebettet?“ fragte ich.

Sie schniefte und suchte in ihrer Tasche nach einem Tempo. „In ihren Augen bin ich eine Schlampe, seitdem meine Mutter mich mit Jimmy in der Oberstufe auf meinem Bett erwischt hat. Nie konnte ich es ihnen recht machen. Meine Noten enttäuschten sie, die dauernden Telefonanrufe nervten sie, Jimmy und seine Tattoos fand sie abstoßend. Meine Mutter pflegte zu sagen, dass mein Aussehen mich an Orte führen würde, für die ich keine Eintrittskarte hatte, und dass ich das böse Erwachen schon noch erleben würde.“

Ich konnte mir Mrs. Nutley problemlos mit solchen Sprüchen vorstellen. Ich fragte mich, ob meine Mutter Mrs. Nutley wirklich gemocht hatte, oder ob die beiden doch nur Bekannte gewesen waren. Ich konnte mir meine lebendige, witzige Mutter einfach nicht mit so einer kalten Hexe vorstellen, die definitiv einen mächtigen Schaden hatte. „Ich hatte keine Ahnung, dass du damals durch diese Hölle musstest“, sagte ich. „Ich dachte, dein Leben wäre perfekt.“

Natasha schüttelte den Kopf. „Das Verhältnis zu meinen Eltern war schon immer sehr angespannt. Sie waren entsetzt, als ich ihnen erzählte, dass ich Schauspielerin werden wollte. Für sie ist Hollywood gleichbedeutend mit dem Sündenpfuhl, und als ich vom College gegangen bin, um mir meinen Traum mit der Schauspielerei zu erfüllen, sind sie völlig ausgerastet. Als ich im Entzug war, haben sie mich gänzlich abgeschrieben. Und dann bin ich zum Fernsehen gegangen und habe der Welt von meinem Verhältnis mit dem Schauspieler erzählt. Da war der Ofen ganz aus. Ich hatte sie öffentlich blamiert. Das war der Bruch."

Ich war schockiert. „Du bist ihr einziges Kind. Und du bist schwanger!"

„Sie sind komische Menschen", sagte Natasha. „Kalt und nachtragend."

„Was ist denn da, wofür sie sich so schämen müssen? Ganz Forest Hills hält dich für eine bedeutende Berühmtheit. Du hast selbst mitgekriegt, wie Dana auf dich reagiert hat. Voller Stolz hat sie jedem erzählt, dass keine Geringere als Natasha Nutley zu ihrer Hochzeit käme. Sie ist total begeistert."

Natasha lächelte schwach und zuckte mit den Schultern. Der Zug bremste scharf und warf mich fast auf ihren Schoß.

„Ich verstehe es einfach nicht", sagte ich. „Wie können sie nichts von dem anerkennen, das du erreicht hast? Wissen sie nicht, wie hart du gearbeitet hast, um einen Fuß ins Showbusiness zu bekommen? Wie schwer es ist, ein gebrochenes Herz zu kurieren? Wie viel Kraft es kostet, eine Sucht zu besiegen? Sie sollten dir Beifall klatschen."

Das stimmte. Sie sollten wirklich Beifall klatschen. Man dachte doch, Eltern fieberten danach, zu vergessen und zu vergeben, selbst wenn sie solche Betonköpfe waren. Natasha versuchte, die Beziehung am Leben zu halten, aber selbst ein Enkelkind konnte Mrs. Nutleys Panzer nicht knacken. Vielleicht war die Sache wirklich hoffnungslos. Obwohl ich den Eindruck hatte, dass Natasha trotzdem nicht aufgeben würde. Mir wurde mehr und mehr deutlich, dass sie eine Kämpferin war. Egal was, sie würde es weiter versuchen und nach vorne gucken. Ich war da anders. Von dem Moment an, wo ich mich besiegt fühlte, hörte ich auf. Gab ich auf. Ich dachte immer, ich sollte meine Zeit und meine Kraft und meine Bemühungen nicht für eine Sache verschwenden, die ich doch nie bekommen konnte.

Da kam mir ein Gedanke. Vielleicht hatte diese Einstellung etwas damit zu tun, dass ich mich durch Jeremys Verlobung nicht aus der Ruhe bringen ließ. Nicht, dass meine Schwärmerei nicht echt gewesen wäre. Aber es war genau das: eine Schwärmerei. Eine Schwärmerei, die man für einen Filmstar entwickelte, einen unerreichbaren Rockstar. Man erwartete nicht, dass wirklich etwas passiert, somit war man vollkommen sicher. Und man erwartete förmlich, dass Stars Models heirateten. Das bringt einen nicht aus der Fassung. Natasha war zu Recht so überrascht, als sie hörte, dass ich nie ernsthaft versucht hatte, Jeremy für mich zu interessieren. Meine Liga oder nicht, ich hatte bereits die Möglichkeit schon im Vorfeld gestrichen. Mein ganzes Leben war ich so verfahren: das Schlimmste erwarten und sich entsprechend verhalten. Fünf Jahre lang hatte ich mich auf Jeremy Black versteift, weil ich Angst vor einem „echten“ Mann hatte, einem Mann, mit dem ich eventuell in der Lage wäre, eine Beziehung zu führen. Jeremy aus der Ferne zu „lieben“, hatte mich vor mehr bewahrt, als ich mir je eingestanden hätte. Ich hatte ihm nie meine Gefühle gezeigt, und er würde für mich nie welche entwickeln; es gab also nichts, worüber man sich Sorgen machen musste. Ich hatte ihn nie und konnte ihn somit nie verlieren.

Natasha zog ein weiteres Taschentuch aus der Packung und wischte damit die Augenränder unter ihrer Brille. Sie weinte.

„Natasha, sie sollten wirklich stolz auf dich sein", sagte ich ihr. „Ernsthaft." Ich hätte ihr so gern etwas Tröstliches gesagt, damit sie sich besser fühlte, aber ich hatte keine Idee, was sie gerade durchmachte. Meine Eltern hatten mich unterstützt, mich geliebt, waren gut zu mir gewesen. Ich wusste nicht, was es hieß, Eltern zu haben, die einem diese Liebe und den Respekt verweigerten. Ich wusste nur, wie es war, ganz auf sie verzichten zu müssen. Immerhin aber war mir klar, dass sie mich geliebt hatten, so lange sie lebten.

„Stolz sein auf was?" fragte Natasha. „Jane, ich unterschreibe im Namen einer anderen Person, wenn die Leute mich um ein Autogramm bitten. Kein Mensch weiß, wer ich bin. Nicht mal ich ..." Ihre Hände fuhren unter die Sonnenbrille. „Lass uns über was anderes sprechen, okay?"

„Du weißt sehr wohl, wer du bist, Natasha. Du bewegst Dinge. Deine Schauspielerkarriere, deine Beziehung zu *dem Schauspieler,* wie du *das Dokument* umgehst und ein Buch schreibst, das du verkaufst. Du bist total aktiv. Und wenn etwas schief geht, sammelst du dich und versuchst was Neues, was Besseres. Es gibt so viel, worauf du stolz sein könntest. Ich könnte das nie, ein Ziel so verfolgen wie du."

„Das stimmt nicht", sagte Natasha. „Du bist Lektorin, du

hast einen Arzt zum Freund, deine Familie liebt dich, du hast Freunde um dich. Dein Leben ist bewundernswert, Jane. Du merkst das nicht, weil es deins ist, aber es stimmt. Glaub mir."

Das tat ich wohl schon. Etwas. Vielleicht.

„Siehst du es nicht, Jane? Ich betreibe Schadensbegrenzung. Alles, was ich tue, ist die Reaktion auf eine schreckliche Erfahrung. Ich weiß, dass sich das nach einem blöden Klischee anhört, aber mir ist, als ob ich aufschreiben müsste, woher ich kam, um zu sehen, wohin ich gehe. Deshalb schreibe ich die Biografie. Die Leute denken, ich will aus der Affäre mit dem berühmten Schauspieler Kapital schlagen, aber damit hat es nichts zu tun. Ich habe ihn wirklich geliebt", flüsterte sie. Beide Hände verschwanden unter ihrer Sonnenbrille.

„Natasha, ich weiß, was es heißt, Liebeskummer zu haben", sagte ich. „Und so perfekt ist mein Leben auch wieder nicht. Ich bin keine gestandene Lektorin, lediglich eine Lektoratsassistentin." Mehr wollte ich nicht preisgeben. Über den erfundenen Freund von der Upper East Side schwieg ich mich wohlweislich aus. Keine Chance. Ich kannte Natasha nicht. Nicht wirklich. Sie hatte offensichtlich kein Problem damit, den Leuten von ihren persönlichen Miseren zu erzählen. Das hieß noch lange nicht, dass sie mir vertraute. Sie schwatzte einfach mit einer beruflich interessierten Partei – der Lektorin ihrer Biografie. Woher sollte ich wissen, ob ich ihr trauen konnte?

Natasha nahm die Sonnenbrille ab und putzte ihre Nase. Sie sah mich an. „Mensch Frau, du verdienst eine Beförderung."

13. KAPITEL

Eloise und Amanda hatten darauf bestanden, dass ich für mein drittes Date mit Timothy meinen neuen Spitzen-BH mit dem passenden Kaum-zu-sehen-Slip anzog. Ich war froh, dass ich auf sie gehört hatte. Überall in Timothys Apartment lauerte Sex: In der Küche, als er mich mit Guacamole fütterte. Über dem Esszimmertisch, als er mir Wein nachschenkte und mir Geschichten über seinen ersten Kuss erzählte, als er zwölf war. In seinen Lautsprecherboxen, aus denen leise Marvin Gaye ertönte. Und jetzt, auf dem Sofa, auf dem wir so nah beieinander saßen, dass ich ebenso gut auf seinem Schoß hätte Platz nehmen können. Was ich auch gern getan hätte.

Gab es etwas Sexyeres als einen Mann in ausgewaschenen Levi's und einem weißen T-Shirt?

Nach dem langen Tag war dieser Abend wie eine Entspannungslotion. Ich hatte gerade noch genug Zeit gehabt, um nach Hause zu gehen, mich umzuziehen und quer durch die Stadt zu Timothy zu fahren. Ich hatte Natasha noch nach Hause begleitet und ihr ein Sprudelbad, gute Musik und das Nachdenken über die wunderbaren Dinge in ihrem Leben verordnet. Sicher, sie würde die Gefühle ihrer Eltern nicht beeinflussen können, aber sie konnte sich darauf konzentrieren, wie gut es trotzdem für sie lief. Sie hatte das Baby, Sam und ein vermutlich erfolgreiches Buch vor sich. Immerhin hatte ich sie so weit aufgebaut, dass sie die Sonnenbrille abnehmen konnte und sich zu einem knappen Lächeln zwang.

Als ich in Timothys 2-Zimmer-Apartment in einem hohen Gebäude auf der 87. Straße nahe Broadway angekommen war, hatte er mich mit einem Strauß roter Rosen, einem Kuss und einem Glas Rotwein begrüßt. Er hatte mir strikt verboten, ihm bei der Vorbereitung des Essens zu helfen, das relativ lecker gewesen war. Alles, was ich durfte, war, „seine Wohnung bewundern und gut aussehen".

Während des Essens hatte ich ihm erzählt, dass Natasha wieder aufgetaucht war, dass meine Chefin sich von mir bedroht fühlte, und ich fragte ihn, ob es schlimm wäre, der eigenen Cousine Geld zur Brautfeier zu schenken. Er beglückwünschte mich zu den ersten beiden Punkten und versicherte mir, dass man mit Geld nie etwas falsch machen könnte. Ich sagte ihm, dass er ein ausgezeichneter Koch war, was nicht ganz stimmte. Aber warum sollte ein Arzt, der aussah wie Thomas Gibson und so süß und lustig und zuvorkommend und unwiderstehlich und verfügbar war, auch noch die mexikanische Küche beherrschen?

Nach noch nicht mal einer Viertelstunde in seiner Gegenwart war ich vollkommen entspannt. Und gleichzeitig etwas nervös. Jedes Mal, wenn Timothy einen Muskel bewegte, machte ich innerlich einen Satz.

„Nervös?" fragte er, und seine Grübchen vertieften sich.

„Ich?" War ich schüchtern?

Und dann küsste er mich. Zuerst ganz langsam, dann schneller, härter. Ich legte die Arme um seinen Nacken und drückte mich an ihn. Ich hörte, wie er einatmete. Er schmeckte leicht nach Wein. Er lehnte sich zurück und sah mich an, mit einer Hand durch mein Haar streichend. „Du bist wunderschön."

Ich bekam kein Wort heraus. Ich konnte ihn nur küssen. Seine Hände wanderten meinen Rücken hoch und runter, bis er sie wegnahm, um den obersten Knopf meiner dünnen schwarzen Strickjacke zu öffnen. Er hielt kurz inne und wartete, ob ich ihn aufhalten wollte. Von wegen! Er lächelte, dann öffnete er den zweiten Knopf und küsste das Stückchen Haut, das mit jedem weiteren Knopf zum Vorschein kam. Ich legte meinen Kopf in die Kissen und beobachtete den dunklen Haarschopf, der nun am Saum meines schwarzen Rockes angekommen war. Ich hatte meine Hände in den seidigen Strähnen vergraben und strich sie nach hinten. Und dann beugte er sich über mich und küsste mich so verlangend, so leidenschaftlich, dass mir der Atem stockte. Behutsam streifte er meine Strickjacke ab, wobei seine Augen den Blick nicht von dem Wonderbra ließen. Er bedeckte mich vom Bauch bis zum Hals mit Küssen. Seine Zunge liebkoste meine Lippen, fuhr in meinen Mund, liebkoste wieder meine Lippen.

Ich fühlte mich wie ein Stückchen Butter auf warmem Toast. Timothy richtete sich auf und zog mich zu sich hoch, so dass ich rittlings auf ihm saß. Sein Blick ruhte auf meinem BH. Für eine Sekunde sah er auf, dann küsste er mich erneut. Seine Hände waren am Verschluss des BHs angekommen. Er bekam ihn nicht auf.

Timothy lachte und guckte mich an. „Man sollte doch meinen, dass ich nach all den Jahren in der Lage sein müsste, so ein Ding zu öffnen. Männer üben das, seit sie vierzehn sind."

„Vielleicht sollte ich behilflich sein", bot ich an.

Timothy lehnte sich zurück und lächelte. „Vielleicht."

Ich öffnete den Wonderbra, froh darüber, dass meine 70C auch von allein stünden. In dem Moment, wo Timothy das Klicken hörte, übernahm er. Seine Hände und sein Mund schienen überall zu sein.

„Vielleicht sollten wir diesen Teil ins Schlafzimmer verlegen“, sagte er.

„Vielleicht.“

Er lachte, nahm meine Hand und führte mich oben ohne in den anderen Raum. Ich war froh, einen verstreuten Socken an einer Seite des Bettes zu entdecken; Timothy war ein Mensch. Wir ließen uns auf das Bett fallen, Timothy halb auf mir drauf. Ich zog ihm sein T-Shirt aus. Er zog mir meinen Rock aus. Unsere Hände, Münder, Arme, Beine waren überall. Er streckte den Arm zu dem Nachtschränkchen aus und holte ein Kondom aus einem Holzkästchen. Er sah mich an, und ich lächelte, was ihm meine Erlaubnis signalisierte. Ich war nicht mehr nervös. Ich fühlte mich bereit. Bereit, mit Timothy Rommely zu schlafen, bereit, mich hinzugeben. Ich konnte es kaum abwarten, ihn in mir zu spüren, ganz und gar, sein Gewicht und sein harter Körper gegen meinen gepresst. Ich legte mich flach auf das Bett, bettete meinen Kopf in die weichen Kissen, zog mir die Decke bis zur Brust. Und wartete.

Und wartete. Timothy saß auf der Bettkante, das Gesicht von mir abgewandt. „Hm, vielleicht sollten wir einfach noch ein bisschen kuscheln“, sagte er und rutschte zu mir rüber. Er lag neben mir und küsste meinen Nacken. „So einen aufregenden Körper unter der Decke zu verstecken, ist nicht gerade hilfreich.“

Oh, oh! Man hätte glauben können, ich hätte nie zuvor in meinem Leben Sex gehabt. Bislang waren es nur zwei Männer gewesen. Der erste war Max. 22 war ein bisschen alt, um seine Jungfräulichkeit zu verlieren, aber so war ich, Meisterin der Spätentwicklung. Der zweite Typ war der Söldner. Ich hatte mit ihm geschlafen, weil ich es leid hatte, dass Max der Einzige war. Der Sex war nicht besonders toll gewesen. Er war mir zu schnell und ungeschickt und zu interessiert an seinem eigenen Orgasmus gewesen. Vielleicht war er auch nur unsicher gewesen. Damals hatte ich ihn als zu egoistisch abgeschrieben.

Timothy zog die Decke zur Seite und bedeckte mich erneut über und über mit Küssen. Aber ich spürte, dass sich da unten bei ihm nichts tat. Lag es an mir? An ihm? Woran lag es? Wir waren so gierig und so erregt gewesen, und jetzt, *nada*. Für gewöhnlich schnitt ich mir alle Artikel über Sex aus der *Mademoiselle* und *Glamour* und *Cosmo* aus; ich hatte keinen Sex, warum also sollte ich nicht darüber lesen? Jetzt aber wünschte ich mir inständig, ich hätte sie aufmerksamer studiert. Musste ich etwas unternehmen? Versuchen, ihn scharf zu machen? Die Sache ignorieren?

„Verflixt", sagte Timothy und ließ sich neben mir auf den Rücken fallen.

„Das ist schon okay", sagte ich und hoffte, es war das Richtige.

Timothy lächelte mich an, nahm meine Hand und drückte sie. „Bist du sicher?"

Ich nickte. „Vielleicht sollte man die Dinge sowieso nicht überstürzen."

„Das ist wahr", sagte er. „Wir haben die ganze Nacht Zeit."

Das war nicht genau das, was ich gemeint hatte, aber es war auch in Ordnung.

Zehn Minuten später versuchte er es wieder. Noch immer nichts. Auch zwanzig Minuten später nicht.

Das war für Timothy nun doch nicht mehr so leicht zu verkraften.

„Vielleicht sollte ich dich nach Hause bringen."

„Vielleicht auch nicht", sagte ich und hoffte, dass er den running Gag zwischen uns verstand.

„Das ist wirklich nicht lustig für mich, okay?"

Was sollte ich darauf erwidern?

„Timothy, das ist wirklich keine große Sache."

„Für mich schon", sagte er und warf die Decke zur Seite. Er gab mir meinen Rock.

Es gab wirklich nichts Schlimmeres als einen Mann, der einem mit Timothys Miene den Rock reichte. Ich fühlte mich plötzlich nackt. Was zum Teufel war nur aus meiner perfekten Nacht geworden? Was, wenn wir nie Sex haben könnten? Aber wen interessierte das? Ich wollte Timothy.

Mit vor der Brust verschränkten Armen folgte ich Timothy ins Wohnzimmer. Er saß auf dem Sofa und schnürte seine Turnschuhe zu. „Timothy, lass uns fernsehen oder so was", sagte ich. „Es ist erst Mitternacht, und ich würde gern morgen mit dir zusammen aufwachen, die Times lesen, Bagels essen ..."

„Jane, es tut mir wirklich Leid, aber ich möchte gern allein sein, ja? Hier, dein BH." Er warf mir das gute Stück zu, und ich merkte, wie ich rot wurde.

Ich wusste nicht, ob ich sauer oder unterstützend reagieren sollte. Ich kannte Timothy nicht gut genug, um beurteilen zu können, ob er immer so war oder ob er aufrichtig unter seiner ersten Erektionsschwäche litt. Ich fand meine Jacke zusammengeknüllt auf dem Boden neben dem Sofa.

Im Zuge meines Datings hatte ich schon ein Vermögen für die Reinigung ausgegeben.

„Wie wär's mit einem Absacker?" fragte ich Timothy, als wir

uns meiner Wohnung näherten. Er war während der ganzen Fahrt zu mir sehr still gewesen, aber er war der einzige Typ, den ich jemals kennen gelernt hatte, der das Wort „nach Hause bringen“ buchstäblich nahm. Die meisten Männer hätten einem ein Taxi gerufen und sich mit einem Kuss an der Wagentür verabschiedet. Timothy hingegen hatte darauf bestanden, mich zu begleiten. Und das ging für jemanden ohne Auto nur im Taxi.

„Hört sich gut an“, sagte er, und die Grübchen tauchten wieder auf.

Endlich. Ich hatte schon befürchtet, ich sähe sie nie mehr.

„Heimelige Wohnung“, sagte er, als ich die Tür öffnete und das Licht anknipste. „Sehr kuschelig.“

So kuschelig, dass wir zehn Minuten später aneinander festgesaugt auf dem Futon lagen. Meine Strickjacke war auf dem Fernseher gelandet, wo auch mein Rock hin sollte, der aber daneben auf den Boden gefallen war. Mein Wonderbra schmückte den Tisch. Timothys T-Shirt und Jeans flogen auf den Kelim. Er hatte wirklich einen traumhaften Körper. Seine vom Fitnesstraining gestählte Brust war braun gebrannt und mit feinen, dunklen Härchen bedeckt. Und dann die Bauchmuskeln.

Wieder waren Hände, Münder, Arme, Beine und Atem überall. Und wieder riss Timothy eine Packung mit Kondomen auf. Und wieder war Timothy schwer damit beschäftigt, sich das Ding überzuziehen.

Und um genau 00:52 Uhr am Sonntag, dem 14. Juni, schliefen Timothy und ich miteinander.

Stöhnen.

„Oh! Oh! Ja! Ohhh!“

Das waren nicht Timothy und ich. Wir lagen beide schon wieder auf dem Rücken, glücklich, zufrieden, schwer atmend und mit geschlossenen Augen, als die Freundin von meinem Musikfreund loslegte.

Timothy machte große Augen und lachte. „Hey, das ist doch Carmen, oder?“ Er bemühte sich, die Oper durch die Wand zu erkennen. „Glaubst du, sie haben uns gehört?“

Ich wurde rot. Ganz leise waren wir nicht gewesen. Aber erst am Schluss, vorher nicht.

„Oh! Oh!! Ohhh!“

„Sind sie verheiratet?“ fragte Timothy mit hinter dem Kopf verschränkten Händen.

„Nein. Er lebt allein. Ich habe weder ihn noch sie jemals gesehen, aber den Geräuschen nach ist es immer dieselbe Frau.“

„Ich kann nicht zulassen, dass er mich so beschämt“, sagte Timothy und fing an, meinen Nacken, meine Brust, meinen Bauch zu küssen.

Hatte ich schon erwähnt, wie verliebt ich war?

Die ganze nächste Woche war ich ein nervliches Wrack. Ständig erwartete ich den finalen Anruf: Nein, es liegt nicht an dir, es liegt an mir. Was in Wahrheit hieß: Es liegt nicht an mir, es liegt an dir. Weil ich dich nämlich nicht mag. Habe ich festgestellt. Aber eine Woche war verstrichen (es war jetzt später Samstagnachmittag, sieben nervenzehrende Tage, nachdem Timothy und ich ES getan hatten), und kein finaler Anruf kam. Genau betrachtet passierte gar nichts Finales in dieser Sache, aber gut, Timothy war Arzt. Ich hatte ihn seit Sonntagnachmittag nicht mehr gesehen.

Ja, er hatte mir angekündigt, dass diese Woche arbeitstechnisch ein echter Albtraum für ihn würde, doch ich starb fast vor Sehnsucht. Mir würden in meinem liebestollen Zustand noch mehr solcher Wortspiele einfallen. Aber ich hatte Besseres zu tun. Zum Beispiel jubelnd durch meine Wohnung zu laufen, denn, Überraschung!, wer hatte wohl eine Verabredung mit einem Doktor namens Timothy Rommely auf Königin Danas Hochzeit?

Ich hatte ihm die große Frage Sonntag früh gestellt, nachdem wir das zweite Mal miteinander geschlafen hatten (genau, am Morgen ein zweites Mal!). Diese kleine Na-Sie-wissen-schon-Angelegenheit, die ihn am Vorabend gequält hatte, hatte sich ziemlich schnell verabschiedet. Wir hatten die Nacht auf meinem viel zu schmalen Futon verbracht, was dazu führte, dass wir eng aneinander geschmiegt schliefen, Arme und Beine miteinander verknotet, die Münder so nah, dass es für flüchtige Küsse reichte. Am nächsten Morgen waren wir aufgestanden, um die New York Times, ein paar Bagels und etwas Cream Cheese zu kaufen, dann zurück zu mir gegangen und hatten weitere genüssliche Stunden im Bett verbracht. Wir hatten Sex in mindestens drei verschiedenen Stellungen. Und dann hatte Timothy überrascht nach den Modeseiten gegriffen. „Hey, den Typ kenne ich!“ hatte er gerufen und mit seinem Bagel auf ein Foto über einer Heiratsanzeige gezeigt. Auf „Diese Frau ist mit Nelson D. Rockefeller verwandt!“ folgte: „Ich kann mir einfach nicht vorstellen, wie Leute mit 24 schon heiraten können.“ Das erschien mir der perfekte Moment und richtige Ort zu sein, meine Cousine zu erwähnen, deren 24 Jahre altes Gesicht in Kürze auf genau diesen Seiten zu sehen sein würde.

„Logisch. Ich komme gern mit. Brauche ich einen Smoking?“ war seine Antwort auf eine Frage, die ich mir kaum zu stellen gewagt hatte.

So einfach war das. Eine Frage, eine positive Antwort, und auf einmal hatte ich einen echten Begleiter für die Hochzeit. Mehr als das sogar. Timothy war nicht nur der Mann, der mir half, mein Gesicht vor Natasha, Dana, Tante Ina und Grammy zu bewahren. Er war real. Er war nicht einer dieser gut aussehenden Kerle aus anderen Sphären, an die ich nicht heranreichte. Hinter ihm konnte ich mich nicht verstecken. Er war da, mit Haut und Haar. Und ich war da, um den Pott nach Hause zu tragen, wie Amanda jetzt sagen würde. Ich hätte diese emotionale Achterbahnfahrt gern mit ein paar Zigaretten begleitet – jemanden so sehr zu mögen, dass man die Sterne anflehte, wie ich es als Kind immer getan hatte, er möge ebenso verliebt sein, und dass man inständig hoffte, die nette Romanze ginge in etwas Großartigem, Unbeschreiblichem auf und war allein für mich bestimmt, nur für mich.

Zurück auf den Boden der Tatsachen! befahl ich mir. Natürlich waren die Dinge nicht perfekt, aber das waren sie nie. War es nicht das, was ich an meiner ausbleibenden Enttäuschung über die Verlobung von Jeremy und Miss Vogue gelernt hatte? Jemanden zu lieben, den man nicht haben konnte, das war einfach. Auf diese Weise konnte man höchstens sich selbst verletzen, weil man anstatt mit einem atmenden Menschen nur mit dem eigenen Herzen und den eigenen Träumen eine Beziehung unterhielt. Ich hatte auch schon damit angefangen, mit meiner Erleuchtung zu arbeiten. So bin ich beispielsweise nicht sofort aufgelöst zu Eloise und Amanda gerannt und habe sie um eine Interpretation gebeten, als Timothy mir am Sonntagnachmittag, kurz bevor ich ging, ankündigte, dass es „manchmal auch schwierig ist, mit einem Arzt befreundet zu sein. Zuweilen habe ich so viel zu tun, dass ich meine eigenen Freunde wochenlang nicht sehe." Meine Intuition hatte mir gesagt, dass diese Bemerkung mich – minimal, aber doch – alarmieren musste. Seine eigenen Freunde? Was war denn ich? Eine Portion Gehacktes (wie Tante Ina sagen würde)? Und obwohl ich erst drei Verabredungen und eine Nacht mit Timothy verbracht hatte, war mir nicht entgangen, dass Timothy durchaus unwirsch werden konnte, siehe den Moment seiner Erektionsschwäche.

Und während ich über der Auflistung all der Fehler und Schwächen bald meschugge wurde und kolossale Lust verspürte, ein ganzes Päckchen Zigaretten auf einmal zu rauchen, sollte ich den dicksten Hammer nicht unerwähnt lassen: Er hatte bis Mittwoch nicht angerufen. Hörte sich das albern an? Kindisch? Ich war mir nicht sicher, ob ich mich darüber beschweren durfte. Doch mir schien es ein Warnsignal mehr. Wie sehr konnte er mich mögen, wenn er sich nicht gleich Sonntagnacht noch einmal meldete, um mir zu sagen, was für eine wunderbare Zeit wir hatten, dass er es nicht abwarten konnte, mich wieder zu sehen, und wie es mit Dienstag oder Mittwoch wäre?

Auch Montag hatte er nicht angerufen. Ich hatte überlegt, mich abends zu melden, um Hallo zu sagen, wollte aber nicht zu klettig wirken. Das Gleiche galt für Dienstag. Eloise hatte mir geraten, ihn anzurufen, weil wir ja nicht mehr in den Fünfzigern lebten, ob ich das noch nicht bemerkt hatte, und seit wann ich denn die Kontrolle über mein Leben in die Hände eines Typen geben würde. Warum musste er sich unbedingt melden? Ich hatte darauf keine Antwort. Ich wusste einfach, dass ich ihn nicht anrufen sollte. Ich wollte angerufen werden. Ergab das einen Sinn? Mittwoch wäre ich fast durchgedreht, aber dann rief er an! Ich hatte gerade Natashas wirklich gelungenes, saftiges zweites Kapitel in der Mache, als das Telefon klingelte. Ich hatte ein Stoßgebet in den Himmel geschickt, dass es er sein möge und nicht Tante Ina, und Gott war auf meiner Seite gewesen.

Gewissermaßen. Er hatte mir gesagt, wie Leid es ihm täte, aber es wäre so irrsinnig viel zu tun gewesen, der Schichtdienst, der Krankenhaus-Remke, der auf Kriegspfaden wandelte, zu tun, zu tun, zu tun, blabla, er konnte sich nicht vorstellen, in den nächsten ein, zwei Wochen das Krankenhaus außer zum Schlafen zu verlassen, die Dinge waren so blabla, ich wünschte, ich könnte, wenigstens zum Hallo sagen, blabla.

Es gab nichts Schlimmeres, als richtig enttäuscht zu sein, sich über die Gründe der Enttäuschung aber nicht ärgern zu können. Wie konnte ich mich über das Arbeitsleben eines Assistenzarztes beschweren? Alle kannten diese Geschichten von Referendaren oder Assistenten, die mit vier Stunden Schlaf 36 Stunden durcharbeiteten und kaum einen halben Tag frei hatten. Mit welchem Recht wollte ich darüber nörgeln, dass er nicht eben vorbeikommen und mit mir *Wer wird Millionär?* gucken konnte? Der Mann hatte wirklich zu tun. Er ging nicht mit Freunden zum Squash spielen oder in Striplokale oder sah Sportsendungen. Er arbeitete. Und daran sollte ich mich schleunigst gewöhnen, wenn ich diesen Mann in meinem Leben haben wollte. Was ganz sicher der Fall war.

Ich hatte gehofft, auf unserem Flirtabend-Stammtisch am letzten Freitag darüber jammern zu können, aber er wurde gestrichen. Amanda musste mit Jeff zu irgend so einem Geschäftsessen, und Eloise kurierte ihre Erkältung aus. Also war ich selbst fleißig und erledigte den Rest des zweiten Kapitels (das kaum Korrekturen verlangte) und ging über den Entwurf des dritten Kapitels. Ich las Natashas Arbeit inzwischen mit ganz anderen Augen, als ich das anfangs getan hatte. Und mit ganz anderen Gefühlen. Überhaupt mit Gefühlen. Nachdem ich so viel Zeit mit ihr verbracht hatte, so viel über sie aus erster Hand mitbekommen hatte, die Kälte ihrer Mutter selbst erlebt hatte, war der Kontext ihrer Geschichte ein völlig anderer geworden. Natasha hatte ein paar Mal angerufen, um mich vom Fortschritt ihres Konzepts auf dem Laufenden zu halten, das sich Kapitel für Kapitel zu einem Meisterwerk entwickelte. Auch in ihrem „Was dich erwartet, wenn du ein Kind erwartest" war sie schon auf Seite hundertzwanzig. Sie hörte sich ganz gut an, nicht so überschwänglich wie sonst, ein bisschen gedämpft schon, aber nicht niedergeschlagen. Ich hatte mich am Sonntagnachmittag, nachdem Timothy gegangen war, bei ihr gemeldet, um zu hören, ob sie okay war. Als sie meine Stimme hörte, war sie in Tränen ausgebrochen. Ich hatte sie gefragt, ob ich vorbeikommen sollte. Sie hatte mir Leid getan, doch sie hatte Nein gesagt, sie wollte allein sein und versuchen, die Worte ihrer Mutter zu verdauen. Ich war zuversichtlich, dass sie es packen würde. Sie hatte längst bewiesen, was sie alles meistern konnte. Immerhin hatte sie noch den Hausbootbewohner. Sie war nicht mutterseelenallein auf der Welt. Sie hatte den heiratswilligen Freund und das Baby, und das war sicher ein Trost.

Das Telefon klingelte. Timothy? Bitte, bitte! Negativ. Diesmal war es wirklich Tante Ina mit einem ihrer zweitäglichen Hallo-wie-geht's-Anrufe. Onkel David war heiser, Grammy ging es gut, und rate mal, was der nette Ethan Miles von nebenan neulich wieder gemacht hat? Er war doch wirklich so nett, Grammy das Gobelinbild mit Ententeichmotiv aufzuhängen. Dana hatte Ärger mit ihrem Floristen, und Tante Ina war, jetzt, wo die Hochzeit bevorstand, die Königin ihres Hauses. „Marla aus 4K wollte wissen, was die Hochzeit uns kostet", entrüstete sie sich. „Kannst du dir das vorstellen? Ich wollte schon sagen, dass Larry alles bezahlt, aber was bildet sie sich eigentlich ein? Ich hab dann einfach gesagt, dass es kein Pappenstiel ist." Natürlich wollte sie auch wissen, wie sich die Dinge mit Timothy entwickelten, worauf ich mit einem begeisterten „Super!" antwortete.

Als Tante Ina und ich uns verabschiedet und aufgelegt hatten, wurde mir klar, dass ich keine Pickel mehr bekam, wenn ich daran dachte, dass die Hochzeit nur noch gut einen Monat entfernt war. Warum, war auch nicht gerade die Millionen-Dollar-Frage. Natürlich hatte es mit Timothy zu tun. In kaum vier Wochen hatte mein Leben sich grundlegend verändert. Ich war von ohne Freund zu mit gewechselt, von Raucher zu Nichtraucher, nicht zu denken an die Würdigung meiner Arbeit durch Remke und Jeremy, und selbst meinen Status als mickrige Lektoratsassistentin hatte ich Natasha eingestanden. Und es tat noch nicht einmal weh. Ihr war es zu verdanken, ihr und Gwen und Jeremy und Remke und sogar Morgan Morgan, dass mein Stern als Lektorin immerhin so weit gestiegen war, dass ich mich anerkannt fühlte. Was war der Titel mehr als Schall und

Rauch? Na ja, nicht nur Schall und Rauch. Ich wollte schon befördert werden, so sehr, dass ich nicht wusste, was ich noch dafür tun konnte. Ich wusste nur, dass ich es wirklich wollte. Ich würde bis Ende Januar warten müssen, bis das komplette Manuskript von *Der stolpernde Star* fällig wäre. Dann konnte Remke es selbst merken, wie sehr ich die Beförderung verdient hatte – und eine dicke, fette Gehaltserhöhung.

Plötzlich hatte ich den Drang, meine Wohnung zu wienern, meine Decke auszulüften, die Fenster zu putzen und meine Unterwäsche ordentlich zusammenzulegen, die kreuz und quer in der Schublade meiner Kommode herumlag. Ich wollte, dass meine Wohnung glänzte, wenn Timothy das nächste Mal zu Besuch käme; nicht, dass ich einen Schimmer hatte, wann das sein konnte. Vielleicht nächste Woche? Die darauf? So oder so, ich wusste, wie meine Putzorgie beginnen sollte: Ich wollte die Rauchutensilien loswerden. Ich war bereit, Aschenbecher und Feuerzeuge wegzuschmeißen.

Das ganze elende Zeug in eine Supermarkttüte gepfropft, öffnete ich den Schrank unter der Spüle und warf es in den Abfalleimer. Und tschüss, Raucherleben ...

„Aber du hast gesagt, du liebst mich, El-wees!" brüllte Serge ein Stockwerk tiefer. „Du trägst meinen Ring. Wir wollen heiraten."

„Serge, ich liebe dich auch, aber ich bin noch nicht bereit für die Ehe."

„Die Ehe mit mir!" rief er. „Du meinst, du bist noch nicht bereit, *mich* zu heiraten."

Stille.

„Wenn du mich wirklich lieben würdest, El-wees, würdest du mich heiraten."

„Es tut mir Leid, Serge. Es tut mir so Leid."

Stille. Dann knallte die Wohnungstür.

Schließlich gelang es mir, die Hand vom Mund zu nehmen. Ich rannte zum Fenster, riss es auf und streckte meinen Kopf hinaus. Eine halbe Minute später sah ich, wie Serge aus dem Gebäude stürmte. Ich flog die Treppen runter zu Eloise. „El? Ich bin's."

Sie öffnete die Tür, ihr Gesicht tränenüberströmt. Sie hielt ihre linke Hand hoch. Der zierliche Diamantring war weg. Ich nahm sie in den Arm, und sie ließ sich hineinfallen.

„Ich bin nicht mehr verlobt", sagte sie schluchzend.

„Was ist passiert?" fragte ich und führte sie zu ihrem Futon.

„Ich nehme an, es hat bei unserem Flirtabend-Stammtisch nach Bloomingdales angefangen", sagte Eloise. Sie drückte eins der roten Kissen gegen ihren Bauch. „Ich war wie von der Tarantel gestochen, den ganzen Kram für meine Wohnung zu haben. Und dann habe ich gemerkt, dass es die Sachen waren. Ich wollte die edlen Handtücher, die teure Kaffeemaschine, die sprechende Waage. Ich wollte durch die Gegend laufen und jedem meinen Ring zeigen. Ich wollte so ungefähr alles, was man kriegen kann, wenn man sich verlobt ..." Eloise brach in Tränen aus und legte sich das Kissen vors Gesicht.

„Außer Serge?"

Eloise sah mich an und nickte. Sie griff nach ihren Zigaretten. „Und jetzt habe ich es richtig vermasselt." Sie zündete sich eine Marlboro an und nahm einen tiefen Zug.

„Jetzt bin ich nicht nur nicht verlobt, ich habe noch nicht mal mehr einen Freund."

„El, aber jetzt bist du so weit, dass du den Richtigen treffen kannst. Denjenigen, der dir mehr bedeutet als die ganzen Luxusklamotten."

„Kann sein." Sie blies den Rauch aus. „Ich vermisse das Gefühl am Finger."

„Wie wär's, wenn wir losziehen und im East Village Freundschaftsringe kaufen?" schlug ich vor. „Komm schon. Jetzt sofort."

„Okay", hauchte Eloise.

„Und lass uns vorher in der St. Monica Kirche eine Kerze für deinen nackten Finger anzünden", fügte ich hinzu. Eloise schniefte und nickte. „Alles wird gut, El." Ich reichte ihr ein Taschentuch. „Du bist jetzt offen für den Mann deiner Träume."

„Meinst du echt, der kommt eines Tages?" fragte Eloise. „Ob wir beide jemals heiraten?"

Was war denn hier los? Eloise war die unabhängigste Frau, die ich kannte. Und jetzt war die Ehe das höchste Ziel ihrer Träume? Das hörte sich nicht nach ihr an.

„Na klar kommt er", sagte ich ihr. „Zu uns beiden. Obwohl ich mich etwas wundere, dass du so redest, El. Du warst nicht gerade erpicht aufs Heiraten. Du bist so eine selbstständige ..."

„Ein Haufen Dreck bin ich."

„Das stimmt nicht", entgegnete ich. „Du hast Karriere gemacht. Du hast dieses wunderbare Apartment, du hast so viele unterschiedliche Männer kennen gelernt. Du findest schon, was du suchst. Wenn du erst wirklich bereit bist, dich zu binden, wird dir der Richtige über den Weg laufen."

Eloise nagte an ihrer Unterlippe, dann sprang sie auf und fing erneut an zu weinen. „Der Richtige? Wer will schon den Richtigen? Machst du Witze, Jane? Das solltest du doch am besten verstehen."

„Was verstehen?"

„Was denkst du wohl ist der beschissene Punkt?" schrie Eloise. „Wer will schon den Richtigen, wenn er dich am Ende sowieso wieder allein lässt?"

Oh. Da saßen wir im selben Boot. Ich stand auf, nahm Eloise bei der Hand und ging mit ihr zum Sofa. „El, so darfst du es nicht sehen. Deine Mutter würde das nicht wollen. Wie würde sie sich fühlen, wenn sie erführe, dass du Angst hast, dich an jemanden zu binden, weil du fürchtest, ihn ebenfalls verlieren zu können? Sie würde sich schuldig fühlen."

„Sie hat ja auch Schuld", rief Eloise. „Sie ist mir weggestorben. Genau wie dir deine. Genau wie dein Vater deiner Mutter und dir weggestorben ist. Du solltest wissen, wie sich das anfühlt. Stattdessen gibst du hier diese Therapeutenkacke von dir."

„Aber Eloise ..." Aber Eloise, was? Sie hatte nicht Unrecht. Sie hatte allerdings auch nicht Recht. „Ich weiß nicht genau, was ich meine, hörst du? Ich weiß nur, dass wir, wenn wir es nicht versuchen, allein bleiben. Ist das nicht schlimmer?"

„Nein, denn dann sind wir wenigstens nur allein und nicht noch unglücklich, mit gebrochenem Herzen und Liebeskummer."

„Allein und nicht unglücklich?" fragte ich. „Das ist ja wohl ein Widerspruch in sich."

„Wir können durchaus allein *und* glücklich sein", sagte

Eloise und putzte sich die Nase. „Wir haben so viel für uns. Wir beide. Beruflich geht es gut voran, wir sind vollkommen unabhängig, wir unternehmen spannende Sachen, wir leben in der aufregendsten Stadt der Welt ..."

Ich lachte. „El, unser Leben ist völlig vermurkst."

„Hör auf, du Klugscheißer", sagte sie mit dem Anflug eines Lächelns. „Ich hasse es, wenn du vernünftig wirst."

„Alles wird gut. Ich komme langsam zu dem Schluss, dass alles gut wird, wenn es gut werden soll. Nachvollziehbar?"

„Ja, ich glaube schon." Sie atmete tief ein. „Aber jetzt reicht's auch mit dem melodramatischen Getue. Lass uns shoppen gehen. Für den 4. Juli brauchen wir noch richtig scharfe Klamotten. Du wirst den Tag vermutlich mit Timothy verbringen, oder?"

Ich zuckte mit den Schultern. „Vielleicht. Er hat es noch nicht angesprochen. Vielleicht muss er auch arbeiten."

„Wie wär's, wenn wir jetzt was Schönes planen?" schlug Eloise vor. „Wenn Timothy arbeiten muss, dann sind wir eben unter uns. Wenn nicht, hänge ich mich bei Amanda, Jeff und seinen sechstausend Freunden dran."

„Ich hab eine bessere Idee. Wenn Timothy nicht arbeiten muss, verbringst du den Tag mit uns. Ich will unbedingt, dass du ihn kennen lernst."

„Du magst ihn richtig gern, was?" fragte Eloise und zündete sich eine neue Zigarette an. „Und hast null Schiss vor 'nem Flop?"

„Ich habe mehr Schiss als beim Blair Witch Project."

Eloise hörte gar nicht mehr auf zu lachen.

14. KAPITEL

Montag: Warten darauf, dass das Telefon klingelte. Tat es auch, aber nie war es Timothy. Natasha hatte das fertige zweite Kapitel abgeliefert. Tante Ina ermahnte mich, in meinen apricotfarbenen Schuhen einige Male um den Block zu laufen, damit ich auf der Hochzeit keine Blasen bekam.

Dienstag: Das Telefon klingelte! Timothy arbeitete jeden Tag die doppelte Schicht, aber wie es wäre, wenn er morgen Abend rumkäme? Könnte spät werden. Kein Problem! Schrieb Natasha einen Brief mit Korrekturvorschlägen für das dritte Kapitel und das überarbeitete Konzept.

Mittwoch: Absage von Timothy – konnte das Krankenhaus nicht verlassen. Konnte ich ihn am 4. Juli für das Feuerwerk und ein Barbecue einplanen? Natürlich konnte ich das. E-Mail von Natasha: Sie war drauf und dran, mit der Überarbeitung anzufangen. Rechnete damit, das fertige dritte Kapitel und die letzte Konzeptfassung in etwa zwei Wochen zu schicken.

Donnerstag: Das Telefon klingelte unerwartet. Timothy musste am Unabhängigkeitstag arbeiten. Aber wenn wir uns die Woche drauf sähen, könnten wir ein privates Feuerwerk veranstalten. Ich war so frustriert, dass ich vergaß, bei Jeremy vorbeizuschauen, um ihm zu sagen, dass ich Zeit für neue Projekte hatte, da Natasha vorerst versorgt war.

Freitag: Flirtabend-Stammtisch im schicken Café am Union Square. Amanda, Eloise und ich stießen auf Eloises tapferen Entschluss an, Serge den Ring zurückzugeben. Amanda und Eloise meinten, Timothys Abtauchen nicht zu viel Wert beizumessen – das wäre eben das Leben eines angehenden Arztes.

Samstag: Eloise und ich haben uns das Feuerwerk angesehen. Haben fettfreien gefrorenen Joghurt mit Schokoladengeschmack gegessen und sind nach Hause gegangen, um zum hundertsten Mal Dirty Dancing im Fernsehen zu sehen. Natasha rief an und wünschte einen schönen 4. Juli. Sie war auf Seite 200 von „Was dich erwartet, wenn du ein Kind erwartest" und arbeitete emsig am stolpernden Star. Timothy rief nicht an, um mir einen schönen 4. Juli zu wünschen. Diskussion mit Eloise, was das zu bedeuten hatte (sie insistierte in der Beste-Freundin-Manier, dass es null zu bedeuten hätte, dass der 4. Juli nicht Ostern, Weihnachten oder mein Geburtstag und sowieso kein Tag zum Anrufen war). Tante Ina rief an und wünschte mir einen schönen 4. Juli. Ebenso Grammy. Und Amanda.

Sonntag: Times lesen. Im Geiste entwarf ich schon meine Hochzeitsanzeige. Gregg und Rommely trauen sich. Die Braut wird den Namen Jane Greggely tragen. Warten auf das Klingeln des Telefons. Es klingelte: Tante Ina, die mich fragte, ob ich die Schuhe schon eingelaufen hatte? (Nein, hatte ich nicht.)

Montag: Warten auf das Klingeln des Telefons. Jeremy gesagt, dass ich nichts zu tun hatte. Bekam ein geplantes Ich-bekenne einer männlichen Jungfrau, Alter 30, auf den Tisch, die weder eine Priesterin noch sonstwie religiös war. Bekam einen Stapel unverlangt eingesandte Manuskripte auf den Tisch. Morgan guckte den ganzen Tag so komisch.

Dienstag: Fragte Eloise und Amanda um Rat. Sollte ich Timothy anrufen? Oder warten? Beide sagten warten. Der Typ war Arzt. Hallo! Morgan sah mich wieder so komisch an. Erinnerung von Tante Ina, ich sollte mein Brautjungfernkostüm nicht vergessen.

Mittwoch: Nahm zwölf Mal den Hörer von der Gabel und legte ihn zurück. Las ein unverlangt eingesandtes Manuskript. Bin früh gegangen, um die Brautjungfernkluft abzuholen. Tante Ina und Onkel David einen kurzen Besuch abgestattet. Grammy war auch da. Aß belegte Brote. Entschuldigte mich, ich wäre erschöpft vom Job, als Tante Ina nachfragte.

Donnerstag: War ich nicht Teil dieser Beziehung? War es eine Beziehung? Machten drei Verabredungen eine Beziehung aus? Sex? Machten drei Verabredungen und Sex, der fast drei Wochen zurücklag, eine Beziehung aus? Ich rief ihn an. Anrufbeantworter. Ich hinterließ eine Nachricht. Nicht zu verzweifelt. Einfach ein Hallo und ein „Ruf mich an, ich vermisse dich“. Morgan sah mich ganz komisch an und fragte, ob alles in Ordnung sei. Ich versicherte ihr, alles bestens, daaanke der Nachfrage. Das musste sie doch toll finden.

Freitag: FaS. In diesem Moment abgehalten im Luv Buzz auf der Upper East Side. Timothy hatte nicht zurückgerufen. Amanda war ratlos. Eloise kaute an ihrer Unterlippe. Ich war fürchterlich frustriert.

„Ich versteh einfach nicht, was mit ihm los ist“, sagte Amanda. „Soll ich Jeff fragen und ihn bitten, etwas herauszubekommen?“

Eloise blies Rauch aus. „Bloß nicht. Das ist albern. Er wird sich schon melden, wenn er Zeit hat. Er hat viel zu tun, das ist alles.“

Seit drei Wochen? „Sicher“, sagte ich. „Aber wer ist zu beschäftigt, um eine Beziehung aufzubauen, in teuren Restaurants zu essen und Sex zu haben? Das ist das, was ein Paar am Anfang macht. Was habe ich falsch gemacht?"

„Gar nichts hast du falsch gemacht!" sagte Eloise wütend. „Er ist einfach ein mieser Hund!"

„Hey, das wissen wir noch nicht", vermittelte Amanda. „Vielleicht ist er wirklich nur eingespannt. Er ist Assistenzarzt. Die arbeiten mehr als andere Leute."

Ich nahm einen Schluck von meinem Longdrink. „Das tat er aber auch schon, als wir uns die ersten drei Male getroffen haben", erinnerte ich Amanda. „Ich habe ihn Samstag, Dienstag und wieder Samstag gesehen. Und jetzt soll ich ihn nicht mal alle vier Wochen treffen? Bitte! Ich werde gerade aufs Feinste abserviert, das fühle ich. Ich verstehe es noch nicht, aber er serviert mich ab. Irgendwas habe ich falsch gemacht. Nur was?"

„Jane, nichts hast du falsch gemacht", sagte Eloise und zeigte mit ihrer Zigarette auf mich. „Weißt du was? Es liegt bestimmt an dieser Erektionsgeschichte. Vielleicht ist es ihm peinlich, und ..."

„Eloise!" Ich griff nach ihrer Hand.

„Welche Erektionsgeschichte?" fragte Amanda mit großen blauen Augen.

„Er hat beim ersten Mal keinen hochbekommen", erklärte Eloise. „Und das hat ihn etwas genervt."

„Amanda, kein Wort davon zu Jeff", flehte ich. „Wenn er Timothy auch nur das Geringste andeutet, sterbe ich. Der redet nie wieder mit mir."

„Keine Sorge, Schätzchen", versicherte Amanda. „Ich schweige wie ein Grab, versprochen."

Ich atmete erleichtert auf. „Es passierte sowieso nur das

eine Mal, als wir es zum ersten Mal versuchten. Danach haben wir es zwei Mal problemlos gemacht und am Morgen danach wieder zwei Mal. Auf der Baustelle brennt nichts an."

„Ja, aber Typen sind in dem Punkt sehr empfindlich", sagte Amanda. „Mit Jeff ist das am Anfang auch passiert. Er war so frustriert und am Boden. Es dauerte eine Weile, bis ich ihm klargemacht hatte, dass es mir nichts ausmachte."

„Und wie ging es weiter? Ging es vorbei?" fragte ich.

„Nicht ganz", sagte Amanda. „Es passiert nicht oft. Aber wenn, bringt es ihn nicht mehr gänzlich aus der Fassung. Zuerst habe ich gedacht, es wäre meine Schuld. Schließlich habe ich ein paar Bücher darüber gelesen und gelernt, dass es das nicht war."

„Woran liegt es dann?"

„Viele Faktoren haben mit uns gar nichts zu tun. In einem Artikel stand sogar, dass, je attraktiver der Typ dich findet, umso mehr Probleme kann er mit seinem Ständer haben, weil er so nervös ist."

Hm. Hatte ich Timothy nervös gemacht? Die Vorstellung gefiel mir.

„Vertrau mir, Jane", sagte Eloise. „Mit diesem exorbitanten Wonderbra hat Timothy sich einfach überhitzt." Wir stießen an und tranken von unseren Drinks. „Wo wir schon von Wonderbra reden, glaubt ihr, Gnats Busen ist echt?"

„Sind ihre Bälle so groß?" fragte Amanda und wedelte den Qualm weg.

„Sie sind nicht so groß, sie sind bloß prall", antwortete ich. „Alles an ihrem Körper ist prall."

„Ich bin noch gar nicht dazu gekommen, nach ihren Eltern zu fragen", sagte Amanda. „Sind sie zu großartig und famos, um die richtigen Worte zu finden?"

Ich erinnerte mich an Mrs. Nutleys angespanntes Gesicht. „Bestimmt nicht. Ihr Vater war nicht da, und ihre Mutter war ziemlich kalt. Ich glaube, die Nutleys sind nicht sehr begeistert, dass ihre Tochter die schmutzige Wäsche öffentlich wäscht."

„Spricht sie in dem Buch über sie?" wollte Eloise wissen. „Ich kann mir schon vorstellen, dass ihnen das nicht gefällt."

„Nein. Sie sagt lediglich, dass sie ihren Eltern nicht besonders nahe steht und dass sie um deren Enttäuschung weiß, ansonsten schweigt sie sich über die Familiendynamik aus. In dem Buch geht's um was anderes."

„Worüber regen sie sich dann so auf?" fragte Eloise. „Sie ist erwachsen. Wenn sie meint, herausposaunen zu müssen, dass sie mit einem Schauspieler im Bett war, dann soll sie's doch tun."

„Sicher, aber das fällt auf ihre Eltern zurück, findest du nicht?" wandte Amanda ein. „Sie lässt die ganze Welt an den intimen Details ihrer schmierigen Affäre teilhaben. Ihren Eltern ist das zu Recht unangenehm."

Ich war anderer Meinung. Vor einem Monat hätte ich noch zugestimmt. Jetzt nicht mehr. Eine Beziehung, die Natasha das Herz gebrochen hat, war nicht schmierig. Dass sie sich entschied, darüber zu schreiben, war auch nicht schmierig. Viele Prominente, wie auch immer sie diesen Status erlangt hatten, schrieben über ihr Leben, genau so wie Hinz und Kunz das oft genug taten. Das befreite. Und aus diesem Grund schrieb auch Natasha, genau wie jeder andere, ihre Biografie. Es ging ihr nicht darum, ihr Privatleben öffentlich zu machen; sie schrieb das Buch für sich selbst. Ob sie sich nun verteidigen oder etwas über sich herausfinden wollte, ob sie einen Lebensabschnitt mit ihren eigenen Worten für ihre Enkel dokumentieren oder einfach ein Tagebuch schreiben wollte – sie tat es für sich. Und dass sie dafür einen halbwegs anständigen Vorschuss bekam, war einfach die Sahne auf dem Kuchen. Ich konnte mir vorstellen, dass Natasha das Buch auch ohne Geld geschrieben hätte.

„Wisst ihr", sagte ich zu meinen Freundinnen, „ich glaube, es geht Natasha in dem Buch nicht darum, schmutzige Wäsche zu waschen. Es geht ihr nach den schmerzhaften Erfahrungen mehr um den Prozess ihrer Selbstfindung. Ich meine, ein Buch zu schreiben ist nicht gerade ein Spaziergang."

„Wow, Jane!" sagte Amanda und griff nach ihrem Gin Tonic. „Seit wann verteidigst du Natasha Nutley?"

Huch.

Stöhn, stöhn.

„Oh! Oh! Ja, komm! Oh, ja. Jaaaaa!"

Mit Mühe bekam ich meine Augen auf. Hatte mich der Orgasmus von nebenan geweckt, oder klingelte das Telefon?

Das Telefon klingelte.

Wussten die Leute nicht, dass man an einem Samstag nicht vor zehn bei anderen anrief? Bereit, dem Anrufer genau diese Lektion zu erteilen, griff ich nach dem Hörer. Plötzlich hellwach richtete ich mich auf und drückte das schnurlose Telefon dichter an mein Ohr.

„Sprichst du noch mit mir?“ fragte Timothy. „Ich weiß, dass ich in letzter Zeit zu einem Phantom mutiert bin.“

„Es gibt Schlimmeres, Timothy. Ich würde dich einfach gern sehen. Es sind gut drei Wochen verstrichen.“

Stöhnen von nebenan. „Oh! Oh! Ja. Oh!“

„Es tut mir wirklich Leid, Jane. Ich will dich auch sehen, aber hier gehen die Dinge drunter und drüber. Ich rufe aus dem Krankenhaus an.“

„Verstehe. Ich habe nur schreckliche Sehnsucht danach, dein Gesicht mal wieder vor mir zu haben.“

„Mal wieder ein ‚Ich auch‘. Aber die lassen uns hier rund um die Uhr schuften. Letzte Woche war es so schlimm, dass ich keine einzige Nacht zu Hause geschlafen habe. Darum habe ich auch nicht angerufen. Wir haben hier alle auf Klappbetten gepennt. Und das wird noch eine Weile so weitergehen, fürchte ich. Aber sobald es ruhiger wird, entführe ich dich in das beste Restaurant zum Abendessen.“

„Ohhh! Ja! Oh, los, ja. Ohhh!“

„Hört sich gut an“, sagte ich und klopfte gegen die Wand. „Wann glaubst du, hast du mal Zeit?“ Bald, bitte.

„Nächsten Samstag kann ich ganz fest versprechen“, sagte er. „Die Woche wird der Hammer, aber von Samstagabend bis Sonntag um zwei habe ich definitiv frei. Wir müssten es allerdings etwas ruhiger angehen lassen, damit ich früh ins Bett komme. Ist das okay?“

Ich sprang auf und hob, wie eine Zwölfjährige bei einem Tennisturnier, die geballte Faust siegreich in die Luft. Ich hatte mein lang ersehntes viertes Date. „Das passt wunderbar. Ich kann es kaum erwarten.“ Ich ließ mich auf den Futon fallen und grinste so breit, dass ich fürchtete, meine

Muskeln könnten reißen. Er servierte mich nicht ab! Er war einfach Arzt!

„Ich kann's auch kaum erwarten, dich wieder zu sehen", sagte er. „Ich versuche, vorher noch mal anzurufen. Ansonsten treffen wir uns nächsten Samstag gegen sieben, halb acht."

Als wir aufgelegt hatten, wurde mir klar, dass ich nächste Woche meine Tage bekommen müsste. Typisch Murphys Gesetz. Aber vielleicht machte Timothy das nichts aus. Schließlich war er Arzt – woran mich mein Umfeld unermüdlich erinnerte.

Freitag, 15:14 Uhr. Ich war dabei, mir sämtliche Nägel abzukauen. Heute war der Große Tag! Jeremy hatte mir versprochen, heute Nachmittag meine Arbeit an den ersten drei Kapiteln und dem Konzept zum stolpernden Star durchzugehen, und ich war schon um zwölf ein nervliches Wrack gewesen. Jede Sekunde würde er mich anrufen, um mit mir die Einzelheiten zu besprechen. Wie ich diesen Tag überstehen sollte, ohne mir das Nikotinpflaster von der Brust zu reißen und Eloise um Zigaretten anzuschnorren, war mir ein absolutes Rätsel. Gott sei Dank waren es nur noch vier Stunden bis zum Flirtabend-Stammtisch. Ich brauchte dringend einen Drink. Nicht nur, dass ich ohnehin schon den prämenstrualen Stimmungsschwankungen unterlag, konnte ich vor lauter Zweifeln keinen klaren Gedanken mehr fassen. Was, wenn Jeremy das Manuskript in der Luft zerriss? Was, wenn Natasha völlig neben der Spur lag? Zu pornografisch? Zu sehr Selbsthilfe? Zu wenig das, was er erwartete? Was, wenn das Konzept hanebüchener

Unsinn war? Tief durchatmen. Beruhigen! Er war vom ersten Kapitel total begeistert gewesen. Hatte die ganze Geschichte gut gefunden. Die Augen auf meine kleine Uhr gerichtet, kaute ich einen weiteren Nagel ab.

Heute Morgen um Punkt neun hatte ich Jeremy sämtliche Unterlagen auf seinen Schreibtisch gelegt. Ich war stolz auf das Ergebnis, stolz auf Natashas hartes Stück Arbeit und ihren brillanten Stil, stolz auf mich, die ich die letzten zwei Nächte mit dem Stift bewaffnet an dem Manuskript gesessen hatte. Ich hatte im zweiten Kapitel so gut wie nichts und im dritten auch nur wenig korrigieren müssen. Das Konzept selbst war großartig, hatte Fleisch und roch nach den obersten Plätzen der New York Times Bestsellerliste. Ich hatte meinen Job gut gemacht, und ich wusste das. Warum also hatte ich Selbiges mit dem 12-Uhr-Glockenschlag vergessen? Alles ist in bester Ordnung, sagte ich mir. In allerbester. Jeremy musste den Text einfach Spitze finden.

Dann kam mir plötzlich ein Gedanke, der mir nie zuvor durch den Kopf geschossen war. Wenn Jeremy unsere Arbeit bis hierhin abnickt, könnte Natasha nach Hause fahren, zurück nach Santa Barbara und ihrem zukünftigen Mann. Sie würde keine wöchentlichen Treffen und das gelegentliche Händchen halten mehr brauchen, um mit dem Löwenanteil, dem Schreiben des gesamten Manuskriptes, anfangen zu können. Hm. Kein Geklimper mehr von Natashas Armreifen. Keine wippenden Locken mehr. Keine Anrufe nach Hause und keine anstrengenden Subwayfahrten. Keine Natasha Nutley mehr. Ich war gerade dabei, den Menschen ein bisschen kennen zu lernen, und ich musste zugeben, dass ich ihn gern ein bisschen besser kennen lernen wollte. So kam es mir jedenfalls vor. Ich durfte wohl auch zugeben, dass ich anfing, sie ein ganz klein wenig zu mögen. Ich wusste, dass sie Anfang August noch für ein, zwei Wochen in New York sein wollte; ihr Freund kam am ersten angeflogen, sie würden am zweiten zu Danas Hochzeit gehen und dann vermutlich noch eine Woche dranhängen, um die Madison Avenue rauf und runter zu shoppen, Prada-Strampler, Einrichtung und Zubehör für das Baby kaufen. Dann würden sie zurück zu dem Hausboot fliegen, und ich hörte einmal im Monat oder so von Natasha, wie es mit der Arbeit an *Der stolpernde Star* voranging. Ich hatte mir vorgenommen, mit ihr über die Fortsetzung zu sprechen, die Remke vorschwebte, sobald ich von Jeremy das Go für dieses Buch hatte. Ihr vorher mit der Idee eines zweiten Buches zu kommen, hätte sie zu sehr unter Druck gesetzt. Wenn Jeremy den Text aber freigab, würde es sie vielleicht beruhigen zu wissen, dass der Verlag sogar für eine Fortsetzung hinter ihr stand.

Tick-tack, tick-tack. 15:20.

Die interne Leitung klingelte, und ich zuckte zusammen. „Jaaane“, greinte Morgan. „Jeremy wartet im Konferenzraum auf dich.“

Mein Herz pochte. Ich stand auf und atmete tief durch. Die ersten Kapitel waren gut! Es gab keinen Grund für Jeremy, etwas anderes zu denken. Mit hoch erhobenem Haupt ging ich mir noch einmal durch die Haare, zupfte die Flusen von meinem Ann Taylor Jackett, wischte mir die feuchten Handflächen an meinem Rock ab und schritt den Flur hinunter. Ich machte einen Abstecher zu Eloises Büro, um mir ein aufmunterndes Nicken abzuholen, aber sie war nicht da.

In dem Moment, wo ich den Konferenzraum betrat, erblickte ich den Teller mit Keksen und den Sekt und die Plastikbecher. Wer wollte denn nun schon wieder heiraten? Paulette? Daisy? Remke selbst? Ich entdeckte Gwen hinter Paulette; sie holte Olivia aus dem Kinderwagen. Wenn Gwen extra für diese Mitteilung gekommen war, musste es was Wichtiges sein. Eloise stand im hinteren Teil des Raums und sah sich den letzten Umschlagandruck eines Ich-Bekenne an. Unsere Augen trafen sich, und ich schickte ihr einen fragenden Blick zu. Sie zuckte mit den Schultern. Das komplette Lektorat und das Marketing hatten sich versammelt, nicht zu vergessen Ian, unseren pingeligen Wächter über Gewinn und Verlust, mit dem ich für meinen Geschmack zu oft zu tun hatte, und Irma, unsere temperamentvolle Vertragsfrau.

„Schön, dass ihr alle gekommen seid", sagte Jeremy und brachte die Meute damit gekonnt zum Schweigen. „Gwen ist hier, um euch etwas mitzuteilen."

Was konnte sie denn mitzuteilen haben? Wurde sie von Mr. Wichtig geschieden? War Babys Kacka jetzt grün? O Gott! Kündigte sie?

„Hallo zusammen!" zwitscherte Gwen, nachdem sie Olivia an Morgan übergeben hatte, die sie so weit von sich weg hielt, dass man glauben konnte, sie hätte eine ansteckende Krankheit. „Ich habe eine Überraschung für euch! Alle bereit für einen Applaus? Jane Gregg ist zur Lektorin befördert worden!"

Mir fiel die Kinnlade runter. Klatschen und Glückwünsche. Schläge auf den Rücken. Lektorin? Hatte ich richtig gehört? Nicht Lektoratsassistentin mit Auszeichnung? Oder Co-Lektorin? Der Sekt floss. Ich starrte Gwen an, starrte Jeremy an, starrte Remke an, starrte Eloise an. Endlich gelang es mir, den Mund wieder zu schließen, aber er ging von allein wieder auf. Ich war befördert worden!

„Ich bin so stolz auf dich", säuselte Gwen. Sie nahm Morgan Olivia wieder ab und schaukelte sie hin und her. „Sag hallo zu Poshs frisch gebackener Lektorin, Livie-Maus."

Ich spielte mit Livie-Maus' blonden Locken. „Ich dachte schon, ich hätte mich verhört, Gwen. Ich bin zur richtigen Lektorin befördert worden?"

„Du hast es verdient, Jane", sagte Gwen. „Du bist ein bisschen arg lange auf dem Assistentenlevel gehalten worden, obwohl du sehr, sehr gut warst. Aber wir brauchten auf der Lektoratsebene niemanden. Und dann war da noch das Problem mit dem Budget. Du hast deine Qualitäten als Lektorin längst unter Beweis gestellt. Jeremy hat heute Morgen die ersten Kapitel von Natashas Buch gelesen, mir eine Kopie gefaxt, und dann hatten wir eine Telefonkonferenz mit Remke. Voilà."

„Ja, meinen Glückwunsch, Jane", sagte Jeremy und klopfte mir dabei auf den Rücken. „Wir alle haben immer sehr geschätzt, wie loyal du zu Posh warst und wie hart du geschuftet hast. Die Nutley-Biografie zeigt, was alles in dir steckt. Sie ist perfekt."

Perfekt. Leichte Glücksschauer durchströmten meinen Körper. Perfekt. Ich hab's gewusst! Ich musste unbedingt mit Natasha telefonieren.

„Gut gemacht, Gregg", fügte Remke hinzu. „Und wo Natasha jetzt mit Hochgeschwindigkeit an dem stolpernden Stern arbeitet, kannst du ein paar andere Projekte übernehmen."

„Deine eigenen“, ergänzte Jeremy. „Die Zeiten des Vorlektorats sind vorbei. Du bist jetzt für deine Texte verantwortlich.“

Ich merkte, wie ich strahlte. Ich hatte es geschafft. Ich hatte meine Beförderung bekommen. Und nicht die auch schon willkommene Beförderung zur Co-Lektorin. Ich war direkt zur Lektorin aufgestiegen! Es gab im Leben ein paar Dinge, Auszeichnungen, die einem niemand mehr nehmen konnte. Das hier war eine davon.

„Okay, das reicht“, sagte Remke knapp. „Trinkt eure Gläser aus, und lasst uns weiterarbeiten.“

Eloise hielt mich in einer festen Umarmung umschlungen. „Wir haben nachher ordentlich was zu feiern, hm?“

„Jane“, rief Gwen und legte Olivia wieder in den Kinderwagen. „Kann ich dich eine Sekunde sprechen?“ Sie führte mich zu einer Nische neben der Tür. „Ich freue mich wirklich über deine Beförderung. Ich weiß, dass ich neulich etwas kleinkariert gewirkt habe, aber es lag nicht daran, dass ich dir ein so hochkalibriges Projekt nicht zugetraut hätte. Ich machte mir wirklich Sorgen, dass die Sache manchmal über dir zusammenbrechen könnte und du niemanden an deiner Seite hättest, verstehst du?“

Ich lächelte sie an. „Ja, ich weiß. Ich bin dir dankbar für alles, was du für mich getan hast, Gwen. Ich habe sehr viel von dir gelernt. Und ich weiß, dass deine Meinung heute Morgen bei Remke viel zählte. Ich bin dir wirklich sehr, sehr dankbar.“

Sie strahlte und schob den Kinderwagen vor und zurück. „Du bist erwachsen geworden, Jane. Ich habe dabei zugesehen, wie du von der 22-jährigen Assistentin zur verantwortlichen Lektorin herangewachsen bist. Ich bin wahnsinnig stolz auf dich. Ups – na wer macht denn da dicke Schieterbacken?“ Diese Frage galt Olivia. „Jane, möchtest du zusehen, wie ich sie wickele?“

„Würde ich sehr gern, aber ich habe Eloise versprochen, den Coverandruck mit ihr zu besprechen, so ...“ Komplette Lüge. Aber ich wollte meine Beförderung nicht unbedingt beim Windeln wechseln feiern.

„Jaaane“, sagte Morgan mit zwei Plastikbechern in der Hand. „Glückwuuunsch zu deiner Beförderung. Das ist ganz toll! Du hast es definitiv verdient.“ Sie reichte mir einen Becher, stieß mit ihrem an und verzog sich dann an den Tisch zu den Schokoladenkeksen.

Soso. Wollte das Wunder gar nicht enden?

„Bin ich zu spät?“

Beim Klang von Natashas Stimme drehte ich mich um und stellte schockiert fest, dass ich mich freute, sie zu sehen. Wir hatten uns vor drei Wochen zum letzten Mal getroffen, am Tag von Danas Brautfeier. In ihren engen Lederhosen, dem knappen, lavendelfarbenen Top und den lavendel-schwarz gemusterten, hochhackigen Schlangenledersandaletten, sah sie wieder aus wie sie selbst. Ihre perfekten Nicole Kidmann-Locken glänzten.

Sie sah kein bisschen schwanger aus, war ja aber auch erst im dritten Monat.

„Natasha, ich bin zur Lektorin befördert worden!“

„Ich weiß.“ Ihre Armreifen klimperten, als sie ein paar Locken nach hinten schob. „Jeremy hat angerufen und gefragt, ob ich um halb vier hier sein könnte. Herzlichen Glückwunsch! Muss wohl heißen, dass meine Kapitel ganz gut ankommen, hm?“

„Er liebt sie!“ flüsterte ich. „Genau wie Remke.“

Ihre perlweißen Zähne strahlten wie ihr Lächeln. „Das hat Jeremy mir auch gesagt. Ich war so happy! Wir beide sind ein gutes Team."

Ein Team. Natasha und ich. Hm. So hatte ich noch gar nicht darüber nachgedacht, aber das war vermutlich die richtige Umschreibung für die Beziehung zwischen Autor und Lektor.

„Sekt?" Ich biss mir auf die Zunge. Was war ich doch für ein Idiot? Hatte ich nicht gerade Natashas Konzept zu Ende gelesen? Die Frau war trockene Alkoholikerin.

„Nein, danke", sagte Natasha. „Ich trinke nicht. Und das Baby auch nicht." Sie fuhr sich über den Bauch.

O nein. Ich war wirklich bescheuert. „Ich hatte es kurz vergessen. Tut mir Leid."

„Ich bin froh, dass du es vergessen hast." Natasha schob wieder eine widerspenstige Locke zurück. „Das muss bedeuten, dass du anfängst, mich als die zu sehen, die ich bin, und nicht als den Haufen Dreck, den ich in dem Buch darstelle."

Konnte schon sein. Interessanter Punkt. Und er war Teil dessen, was ich beim letzten Stammtisch bemerkt hatte. Wer Natasha nicht kannte, der machte sich nach der Lektüre ihres Buches ein völlig falsches Bild von ihr.

„Es hat sich übrigens ergeben, dass ich noch eine Weile in New York bleibe", sagte sie. „Sam meint, ich sollte im Moment besser nicht fliegen. Er macht sich immer solche Sorgen. Stattdessen kommt er am ersten August her und will dann ein paar Wochen bleiben. Meine Güte, wir haben schon fast August. Danas Hochzeit steht schneller vor der Tür, als wir gucken können."

Ja, das stimmte. In zwei mickrigen Wochen. Würde Timothy dann neben mir sitzen, mit dem Hausbootbewohner Small Talk halten und mich in dem Ballsaal herumwirbeln? Ich wusste es nicht mehr. Er hatte in der vergangenen Woche nicht angerufen, um kurz Hallo zu sagen. Kein einziges Mal. Die ganze Woche war ich hin und her geschwankt zwischen Er mag mich, Er mag mich nicht. Ich hatte irgendwo eine Blume aus dem Vorgarten gepflückt und mein Glück versucht. Ich endete bei Er mag mich nicht. Warum musste das alles so konfus laufen? Wenn er mich vermisste, wenn er mich wirklich mochte und etwas zwischen uns entwickeln wollte, hätte er dann nicht angerufen? Ein Drei-Sekunden-Anruf auf dem Weg zum Bad, zum Essen oder ins Bett? Würde er nicht mit mir sprechen wollen? Immerhin hatte er letzten Samstag ja auch die Zeit gefunden, sich zu melden.

Morgen Nacht wollte er vorbeikommen. Wenn er mir nicht die Lass-uns-Freunde-bleiben-Ansage machte, würde ich ihn an die Hochzeit erinnern und ihm zu verstehen geben, wie viel mir seine Begleitung bedeutete. Für einen wichtigen Anlass würde er sich bestimmt frei nehmen können. Könnte er doch? Wenn es für mich wirklich wichtig wäre. Stimmt's?

„Hu-hu!" winkte Amanda von ihrem Tisch im Evelyn's, einem ziemlich angesagten Laden auf der Upper West Side. Für den heutigen Flirtabend-Stammtisch stand meine Beförderung auf dem Programm. „Heute zahlt Jane, unsere Super-Lektorin."

Ich lachte. „Na hör mal, meine Gehaltserhöhung steht erst auf der nächsten Abrechnung, und jeder Drink hier kostet lausige neun Dollar!"

Eloise zog an ihrer Zigarette. „Weißt du was, meine liebe Jane? Du hast mich auf eine Idee gebracht. Ich werde Daisy am Montag auf meine Beförderung ansprechen. Ich bin auch fällig."

Wir stießen mit unseren Gläsern an. „Um das Thema zu wechseln, ich brauche euren Rat, wie ich Timothy morgen Abend empfangen soll. Soll ich die Wohnung mit Kerzen vollstellen und Marvin Gaye spielen? Oder ist das zu heftig?" Ich hatte wirklich überhaupt keine Ahnung, wie der Abend laufen würde. Würden wir beim Chinamann bestellen, fernsehen, miteinander schlafen und Pläne für das nächste Treffen schmieden? Oder würde ich einen dieser Vorträge zu hören bekommen? „Ach, machen wir uns doch nichts vor. Er kommt, um Schluss zu machen." Ich sackte in meinem Stuhl zusammen.

„Quatsch", sagte Amanda. „Was du von dem Telefonat erzählt hast, kommt er für einen netten, ruhigen Abend zu seinem Schatz, den er schmerzlich vermisst hat."

Ich richtete mich auf. „Meinst du wirklich?"

„Männer kommen zum Schluss machen nicht zu den Frauen nach Hause", pflichtete Eloise ihr bei. „Das tun sie an öffentlichen Orten, damit du ihnen keine Szene machen kannst. Du bist auf der sicheren Seite."

Ich trank einen Schluck meines *Cosmopolitan*. „Was meint ihr nun: Kerzen, Musik und ein bisschen Wein? Pizza und Cola? Nichts?"

Amanda und Eloise zogen die Stirn in Falten und dachten nach. „Also, ich bin für kuschelig", sagte Amanda. „Wenn du das nämlich nicht machst, sieht es so aus, als erwartest du was Schlimmes."

„Und wenn was Schlimmes passiert?" hakte ich nach.

„Was, wenn er doch nur zum Schluss machen kommt? Will ich wirklich nach Vanillekipferl duften und Marvin Gaye hören, wenn er mich abserviert? Ich werde danach nie wieder Marvin Gaye hören können."

„Er serviert dich nicht ab", erklärte Eloise mit der inbrünstigen Überzeugung einer besten Freundin.

„Ich wette hundert Dollar, dass er es doch macht", sagte ich.

Eloise lachte. „Jane, selbst wenn du die neue Super-Lektorin bei Posh bist, kannst du es dir noch nicht leisten, hundert Dollar zu verlieren."

„Genau!" stimmte Amanda zu.

„Und trotzdem", sagte Eloise, „wette ich hundert darauf, dass Timothy dir die O-Gott-es-tut-mir-so-Leid-Geschichte erzählt, aber sein doktoraler Stundenplan erlaube es nicht, doch er würde versuchen, es wieder gutzumachen, indem er dich zu Gotham oder Daniel zum Essen ausführt."

„Darauf setze ich auch hundert", sagte Amanda. „Ich hab Vertrauen."

„In ihn oder in mich?" fragte ich.

Eloise haute mir mit ihrem Cocktailstab auf die Finger. „In dich, du Idiot."

„Und in ihn", fügte Amanda hinzu.

„Fein", sagte ich. „Ich wette weiter auf den Sermon des Lass uns gute Freunde bleiben."

„Leicht verdientes Geld", sagte Eloise und stieß mit Amanda an.

Meine Güte, war das anstrengend! Heute sollte ich meine schwer erkämpfte Beförderung mit meinen Freundinnen feiern, morgen mit meinem Freund, ich durfte nicht weiter an meinen Fingernägeln kauen und musste dann auch noch Wetten über mein Liebesleben abschließen. Lass meine Freunde Recht behalten, betete ich und blickte dabei zur Bar. Lass sie meine hundert Dollar gewinnen! Wollte Timothy nach all den „Ich auchs", nach der Erfahrung, dass wir sexuell durchaus kompatibel waren, wirklich nur eine Freundschaft? Die Dinge hatten sich doch positiv entwickelt, warum also ...

Mir stockte der Atem. Timothy Rommely stand am Tresen und hielt dem Barmann einen Fünfzig-Dollar-Schein hin. Ich rutschte etwas zur Seite, so dass Eloise mich verdeckte, und schielte um die Ecke.

„Was machst du denn da?" fragte sie.

„Timothy! Direkt geradeaus. An der Bar."

„Wirklich?" fragte Amanda. „Ich habe ihn noch nie leibhaftig gesehen. Welcher ist es denn?"

„Der, der wie Greg aus Dharma und Greg aussieht", erinnerte ich sie. „Der, der gerade seinen Arm ..."

... um eine Frau gelegt hatte, die nicht ich war.

Amanda atmete tief durch. „Der neben der Rothaarigen?"

Ich brachte kein Wort raus. Ich konnte noch nicht mal nicken. Tränen schossen mir in die Augen.

„Er sieht aus wie Greg", sagte Eloise. „Schade, dass er ein doppelt so großes Arschloch ist."

„Warte mal 'ne Sekunde", sagte Amanda. „Das ist noch nicht raus. Vielleicht ist die Trulla eine Arbeitskollegin, und sie haben gerade jemandem das Leben gerettet, oder sie ist seine Cousine oder ..."

Alle drei beobachteten wir, wie Timothy die Rothaarige verliebt an sich zog und seine Zunge für einen kurzen, aber gnadenlosen Kuss in ihren Mund steckte. Er stand jetzt mit dem Rücken zu uns. Es waren ein paar mehr Leute in die Bar gekommen und hatten quasi eine zweite Reihe vor dem Tresen eröffnet. So versperrten sie mir wenigstens weitgehend die Sicht.

„Es tut mir Leid, Jane", sagte Amanda und drückte meine Hand.

„Hey Kleine. Sollen wir gehen?" fragte Eloise.

Ich konnte nicht sprechen. Ich konnte mich noch nicht mal bewegen. Mein Herz hatte aufgehört zu schlagen. „Ich will nicht, dass er mich sieht", presste ich schließlich hervor. Ich hatte das Gefühl, mein Mund war mit frisch gepflückter Baumwolle vollgestopft.

„Vielleicht solltest du ihn damit konfrontieren", schlug Amanda vor. „Den Wichser in eine richtig peinliche Lage versetzen."

Das Problem war, dass die Lage nicht für Timothy peinlich war; ich hatte die Ehre, diesen Part zu übernehmen. Ich war die Gehörnte. Ich war diejenige, die eine Szene machte. Timothy wäre der Held der Show und würde danach mit seiner Rothaarigen nach Hause gehen.

Ich griff nach der Schachtel Marlboro Light. „Ich brauche eine Zigarette", sagte ich.

„Nein!" zischte Eloise mir leise zu, nahm die Packung und steckte sie in den Hosenbund. „Die ganze harte Arbeit soll nicht wegen so einem Arschloch umsonst gewesen sein, Jane. Das ist er nicht wert."

Tränen kullerten mir über die Wangen. Ich machte den Mund auf, um etwas zu sagen, konnte aber nicht sprechen. Ich wagte einen Blick. Timothy stand noch immer mit dem Rücken zu uns. Er und die Rothaarige saßen auf Barhockern ungefähr acht Meter von uns entfernt. Er hatte seinen Arm um sie gelegt.

Das war zu viel. Die Tränen flossen, und ich konnte sie nicht aufhalten. Ich legte mir eine Cocktailserviette vors Gesicht. Eloise streichelte meinen Rücken, Amanda drückte meine Hand.

„Wir könnten uns davonschleichen, ohne dass er dich sieht", flüsterte Eloise mir ins Ohr. „Komm schon, lass uns abhauen."

Wieder blinzelte ich zu ihm rüber. Timothy und die Rothaarige sahen sich tief in die Augen. Er küsste sie erneut, und dann stießen sie an. Wahrscheinlich sagte er gerade „Ich auch". Ich konnte den Blick einfach nicht von ihm abwenden, von dem Mann, der mir gehören sollte. Und weil ich ihn so anstarrte, drehte er sich zu mir um.

Timothy Rommely und ich starrten uns an, er mit einer gewissen Panik im Blick. Die Rothaarige hatte ihre grünen Augen nun auch auf mich gerichtet. Ich guckte weg. „Was soll ich jetzt machen?" flüsterte ich Eloise und Amanda zu.

„Hier abhauen, verdammt", sagte Eloise. „Komm Jane, ich habe deine Handtasche. Lass uns gehen."

Und so standen wir auf und gingen an Timothy und der Rothaarigen vorbei. Meine Augen waren auf den Fußboden gerichtet. Ich konnte fühlen, wie er uns nachsah. Tränen liefen über meine Wangen, als ich die Stufen Richtung Straße hochlief.

„Jane. Warte", rief er.

Ich drehte mich um. Timothy stand im Eingang. In seinem Blick lag etwas Flehendes.

Amanda und Eloise standen schon auf dem Bürgersteig.

„Wir warten hier auf dich", sagte Eloise mit einem halb besorgten, halb wütenden Ton in der Stimme.

Also wandte ich mich wieder Timothy zu und wartete auf das, was er mir zu sagen hatte. Auf jeden Fall konnte er mich nicht auf einen Drink einladen, um über die Sache zu reden. Sein Date saß schließlich nur fünf Schritte hinter ihm. „Ich denke, die Dinge sind klar, Timothy."

„Jane, ich weiß, dass das mies aussieht."

Der Klassiker. Ich hätte nie gedacht, dass jemand das auch noch aussprechen würde, selbst wenn es wirklich mies aussah.

„Es ist nur, dass es am Krankenhaus vollkommen drunter und drüber geht", sagte Timothy zum hundertsten Mal, seit ich ihn kannte, „und dann passiert es manchmal einfach, dass man sich auf jemanden einlässt, der da ist, der das durchmacht, was du selbst auch durchmachst."

„Du triffst also jemanden?" So eine blöde Frage. „Deswegen hattest du keine Zeit für mich?"

Er nickte und war immerhin so anständig, gequält zu gucken. „Es ist überhaupt nichts Ernstes. Und es ist auch nicht so, dass wir beide uns auf Exklusivität geeinigt hätten, Jane."

Schnallte er es einfach nicht? Oder wollte er seinen Arsch retten?

Er streckte seine Hand aus, um eine Strähne aus meinem Gesicht zu schieben, worauf ich zurückwich. „Ich habe dich so lange nicht gesehen, dass ich ganz vergessen hatte, wie hübsch du bist."

War das ein Kompliment? Sollte ich jetzt dahinschmelzen und ihm sagen, dass alles in Ordnung wäre, dass er Recht hätte, wir hätten nie über Exklusivität gesprochen, dass ich es kaum abwarten konnte, ihn morgen zu sehen, und er mit der Irren Sex haben konnte, die auf sein Drunter-und-drüber-Gewäsch reinfiel?

„Eins musst du mir noch verraten, Timothy. Was sollte das ganze Gerede von wegen ‚Ich auch'?" fragte ich, die Hände in Tante Ina-Manier in die Hüften gestemmt. „Warum musstest du es so weit treiben, mir das Gefühl zu geben, dass aus uns etwas werden konnte, wenn du nie wirklich in der Sache dringesteckt hast?"

Er fuhr sich mit der Hand durchs Haar. „Ich hab dringesteckt, Jane. Ernsthaft. Unsere ersten Treffen waren großartig, aber dann habe ich jemand anderen ..." Er starrte auf seine Schuhe. „Ich nehme an, es war schlechtes Timing. Ich kann mir vorstellen, dass das mies für dich aussehen muss."

Wieder schossen mir Tränen in die Augen, die ich zu unterdrücken versuchte. Das hatte er also vorhin gemeint, als er sagte, dass es „mies für mich" aussehen musste. Er suchte gar nicht nach Entschuldigungen. Er redete davon, dass er den Moment seines Verschwindens direkt im Anschluss an unsere Nacht gewählt hatte. Er redete von Timing. Er hatte jemand anderen getroffen, der ihm besser gefiel. Ich konnte die Rothaarige am Tresen sitzen sehen. Was sollte es noch, hier mit Timothy zu stehen und zu reden? Er ging sowieso gleich zurück an die Bar, gewann Sympathiepunkte bei der Rothaarigen, indem er ihr was von einer armen Frau erzählte, die er verletzt hatte, und über zwei weiteren Gin Tonic wäre ich vergessen. Vermutlich würde sie ihn später bei Fellatio trösten.

„Du wärst also morgen vorbeigekommen. Und dann?" fragte ich. „Hättest mich abserviert? Oder uns beide betrogen?“ Ich kannte die Antwort. Aber ich musste den Satz trotzdem loswerden.

Timothy starrte weiter auf seine Schuhe. „Es tut mir wirklich Leid, Jane. Ich wollte dich nicht verletzen.“

Ich nagte an meiner Unterlippe, drehte mich um und rannte die restlichen Stufen hoch auf die Straße. Mit ernsten Gesichtern erwarteten mich Eloise und Amanda. Ich machte einen Schritt auf sie zu und brach in Tränen aus.

15. KAPITEL

Ich hatte einen sommerlichen Bilderbuch-Samstagnachmittag (32 Grad und kaum Luftfeuchtigkeit) in meiner abgedunkelten Wohnung unter der Decke auf dem Futon zugebracht. Samstagabend war Eloise mit einer Tüte Chips hochgekommen, um mit mir *Frühstück bei Tiffany* zu gucken. Bei diesem Grad der Niedergeschlagenheit konnte mich nur Audrey Hepburn trösten, wenn sie Moon River sang. In dem Moment, wo Holly Golightly ihre geliebte Katze freigelassen und begriffen hatte, was sie da getan hatte, schluchzte ich so laut auf, dass Eloise dachte, ich hätte was im Hals. Sie hatte das Video bis zu der Einstellung vorgespult, wo sich die Katze gesund und munter in einem Fenster sonnte, und da hatte ich aufgehört zu weinen.

Eloise war eingenickt. So gegen ein oder zwei Uhr morgens drehte der Musikfreund Aida auf, und Eloise hatte gegen die Wand geklopft. Mit dem Ergebnis, dass der Musikfreund wütend geworden war und die Musik noch lauter gestellt hatte. „Musst du dir diesen Scheiß jede Nacht anhören?“ hatte sie gefragt. Mein tränenreiches Nicken musste so erbärmlich auf sie gewirkt haben, dass sie von ihrer Decke aufgesprungen war, die Tür aufgeschlossen hatte, auf den Flur gestürzt war und gegen Musikfreunds Tür gehämmert hatte. „Machen Sie das aus!“ hatte sie gebrüllt. „Es ist zwei Uhr morgens! Nehmen Sie gefälligst Rücksicht auf Ihre Nachbarn!“ Die Musik wurde sofort leiser gestellt. Eloise kam zurück, verriegelte die Tür, krabbelte wieder ins Bett und murmelte was von der Rücksichtslosigkeit mancher Leute. Ich war mir nicht sicher, ob ihr klar war, dass sie mich zum ersten Mal in 24 Stunden zum Lächeln gebracht hatte.

Am nächsten Morgen hatte Eloise darauf bestanden, dass wir frühstücken gingen, um meine Beförderung zu feiern, da das am Freitag ein jähes Ende gefunden hatte. Mir war nicht gerade nach Feiern zu Mute, aber Eloise akzeptierte kein Zaudern. In dem Moment, wo wir das Haus verlassen wollten, hatte Amanda angerufen, um sich nach mir zu erkundigen. Ich hatte ihr versichert, dass ich so weit okay wäre, und dann sind Eloise und ich zu einem Diner auf der Ecke 79. Straße/First Avenue gelaufen, wo ich in einem Teller mit Rührei und Pommes herumstocherte. Die drei Tassen Kaffee hatten nicht geschmeckt, aber trotzdem geholfen.

Und jetzt stiegen Eloise und ich die breiten, ausladenden Treppen der St. Monica Kirche hoch. Eloise fand, das außerplanmäßige Anzünden einer Kerze für unsere Mütter, meinen Vater und andere Verluste waren absolut an der Reihe. Der Gottesdienst war gerade vorbei, als Eloise und ich uns unseren Weg durch die herausströmenden Besucher bahnten. Die bunten Glasfenster allein linderten meinen Kummer immer schon ein bisschen, egal, wie tief ich im Sumpf steckte.

Eloise zündete eine Kerze für ihre Mutter und für die aufgelöste Verlobung mit Serge an, lächelte mir kurz zu und setzte sich dann mit hängendem Kopf auf eine Bank in der letzten Reihe. Ich zündete zuerst eine Kerze für meinen Vater, dann für meine Mutter an. Ich versuchte, sie mir vorzustellen. Vor meinem inneren Auge tauchte das Gesicht meines Vaters auf, so jung, so schön, so voller Leben und Liebe und Lachen. Ich sah ihn vor mir, wie er auf das Plaza zeigte und mich einen Tag, bevor er starb, die First Avenue herunterwirbelte. Ich versuchte auch, mir meine Mutter vorzustellen, aber es gelang mir nicht. Ich versuchte es erneut. Und noch ein Mal, aber nichts. Dafür tauchte Max' Gesicht vor mir auf, danach Jeremys und schließlich Timothys. Sie defilierten nacheinander an mir vorbei. Keiner von ihnen hatte mich gewollt. Ich war nicht gut genug für Jeremy gewesen, und Max und Timothy hatten mich verlassen. Mir schossen die Tränen in die Augen. Warum hatten sie mich nicht geliebt? Was machte ich falsch? Warum war ich so unliebenswert? Meine Knie wurden weich, und ich ließ mich heulend neben Eloise auf die Bank fallen. Sie legte den Arm um mich. „Es ist okay, Jane."

„Ist es nicht", krächzte ich schluchzend. „Es ist nicht okay."

„Er hat dich nicht verdient", flüsterte Eloise.

„Andersrum: Ich habe ihn nicht verdient. Oder Max. Oder Jeremy. Keiner will mich jemals."

Eloise drückte meine Schulter. „Jane, das stimmt nicht."

„Ach nein? Und warum lassen mich dann alle sitzen?"

Tränen rannen mir die Wangen runter. „Warum lassen mich immer alle sitzen?“ Eloise drückte mich enger an sich, was zur Folge hatte, dass ich noch heftiger heulte. „Warum haben sie mich verlassen?“ fragte ich schluchzend. „Warum nur?“

„Ach Janey“, murmelte Eloise. „Du wirst jemand anderen finden. Jemand, der dich sein Leben lang lieben wird.“

Plötzlich tauchte das Gesicht meiner Mutter vor mir auf. Sie war 48 gewesen, und ihr Haar hatte gerade erst angefangen, grau zu werden. Ich sah ihre funkelnden Augen vor mir und das leicht schräge Lächeln. Das Bild meines Vaters schob sich davor. Jetzt erinnerte ich mich. Erinnerte mich, wie ich Wochen und Monate nach der Trennung von Max nicht aufhören konnte, an meine Eltern zu denken. Und jetzt fing es wieder an. Fast wie Schnappschüsse aus Zeiten, die ich so lebhaft in Erinnerung hatte, kamen mir ihre Gesichter in den Sinn. Meine Mutter. Mein Vater. Gegangen. Für immer. Meine Eltern waren tot.

„Ich verliere jeden, Eloise“, flüsterte ich. „Du hattest Recht. warum sollte man sich dann noch drum scheren?“

„Jane, jetzt gebe ich dir deine eigenen Worte zurück: Dein Vater und deine Mutter würden es nicht wollen, dass du sie für ihren Tod anklagst. Wie meinst du wohl, würden sie sich fühlen? Sie wollen, dass du glücklich bist. Dass du lebst und Spaß hast. Denk doch mal, wie stolz deine Mutter auf deine Beförderung wäre. Und dein Vater, wie du es dem etwas zu umtriebigen Timothy gezeigt hast, obwohl du ihn wirklich mochtest. Sie sind hier und wachen über dich.“

Ich sah nach oben zu den bunten Glasfenstern und schloss meine Augen. „Ich verliere alles und jeden. Niemand wird mich je wirklich lieben.“

„Ich liebe dich", sagte Eloise und streichelte mein Haar. „Amanda liebt dich. Deine Tante Ina liebt dich. O mein Gott, Jane, ich glaube, selbst Natasha Nutley liebt dich."

„Ich vermisse sie so." Tränen tropften auf meinen Schoß. „Ich will, dass sie wiederkommt. Ich will meine Mutter zurück."

„Ich weiß", sagte Eloise und legte den Kopf auf meine Schulter. „Ich weiß."

„Leg dir das Kleid, die Schuhe und den Schmuck raus", sagte Tante Ina. Ich hielt den Hörer mit einem gewissen Sicherheitsabstand zu meinem Ohr. „Jane, hörst du mir zu? Die Hochzeit ist nächsten Sonntag. Wenn du nicht alles hast, was du brauchst, hast du ein Problem."

„Ich höre zu, jedes Wort." Ich klemmte den Hörer zwischen Kinn und Schulter und versuchte, Titelvorschläge für meine neue Biografie zu formulieren. Remke und Jeremy hatten den Backstreet Jungen nicht unter Vertrag bekommen, also hatten sie sich einen weniger bekannten Teenager gesucht, der 2000 wegen eines Superhits in den Charts zum Wunderknaben stilisiert worden war. Es war ein Er-bekennt-Bekenntnisbuch, was bedeutete, dass ich mit dem Ghostwriter und nicht mit dem Sänger selbst arbeitete. Ich war dankbar für den Stapel Arbeit auf meinem Schreibtisch. Mich auf meinen Job zu konzentrieren half mir, nicht zu viel an Dr. Was-habe-ich-falsch-gemacht zu denken.

„Jane, hörst du mir zu oder tippst du?" fragte Tante Ina energisch.

„Ich höre dir zu", sagte ich schnippisch.

„Komm mir nicht in dem Ton, mein Fräulein", sagte Tante Ina. „Nur weil du in deiner Firma hübsch befördert worden bist, musst du mich noch lange nicht so abtun. Wir haben den 22. Juli. Die Hochzeit ist in elf Tagen. In elf Tagen. Hörst du?"

„Ich habe das Kleid und die Schuhe und die Tasche mit dem Schmuck, alles klar, Tante Ina? Kann ich jetzt weiterarbeiten?" Es war Mittwochmorgen zehn vor zehn, und um zehn hatte ich ein Treffen mit meinem jüngsten Autor, dem Er bekennt-Schreiber. Ich hatte nicht die Muße, über ein Outfit zu sprechen, auf das ich ohnehin schon viel zu viel Zeit und Geld verschwendet hatte. Und nach den hinter mir liegenden vier Tagen des schlimmsten Liebeskummers war Danas Hochzeit das Letzte, woran ich erinnert werden wollte.

Tante Ina legte grußlos auf. Spitze! Nun musste ich sie zurückrufen, um mich zu entschuldigen. Ich wählte ihre Nummer, aber die Leitung war belegt. Ich versuchte es erneut und bekam den Anrufbeantworter. „Tante Ina, es tut mir Leid. Ich habe derzeit totalen Stress und stehe unter ziemlichem Druck. Sorry." Mir kamen schon wieder die Tränen. Ich mutierte noch zu einer richtigen Heulsuse.

Mein Computer piepte, um mir eine neue E-Mail anzuzeigen. Amanda. „Hallo, ich habe eine Idee. Erinnerst du dich an Driscoll, die Verabredung, die du abgesagt hast? Warum rufst du ihn nicht einfach an und gehst am Wochenende mit ihm aus? Wenn ihr euch gefallt, lädst du ihn zur Hochzeit ein! P.S. Nein, ich bin nicht verrückt. Ich habe gestern Abend mit Eloise darüber gesprochen, und wir denken beide, du solltest es machen."

Hallo? Standen die unter Drogen? Hatte ich nicht schon genug durchgemacht? Und was sollte ich Driscoll sagen? Dass er sich meinen Verwandten als Timothy vorstellte? Ich hatte genug von der ganzen Daterei. Und zwar mindestens für die nächsten Jahre. Sicher, das hatte seinen Preis. Ich war regelrecht zum Workaholic geworden. Aber da bekam ich wenigstens etwas zurück, eine Beförderung und eine Gehaltserhöhung zum Beispiel.

Das Telefon klingelte. Bestens. Das war bestimmt der Rückruf von Tante Ina. Brauchte ich zu allem Überfluss auch noch eine Tante, die sauer auf mich war?

„Jane? Ich bin's, Natasha."

„Hallo! Wie geht's dir? Was machst du?"

„Ziemlich gut", sagte sie. „Ich kann das Baby noch nicht spüren, aber der Arzt meint, es wäre auch noch etwas früh dafür. Mit dem Buch komme ich auch gut voran. Ich bin beim fünften Kapitel."

„Wenn du willst, dass ich einen Blick drauf werfe, schick es einfach. Ich lese es gern für dich."

„Danke, Jane, aber ich glaube, es geht auch so. Mir ist es lieber, das Manuskript zu Ende zu schreiben, es durchzusehen und zu feilen und es dir dann erst zu schicken. Ist das okay?"

„Na klar", sagte ich. „Passt dir der 15. Dezember als Abgabetermin noch? Wenn du mehr Zeit brauchst, ist das auch kein Problem."

„Ich denke, ich schaffe es bis dahin, wenn nicht sogar etwas früher."

„Super. Natasha? Reine Neugier, hast du mit deiner Mutter gesprochen?"

„Ich habe es versucht", sagte sie. Ich hörte das Klimpern ihrer Armreifen. „Doch sie reagierte in ihrer typischen, verschlossenen Art. Ich denke, ich bin so weit, die Dinge ruhen zu lassen. Ich werde ihnen Fotos schicken, wenn er oder sie auf der Welt ist. Vielleicht macht meine Eltern das ja wach. Aber ich lass mich davon nicht mehr umbringen, Jane, es geht einfach nicht mehr."

Wie machte sie das nur? Wie entschied man sich gegen ein Gefühl und fühlte es dann auch nicht mehr? Funktionierte das? Oder machte Natasha sich etwas vor?

„Oh, übrigens", fügte sie hinzu. „Dana hat mich gestern angerufen und mich zu ihrem Junggesellenausstand eingeladen. Ist das nicht süß von ihr? Sie hat gemeint, ich wäre genau so wichtig wie jeder andere von der Brautfeier. Ich war wirklich gerührt."

Dana hat Natasha zu ihrem Junggesellenausstand eingeladen? Was für ein wichtiger Teil ihres Lebens sollte Natasha denn sein? Sie war ein paar Jahre Danas Babysitter gewesen, na und? Das gab ihr den Status, „wichtig" zu sein? Ich habe meine Cousine noch nie verstanden und werde sie auch nie verstehen.

„Wir sehen uns also nächsten Freitag", sagte ich. „Oh, Natasha, es klingelt auf der anderen Leitung." Das stimmte sogar. Es klingelte wirklich.

„Alles klar, ich lass dich weiterarbeiten", sagte Natasha. „Bis Freitag. Wow, keine zwei Tage mehr, und ich werde deinen Schatz Timothy kennen lernen."

Ich legte auf und ließ meinen Kopf auf die Tischplatte fallen. Nein, Natasha, du wirst ihn definitiv nicht kennen lernen, er hat nämlich eine andere. Erst habe ich ihn gesucht, dann gefunden. Dann hatte ich ihn, und jetzt, Abrakadabra, war er wieder weg. Puh. Ich musste mir eine gute Ausrede einfallen lassen, warum er nicht zur Hochzeit kam.

Und warum störte es mich, dass Natasha auch zum

Junggesellenausstand eingeladen war? Was ging es mich denn an, zu welchen unglaublichen Events Natasha von Hans und Franz eingeladen wurde? Ich drückte den Knopf der zweiten Leitung. „Jane Gregg“, sagte ich knapp und bereit, meine schlechte Laune an jedem auszulassen, der gerade am Telefon war.

„Hallo Jane, hier ist Driscoll Meyer. Mein Freund Jeff hat mich heute Morgen kurz angerufen und gemeint, wir könnten vielleicht einen neuen Termin für unser geplatztes Blind Date von neulich finden.“

Ich war sprachlos. Wehe, wenn Amanda mir unter die Augen kam! Hatte sie Jeff etwa gesagt, Driscoll sollte mich anrufen? „Hallo Driscoll. Bleibst du kurz in der Leitung? Ich bekomme gerade ein anderes Gespräch rein.“

Durchatmen. Ich hängte Driscoll in die Warteschleife und kramte meinen Kalender hervor, in dem ich die Verabredung für Dienstag, 9. Juni, eingetragen hatte: Driscoll Meyer, 1,75 m, hellbraunes, gewelltes Haar, blaue Augen, Investmentbanker. Ein Süßer. 555-6536.

Am anderen Ende der Leitung wartete eine atmende männliche Person, und das war frank und frei genau das, was ich für die Hochzeit brauchte. Ich würde einfach jedem erzählen, dass Timothy Notdienst hatte und dass mich deshalb mein guter alter Freund Driscoll begleiten würde. Im Grunde würde ich ihnen damit sogar einen Gefallen tun. Schließlich hätten sie dann das zusätzliche, 225 Dollar teure Menü nicht umsonst bestellt. Und Natasha und Dana würden den schnuckeligen, gebildeten Driscoll kennen lernen und sich den Kopf darüber zerbrechen, wo ich nur all diese gut aussehenden, erfolgreichen Männer andauernd aufgabelte. Insgeheim würden sie respektvoll den Hut vor mir ziehen und Timothy dafür beglückwünschen, wie gut er es mit mir getroffen hatte.

Ich war drauf und dran, wieder loszuheulen. Ich fühlte mich in der Beziehungsabteilung fehl am Platz. Nach all der harten Arbeit kam ich mit einer dicken, fetten Null nach Hause. Und während ich fortlaufend scheiterte, wurde Natasha – die schwangere, verlobte, an zwei Küsten heimische, betörende Natasha – zum Junggesellenausstand meiner Familie eingeladen. Meiner Familie! Sie hatte doch ihre eigene, verdammt! Mehr oder weniger. Aber die Dreers waren meine Familie. Meine! Konnte ich nichts haben, was nur für mich bestimmt war?

Ping: Sie haben Post!

Driscoll konnte noch einen Augenblick warten. Diesmal war es von Eloise: „Jane, sei nicht böse, aber ich habe Amanda gesagt, sie möge Jeff anrufen und ihm sagen, dass er Driscoll Bescheid geben soll, damit er dich anruft. Man kann ja nie wissen. Und außerdem hat ein Mensch namens Driscoll mit Sicherheit auch einen Smoking im Schrank! El. P.S. Der Flirtabend-Stammtisch findet in der Oyster Bar, Grand Central Station, statt. Selbe Zeit wie immer. Bist du sauer? Eloise."

Ich seufzte und drückte die blinkende Leitung. Ich würde nicht allein auf Danas Hochzeit gehen. Ich würde nicht zwischen Natasha Nutley, ihrem Hausbootbewohner und einem leeren Stuhl am Tisch sitzen wollen. Driscoll Meyer würde mich auf die Hochzeit begleiten, ganz egal, wie hässlich, schlecht erzogen, unanständig oder peinlich er war.

All das war Driscoll Meyer nicht. Er trug eine Nickelbrille

und lachte über jeden Scherz. Er war süß, charmant, lustig und warmherzig. Ich schickte ein kurzes Dankgebet gen Himmel. Es war Dienstag, genau fünf Tage vor DER Hochzeit, und mir gegenüber saß in einem netten, heimeligen Steakhaus Mr. Womöglich.

„Ich bin so froh, dass ich angerufen habe, Jane", sagte Driscoll mit einem auf seine Gabel gespießten Bissen Filet Mignon auf halbem Weg zu seinem Mund. „Ich war wirklich enttäuscht, als du absagen musstest. Irgendwie hatte ich so ein unbestimmtes Gefühl bei dir."

„Ein Gefühl?" fragte ich und nahm einen Schluck von dem Rotwein.

„Die erste Frau, die ich geliebt habe, hieß Jane", erklärte Driscoll mit funkelnden Augen. „Ist inzwischen eine Ewigkeit her. Sie hat mich abgelegt wie 'nen alten Handschuh. Ich war vollkommen fertig."

„Dazu kann ich auch den einen oder anderen Takt erzählen", sagte ich. Plötzlich bekam ich keinen Happen meines 21 Dollar Filets mehr runter. Ich spielte mit den Pfefferkörnern auf dem Teller.

„Herzensbrecherin, was? Ich muss mich in Acht nehmen."

Ich lächelte. „Glaub mir, es besteht kein Grund zur Sorge. Ich bin diejenige, die ständig sitzen gelassen wird." Gut gemacht. Jetzt hörte ich mich wie die größte Versagerin unter der Sonne an. Nicht den Mut verlieren, Jane, sagte ich mir, noch würde er alles geben, mit auf die Hochzeit zu kommen.

„Na, dann kannst du vielleicht eine kleine Aufmunterung gebrauchen", sagte Driscoll. „Wie gut, dass ich Karten fürs Dangerfields in der Tasche habe."

„Du machst Witze!“ Ich brüllte das fast. „Ich liebe Comedy Clubs.“

„Erzähl mir deinen Lieblingswitz“, bat Driscoll.

„Du hast es so gewollt. Selbst Schuld.“

„Na los“, sagte er lächelnd. „Gib alles, was du hast!“

„Kommt ein Schinkensandwich in eine Bar und bittet den Keeper um ein Glas Bier. Sagt der Keeper: ‚Tut mir Leid, aber wir haben nichts zu essen.‘“

Driscoll lächelte. „Nicht schlecht. Hat dir den ein Fünfjähriger erzählt?“

Das Eis war gebrochen, und ich lachte und tauschte mit einem fremden Mann Witze aus, einem Typ, der zu diesem Zeitpunkt einen erstklassigen Begleiter für eine Hochzeit abgeben würde. Hallo allerseits, das hier ist Driscoll, würde ich sagen. Driscoll, würden sie tuscheln, was ist denn mit Timothy passiert? Und ich würde antworten, och, wir sind nicht mehr zusammen, war nicht schön, aber ich wollte euch nicht die Vorfreude verderben, also habe ich nichts gesagt, und außerdem lernt ihr so wenigstens meinen neuen Freund kennen, Driscoll. Ein interessanter Name, was? Und sie würden mit sorgenvoller Miene hinter meinem Rücken munkeln. Also unsere Jane, das ist schon eine Granate. Und so umsichtig. Wollte uns nicht die Vorfreude verderben. Sie ist wirklich eine liebe. Mir gefiel dieses Szenario besser als das mit Driscoll als meinem guten alten Freund.

Eine halbe Stunde später hatten Driscoll und ich uns in die Sessel an einem schmalen Tisch im Dangerfields geschmissen, einem Comedy Club, den Rodney Dangerfield auf der Upper East Side gegründet hatte. Rodney war berüchtigt für seine improvisierten Nummern. Der Laden war voll mit Pärchen und größeren Gruppen von Freunden. Driscoll und ich bestellten Cola und Schokoladenkuchen, den wir uns teilten.

Der erste Interpret bezog das Publikum mit ein, um es auf Touren zu bringen. „Oh! Ne Menge Paare hier heute Abend. Ihr zwei, woher kommt ihr?"

O Gott. Er meinte Driscoll und mich. „Von hier?" sagte ich, den Mund voll mit Kuchen.

„Ist das eine Frage oder eine Antwort?" fragte der Comedian. War er mit Roland Remke verwandt? Das restliche Publikum fand das sehr witzig und lachte sich kaputt. „Nein, im Ernst, ihr seid aus New York?" Wir nickten. „Welcher Status, verlobt, verheiratet, verbandelt, was?"

„Wir sehen uns heute zum ersten Mal", rief Driscoll.

„Uh-hu-hu, das erste Date", singsangte der Mann. Das Publikum johlte. „Und womit rechnest du? Werdet ihr glücklich?"

Ich wurde puterrot und rutschte tiefer in den Sessel. Hoffentlich wandte er sich bald einem anderen Paar zu.

„Ich denke, im Moment bin ich schon sehr glücklich damit, sie einfach neben mir sitzen zu haben", rief Driscoll sehr zum Gefallen des Publikums zurück. Sie machten Aaah! und pfiffen und klatschten. Und ich setzte mich wieder gerade hin und strahlte Driscoll Meyer an.

„Lass mal sehen", sagte Driscoll. Eine warme Brise spielte durch sein Haar, als wir die First Avenue hoch schlenderten. „Wir waren essen, dann in einem Comedy Club, und ich schlage vor, jetzt gönnen wir uns noch einen Drink, damit ich den Abend mit dir noch etwas verlängern kann."

Ich lachte und sah auf meine Uhr. „Oh! Es ist ja schon

halb eins, und ich habe morgen wirklich einen tödlichen Tag vor mir. Ich denke, ich bewege meinen Hintern besser nach Hause."

„Sehe ich dich denn wieder?" fragte er.

„Von mir aus sehr gern."

„Fantastisch", sagte Driscoll aufrichtig erfreut. „Blöd ist nur, dass ich am Freitag für zwei Wochen im Urlaub bin. Ich fliege nach Belize."

Belize. Driscoll Meyer fuhr nach Belize, anstatt mich auf die Hochzeit meiner Cousine Dana ins Plaza zu begleiten.

„Glückwunsch!" zischte ich und drehte mich auf dem Absatz um.

„Hey!" rief er mir nach. „Wo ist das Problem?"

„Ich will einfach nach Hause, okay?" sagte ich und versuchte, ein Taxi anzuhalten. Meine Beine schienen plötzlich aus Gummi zu sein. „Ich will einfach nach Hause."

Weil Danas Junggesellenausstand am Freitag war, hatten wir den Flirtabend-Stammtisch auf Mittwoch verschoben. Wir saßen mit zwei Flaschen Wein, zwei Baguettes und zwei Packungen fettarmem, scharfem Cheddar Käse auf meiner Feuerleiter.

„Das hast du nicht gesagt!" Eloise zog an ihrer Zigarette. „Du hast einfach ‚Glückwunsch' gesagt und bist in ein Taxi gestiegen?"

Ich knabberte an einem Stück Käse. „Ich habe gesagt, ich habe versucht, eins anzuhalten, nicht, dass ich in eins reingestiegen bin. Driscoll bestand darauf, eine Erklärung von mir zu bekommen, also brach ich in Tränen aus und erzählte ihm die ganze traurige Geschichte auf offener Straße."

„Du machst Witze", sagte Amanda. „Du hast ihm von der Hochzeit und allem Drum und Dran erzählt?" Auf mein bestätigendes Nicken sahen sich die beiden ratlos an. „Und was ist dann passiert?"

Ich schnitt ein Stück Käse ab. „Er hat gesagt, dass er die Schnauze voll davon hat, immer nur eine Figur auf dem Schachbrett weiblicher Strategien zu sein. Dass er froh ist, New York endlich mal für ein paar Wochen den Rücken zu kehren und dass er vielleicht in Belize eine vernünftige Frau kennen lernt, die erwachsen genug ist, um auf solche Spielchen zu verzichten."

„Hups. Etwas verspannt, der Gute. So ein Arschloch", sagte Amanda.

„Allerdings", bestätigte Eloise. „Was glaubt der eigentlich, wer er ist?"

„So ganz Unrecht hat er nun auch wieder nicht", wandte ich ein. „Wenn es umgekehrt gelaufen wäre, wäre ich auch ziemlich sauer."

„Ist es denn jetzt okay für dich?" fragte Eloise. „Ich meine, dass du nun doch allein zur Hochzeit musst."

Ich zuckte mit den Schultern. „Keine Ahnung. Obwohl ich gestern und heute viel darüber nachgedacht habe. Nach den ganzen Erfahrungen hat Driscolls Absage irgendwas in mir ausgelöst. Mir kommt auf einmal alles so lächerlich vor. Soll mein gesamtes Selbstbewusstsein von einem Date abhängen? Das ist arm, nicht die Tricksereien oder das Spiel selbst."

„Jane, du hast so viel, worauf du stolz sein kannst", sagte Eloise. „Wirklich so viel." Ein wie wild hupendes Auto unterbrach sie. „Und nicht nur wegen deiner Beförderung. Das ist bloß das Tüpfelchen auf dem i. Ich habe seit unserem letzten Besuch in St. Monica auch viel nachgedacht. All die Jahre hast du deine Frau gestanden, hast hart gearbeitet, dich verliebt, wurdest verletzt, hast hart gearbeitet, hast dich verliebt, wurdest verletzt, und hast weitergemacht. Darauf solltest du stolz sein. Wir beide sollten stolz auf uns sein."

„Sie hat Recht, Jane", sagte Amanda und stippte einen Kräcker in den Streichkäse. „Der Prozess ist entscheidend. Und egal, was ihr beide durchgemacht habt, ihr seid wieder aufgestanden und weiter gelaufen, ohne den Mut zu verlieren."

Ich dachte an Natasha. Das genau beherrschte sie bestens. Egal, was kam, sie marschierte weiter. „Scheint so, als ob ich Natasha und Dana und Tante Ina und Grammy sagen sollte, dass mit Timothy und mir Schluss ist, was? Immerhin ein wahres Wort."

Sie nickten und knabberten an ihren Käsekräckern. „So gewinnst du wenigstens ihr Mitgefühl", hob Eloise hervor. „Sie müssen dich extra gut behandeln. Übrigens, weißt du was mir gerade mal aufgefallen ist? Du nennst Natasha nicht mehr Gnat."

Ich hörte auf zu kauen. Ich nannte sie nicht mehr Gnat? Seit wann das denn? Ich konnte es nicht sagen.

„Dann sind wir also beide wieder Singles, Jane", sagte Eloise weiter. „Na und? Ich bin dreißig und ein Single, und ich bin stolz auf mich. Dreißig sein und allein, das ist doch wohl ein Grund zum Feiern. Das bedeutet, ich bin noch kein Sesselfurzer. Vielleicht bin ich noch nicht verheiratet, aber ich muss mich auch nicht damit plagen, den Falschen genommen zu haben. Meine Güte, Jane, und ich hätte mich fast daran gewöhnt. Das ist krank. Das ist es, was meine Mutter sich nie für mich gewünscht hätte."

Ich drückte ihre Hand und nahm Amandas. „Lasst uns auf uns anstoßen." Ich hielt mein Weinglas in die Luft. „Lasst uns auf Eloises mutige Entscheidung anstoßen, Serge den Ring zurückzugeben, und auf Amandas zweiten Jahrestag mit Jeff sowie auf ihre Fähigkeit, Blind Dates zu arrangieren. Und auf mich, weil ich mit dem Rauchen aufgehört habe. Und lasst uns auf den Flirtabend-Stammtisch anstoßen. Es gibt ihn nach sechs Jahren noch immer, so unverbrüchlich wie ehedem."

„Auf den Flirtabend-Stammtisch", prostete Eloise.

„Auf den Flirtabend-Stammtisch", echote Amanda.

„Auf die Freundschaft", sagte ich, und wir stießen an.

16. KAPITEL

„Zieh ihn aus!" kreischten die Gäste von Danas Junggesellenausstand dem mit seinen Hüften kreisenden blonden Kerl entgegen, der aussah, als wäre er gerade einer Heavy Metal Band entsprungen. Wir neun Frauen, sieben Brautjungfern, eine Ehrenbrautjungfer und ein ehemaliger Babysitter, saßen an einem langen Tisch direkt vor der Bühne des Hots, einer Männerstripbar à la California Dream Boys in Forest Hills. Die Eintrittskarten (25 Dollar das Stück) hatte Tante Ina spendiert, die beiden Großmamas hatten Karen einen Umschlag mit Ein-Dollar-Noten zugesteckt, die wir in die Stringtangas stecken konnten.

Das Hots konnte man mit einem Wort bestens umschreiben: peinlich! Selbstverständlich amüsierten sich alle bis auf den Spielverderber am äußersten Rand (das war ich) prächtig. Selbst Natasha, die in der Mitte direkt neben der Braut saß, johlte und sang im Takt der Musik. Das Hots war randvoll mit langen Tischen, an denen Frauen sich am letzten Tag vor ihrer Hochzeit austobten und Scharen wilder Weiber mit Scheinen durch die Luft winkten, als ob sie nie zuvor einen fast nackten Mann gesehen hätten. Natasha wurde so dermaßen umschwärmt und mit Beschlag belegt, dass man glauben könnte, sie wäre die Braut, oder doch zumindest ein Mitglied der Familie. Diese Aufmerksamkeit hatte sie Dana zu verdanken. Sie hatte mindestens fünf Mal betont, dass sie es einfach nicht fassen konnte, dass eine so berühmte Schauspielerin zu ihrer Hochzeit käme. Ich hatte kein Wort mehr gesagt, seitdem wir uns vor einer halben Stunde an der Bar getroffen hatten. Natasha und ich waren nicht zusammen gekommen; sie wollte vorher noch ein bisschen durch Forest Hills schlendern. Als ich kam, hielt sie bei den Brautjungfern Hof. Sie machten ihr ohne Pause ein Kompliment nach dem anderen. Sie fanden ihre Haare toll und ihr lavendelfarbenes ärmelloses Kleid, ihre silbernen Sandaletten und ihren tonnenschweren Silberschmuck, und ob ihr schon jemals gesagt worden sei, dass sie wie Nicole Kidman aussähe? Sie hatten sie nach ihrem Leben ausgequetscht, und Natasha beantwortete die Fragen mit fernsehtauglicher Freundlichkeit. „Kauft doch einfach das Buch!" hatte ich irgendwann gesagt und acht ernste Blicke geerntet. Ich hatte gedacht, der Hinweis wäre clever gewesen.

„Willkommen im Hots!" sagte der Hüftschwinger. Er schob seinen Unterleib vor unserem Tisch zu einem Lied der Bee Gees vor und zurück. „Wer ist denn die Glückliche?“

Der Tisch tobte und kreischte und klatschte und zeigte auf Dana, die allergrößte Bescheidenheit demonstrierte, indem sie ihre strahlenden blauen Augen hinter der vorgehaltenen Hand verbarg. Der Hüftschwinger nahm Danas Hand und küsste sie, bevor er ein paar erotische Drehungen vor ihr veranstaltete und ihr mit seinem Unterleib verflucht nahe kam. Dana wurde rot und quietschte. Dabei war an dem Kerl gar nichts sexy. Zunächst einmal hatte er keinen Hals. Dann war sein Haarschnitt, vorne kurz, hinten lang, mindestens seit 1985 völlig out. Und drittens war er ein professioneller Tänzer. Es ging um Kohle! Schließlich schwang er sich zum nächsten Brauttisch.

„Wenn James sich doch bloß so bewegen könnte“, sagte eine der beiden Julies. Sie nahm einen Schluck ihrer Margarita. „James kann überhaupt nicht tanzen!“

„Dein Freund kann es immerhin besser als meiner!“ sagte die blasse kurzhaarige Amy sarkastisch. „Aber wer behauptet, so wie ein Mann tanzt, so ist er auch im Bett, der ...“

Sie glucksten und kicherten.

„Mein Freund ist echt ein Traum im Bett“, sagte die andere Julie. „Keine Ahnung, wo oder von wem er das gelernt hat, aber es ist mir auch egal. Ich nehm ihn so!“

Noch mehr Gekicher und Gegluckse. So unterhielt man sich in diesem Kreis? Zugegeben, auch der Flirtabend-Stammtisch kannte keine Tabus und wollte jedes schmutzige Detail hören, doch wenigstens diskutierten wir unser Sexualleben noch mit einem gewissen Niveau.

„Und wie ist Larry im Bett?“ fragte ich Dana, meine freche Gusche nicht im Zaum halten könnend, was ich eine Sekunde später schon bereute.

Stille. Acht Augenpaare ruhten auf mir.

„Jane!" empörte sich Dana. „Ich fasse es nicht! Seine Schwester steht gleich neben dir."

Ich biss mir auf die Lippe und drehte mich nach links um, um das Gesicht von Larry Fishkills Schwester direkt vor mir zu haben. „Tut mir Leid." Die Schwester sah mich an und nippte an ihrer Margarita.

„Lasst uns auf Danas vorletzte Nacht als unverheiratete Frau anstoßen!" rief Karen. „Prost!" Blitzartig traf mich ihr giftiger Blick, bevor ihr Gesicht wieder in breitem Lächeln erstarrte und sich dem Hüftschwinger zuwandte.

Gläser wurden gehoben, und es wurde weiter gegluckst und gekichert. Ich versank in meinem Stuhl und sah zu Natasha hinüber, die in ein Gespräch mit der Brautjungfer neben ihr vertieft war, einer ganz hübschen Blonden namens Gayle. Ich schnappte ein paar Brocken über Natashas Freund Sam und das Hausboot auf.

Ich hatte Dana nicht so brüskieren wollen. Zumal ich nicht das geringste Interesse an Larry Fishkill und seinen sexuellen Fähigkeiten hatte. Aber zwischen dieser kreischenden Weiberschar mit ihren überteuerten Klamotten und den Diamantringen von Tiffany zu sitzen, war schier unerträglich. Und mitten unter ihnen saß, direkt neben der Braut, Natasha. Genau die Natasha, die kein Problem damit hatte, sich einladen zu lassen, sich anständig zu verhalten, nett zu mir zu sein, eine entsetzlich gute Schriftstellerin zu werden. Ich mochte diese Frauen wirklich nicht – abgesehen vielleicht von meiner Cousine, die ich mögen musste, und eventuell von Natasha, weil sie meine Autorin war

–, und trotzdem kam ich mir unter ihnen wie das hässliche Entlein vor. Die Einzige ohne Freund. Die Einzige ohne Perspektive auf einen Junggesellenausstand. Die Einzige, die nach Hause zu ihrem Futon zurückkehren würde und zu sonst nichts, noch nicht mal ihrem Päckchen Zigaretten.

„Wie geht's denn mit deinem Freund, Jane?“ fragte eine der beiden Julies. „Hat Dana nicht gesagt, er ist Arzt? Du Glückliche!“

Mein Herz zog sich eigentümlich zusammen. Ich zwang mich zu einem Lächeln. „Es läuft gut“, sagte ich. „Hey, weiß einer von euch, wo die Toiletten sind?“ Karen, Frau Naseweis, zeigte mir die Richtung, und ich flüchtete das Spektakel.

Jemand rauchte in einer der Kabinen. Ich ging in die nebenan, atmete den Rauch tief ein und schloss die Augen. Um mich herum war der altbekannte Zigarettenqualm. Am liebsten wäre ich über die Trennwand geklettert und hätte der Frau die Fluppe aus den Fingern gerissen. Tief einatmen. Die Lust auf eine Zigarette geht vorbei, ob du sie rauchst oder nicht. Wiederhole diesen Satz, bis das Bedürfnis vorbei ist, sagte ich mir.

Zurück am Tisch wedelte die Hälfte der Frauen die Dollarnoten einem anderen Typ zu, der auch blond war, seine Brust rasiert hatte und die dicksten Muskelpakete am Körper trug, die ich je gesehen hatte. Die andere Hälfte, einschließlich Natasha, unterhielt sich. „Es tut mir so Leid für meine Schwester“, sagte Julie eins oder zwei. „Sie ist schon 28 und kein Freund weit und breit.“

„Das würde mich umbringen“, sagte Amy. „Du musst mit dem Mann ein Jahr zusammen sein, um dich zu verloben, dann ein weiteres Jahr oder zwei bis zur Hochzeit.

Kannst du dir vorstellen, dreißig zu sein und noch unverheiratet?"

„Ich weiß nicht", sagte Natasha. „Ich bin 28 und noch nicht verheiratet."

„Ja, aber du hast diesen unglaublichen Freund in Kalifornien", sagte Karen. „Und du bist, na ja, berühmt."

„Ich finde dein Haar einfach umwerfend, Natasha", sagte Amy.

Dana hatte keine Dollarscheine mehr, die sie den Hüftschwingern in den String stecken konnte, und schaltete sich in die Unterhaltung ein. „Worüber redet ihr gerade?"

„Wie sehr wir Natasha alle beneiden, und wie deprimierend es sein muss, wenn man in unserem Alter keinen Freund hat", erklärte eine der Julies lachend. „Die Frau, mit der ich arbeite, ist dreißig und trifft noch nicht mal jemanden. Die Leute sagen, die Chancen, von einem Terroristen umgebracht zu werden, sind höher, als mit dreißig noch einen Mann zu finden."

Geschlagen rutschte ich tiefer in meinen Ledersitz. Ich umklammerte mit beiden Händen meine Margarita, biss auf meinem Strohhalm herum und starrte auf den kleinen bunten Papierschirm, der an der Seite des Glases in meiner Limette steckte. Ich dachte, ich wär drüber weg gewesen. Ich dachte, ich war stolz auf mich. Aber all diese Frauen, die ich in der Mehrzahl nicht einmal kannte, hatten es fertig gebracht, dass ich mich so mickrig wie in der Junior High School fühlte. Plötzlich hatte ich den Eindruck, mich unerlaubt an den Tisch der beliebtesten Clique gesetzt zu haben. Warum kümmerte es mich so sehr, was die Leute dachten und sagten? Warum hing meine Selbsteinschätzung so maßgeblich von der Meinung anderer, noch dazu Unbekannter ab? Ich hatte Natasha kein Stück gekannt, als ich mich gezwungen fühlte, ihr das Märchen vom Freund aufzutischen. Wie konnte es angehen, dass jemand, den man kaum kannte, den man seit zehn Jahren nicht mehr gesehen hatte, eine solche Macht über einen hatte?

„Jane, du bist so still", sagte Julie. „Amüsierst du dich nicht?"

Ich lächelte etwas zu gequält. „Doch, es ist super hier." Und als ob der Hüftschwinger das unterstreichen wollte, wiegte er seinen Unterleib so dicht vor meinem Gesicht, dass ich ihm sein Teil hätte abbeißen können. Aber ich sollte ihm dankbar sein, denn laut Julie wurde ich ja eher von einem Terroristen erschossen, als dass ich jemals wieder einen Penis so nah vor meiner Nase hätte.

Am Sonntagmorgen wurde ich in einer überraschend ruhigen Wohnung wach. Also, nicht wirklich ruhig. Ich hörte die Vögel auf der Feuertreppe zwitschern. Ich hörte die Autos auf der Straße. Aber die Oh!-Stöhnerin hörte ich nicht! Vielleicht war der Tag von Dana Dreers Hochzeit selbst für den Musikfreund heilig.

Dank Larry Fishkills Mutter (obwohl Tante Ina insgeheim vermutete, dass Larry selbst dahinter steckte), durften sich die unmittelbaren Verwandten von Dana ihre Schönheitsbehandlung bei Zelda's abholen, ein ziemlich angesagter Salon bei mir um die Ecke, der morgens nur für angemeldete Kunden geöffnet hatte. Ich durfte meine Ohrstöpsel nicht vergessen, um die nervigen Gespräche nicht mitzukriegen, die dort todsicher geführt wurden.

Die beiden letzten Nächte hatte ich mir den Kopf darüber zermartert, was ich den Leuten nun zu „meinem Freund“ sagen sollte. Da ich im Hots kein Wort über unseren Schlussstrich erwähnt hatte, wäre es jetzt komisch, auf der Hochzeit zu verkünden, dass wir nicht mehr zusammen waren. Im Grunde bestand meine einzige Chance wirklich darin, Dana, Tante Ina und Natasha zu erzählen, dass Timothy und ich uns schon vor ein paar Wochen getrennt hatten, ich es aber aus Rücksicht auf Danas großen Tag verschwiegen hatte. Auf diese Art würde ich immer noch die Sympathiekarte ziehen und mir einen goldenen Stern verdienen. Andererseits konnte ich mir nach dem Abend am Freitag und all dem Mein-Freund-hier-mein-Freund-da-Gequassel kaum noch erlauben, den Leuten mitzuteilen, dass man mich sitzen gelassen hatte. Brauchte ich etwa die mitleidigen Blicke von Dana und den Julies? Vermutlich würden sie mir eine Kampfausrüstung schenken und im Krieg gegen die Terroristen viel Glück wünschen.

Was ich Natasha erzählen sollte, wusste ich auch nicht. Ich hatte keine Ahnung, was aus meinem Mund käme, wenn ich ihn auf dem Empfang erst aufmachte. Aber ich konnte darüber auch nicht mehr nachdenken. Jedenfalls im Moment nicht. Immer, wenn ich es tat, tauchte Timothys Thomas Gibson-gleiches Gesicht vor mir auf, ich sah seine Grübchen, hörte ihn andauernd „ich auch“ verkünden. Schluss damit, sagte ich mir. Stell dich unter die Dusche und wasch dir den Mann vom Leib.

Das Duschbad beruhigte mich, wie heißes Wasser, Apfelshampoo und die rosafarbene Dove-Seife es immer taten. Mit meinem von Timothy gereinigten und in ein Badetuch gewickelten Körper ging ich zu meinem Schrank und strich mit den Fingern über den Stoff meines Brautjungfernkleides. Gut, es war nicht unbedingt meine Farbe, aber das Kleid selbst war hübsch. Ich hatte es seit der Anprobe nie wieder angezogen. Die Näherin bei *A Fancy Affair* hatte mich darum gebeten, als ich es abholte, aber ich hatte mich wegen angeblichem Zeitdruck geweigert.

Es war nun zwei Jahre her, dass ich zum ersten Mal von Danas geplanter Hochzeit gehört hatte. Zwei Jahre. Zwei männerlose, praktisch männerfreie Jahre. Zwei Jahre wirkten in die Zukunft gedacht so lang, dass ich nie mit dem Eintreffen des großen Tages gerechnet hätte. Aber jetzt war er da, dämmerte hell und sonnig und warm. Ein perfekter Sommertag für eine perfekte Sommerhochzeit. Laut Fox' kosmetischem Wetterbericht war heute sogar ein guter Tag für die Haare auf dem Kräuselbarometer. Dana musste begeistert sein. Hätte es geregnet, wäre ich nicht besonders verwundert gewesen, wenn sie die Hochzeit verschoben hätte.

Ich zog das Kleid an, schlüpfte in die Schuhe und betrachtete mich in dem großen Spiegel. Interessant. Das Apricot wirkte heute irgendwie weicher und sanfter als in dem Geschäft. Das Kleid reichte bis zum Boden und war gerade geschnitten, wie gemacht für einen Filmstar zur Verleihung der Academy Awards. Der hohe Halsausschnitt und die Prinzesstaille, die zusätzlich mit drei schmalen Perlenschnüren bestickt war, die sich am Saum wiederholten, schmeichelten mir. Ich drehte mich halb und betrachtete mich von hinten. Ehrlich gesagt, ich sah ziemlich hübsch aus, selbst mit den apricotfarbenen Schuhen. Ich hätte auf Tante Ina hören und sie einlaufen sollen. Sie waren ein bisschen eng, und ich würde mir sicher Blasen laufen. Ich wäre mit ihnen gern ein bisschen in meiner Wohnung umherspaziert, aber in New York mit Schuhen durch sein Apartment zu laufen war bei Androhung der Todesstrafe strikt untersagt, wenn deine beste Freundin unter dir wohnte und es acht Uhr früh an einem Sonntagmorgen war.

Ich öffnete die Tür und ging auf dem Flur des sechsten Stockwerks auf und ab. So weit, so gut. Nichts drückte. Wenn ich mir jetzt noch fleischfarbene Strümpfe ...

Die Tür von Musikfreunds Wohnung ging auf. Das war das erste Mal, dass ich ihn leibhaftig vor mir haben würde. Und ich war ungeschminkt! Ich merkte mir: Wann immer man dazu verdammt war, einen Menschen zu treffen, der vermutlich wie Ricky Martin aussah und im Monat häufiger Sex hatte als man selbst im ganzen Leben, würde man wahrscheinlich total scheiße aussehen. Nur dass ich das Kleid einer Prinzessin trug. Das zählte auch.

Musikfreund ging auf den Flur und blieb angesichts des Stilllebens ins Apricot irritiert stehen. Er sah überhaupt nicht wie Ricky Martin aus. Ich war so geschockt, dass ich ihn unverwandt anstarrte. „Ich, äh, laufe meine Schuhe ein. Sie sind neu“, sagte ich. Sehr originell, Jane.

Musikfreund warf mir ein kleines Lächeln zu und schickte sich an, seine Wohnung abzuschließen.

„Da lernen wir uns also endlich persönlich kennen“, fügte ich hinzu. „Ich bin Jane Gregg. Von nebenan.“ Ich zeigte auf meine Tür.

„Na dann ist es umso besser, dass wir uns mal treffen", sagte mein Musikfreund. „Ich bin Archibald Marinelli."

Archibald?

„Wissen Sie", fuhr er fort. „Ich habe Ihr passiv aggressives gegen die Wand hämmern allmählich satt. Ich finde das ziemlich unverschämt."

Arschloch! „Nun ja, und ich habe es langsam satt, ständig Ihren Musikgeschmack und Ihr Sexualleben teilen zu müssen."

„Versuchen Sie's doch mal mit einem eigenen", zischte er, bevor er den Flur entlang und die Treppen hinunter polterte.

Während ich noch über eine passende Antwort nachgrübelte, verließ der Musikfreund bereits das Haus. Ich hatte schon lange vermutet, dass das A. für Arschloch stand. Dass es aber eigentlich auf Archibald verwies, erhöhte meine Chancen auf eine kleine Rache. Obwohl, nachdem ich den Musikfreund einmal gesehen hatte, erübrigte sich eigentlich jeder Rachegedanke. Wahrscheinlich würde ich auch nie wieder gegen die Wand klopfen müssen. Ich würde mir auch keine Sorgen mehr machen müssen, dass jeder Mensch mehr Sex hatte als ich. Weil schlimmer als all das zusammen war die unbestreitbare Tatsache, dass A. Marinelli aussah wie Elmer Fudd. Nur größer.

Durch das Schaufenster von Zelda's Friseursalon konnte ich Tante Ina und Grammy sehen und Larry Fishkills Mutter, seine Schwester und die beiden Großmütter. Und ich sah die Königin selbst, Dana, die einen Stapel Brautzeitschriften durchblätterte.

„Da ist sie ja", rief Tante Ina unter wildem Gestikulieren

und mit verkniffenem Mund. „Eine Viertelstunde zu spät kommt sie endlich angetanzt." Sie nahm mir die Kleidertasche aus der Hand und hängte mein Brautjungfernoutfit zu den anderen.

„Der Bus kam nicht voran und ..."

„Ich will deine Entschuldigungen gar nicht hören", sagte Tante Ina. „Setz dich und krempel dir die Hosen für die Pediküre hoch."

Ich begrüßte die Fishkills, umarmte Grammy und kletterte wie ein unartiges Mädchen auf den riesigen ledernen Frisierstuhl. In dem Moment, wo meine Füße in dem warmen Seifenwasser steckten, entspannte ich mich und schloss die Augen. Ein halber Tag Schönheitspflege war vielleicht genau das, was ich brauchte.

„Hallo Jane", sagte Dana und setzte sich auf den Stuhl neben mir.

„Was ist das denn?" fragte Dana und zeigte auf die Flasche mit rot-schwarzem Nagellack auf der Stuhlablage.

„Nennt sich falscher Vamp. Super, was?"

Dana sah mich entsetzt an. „Aber wir lassen uns unsere Nägel alle mit Hyazinthenrosa anmalen."

„Man kann unsere Zehennägel doch gar nicht sehen", bemerkte ich. „Wir haben Pumps an."

„Aber ich will, dass wir zusammenpassen", beharrte sie. „Die Brautjungfern sollten alle die gleiche Farbe tragen."

„Ich verstehe das Argument nicht, wo doch niemand unsere Zehennägel sehen kann, Dana."

„Jane, wenn die Braut möchte, dass alle Hyazinthenrosa tragen, dann tragen alle Hyazinthenrosa", mischte sich Tante Ina ein. „Musst du denn immer aus der Reihe tanzen?"

„Dieses Schwarz ist doch abstoßend", kommentierte Grammy. „Warum tragen das die jungen Mädchen bloß? So was Hässliches."

„Guuut, ich nehme das Hyazinthenrosa, obwohl es niemand sieht", erklärte ich.

„Denk bloß nicht, du würdest jemandem damit einen großen Gefallen tun, Jane", sagte Tante Ina knapp. „Du tust lediglich, was man von dir erwartet. Hast du so was schon erlebt?" fragte sie kopfschüttelnd an Grammy gewandt.

In Gedanken schüttelte ich ebenfalls den Kopf. Es war neun Uhr, und der Tag war bereits einmal gründlich versaut. Ich atmete tief durch. Meine Fußpflegerin nahm einen Fuß und stellte ihn auf das Höckerchen, sagte auf Koreanisch etwas zu Danas Fußpflegerin, und beide lachten. Ich öffnete die Augen. Lachten sie etwa über meine Füße?

„Ach, Jane, wir sind alle schon so gespannt auf Timothy", sagte Dana. „Mommy hatte sich bereits solche Sorgen um dich gemacht, aber jetzt ist sie ganz aus dem Häuschen."

Ich öffnete ein Auge und sah zu Dana. Sie durchstöberte gerade die *Modern Bride*. „Sorgen gemacht? Warum denn?"

Dana hielt einen Moment inne, guckte mich an und blätterte dann weiter. „Och, nichts weiter. Ich meinte nur, sie fand es schade, dass du so allein warst."

„Allein? Du meinst ohne Freund?"

Dana nickte. Und blätterte.

„Was ist denn so furchtbar daran, wenn ich keinen Freund habe?" zischte ich. „Vielleicht konzentriere ich mich auf meine Karriere. Vielleicht bin ich stolz auf meine Beförderung, der, entschuldige, wenn ich das sage, offensichtlich niemand größere Bedeutung beimisst. Vielleicht bin ich glücklich, allein zu sein."

„Selbstschutz, Jane", sagte Dana, ohne den Blick von den Zeitschriften zu nehmen. „Du bist nicht glücklich. So lange ich dich kenne, bist du nicht glücklich gewesen."

Ich spürte die Wut in mir hochsteigen. „Als ob du mich so gut kennen würdest."

„Es ist nicht meine Schuld", sagte Dana und sah mich dabei an.

„Sie hat Recht, Jane", sagte auch Tante Ina. „Du gibst dir ja keine Mühe."

Warum trampelten sie plötzlich alle auf mir rum? Was hatte ich bloß getan?

„Was soll der Unsinn?" mischte sich nun Grammy ein. „Die Fishkills können euch hören." Ich schielte zu ihnen rüber; die vier plauderten munter während ihrer Maniküre und interessierten sich nicht die Bohne für unser Gespräch.

„Lasst uns das Thema wechseln. Das ist Danas Hochzeit. Himmel, Arsch und Zwirn."

„Gut, lasst uns das Thema wechseln", sagte Dana. „Wir freuen uns also alle auf Timothy."

Nimm das Messer. Ramm es ihr in den Bauch. Dann dreh es herum, dachte ich bei mir.

„Er kommt doch zur Trauung, oder?" fragte Tante Ina. „Es gibt ja Leute heutzutage, die kommen nur auf den Empfang und wollen Party machen. Kannst du dir das vorstellen? Fürchterlich."

Nur die Ruhe bewahren. „Also, es könnte sein, dass er gar nicht kommt", sagte ich. „Er hat so was wie Bereitschaftsdienst."

„Das fällt dir ja reichlich früh ein", zischte Dana. „Weiß er, dass sein Auftritt 225 Dollar wert ist?"

Verdammte Hexe! Ich starrte Dana an. „Ich übernehm das, okay?"

„Das ist nicht der Punkt", sagte sie. „Hier geht es um das gründliche Abwägen von Entscheidungen."

„Du hättest wirklich einen Ton sagen können", meinte Tante Ina. Bedächtig schüttelte sie den Kopf.

„Es tut mir Leid, hört ihr?" brüllte ich. „Entschuldigung. Mein Gott noch mal."

Die Fishkills drehten sich um und starrten mich an. Grammy schüttelte den Kopf und blätterte durch ein Magazin.

„Weißt du was, Jane?" Dana legte die *Modern Bride* zur Seite und sah mir direkt in die Augen. „Ich habe langsam genug von deiner Haltung. Ich habe genug davon, wie du mit meiner Mutter sprichst. Ich habe genug von deiner egoistischen, unreifen Art. Und ich habe genug von den Sorgen, die meine Mutter sich um dich macht, wo du zu selbstgerecht bist, um dich mal um sie zu kümmern."

Ich war sprachlos.

„Das ist weder der Zeitpunkt noch der Ort für solche Diskussionen", sagte Tante Ina. „Lasst uns den Vormittag einfach genießen, ja? Wir sind hier in einem Schönheitssalon. Soll ich uns allen einen beruhigenden Tee einschenken?"

„Ich muss auf die Toilette", sagte ich. Zur Verwunderung der Kosmetikerin nahm ich meinen nassen Fuß von dem Hocker. In dem engen Raum hockte ich mich zitternd auf einen Klodeckel. Wie konnten sie es nur wagen! Wie konnten sie nur!

Doch plötzlich war ich gar nicht mehr wütend. Ich weinte. Dicke, fette Tränen rollten meine Wangen hinunter.

Es klopfte an der Tür. „Janey?“ Das war Tante Ina. „Bist du okay?“

Ich saß reglos da, wie erstarrt, und die Tränen kullerten schneller und runder.

„Janey, mach auf, na komm schon“, sagte Ina. „Ich möchte mit dir reden.“

Ich stand auf und öffnete mit auf den Boden gerichteten Augen die Tür. Tante Ina sah mich an und quetschte sich in den engen Raum. Ich setzte mich wieder auf den Klodeckel.

„Jane, Dana ist einfach ein bisschen angespannt, weißt du. Es ist der Tag ihrer Hochzeit und ...“

„Timothy hat Schluss gemacht“, sagte ich und vergrub mein Gesicht in den Händen. „Vor fast zwei Wochen.“

„Jane, warum hast du mir das denn nicht erzählt?“ fragte Tante Ina und kniete sich vor mir hin. Sie nahm mir die Hände vom Gesicht und umschloss sie mit ihren. „Hm? Warum hast du mir das nicht erzählt?“

„Ich weiß nicht“, sagte ich.

„Es tut mir so Leid, Schatz. Was ist denn passiert?“

Ich zuckte so heftig mit den Schultern, dass ich schon Mitleid mit mir selbst hatte. „Ich mochte ihn richtig. Ich dachte, er hat mich auch gemocht, aber das war nicht der Fall. Oder er hat das Interesse verloren. So oder so. Er hat mich sitzen gelassen. Jeder lässt mich sitzen. Jeder.“ Meine Hände flogen wieder vor mein Gesicht. „Und jetzt heiratet Dana, und du hast all diese neuen Verwandten ...“

Mir war bis zu diesem Moment nicht klar gewesen, wie bedrohlich diese Vorstellung für mich war. Tante Inas

Mund formte ein O, und sie legte sich eine Hand aufs Herz. „Jane, du verlierst mich doch nicht. Keinen von uns verlierst du. Weißt du denn nicht, was du mir bedeutest? Du bist das einzige Kind meiner Schwester."

„Ich vermisse sie so", flüsterte ich.

„Ich vermisse sie auch", sagte Tante Ina. „Sie war meine beste Freundin, weißt du."

Meine beste Freundin war sie nicht gewesen. Ich hätte das nicht zugelassen. Und endlich begriff ich, warum. Ich hatte zu große Angst, ihr zu nahe zu kommen. Zu große Angst, sie mit meiner Liebe zu ersticken und sie genau so zu verlieren, wie ich meinen Vater verloren hatte. Und dann hatte ich sie trotzdem verloren.

„Es tut mir Leid, Tante Ina", sagte ich und schlang meine Arme eng um sie. „Es tut mir so Leid, ein solches Aas gewesen zu sein."

Tante Ina drückte mich und streichelte mich und fuhr mir durchs Haar. „Weißt du was, Jane. Du wäschst dir dein Gesicht und kommst dann raus. Ich habe etwas für dich."

Ich nickte, und Tante Ina legte mir ihren Finger unter das Kinn und drückte mich noch mal. Dann war sie weg. Ich atmete tief ein, sank aber erneut auf dem Klo zusammen und bedeckte mein Gesicht mit einer halben Rolle Klopapier. Etwas später gab ich mir einen Ruck, hielt mein Gesicht unter kaltes Wasser und drückte mir ein kratziges grünes Papierhandtuch auf die Augen.

Als ich aus dem Bad kam, wartete Tante Ina mit einem Kästchen in der Hand auf mich. Grammy und Dana beobachteten uns. „Ich möchte, dass du sie heute trägst", sagte Tante Ina und reichte mir die Box. „Mach sie auf!"

Ich klappte den Deckel auf und atmete schwer durch. In

der Kiste lag die fein gearbeitete Perlenkette meiner Mutter, die sie immer zu ganz besonderen Anlässen umgelegt hatte. Ich streichelte die antiken Perlen, und meine Augen füllten sich erneut mit Tränen.

„Diese Kette habe ich deiner Mutter am Tag deiner Geburt geschenkt", sagte Tante Ina. „Sie war damals 29, und ich wollte sie dir zu deinem 29. Geburtstag schenken. Aber ich glaube, deiner Mutter hätte es gefallen, wenn du sie auf Danas Hochzeit trägst."

„Warum?" flüsterte ich unbeabsichtigt.

„Erinnerst du dich, wie wir in den Wochen vor ihrem Tod alle gedacht haben, dass sie einfach eine hartnäckige Grippe hatte?" Ich nickte. „Nun, Dana hat die letzten Tage viel Zeit mit ihr verbracht. Sie war in der High School und hatte den Kopf voll mit Männern und ihren Auftritten als Cheerleader, aber dennoch ist sie in dieser Woche ein paar Mal bei deiner Mutter vorbeigegangen, um ihr ein paar Jungsgeschichten oder Schulanekdoten ins Ohr zu flüstern und sie zum Lachen zu bringen."

Ich wünschte, ich hätte sie zum Lachen gebracht. Ich wünschte, es wäre eine Grippe gewesen. Stattdessen war es Gebärmutterkrebs. Keine Symptome, bis es zu spät war. Ich hatte nicht gewusst, dass Dana sie so oft besucht hatte. Ich hatte so vieles nicht gewusst. Insbesondere hatte ich nicht gewusst, dass erst der Verlust meines Vaters und dann der meiner Mutter mich so grundlegend verunsichert hatten, dass ich jedes Mal völlig zusammenbrach, wenn ich jemand anderen verlor, sei es real wie Max an eine andere Frau oder bloß eingebildet wie meine Tante Ina an ihren Schwiegersohn.

„Vielen Dank, Tante Ina“, sagte ich und umarmte sie innig.

„Steck die Kette in deine Tasche“, ordnete Tante Ina an und gab mir einen Kuss auf die Wange. „Und dann geh zurück auf den Stuhl. Du verpasst sonst deine Pediküre.“

Ich lächelte und kletterte mit dem Kästchen in den Händen wieder auf den Stuhl neben Dana. „Dana? Könntest du heute eine Leihgabe gebrauchen?“

Sie sah mich an und nickte. Ich wusste, dass wir soeben Freundinnen geworden waren.

17. KAPITEL

Das Plaza Hotel erstrahlte im Licht der frühen Nachmittagssonne. Ich stand an exakt derselben Ecke auf der Ostseite der Fifth Avenue, an der ich damals auch einen Tag vor seinem Tod mit meinem Vater gestanden hatte, der Tag, an dem er mir das Plaza versprochen hatte, wenn ich den richtigen Mann dazu fand. Die Erinnerungen daran sickerten in mich hinein und erfüllten mich, kurioserweise flossen sie nicht aus mir heraus und machten mich traurig. Ich hatte den Mann dazu noch nicht gefunden, aber mir wurde klar, dass mein Vater das auch nicht gemeint hatte. Er wollte, und ich war gerade erst dabei, das zu begreifen, dass ich glücklich wurde und Frieden und einen inneren Gleichmut fand; er hatte das Beste für mich gewollt, und das schien eher ein Prozess zu sein, dessen Ziel man nicht mit einem Augenzwinkern oder mit vier verzweifelten Anläufen zu einem Blind Date erreichen konnte. Und das bedeutete auch, den Prozess auf der Suche nach dem Glück nicht zu fürchten.

Ich war mit Tante Ina, Dana und Grammy im Taxi hergekommen. Die Fishkills fuhren in einem zweiten Taxi. Danas Fotograf hatte von den Brautjungfern im Hotel und im Central Park ein paar Fotos in der zivilen Kluft geschossen, bevor wir uns alle in den Umkleideräumen des Ballsaals umzogen. Ich hatte den Aushilfsmann kennen gelernt, der mich den Gang entlang führen würde, ein Kumpeltyp namens Glen, der eine Freundin hatte. Ich hatte Tante Ina gesagt, dass ich selbst einige Fotos machen wollte und in fünf Minuten wieder bei der Truppe wäre. Ich zog meine Kamera aus der perlenbestickten apricotfarbenen Tasche (Geschenk von Dana an die Brautjungfern) und schoss ein perfektes Foto vom Plaza Hotel, dem Plaza Hotel, das mein Vater gesehen hatte. Und dann marschierte ich über die Straße zurück in das erhabene Hotel, mein Kleid über die Schulter gelegt und die Schuhe in meiner Tasche.

Im Keller hatten die Brautjungfern ihren eigenen Umkleideraum. Karen, die beiden Julies und der Rest der Truppe waren schon da und schlüpften bereits in ihre Kleider. Sie alle hatten Hyazinthenrosa auf ihren Nägeln.

„O Jane, deine Haare sehen heute ja umwerfend aus!" rief Julie eins oder zwei.

„Und dein Make-up ist absolut gelungen", fügte Karen hinzu. „Du siehst klasse aus. Echt!"

Huch. Sollten sie plötzlich ganz lieb zu mir sein, wenn ich mich elend fühlte? Oder waren sie nie anders gewesen? Ich hatte das Gefühl, die Menschen und Dinge von nun an mit anderen Augen betrachten zu müssen. Ich hatte das

Gefühl, vor mir lag eine anstrengende Zeit der Neubewertung von so ziemlich allem, mich selbst eingeschlossen.

„Wer hilft mir mit dem Kleid?“ fragte Dana, als sie zusammen mit Tante Ina in den Umkleideraum kam. „Karen, ich glaube, das ist der Job der Ehrenbrautjungfer.“

Die anderen Frauen standen im Halbkreis um Dana und Karen herum, während sie knöpfte und zupfte und zurrte. Als Karen einen Schritt nach hinten machte, ging ein Pfeifen durch den Raum. Dana sah aus wie eine Prinzessin. Ihr kurzes, gesträhntes blondes Haar war perfekt frisiert, und auf dem Kopf trug sie einen perlenbestickten zarten Hut mit winzigen Rosenknospen. Ihr Make-up war praktisch durchscheinend. Ihre Wangen strahlten rosafarben, auf ihren Lippen lag ein leichter Glanz, und ihre blauen Augen waren noch nie klarer und heller gewesen. Und das Kleid erst! Es war von überwältigender, schlichter Eleganz. Das hochgeschnittene Oberteil war aus Satin und schloss in einem perlenbestickten Taillenband ab, und der Rock lag in edlen Falten. Danas Blick trübte sich vor Glück, und sie drehte und wendete sich vor dem Spiegel, um sich von allen Seiten zu betrachten. Als sie damit fertig war, glühte sie förmlich.

„Etwas Altes“, verkündete Dana und hielt ihr Handgelenk hoch, um das sich ein Diamantarmband schmiegte, das sie von Larry Fishkills Mutter erhalten hatte. „Etwas Neues.“ Sie zeigte auf ihr Kleid. „Etwas Geliehenes.“ Dana öffnete ihre Tasche und holte das Kästchen heraus, das ich ihr gegeben hatte. „Jane, hilfst du mir?“ Ich lächelte und legte ihr die Perlenkette meiner Mutter um den Hals. Ich trat einen Schritt zurück, um das Schmuckstück bewundernd anzuschauen, um Dana bewundernd anzuschauen.

Das Gemurmel der Brautjungfern sagte alles. „Und etwas Blaues“, fügte Dana hinzu und öffnete ihre großen blauen Augen.

Es klopfte. „Ihr habt eine halbe Stunde, bis der Fotograf kommt“, rief Onkel David durch die Tür, „dann machen wir eine Miniprobe für den Einzug in den Saal, und dann geht's los.“

„Und nun, Ladys und Gentlemen“, verkündete einer der Musiker, „bitte ich um einen Applaus für den ersten öffentlichen Auftritt von ... Trommelwirbel bitte ... Mr. und Mrs. Fishkill!“

Die zweihundertfünfzig Gäste klatschten und johlten, als Larry und Dana bis über beide Ohren strahlend in den Saal einzogen. Die frisch Vermählten standen in der Mitte der Tanzfläche, und die Band intonierte *The Wind Beneath My Wings*. Ich war so glücklich für Dana, dass mir noch nicht mal eine zickige Bemerkung zu der Wahl ihrer Band einfiel. Als Larry den Tanz mit Dana eröffnete, suchte ich unter den Gästen nach Natasha. Ich entdeckte sie schließlich eingequetscht zwischen einer Frau links und einem Mann rechts von ihr, aber ich konnte nicht einschätzen, ob der Mann wohl der berühmte Hausbootbewohner war oder nicht. Er sah ein bisschen zu jung für Natasha und ein Hausboot aus. Ich hatte sie während der Trauung ein, zwei Mal kurz gesehen, aber ich war in Gedanken so beschäftigt damit, mir eine passende Ausrede für den leeren Platz neben mir auszudenken, dass ich nicht wirklich darauf geachtet hatte, mit wem sie zusammen war.

Der Hochzeitstanz war vorbei, aber die Band spielte danach ein genau so langweiliges, langsames Lied, dass ich es als Wink nahm und meinen Tisch suchte. Ein Tisch für vier Personen und einem leeren Platz neben mir. Als ich mir meinen Weg bahnte und Tante Ina und Onkel David zuwinkte, die sich ihrerseits gerade auf die Tanzfläche begaben, merkte ich, dass Natasha dieselbe Idee hatte wie ich. Sie legte ihr Abendtäschchen auf den Tisch und setzte sich, den Blick in die Menge gerichtet. Noch bevor ich bei ihr ankam, hatte jemand sie zum Tanz aufgefordert, und sie hatte angenommen. Der Hausbootbewohner, nahm ich an. Hübsch. Er war etwa Mitte dreißig. Ich ließ mich in den Stuhl fallen und knabberte an dem Gebäck, das in einem Körbchen auf dem Tisch stand. Der leere Platz neben mir schien mich verhöhnen zu wollen, aber ich hatte dennoch nicht den Impuls, vor Scham unter den Tisch zu kriechen. Ich fühlte mich halbwegs in Ordnung. Ich hatte die halbe Käsestange aufgegessen, als ich Blicke auf mir spürte. Ich sah in die Richtung, aus der sie kamen, direkt in die Augen eines ganz süßen Typen. Er sah ein bisschen aus wie Dr. Joel Fleishman aus der Fernsehserie Northern Exposure. Er lächelte, zaghaft, als wäre er noch nicht sicher, ob ich ohne Begleitung war. Bevor ich zurücklächeln konnten, schoben sich Dutzende Hochzeitsgäste zwischen uns. Das Lied war zu Ende.

Natasha tauchte vor mir auf. „Hallo Jane! Du siehst umwerfend aus!"

Benetten und benettet werden. „Danke, du auch!" Und ob sie umwerfend aussah! Sie trug ein großartiges blass fliederfarbenes Kleid aus dem hauchdünnsten Stoff, den ich jemals gesehen hatte. Es glitzerte ein wenig.

„Rate mal, was mir heute Morgen passiert ist?" fragte sie und setzte sich mir gegenüber. „Mir war schlecht!"

Ich lachte. „Und das hat dich gefreut?“

„Es war das erste Mal“, sagte sie. „Das erste Mal, dass ich das Kind körperlich gespürt habe.“ Sie legte die Hand auf den Bauch und lächelte.

„Wo ist Sam?“ fragte ich. „Ich brenne darauf, ihn endlich kennen zu lernen.“

Natasha sah in die Menge. „Er kommt nicht.“

„Kommt nicht?“ wiederholte ich. „Hat er keinen Flug bekommen?“

„Er hat sich nicht darum gekümmert, trifft es besser“, sagte Natasha und starrte auf ihre Füße. „Er hat vor ein paar Wochen Schluss gemacht. Ich wollte es dir immer schon gesagt haben, aber ich brachte es nicht über mich.“

Fassungslos sah ich sie an. Ich machte den Mund zu, der wie üblich von allein aufgegangen war. „O Natasha“, sagte ich und verstand sie vermutlich so gut wie kein anderer. „Das tut mir Leid. Wann war es denn?“

Die Band spielte so laut, dass Natasha ihren Stuhl näher an meinen rücken musste, damit wir reden konnten. „Kannst du dich an den Tag erinnern, als ich um Mitternacht zu dir kam und total zusammengebrochen bin? Davor hatte er mir gesagt, dass er eine andere trifft, dass es vorbei wäre, dass ich zu fordernd und einengend sei.“

„Aber was ist mit dem Baby? Ich dachte, er wäre glücklich ...“

Natasha atmete tief ein. „Ich habe dich angelogen. Er war ganz und gar nicht glücklich. Er hat mich beschuldigt, mit Absicht geschwängert werden zu wollen, dann hat er gebrüllt, er sei gar nicht der Vater und mir angeboten, die Abtreibung zu bezahlen. Wir hatten vorher etwas Stress miteinander. Deswegen war ich auch so froh, mich für ein paar Monate nach New York flüchten zu können. Aber ich hatte gedacht, wir würden wieder zueinander finden. Und dann habe ich festgestellt, dass ich schwanger war. Ich hatte gehofft, das würde etwas in ihm berühren, doch ich habe mich geirrt." Natashas Stimme wurde brüchig, und sie schloss für einen Moment die Augen. „Er hat mich ziemlich finster sitzen lassen. Nimmst du es mir übel, dass ich dich angelogen habe? Ich nehme an, ich war zu unsicher und zu beschämt, um es laut zu sagen, verstehst du das?"

Und ob ich das verstand. Wenn ihr Liebeskummer und mein eigener nicht so schmerzhaft gewesen wären, wäre ich wegen der Ironie der Geschichte vor Lachen vermutlich vom Stuhl gefallen. Zumal ich ja wohl nicht den Nerv haben konnte (wie Tante Ina sagen würde), mich darüber zu beschweren, ohne Freund auf eine Hochzeit zu gehen, wenn Natasha ohne Mann, Freund und Eltern schwanger war. Aber nicht ohne Freundin.

„Du findest das ganz schön erbärmlich, was?" fragte Natasha mit Blick auf den leeren Teller vor ihr.

Ich lachte sie an. „Im Gegenteil, ich denke, dass du großartig bist. Du bist der stärkste Mensch, den ich je kennen gelernt habe. Ich bewundere dich aufrichtig, Natasha."

Sie sah mich an, an ihrer Unterlippe nagend, und plötzlich wusste ich, was Natasha Nutley für jeden so anziehend gemacht hatte. Das, was ich, seit ich zwölf war und bei Mrs. Greenman im Unterricht saß, hatte wissen wollen, wurde mir endlich klar.

Natasha Nutley zeigte ihre Verletzbarkeit. Durch ihre Schönheit, ihre Stärke und ihr vermeintlich perfektes Leben hindurch, verstrahlte sie ihre Verletzbarkeit. Nicht Hilflosigkeit. Nicht Angst. Verletzbarkeit. Und das genau habe ich mich mein ganzes Leben lang nicht zu zeigen getraut. Panisch, verletzlich zu wirken, habe ich die Menschen von mir fern gehalten, habe ich mich auf die defensive Seite geschlagen, jederzeit zum Zurückschlagen bereit, um mich zu schützen.

„Ich finde dich auch ziemlich großartig", sagte Natasha und öffnete ihre rosafarbenen Lippen zu einem Lächeln. „Und wo ist der gute Onkel Doktor?"

„Der bumst eine andere", gab ich unumwunden zu, ohne dass es groß wehtat. Die Band spielte gerade den Titelsong von Dirty Dancing. „Er hat mich schon vor Wochen abserviert."

„O nein!" rief Natasha. „Tut mir Leid."

Mein Herz zog sich zusammen. „Äh, das ist schon okay. Soll ich dir ein Geheimnis verraten? Als wir uns im Juni im Blue Water zum Mittagessen getroffen haben, kannte ich ihn noch nicht mal."

Sie legte ihren Kopf zur Seite. „Was soll das heißen?"

„Ich wollte Eindruck bei dir schinden, also habe ich dich angelogen und dir die Geschichte von diesem unglaublichen Freund in seinem braunen Klinker aufgetischt. Und dann musste ich schleunigst jemanden finden, den ich mit auf die Hochzeit bringen konnte. Ich organisierte ein paar Blind Dates, und bei einem kam es tatsächlich hin: Timothy, der Arzt. Es kam hin ist gut, bis vor zwei Wochen. Und dann habe ich mir ein Bein ausgerissen, um Ersatz zu finden, nur um einigermaßen entspannt hier mit dir am Tisch sitzen zu können. Komm du mir nicht mit erbärmlich."

„Ach Jane." Sie biss sich erneut auf die Unterlippe. „So geht es dir mit mir?"

„Ging. Vergangenheit“, sagte ich. „So ging es mir damals in Forest Hills. Und das habe ich mit mir rumgeschleppt, bis ich dich jetzt kennen gelernt habe. Da habe ich begriffen, dass du ein Mensch bist wie ich auch, wie jeder andere.“ Wann hatte ich das begriffen? Vielleicht sogar erst in dieser Sekunde. Eventuell war es auch genau das, was ich so an ihr gehasst hatte. Das mit allem, was sie hatte, sie doch auch ein Mädchen, eine Frau war, genau wie ich.

Sie lächelte. „Also bei Timothy und dir hat es klick gemacht. Und dann?“

„Und dann hat er mich für irgend so eine Rothaarige im Stich gelassen. Ich habe sie auch noch zusammen in einer Bar erwischt.“

Natasha schüttelte ihren Kopf. „Männer sind Stinktiere, was?“

„Und was für welche!“

„Zu blöd, dass sie gleichzeitig auch so verdammt verführerisch sind“, fügte Natasha hinzu. „So unwiderstehlich und süß, dass man einfach nicht auf sie verzichten kann.“

„Zu wahr!“ Wir lachten beide.

Natasha nahm einen Schluck von ihrem Eiswasser. Ein Zitronenstück schwamm darin herum. „Dabei fällt mir ein, dass der Typ da drüben, das Schnuckelchen da, dich seit zehn Minuten unverwandt anstarrt.“

Klar. Jeder Typ, der in meine Richtung starrte, starrte Natasha an, nicht mich. Ich sah in die Richtung, in die Natasha gezeigt hatte. Das war der Northern Exposure-Typ. Meine Güte, der war wirklich zum Anbeißen. Und es schien so, als ob er mich musterte. Seine Begleitung war wohl gerade mal für kleine Mädchen. Unmöglich, dass so ein süßer

Kerl allein hier war. Die Band spielte nun Britney Spears' *Hit Me Baby One More Time*. Die Tanzfläche war proppenvoll mit alten und jungen Menschen.

Ich riss mir ein Stück Brot ab. „Er ist wirklich ganz süß", stimmte ich zu. „Vielleicht fordert er mich ja zum Tanz auf."

„Du könntest ihn auch fragen."

„Vielleicht später." Das hieß so viel wie niemals. Vielleicht würde ich bald in der Lage sein, eine Abfuhr wegzustecken, aber für diese Hochzeit hatte ich genug hinter mir. „Das mit Sam tut mir Leid", sagte ich zu Natasha. „Kommst du einigermaßen damit klar?"

„Nun ja, ich denke schon noch gelegentlich darüber nach, aber dann erinnere ich mich an das Baby und versuche zu tun, was gut ist für sie oder ihn."

„Hört sich vernünftig an", sagte ich.

„Ehrlich gesagt, das war schon wieder eine Lüge", gestand Natasha. „Ich habe furchtbare Angst. Richtig Angst. Aber irgendwie glaube ich, ich werde es hinkriegen. Das Mutter- sein, meine ich. Ich liebe den Wurm jetzt schon so doll, Jane. Ich kann dir gar nicht sagen, wie sehr."

Ich lächelte und glaubte ihr jedes Wort. „Ich bin mir sicher, dass du definitiv eine wunderbare Mutter wirst."

Sie grinste und hob ihr Glas. Ich tat dasselbe mit meinem. „Darauf, dass wir nicht den Mut verlieren und heil aus der Sache rauskommen." Wir stießen an.

„Du bleibst also ganz in New York?" fragte ich.

Sie nickte. „Ja, hier ist mein Zuhause. Und mir gefällt die Idee, in der Nähe meiner Eltern zu leben, auch wenn sie mich hassen."

„Ich glaube, irgendwann lenken sie ein, Natasha. Das glaube ich wirklich. Hey, jetzt, wo du bleibst, könntest du eigentlich zu unserem nächsten Flirtabend-Stammtisch kommen."

„Was ist das?"

„Das sind ich und Eloise – du hast sie an dem Tag bei Posh gesehen, als ich befördert worden bin. Erinnerst du dich?" Natasha nickte. „Und unsere Freundin Amanda. Jeden Freitagabend treffen wir uns in einer Bar oder einem Restaurant und quatschen stundenlang. Das ist inzwischen eine sechs Jahre alte Tradition."

Natasha war regelrecht gerührt. „Ich würde wahnsinnig gern kommen. Und wo wir schon beim Thema Einladungen sind", sagte sie. „Gehst du zum Ehemaligentreffen im Oktober in Forest Hills?"

Zehn Jahre High School-Abschluss. „Ich hatte es nicht vor. Gehst du?"

„Ich würde gern, aber nur, wenn du mitkommst. Ich würde zu diesem Jubiläum wahnsinnig gern mit dir als meiner Freundin gehen, Jane."

Nun war es an mir, gerührt zu sein. „Gebongt!"

Ich spürte wieder den Blick auf mir. Wieder der Northern Exposure-Typ. Wir sahen uns für den Bruchteil einer Sekunde in die Augen, dann galt seine Aufmerksamkeit einem älteren Herrn neben ihm. Zwischen ihm und mir bewegten sich so viele Leute, dass ich nicht sehen konnte, wer rechts von ihm saß. Sein Date? Würde er mich so mustern, wenn er nicht allein wäre?

„Bitte ihn um einen Tanz", stachelte Natasha mich an. „Mach schon. Fass dir ein Herz."

Ich knabberte an meiner Unterlippe. „Und wenn er Nein sagt?"

„Und wenn er Ja sagt?"

„Ja, aber wenn er Nein sagt?"

Natasha lachte. „Und wenn er Ja sagt? Geh endlich."

Bevor mich der Mut wieder verlassen konnte, stand ich auf. Offensichtlich hatte der Northern Exposure-Typ dieselbe Idee gehabt, denn plötzlich stand er direkt neben mir.

„Möchtest du tanzen?" fragte er, während die Band Madonna spielte. Eins achtzig. Smoking. Braunes, gewelltes Haar. Dunkelbraune Augen. Perfekte Haut. So um die 30, 31. Hatte ich schon erwähnt, dass er mehr als nur süß aussah?

Ich lächelte. Das war an Antwort genug. Er nahm meine Hand und führte mich durch die Menge auf die Tanzfläche. Ich drehte mich zu Natasha um und grinste sie an. Sie reagierte mit einem hochgestreckten Daumen und wurde selbst von einem George Clooney-gleichen Mann aufs Parkett geleitet.

Es war zu laut, um sich zu unterhalten oder auch nur nach dem Namen zu fragen. Wir tanzten und lächelten und flirteten ohne ein Wort. Es folgten die Backstreet Boys, und ich lachte und drehte mich im Kreis. Und als der Sänger der Band die ersten Takte eines Frank Sinatra-Liedes anstimmte, nahm Northern Exposure meine Hand und legte seine andere auf meine Hüfte, und auf einmal tanzte ich eng umschlungen zu Frank Sinatra in einem kleinen Ballsaal des Plaza Hotels. Als Franky-Boy fertig war und Abba mit Dancing Queen folgte, zeigte Northern Exposure mit einer Hand auf die Bar. Ich lächelte und nickte und folgte ihm. Ich wollte mich gerade neben ihn auf einen der fünf

Hocker an der Bar setzen, als auch Tante Ina und Onkel David die Tanzfläche verließen. Abba war ganz sicher nicht ihr Tempo.

„Grammy ist ganz aufgeregt", flüsterte Tante Ina mir ins Ohr. „Sie wollte dich Ethan Miles vorstellen, aber du bist ihr gerade zuvorgekommen."

Wie bitte? Wollten sie mich immer noch mit Mr. Müllschlucker verbandeln? Ich konnte mir meinen Mann schon selbst aussuchen. Danke vielmals. „Ich habe ihn nicht getroffen." Gott sei Dank.

„Mit wem glaubst du wohl hast du drei Lieder am Stück getanzt?" fragte Tante Ina.

Mit offenem Mund starrte ich sie an. Northern Exposure war Ethan Miles? Grammys direkter Nachbar? Der Ethan Miles, der in aller Öffentlichkeit in seinem Müll wühlte, der mit Onkel David Schach spielte und Grammys Einkaufstüten vom Fahrstuhl bis zu ihrer Wohnung trug? Dieser Ethan Miles war mein Northern Exposure?

Besagter drehte sich nun zu mir um und reichte mir ein Glas Rotwein. „Ich kenne bislang noch nicht mal deinen Namen", sagte er mit leicht texanischem Akzent, der seine Stimme genau so sexy machte wie der ganze Rest war.

„Jane", sagte ich verschmitzt.

„Ich bin Ethan", sagte er.

Ich konnte mir das Lachen einfach nicht verkneifen.

„Kann es sein, dass du das lustig findest?" fragte er, und seine braunen Augen funkelten.

„Die Geschichte erzähle ich dir später", murmelte ich. „Nach diesem Tanz?"

Während mich Ethan Miles mich über die Tanzfläche des winzigen Ballsaals im Plaza Hotel wirbelte, hielt ich meine Augen geschlossen und richtete mein Gesicht auf die blinkenden Lichter unter der Decke und wusste, dass meine Mutter und mein Vater mich beide beobachteten.

EPILOG

Am 14. Februar lag ich auf der Verlobungsfeier in den Armen meines Geliebten und trug mein Verlobungsgeschenk, ein paar wunderhübsche Diamantohrringe von Tiffany's. Nein, nein. Es war nicht meine Verlobungsfeier. Es war die von Jeff und Amanda. Jeff hatte die Katze Weihnachten aus dem Sack gelassen und Amanda mit einem Wahnsinnsklunker überrascht. Wir reden von zwei Karat! Das Fest fand in einem Restaurant im West Village statt. Amandas sehr große, sehr blonde, sehr montanamäßige Familie war zu diesem Anlass extra eingeflogen.

Ethan und ich hatten unsere ersten sechs Monate mit einem Trip nach Negril, Jamaika, gefeiert. Tante Ina, Onkel David, Dana, Larry und Grammy waren sich sicher, er würde mir dort einen Antrag machen. Ich hatte auch das Gefühl, dass unsere Beziehung darauf hinsteuerte, aber nach nur sechs Monaten waren wir noch dabei, uns kennen zu lernen, unsere gegenseitige Liebe zu entdecken. Zum ersten Mal in meinem Leben hatte ich das Gefühl, alle Zeit der Welt zu haben.

Dana und Larry hatten sich ein riesiges Haus in Larchmont, Westchester, gekauft. Sie machten guten Gebrauch von ihrem französischen Küchengeschirr, indem sie in ihrem gigantischen Garten ein Barbecue nach dem anderen veranstalteten. Ethan und ich waren bei ihrer Einweihungsparty und bei zwei Grillabenden gewesen. Dana hatte schon gewitzelt, dass ich nun garantiert Großtante Gerties gesamtes Vermögen erben würde, wo ich doch endlich mit Ethan zusammen war, was Grammy noch immer ins

Schwärmen brachte. Ich musste zugeben, dass ich den Wirbel darum nachvollziehen konnte.

Eine sehr schwangere Natasha plauderte mit zwei anderen schwangeren Gästen. Sie hatte sich sehr mit Amanda angefreundet; zwischen den beiden hatte es am ersten Flirtabend-Stammtisch damals im August sofort gefunkt. Eloise und Natasha waren auch sehr schnell warm geworden und trafen sich nun häufig zum Shoppen. Natashas Eltern blockten noch immer, aber sie hoffte, dass sie sich nach der Geburt des Kindes erweichen lassen würden. Das hoffte ich auch. Das Baby sollte in knapp drei Wochen kommen. Natasha hatte sich schon Tausende Namen einfallen lassen, dann aber entschieden, dass sie den kleinen Wurm sehen musste, um ihm oder ihr den richtigen Namen zu geben. Sie hatte das Manuskript einige Tage vor Thanksgiving abgeliefert, ich hatte es lektoriert und es unter Beifallsstürmen an Jeremy weitergeleitet, der übrigens im Dezember im engsten Familienkreis seine Vogue-Frau im Plaza geheiratet hatte. Der stolpernde Star erschien pünktlich im Dezember. Ich hatte Remke glücklich gemacht, weil Natasha den Fortsetzungsvertrag unterschreiben hatte, den er so unbedingt wollte. Darin sollte es mehr um Selbstachtung und innere Veränderung gehen, kein „sexy Entzug" mehr. Natasha arbeitete hart an ihrem Konzept.

Beförderungen hatte es bei Posh einige gegeben in den letzten Monaten. Eloise war jetzt nicht mehr grafische Assistentin, sondern Assistentin der Art Direktorin, was ihr natürlich ungemein gefiel. Seit inzwischen vier Monaten verabredete sie sich regelmäßig mit einem Amerikaner, einem Bildhauer, den sie bei einer Veranstaltung des Künstlerverbandes getroffen hatte. Die beiden meinten es ernst, und Eloise war glücklich. Gemeinsam versuchten sie, mit dem Rauchen aufzuhören, und hatten dafür auch einen Endlich-Nichtraucher!-Kurs besucht. Morgan Morgan war Lektoratsassistentin geworden und strebte wie immer nach Höherem. Paulette, unsere lesbische Cheflektorin, hatte gekündigt, und die neue war bedeutend netter. Ich hatte sie mehrfach dabei erwischt, wie sie auf Sitzungen Jeremy anstarrte, was sie mir auf Anhieb sympathisch gemacht hatte. Remke schlug deutlich leisere Töne an, seitdem Gwen nach der für alle spürbaren Rückkehr aus dem Mutterschutz doch den Backstreet Jungen geangelt hatte.

Sehr zu meiner Freude war mein Musikfreund alias Archibald Marinelli letzten Monat ausgezogen. Eine sehr ruhige junge Frau wohnte jetzt in seinem Apartment. Ich hatte noch kein einziges Oh! von ihr gehört. Ach, das hätte ich fast vergessen. Natasha und ich waren tatsächlich zusammen auf dem Ehemaligentreffen der High School gewesen. Lisa und Lora Miner waren nicht gekommen, Jimmy Alfonzo auch nicht. Aber Robby Evers war da gewesen. Und er hatte weder eine Glatze bekommen, noch war er plötzlich furchtbar dick und Autoverkäufer geworden. Er sah besser aus denn je und arbeitete als der globetrottende Auslandskorrespondent, der er immer hatte werden wollen. Er war glücklich verheiratet mit einer ebenfalls globetrottenden Auslandskorrespondentin namens Tatiana. Ich hatte Ethan nicht gefragt, ob er mich zu der Veranstaltung begleiten wollte, weil ich bereits mit Natasha verabredet gewesen war. Sie stand erwartungsgemäß im Mittelpunkt des Geschehens, zusammen mit mir, wenn ich das so sagen darf. Sie hatte mich als die unglaubliche, berühmte und in ganz New York City einzigartige Lektorin vorgestellt. Und so wurde mir nach einer Umfrage am Ende der Feier auch das Prädikat „hat sich am meisten verändert" verliehen; Natasha wurde mit „hat sich am wenigsten verändert" beurteilt. Wir hatten später herzlich über die Auszeichnungen gelacht. Natasha war nie die gewesen, für die sie gehalten wurde. Und ich hatte gerade erst damit angefangen, mich zu verändern.

Band-Nr. 25012
7,95 €
ISBN 3-89941-012-2

LISA CACH

www.traummann-
gesucht.komm!

Die erfolgreiche Modedesignerin Hannah O'Dowd hat sich entschieden: Mit 29 will sie endlich den Mann nach Maß! Nur: Wo findet sie in Portland ihren Traummann? Im Internet, rät Freundin Cassie. Doch schnell stellt Hannah fest: Im Netz tummeln sich nur Luschen. Wade ist schwul, Pete ein Angeber und Tyler liebt hartes Körnerbrot. An dem beißt sich Hannah eine Plombe aus, und da kann nur noch einer helfen: der smarte Zahnarztfreund Scott. Schließt er auch die Lücke in ihrem Leben?

RED
DRESS
INK
™

Band-Nr. 55014
7,95 €
ISBN 3-89941-024-6

CATHY YARDLEY

L.A. Woman

Sarah Walker hat das große Los gezogen: Sie lebt endlich in L.A., und ihr zukünftiger Mann Benjamin ist der Hauptgewinn. Glaubt sie, doch der smarte Ben entpuppt sich als Niete. Er hat ein neues Herzblatt gefunden! Und auch im Job macht Sarah keinen Stich. Mit einer verpatzten Affäre scheint ihre Pechsträhne komplett, da bringt sich Benjamin wieder ins Spiel. Er will sein Glück ein zweites Mal mit ihr versuchen. Auf geht's zur Hochzeit nach Las Vegas. Aber Sarahs Schriftstellerfreund Kit hat noch einen Trumpf im Ärmel. Kann er ihn am Ende ziehen?

RED DRESS INK ™

Band-Nr. 55016
7,95 €
ISBN 3-89941-026-2

SARAH MLYNOWSKI

Großstadt-Dschungel

Vor einem halben Jahr hätte sich die Geschichte so angehört: „Guten Tag! Mein Name ist Jackie Norris. Ich bin 24 Jahre alt und außerdem die glücklichste Frau der Welt. Demnächst ziehe ich mit Jeremy nach Boston. Ich liebe Boston. Ich liebe Jeremy. Das Leben ist schön." Leider aber ging es so weiter: „Tag. Jackie hier. Jeremy, der Mistkerl, ist auf Selbstfindungstrip in Thailand. Die Selbstfindung ist blond. Meine neue Mitbewohnerin hat einen Putztick. Was soll ich in Boston?"
Auf der Suche nach einer Antwort schlägt sich Jackie durch den Bostoner Großstadt-Dschungel, schreibt viele E-Mails, schmeißt drei miese Typen aus ihrem Bett, flieht aus einem brennenden Zug, verliert ihre Kontaktlinsen und läuft ausgerechnet Jeremys bestem Freund Andrew in die Arme. Er zeigt ihr den Weg – ins Glück?

RED DRESS INK™